文学本质与审美本质

The Essence of Literature and the Essence of Aesthetic Appreciation

董学文 著

图书在版编目（CIP）数据

文学本质与审美本质／董学文著．—北京：北京大学出版社，2022.9
ISBN 978-7-301-33092-0

Ⅰ.①文… Ⅱ.①董… Ⅲ.①文学美学—文集 Ⅳ.①I01-53

中国版本图书馆 CIP 数据核字（2022）第 109120 号

书　　名	文学本质与审美本质 WENXU BENZHI YU SHENMEI BENZHI
著作责任者	董学文　著
责任编辑	周志刚
标准书号	ISBN 978-7-301-33092-0
出版发行	北京大学出版社
地　　址	北京市海淀区成府路 205 号　100871
网　　址	http://www.pku.edu.cn　新浪微博：@北京大学出版社
电子信箱	zyl@pup.pku.edu.cn
电　　话	邮购部 010-62752015　发行部 010-62750672 编辑部 010-62753056
印刷者	大厂回族自治县彩虹印刷有限公司
经销者	新华书店
	650mm×980mm　16 开本　25.5 印张　355 千字 2022 年 9 月第 1 版　2022 年 9 月第 1 次印刷
定　　价	80.00 元

未经许可，不得以任何方式复制或抄袭本书之部分或全部内容。
版权所有，侵权必究
举报电话：010-62752024　电子信箱：fd@pup.pku.edu.cn
图书如有印装质量问题，请与出版部联系，电话：010-62756370

目 录

文学理论史反思研究的意义（代序） ……………………………… 1

第一辑

文学本质界说考论
　　——以"审美"与"意识形态"关系为中心 ……………………… 3
"审美意识形态"能成立吗？ …………………………………… 18
文学"审美意识形态论"献疑 …………………………………… 28
文学与意识形态关系辨析 ……………………………………… 38
关于文学本质与意识形态的关系
　　——兼评"审美意识形态"说 …………………………… 47
文学意识形态理论的批判意义和当代价值 …………………… 61
在困境中突围
　　——关于当前文学本质研究的思考 …………………… 68
怎样看待文艺的意识形态属性
　　——兼评"审美意识形态"说 …………………………… 82
文学本质界说：曲折的跋涉历程
　　——以自我理论反思为线索 …………………………… 93
文学是可以具有意识形态性的审美意识形式
　　——兼析所谓"文艺学的第一原理" …………………… 107
"审美意识形态"文学本质论浅析 ……………………………… 118
马克思的意识形态学说与文学本质问题
　　——兼及"审美意识形态论"分析 ……………………… 132
文艺的泛意识形态化与文艺实践 ……………………………… 151

文学本质界定与唯物史观 ·· 160
文学本质与审美的关系 ·· 175
意识形态与早期中国现代文学理论
　　——对"文学为意德沃罗基的一种"命题背景的考察 ········ 189
文学本质界定中"意识形态"术语复义性考略 ····················· 203
一个长期被误用的文学理论概念
　　——论文学本质不应直接界定为"社会意识形态" ············ 219

第二辑

"实践存在论"美学、文艺学本体观辨析
　　——以"实践"与"存在论"关系为中心 ····················· 249
"实践存在论"美学何以可能 ··· 269
"实践存在论美学"的缺陷在哪？ ···································· 283
对"实践存在论美学"的辨析 ·· 291
对"实践存在论美学"的再辨析
　　——兼答复一种反批评的意见 ···································· 304
"实践存在论"美学的哲学基础问题 ································· 325
马克思主义美学与人本主义问题
　　——兼论《手稿》与马克思美学思想的分期 ················· 345
"实践存在论美学"与哲学人本主义 ································· 359
美学研究不应该回到人本主义老路
　　——对朱立元"实践存在论美学"的再批评 ·················· 371
海德格尔和马克思反形而上学的区别
　　——评一种所谓"暗合论"的美学观 ··························· 383

文学理论史反思研究的意义(代序)

文学理论学术史的研究,是文学理论研究的重要组成部分。对于社会科学中的理论性学科来讲,同样可以说"历史就是我们的一切"①。我们只有在宏观辩证的历史视野里,才可能清晰准确地理解和认识学科的历程及其存在的问题。近些年,文学理论界对新时期以来文学理论进行的反思研究,是有成绩的。这一反思,对于推进文学理论学科的发展和建设,也是很有意义的。

一

近几十年来,我国的文学理论经过了反思和恢复马克思主义文学理论传统、同西方现代文学理论和本国古代理论资源碰撞融会、构想和建设马克思主义文学理论当代形态这样三个主要阶段。目前中央实施包括重新编写《文学理论》教材在内的马克思主义理论研究和建设工程,就是一个明显的例证。在文学理论上,它说明当代形态马克思主义文艺学的建设,已进入具体的操作阶段。在新的文学理论教材的探索中,马克思主义文论系统与中国古代文论系统、西方现代文论系统,将会得到更高层次的批判性汇合与沟通,将会形成新时期以降我国文学理论较为完整的结构体系与话语特征。

如果用一句话来概括近几十年我国文学理论的总体途程,那就是:在剧烈的转型中,在学科意识觉醒、观念与思路多元的情况下,它

---

① 《马克思恩格斯全集》第1卷,北京:人民出版社1956年版,第650页。

艰难地但又是不以人的意志为转移地向着马克思主义文学理论的当代形态迈进。这是历史的真实,也是历史和现实给予中国文学理论的唯一正确的选择。

诚然,由于缺少较系统的哲学思考和方法论支撑,对现实提出的诸种课题关注得不够,也由于对马克思主义最新理论成果消化与整合得不多,马克思主义文学理论的当代形态还处在不成熟的阶段,它还需一步一步地加以建构。但是,与其他文学理论学说形态相比,这一形态的优势已经显示出来;它在"历史合力"的作用下会变得越来越科学,这一趋势也是相当明显的。这可以透过以下几点看出。

第一,它进一步实现了马克思主义普遍原理与中国文学实际的结合,逐步实现了马克思主义文学理论的中国化。近几十年来,马克思主义文学理论受到的冲击与挑战无数,但由于它始终和人民的文学同呼吸共命运,所以牢牢地站稳了自己的脚跟。那些质疑马克思主义文学理论基本范畴合法性的意见和策略,尽管也活跃,但毕竟是支流。回顾新时期的文学理论史,只要忠于事实,就可以不夸张地说,打破旧有僵化观念的束缚,坚持批判的精神,转化外国的理论成果,并提出焕发新生机与活力的新命题,把文学理论不断推向前进,大多是在马克思主义文学理论范围内进行的。这一时期的各种学术论争,表面上是一系列观念的冲突,但本质上却是马克思主义文学理论空间的开拓,促进的是马克思主义文学理论从传统形态向当代形态的转换。有学者不这样认识,认为这一时期文学理论的演变应归结为"政治化——审美化——学科化"过程①;或者从理论上归结为从"形象思维"论到"人物性格多重组合"论、到"文学主体性"论、到"文学向内转"论、再到"文学'审美'特征论"的过程②。这样的"反思",就偏离了新时期文学理论发展的主航道,忽略了事物的本质属性,只是着眼于某个单

---

① 童庆炳:《政治化—审美化—学科化——建国50年来文艺思想变迁的简要描述》,见童庆炳主编《新中国文学理论50年》,合肥:安徽大学出版社2000年,第3页。
② 童庆炳:《新时期文学审美特征论及其意义》,《文学评论》2006年第1期。

一思潮的流变线索。

第二，在我国文学理论研究方法和研究思路"多元"的状况下，人们越来越清楚地看到，要想使这一学科走向科学，只有马克思主义的文学理论有汰选、融合与会通的能力，只有马克思主义文学理论的当代形态既能保持理论的连续性，又能实现理论的"综合创新"性，其他的文学学说至多是处于一隅或枝节的位置上。实践已经证明，文学理论要想成为严谨的科学，它必须实现所谓文学"内部规律"与"外部规律"的统一，亦即实现对文学"自转律"和"公转律"的统一①的说明。否则，从严格的科学意义上讲，都是有片面性的。西方文学理论，不论是精神分析、现象学、"西马"文论、读者接受理论，还是解释学、结构主义、解构主义、新历史主义及"文化研究"，在探讨文学的"公转律"与"自转律"上，虽都有各自突出的表现，但是它们谁也无法完成两者的有机统一。完成统一的这个任务，历史地落到了当代形态的马克思主义文艺学身上。这也正是在众多西方文论学说面前，人们最终还是把唯物史观和辩证法当作最有效方法和武器的原因。

第三，马克思主义文学理论是发展的科学，新时期以来，它有了许多拓展和创新。例如，在文学接受与服务层次上，在政治与文学的关系上，在文学意识形态学说上，在审美反映建构论上，在文学理论运行机制考察上，都有自己的创获。尤其是，由于它加大了民族文论传统的吸收和转化，加大了"五四"以来文论成果在当代文论体系中的分量，并倾听到来自文艺实践的强烈呼声，开始更加自觉地遵循科学的理论发展观，注意防止对于外来学说的简单平移或套用，因此马克思主义文学理论的当代形态"在眼界上带有拓宽的性质，在观念上带有更新的性质，在方法上带有充实的性质，在境界上带有提升的性质，在体系上带有更科学完整的性质，在风格上，则带有更加'现代化'、更

---

① 杨晦：《论文艺运动与社会运动》，见《杨晦文学论集》，北京：北京大学出版社1985年版，第248—249页。

加'民族化'的性质"①。它与我国整个新时期的社会现代化进程是合拍的。

二

回顾这一段历史,我国近年文学理论学术史研究存在的主要问题是什么呢?

我认为,如果单纯从学术史研究的角度出发,可以说目前有些写新时期文学理论的"学术史"或"理论史"著作,太过主观化和太多片面性了。这一时期与整个社会变革同步的切实的文学理论发展和文学理论运动,并没有被充分认识到,也没有被完全地反映出来。有些论者过多地采用了简单的"政治/学术"二元对立的分析模式,结果造成了新的"二元"对立的局面。

我想坦率地指出,在个别新近的文学理论"学术史"和"理论史"的著述中,马克思主义文学理论发展演进的这条主干线,这条实际影响和左右着文学创作进程的思想脉络,却被有意无意地冷落、无视、遮蔽和排斥掉了,几乎不着一字。新时期的文学理论史,似乎就变成了某几个人标"新"立"异"、推"陈"出"新"、不断"转向"的历史。这是很不实事求是的。或如个别论者那样,干脆把某些极端唯心的"文学主体性"论,也说成是"合乎马克思主义"的,"是马克思主义在文学活动问题上的具体运用"②。这也是很不妥当的。

别的不说,单说其中的"审美"问题。某些"文学主体性"论者,显然是把"社会责任感"放在"审美"之外的,显然是把它归入了"非审美"之列。可是,这种偏颇,早在1988年就有日本著名学者丸山升指示出来了。他在北京的讲演中针对某些"文学主体性"论指出:"在文

---

① 董学文:《中国现代文学理论进程思考》,《北京大学学报》1998年第2期。
② 童庆炳:《新时期文学理论转型概说》,见曹顺庆主编《中外文化与文论》第13辑,成都:四川大学出版社2006年版,第21页。

学的'审美'活动中,有着与主人公的生活方式共鸣啦,由作者对现实的深刻洞察力而引起的感动啦等等与作品的'思想'不可分的因素;这一因素比重之大,可以说是文学、特别是小说中'审美'的特色。"①应该说,这就大胆地纠正了只顾"形式"而牺牲文学复杂性的错误理论,而且实际也对应了雨果那句名言:"为艺术而艺术固然美,但为进步而艺术则更美。"②可惜,在新时期文学理论学术史的"反思"中,有人恰恰忘记了这一点。几十年后梳理那段历史,依然把这样的"文学主体性"论说成是正确的东西,那就很难说有什么科学的标准了。

这里,还想着重谈谈文学理论的"科学性"问题。我认为,在当今语境下,坚持唯物史观和唯物辩证法,是使文学理论具有"科学性",真正成为一门科学的唯一保证。其他的学说,都无法起到这个作用。而唯物史观和辩证法,不仅仅是指针和方法,其本身就具有学理支撑的价值和意义。为了文学理论的科学性,只能批判地去吸收别的学说的营养,绝不能把非马克思主义的东西当作马克思主义来对待。

当然,某种情况下可以说:"特定研究领域的真正科学化的标志是确立技术术语,将其从普通教育言语的模糊性中解放出来。尽管一种技术术语的确立并不是学科科学化的原因,但却标志着研究者就什么是形而上学、什么是科学的问题已经达成了一致见解。"③如果这个意见可以成立,那么现在有些文学理论,编造了一些模糊的、歧义的、虚构的、反常识的概念,显然是与科学化的方向背道而驰的。近年来,文学理论"关键词""重要范畴"研究成为一个热点,多半也是为了解决这一问题。

---

① [日]丸山升:《鲁迅·革命·历史:丸山升现代中国文学论集》,王俊文译,北京:北京大学出版社2005年版,第372页。
② [法]维克多·雨果:《莎士比亚论》,见《雨果文集》第17卷,柳鸣九译,石家庄:河北教育出版社1998年版,第196页。
③ [美]海登·怀特:《后现代历史叙事学》,陈永国、张万娟译,北京:中国社会科学出版社2003年版,第94页。

"科学化",从另一个角度讲,也可以说就是"马克思主义文学理论的中国化"。因为我们所认定的科学,是从实践中总结出来又在实践中得到验证的学说。但是,由于多年来不少文学理论基本概念的合法性受到质疑,对西方文学理论消化、整合与批判能力匮乏,再加上不健康的学术风气滋长蔓延,因此在许多层面,"马克思主义文学理论的中国化"有变成"中国的文学理论化马克思主义"之危险。只要看一看个别所谓"审美至上"论、"后实践本体论"文学理论,也打着马克思主义旗号出现,就不难明白此种危险的存在了。无疑,这与文学理论的科学性诉求是南辕北辙的。此外,不少文学理论资源的浪费、理论话语的复制、问题意识的薄弱和原创精神的稀缺,就是在这种情况下产生的。

不能否认,对西方文学理论的简单迷信与盲从,导致了许多文学理论"自我他者化""殖民化"的现象。尽管口头上宣称"必须以马克思主义为指导",但在实际上则完全依赖和演绎了某种西方文学理论的观念和话语。这与历史唯物论的基础已经相去甚远。

我一直认为,各种西方文学理论的形成,有其内在的文体结构和话语策略。理解这些话语策略及文体结构,是理解其运行机制和理论内涵的关键。我们在参照和借鉴西方文学理论的时候,对此是不能采取规避和无视态度的,否则将适得其反。"文化研究"思潮从欧美传到中国后,在主旨、立场、内容上都发生了明显变化,就是一个典型的例子。

因此,在同西方文论打交道的过程中,绝不能只关注概念、术语和体系等表面现象,而忽视其内在的问题结构。倘若忽略了西方理论话语产生的具体历史语境,就必然会出现严重误读、理解与对话错位的现象,从而妨害使我们自己的文学理论研究真正深入与推进的可能性。

在马克思主义文学理论从传统形态向当代形态转换的过程中,多维的阐释和深入的解读,使其理论视野更加宏阔,理论体系和观念更为复杂，中国化的色彩也更为浓重。但是，也应看到，这其中对马克思主义文学理论的偏离和误读现象也日益严重。不少学者对马克思主义文学理论的阐释往往采取的是"六经注我"的做法，借用马克思或者其他经典作家的片言只语，装点和支撑起自己的理论系统。这种方法，对经典著作与思想的解读随意性很强，既缺乏对马克思主义文学学说的整体理解，也无视它在中国的近百年发展，不仅背离了该学说的批判性原则，而且背离了该学说的科学性原则。

进入21世纪后，有学者拒斥甚至否定马克思主义文学理论，一言以蔽之地认为中国的文艺学学科制度完全是仿效苏联而来的；认为这一理论体系带有强烈的意识形态色彩，随着意识形态的逐渐淡化，这一理论体系必然会失去中心化的力量。这样的意见，显然不是实事求是的。从现代文艺学学科的历史来看，它的起点是借鉴西方文论，中间加入了我们自己的成分。中国文学理论追随苏联的理论，只是短短的一段时间，不能说它是苏联文学理论的直接翻版。它的发展全过程告诉我们，它是有其自身特色的综合的产物。即便是苏联的文学理论，也不是一无可取之处。这种看法恐怕比较符合客观实际。

从学术史的角度看，中国文学理论研究与创作和时代的"蜜月期"，如果同20世纪80年代相比，似乎已经过去。理论与现实的脱节，理论自说自话的独白，已是普遍的现象。这种脱节的造成，有多方面的原因，但根本上是由轻视理论和创作的意义、价值与功能因素造成的。一些学者在张扬文化"多元论"和"相对论"的同时，又陷入理论的"虚无论"之中。文学理论某种程度上成了"语言的游戏"和"能指的滑动"，在实现了所谓"跨学科""跨文化"的同时，便也成了凌空蹈虚的"高头讲章"。这种理论取向，既无视文学活动的现实，也无视文学理论话语自身的现实性和历史性，从而在不断制造理论"热点""转向"的哗众取宠中，迷失了自己。

客观地说，自20世纪80年代以来，我国文学理论尽管取得了很大的成绩，但依然处于动荡和转型时期。这就决定了它目前还不甚成熟的状态,决定了建构马克思主义文学理论当代形态还任重道远。我们应该用科学的发展的眼光来反思这一时期的文学理论,既承认它取得了巨大进步,又看到它存在诸多问题。这样,才能做出新的贡献。

(原载《高校理论战线》2007年第5期)

第一辑

文学本质界说考论

——以"审美"与"意识形态"关系为中心

文学理论从根本上说是对"文学是什么"的研究,因此,对文学本质的说明是文学理论的核心问题。关于文学本质的界定,中外学界的意见有多种,即使那些反本质主义的观点,也不排斥对文学本质的规定作动态阐释的可能。这表明了探讨文学本质问题的极端重要性。

这里不打算对各种文学本质观作全面的考察,只准备对"文学是显现在语言中的审美意识形态"界说做一定的辨析。

无疑,这一界说在国内是有影响的。我在前些年的个别论著中也采用过类似的提法。由于该观点总体上的"意识形态"论色彩,很容易让人觉得是比较符合马克思主义的。但是,只要深入分析就会察觉,实际情况要比这复杂得多。近来通过研究马克思主义创始人著作的原文及相关译文,研究"审美"与"意识形态"二者之间的关系,我发现,这一界说同经典作家原初概念的含义是有出入的,这一界说同文学事实本身是不完全吻合的,这一界说用来概括马克思主义的文学本质观是欠准确的。

一、关于经典文本的表述

之所以会出现文学是"审美意识形态"的判断,除了一般社会和文化的因素外,关键是有人认为文学的"意识形态"论是从马克思那里得出来的,因为毕竟唯物史观将文学纳入了上层建筑的范畴。这本来是没有错的,意识形态论确是马克思主义文学理论的核心观念。但是,这一观念只是为我们认识文学的本质提供了方法论基础,真正界定文学本质的过程还是需要探索的。马克思本人就从来没有直接或间接地说过文学是某种"意识形态"。

那么,马克思的原话是怎么说的呢?让我们回到《〈政治经济学批判〉序言》里那段关于"经济基础"与"上层建筑"的经典表述。在这里,涉及文学艺术的部分,马克思用的不是"意识形态",而是"社会意识形式"和"意识形态的形式"两个概念。

德文原文是这样的:

In der gesellschaftlichen Produktion ihres Lebens gehen die Menschen bestimmte, notwendige, von ihrem Willen unabhängige Verhältnisse ein, Produktionsverhältnisse, die einer bestimmten Entwicklungsstufe ihrer materiellen Produktivkräfte entsprechen. Die Gesamtheit dieser Produktionserhältnisse bildet die ökonomische Struktur der Gesellschaft, die reale Basis, worauf sich ein juristischer und politischer Überbau erhebt, und welcher bestimmte **gesellschaftliche Bewuβtseinsformen entsprechen**. ……

Aus Entwicklungsformen der Produktivkräfte schlagen diese Verhältnisse in Fesseln derselben um. Es tritt dann eine Epoche sozialer Revolution ein. Mit der Veränderung der ökonomischen Grundlage wältz sich der ganze ungeheure Überbau langsamer oder rascher um. In der Betrachtung solcher Umwälzungen muβ man stets unterscheiden zwischen der materiellen, naturwissenschaftlich treu zu konstatierenden Umwälzung in den ökonomischen Produktionsbedingungen und den juristischen, politicshen, religiösen, künstlerischen oder philosophischen, kurz, **ideologischen Formen**, worin sich die Menschen dieses Konflikts bewuβt warden und ihn ausfechten. ①

---

① Karl Marx, *Zur Kritik der Politischen Ökonomie*, Berlin: Dietz Verlag, 1974, p. 15.

相关的英文译文如下:

The totality of these relations of production constitutes the economic structure of society, the real foundation, on which arises a legal and political superstructure and to which correspond definite **forms of social consciousness**.

…… In studying such transformations it is always necessary to distinguish between the material transformation of the economic conditions of production, which can be determined with the precision of natural science, and the legal, political, religious, artistic or philosophic — in short, **ideological forms** in which men become conscious of this conflict and fight it out. ①

再看俄文的权威译文:

Совокупность этих производственных отношений составляет экономическую структуру общества, реальный базис, накотором возвышается юридическая и политическая надстройкаи которому соответствуют определенные **формы об- щественного сознания**.

…… При рассмотрении таких перево-ротов необходимо всегда отличать материальный, с естественно-научной точностью констатируемый переворот вэкономических условиях производстваотюридических, политических, религиозных, художественныхили философских, короче — от **идеологических форм**, в которыхлюди осознают этот конфликт и борютсяза его разрешение. ②(以上黑体字为引者加。)

从德文原文和英文、俄文译文可以清楚地看到,中文版《马克思恩

---

① Karl Marx, *Selected Writings*, Indianapolis/Cambridge: Hackett Publishing Company, Inc., 1994, p. 211.
② К. МАРКС и Ф. ЭНГЕЛЬС, том 13, государственное издательство политической литературыМосква, 1959, pp. 6–7.

格斯全集》和《马克思恩格斯选集》对它的翻译是精确的。也就是说,与社会的经济结构(即现实基础)相适应的,除了竖立其上的法律和政治的上层建筑外,还有"一定的社会意识形式"。而当人们意识到经济基础和上层建筑之间的冲突并力求把它克服,但又不能用自然科学的精确性来指明那些东西的时候,如法律的、政治的、宗教的、艺术的或哲学的变革,这时,一言以蔽之,可以称为"意识形态的形式"。①

这里,马克思显然是没有把文学与"意识形态"相等同的。由于"意识形态"不等于"意识形式",所以,马克思在论述的行文过程中,严格使用的是"社会意识形式"和"意识形态的形式"两个概念,用来指称他所要说明的对象。同时,也不能把这两个概念中的"形式"一词理解为"种类",因为原文表明,前者是对应与现实基础联系密切的"上层建筑"的,后者对应的实际上是自然科学,如果能翻译成"种类",那就说不通了。所以,"形式"一词是应该格外重视的。

上面对经典文本表述的分析,至少可以告诉我们,认为是马克思提出了文学"是一种意识形态"的观点,然后用《〈政治经济学批判〉序言》中的论述作为"文学是社会意识形态"或"文学是审美意识形态"界定的理由,应该说是缺少有力根据的。

二、"社会意识形式"与"意识形态"的区别

"社会意识形式"概念比较好理解。说文学是人类社会意识发展的一种高级形式,是社会意识的一种内在形式,也比较好理解。问题的关键是如何看待"意识形态"。

我想,不论中外学界有多少种意见可供参考,但我们还是应该尽量将"意识形态"这一概念清晰化、简约化。把"意识形态"概念泛化和人为地复杂化,恰恰是生发各种理论歧见的一个原因。

---

① 参见《马克思恩格斯选集》第 2 卷,北京:人民出版社 1995 年版,第 32—33 页。

从词源上考察,"意识形态"(法文是 Ideologie,英文是 1796 年从法文翻译过来的 Ideology)由两个部分组成:一是 Idea,一是 Logie,其字面解释就是"思想体系"或"观念系统"的意思。法国理性主义哲学家特斯蒂特·特拉西(Destutt de Tracy)发明该词,是要用以指称有别于古代形而上学的现代观念体系和科学认识论。① 或者说,是用来指那些"揭示人们成见和偏见来源的科学"②。经过一段时间的废弃之后,这一概念重被启用。但该词的含义没有发生根本的改变,主要还是用这个熟悉的名词来规定各种信仰、理想、观念、激情、价值、世界观、宗教、政治哲学和道德判断。可以说,它是一个"概念家族"。

马克思、恩格斯是 19 世纪重新使用"意识形态"概念的理论代表。不过,他们也是在"思想体系"或"观念系统"的正反两层含义上使用这个概念的。从第一层含义上说,在他们那里,"意识形态"指每个历史时期"占统治地位"的实践(生产)方式所产生的一套抽离了真实历史过程的思想体系。身处特定时期的每一个个体,是不会对这种"意识形态"做出什么反思的,这正如视觉不会反思倒影呈象的视网膜一样。③ 从第二层含义上说,"意识形态"是每个社会形态当中都可能存在的虚假的"错误意识",这种意识由它的持有者的社会阶级属性所决定。马克思在《路易·波拿巴的雾月十八日》里谈得很充分,这种意识形态的持有者是在不自觉的情况下,按照自己的阶级立场用一套借自传统的话语来合法化自己的历史行动的。④

恩格斯晚年说得更清楚:"意识形态是由所谓的思想家通过意识、但是通过虚假的意识完成的过程。推动他的真正动力始终是他所不知道的,否则这就不是意识形态的过程了。因此,他想象出虚假的或

---

① [英]雷蒙·威廉斯:《关键词》,刘建基译,北京:生活·读书·新知三联书店 2005 年版,第 217 页。
② Alan Bullock and Oliver Stallybrass (eds.), *The Fontana Dictionary of Modern Thought*, London: Fontana / Collins, 1977, p.579.
③ 参见《马克思恩格斯选集》第 1 卷,北京:人民出版社 1995 年版,第 72 页。
④ 同上书,第 585 页。

表面的动力。因为这是思维过程,所以它的内容和形式都是他从纯粹的思维中——不是从他自己的思维中,就是从他的先辈的思维中引出的。"①恩格斯在《路德维希·费尔巴哈和德国古典哲学的终结》中还有这样一段话:"更高的即更远离物质经济基础的意识形态,采取了哲学和宗教的形式。在这里,观念同自己的物质存在条件的联系,越来越错综复杂,越来越被一些中间环节弄模糊了。"②这表明,即使是十分抽象的思想体系,也是一种意识形态的形式;而这里的"意识形态",指的仍然是"观念"本身,只不过这种观念离物质经济的基础更远罢了。恩格斯并以宗教为例接着说,宗教离物质生活最远,而且好像是同物质生活最不相干。"但是,任何意识形态一经产生,就同现有的观念材料相结合而发展起来,并对这些材料作进一步的加工;不然,它就不是意识形态了,就是说,它就不是把思想当作独立地发展的、仅仅服从自身规律的独立存在的东西来对待了。"③这再次表明,"意识形态"归根到底是一种"观念",而且是认为服从自身规律、独立发展的一种"观念"。它实际上被用来嘲笑观念是独立存在或观念具有铸造、决定现实之能力的观点,并使之与"社会科学"和"真实意识"相对立。

　　通过上面这些引述,我们可以得出这样的结论:马克思主义经典作家的"意识形态"概念,与先前思想家的用法在含义上是基本一致的,他们都认为"意识形态"可以被看作是掩盖一些特殊利益的理由,或者宽泛一点说,可以被看作是"社会公则",看作是用来动员人们行动的思想系统。马克思、恩格斯的贡献,是为这一概念填充了阶级的内容,并从唯物史观的角度解释了其产生的真正根源。

　　从马克思主义学说的整体来看,"意识形态"概念与经典作家对社会总体结构的认识紧密相关。在《德意志意识形态》中,马克思把

---

① 《马克思恩格斯选集》第4卷,北京:人民出版社1995年版,第726页。
② 同上书,第253页。
③ 同上书,第254页。

"一般意识形态"看作是某种社会为了维护自身的存在和运转所必然带来的社会意识现象,属于耸立于社会生存条件之上的"观念上层建筑"。这里的"意识形态",指的是那些漂浮于它们的物质基础之上却否认基础存在的思想观念体系,这是批判意识应该予以揭穿的幻象。随后,在一些著作中,马克思还把"意识形态"的内容具体化为建基于物质条件和社会关系之上的各种情感、幻想、思想方式和人生观。到了著名的《〈政治经济学批判〉序言》里,"意识形态"概念显然已带有一种中性意涵的性质,而这时的"意识形态形式",则是指那些能让人置身其中并"意识到"社会结构"冲突"还要力求去"克服"的种种思想理论学说。这与纯粹的"幻象"无疑是有区别的。

总而言之,"意识形态"在经典作家那里,主要是指抽象化的思想,是指以某种理想的方式——虚假的或真实的——来表达支配性的物质关系的观念,是指思想家通过意识完成的一个认识"过程",是指在"经济基础/上层建筑"总体结构中的功能性存在。如果更明确一点,用恩格斯的话来讲,那就是指"头足倒置"地(或"颠倒"地)反映"在它没有被认识以前构成我们称之为**意识形态观点的**那种东西"。[①] 所以说,不论是那些与经济基础接近的领域,还是那些"更高地悬浮于空中"的领域,凡是"意识形态",就都属于"观念"和"思想体系"的范围,它既不指带有"意识形态"属性的其他存在方式或存在形态本身,也同具体的"意识形态"存在形式即"意识形态的形式"如法学、政治学、宗教学、艺术学和哲学等,不能完全等同或混淆。

为了印证这一认识,我们再参考英国马克思主义文论家雷蒙·威廉斯在《马克思主义与文学》一书中的看法。他指出,"'意识形态'概念并不是马克思主义的原创,但今天仍然被视为它的专有名词。但显而易见的是,无论如何它都是所有马克思主义文化思想、特别是有关文学和观念的思想的重要概念。对这一概念,我们必须在所有马克思

---

① 《马克思恩格斯选集》第 4 卷,北京:人民出版社 1995 年版,第 702 页。

主义文本中区分出三种通用的提法,一般而言,它们是:1. 特定阶级和群体所特有的信仰系统;2. 幻想性的信仰系统——错误观念或者错误意识,这种信仰系统是与真理性的科学认识相对的;3. 意义与观念生产的一般过程。对某些马克思主义流派来说,第一层含义和第二层含义可以有效地结合在一起。在阶级社会当中,一切信仰都建立在阶级立场的基础上"。① 威廉斯的概括,进一步引证了"意识形态"在经典文本中的真实义涵。

"社会意识形式"一词是中性的,它由社会存在所决定,与现实基础即生产关系的总和相适应。社会存在的丰富性决定了社会意识形式的丰富性。马克思在讲社会结构关系时,用"一定的"来修饰"社会意识形式",恰好说明了它的无比多样性。既然人的本质在其现实性上是由一切社会关系的总和构成的,那么人的"意识形式"本质上注定也都是"社会"性的。马克思在此用"社会意识形式"的概念,正是突出强调了人的各种意识形式的社会关系因素。其实,即使是"后现代"的思想家,也有承认人的意识与社会之间的关系的。例如,海登·怀特就说过:"叙事绝不是一个可以完全清晰地再现事件——不论是想象的还是真实的事件——的中性媒介。它的话语形式表达关于世界及其结构和进程的清晰的体验和思考模式。"② 意识的社会性因素清晰可见。

当然,这里会产生一个问题,即自觉意识之外的心理活动属不属于社会意识形式?文学中常见的顿悟、直觉、灵感、形象思维等现象,应当如何解释?说这些现象是"意识形态"(思想体系)恐怕不妥,若说它们是"社会意识形式"能够成立吗?对于文学理论研究来说,这确是一个薄弱的环节。近来,有研究表明,这些现象最终是可以归为"社会意识形式"之列的。学者们依据科学的认识论、电脑试验、

---

① Raymond Williams, *Marxism and Literature*, Oxford: Oxford University Press, 1977, p. 55.
② [美]海登·怀特:《后现代历史叙事学》,陈永国、张万娟译,北京:中国社会科学出版社2003年版,第346页。

现代神经生物学成果及梦境分析,通过建立"前意识论"理论,力图解决这一问题。并指出,那些能够到达意识界的非自觉的思维现象可称为"前意识",而"前意识"实际上是一种"储存意识"。它原来只是意识工厂的仓库,后来逐渐变成了仓库兼一部分前工序和后工序的工场。"人的意识一定会通过记忆转化为储存意识即前意识"。① 在储存意识领域也存在进行意识加工现象,这是一种"意识的前意识化"。人的各种生理本能都不同程度地受意识的影响,而"前意识"在其中也起着重要作用,这是"本能的意识化"。② 众所周知,意识是由人在社会实践中反映客观外界事物也反映人体自身的生理活动而产生的。当被反映的客体从眼前消失而反映主体的注意力也发生转移之后,这些产生的意识并非随之永久消失,而是储存到了主体的记忆之中,它们是可以在一定条件下重新浮现于意识领域的。据此,文学中顿悟、直觉、灵感、形象思维等现象,实质上也是一些潜在的或变形的"社会意识形式",不过是经过了"储存""重组"和"发酵"罢了。这对我们认识文学的本质有着实证性的启发。

三、"审美"与"意识形态"的关系

文学本质的界说绕不开对审美特性和意识形态特性的说明。在讨论这两者关系时,必定涉及如下问题:审美是一种意识形态吗?意识形态包括审美在内吗?"审美意识形态"概念作为科学文学理论的术语能否成立?

我们知道,"审美"(Aesthetic),是一个体验和反映美的现象共性的宽泛概念,而不是一个对对象特征加以规定的概念。"审美"是社会意识的一种性状,具有人的心理生理本性和社会本性的底色,一般指

---

① 吴文辉、潘翠菁:《前意识论与文艺学》,桂林:广西师范大学出版社2004年版,第198页。
② 同上书,第184、170页。

感性的"完善状态"①。在审美活动之中,起主导作用的是"感官知觉或想象力",其对象不是抽象的观念或"思想体系",而是感性的、具体的、形象的、有"个性表现力的东西"。②按照黑格尔的说法:"'伊斯特惕克'的比较精确的意义是研究感觉和情感的科学。"③由于黑格尔将他的属于"艺术哲学"的《艺术理论讲演录》称作《美学》,这种术语的混乱后来"导致在艺术理论中不适当地将艺术作品的审美价值和作品的本质混为一谈"④,这是尽人皆知的。

"审美"既是一种接受状态的心理范畴,也是一个运动的、变迁的历史范畴。它"软性"地反映着由特定物质生产条件决定的"时代精神"。文学的"合格"与"不合格","美"与"不美",其标准与意识形态上层建筑的诸因素相关联。普列汉诺夫说过:"一个时代的社会精神取决于那个时代的社会关系。这一点再没有比在艺术和文学的历史中表现得更明显的了。"⑤文学的"审美",关键在于它对社会生活的"诗意的裁判"。

弄清"审美"与"意识形态"的关系并不容易。我注意到,当年苏联学者在界说文学本质的时候,在对这两个概念关系的把握上也曾发生过混乱。比如波斯彼洛夫,他一方面将文学作为"认识生活的一种形式",一种"社会意识发展形式",从而在此基础上才论述文学的意识形态意义;一方面他又称文学"是一种社会意识形态",是"从没有分门别类的混合性的意识形态中分离出来"的。⑥也就是说,他表述

---

① 马奇主编:《西方美学史资料选编》(上卷),上海:上海人民出版社 1987 年版,第 693 页。
② [英]鲍桑葵:《美学》,张今译,北京:商务印书馆 1985 年版,第 11 页。
③ [德]黑格尔:《美学》第一卷,朱光潜译,北京:商务印书馆 1979 年版,第 3 页。
④ [苏]波斯彼洛夫:《文学原理》,王忠琪、徐京安、张秉真译,北京:生活·读书·新知三联书店 1985 年版,第 66 页。
⑤ [英]特里·伊格尔顿:《马克思主义与文学批评》,文宝译,北京:人民文学出版社 1980 年版,第 9 页。
⑥ [苏]波斯彼洛夫:《文学原理》,王忠琪、徐京安、张秉真译,北京:生活·读书·新知三联书店 1985 年版,第 54、71、96 页。

的文学本质观,存在着有时不把文学看作"意识形态"本身,有时又把文学当作"意识形态"本身的矛盾。这位苏联著名学者的见解,同马克思主义经典作家的原意已经产生了距离。

那么,倘若既要强调文学的艺术特性,又要强调文学的意识形态特性,是否可以组建"审美意识形态"概念呢?我认为是不可以的。这种组合,不会产生质变,只会产生混乱。"审美意识形态"在语法上是一个偏正结构,从它的产生过程看,显然它是在强调前者,即"审美的"意识形态,而不是后者,即审美的"意识形态"。因为人只有在高度自觉的情况下,"才可能有足够的敏锐去发现所有思维中的意识形态成分"。① 也可以这样说,"审美意识形态"是在纠正传统的反映论和意识形态论、"去政治化"、主张文学是对生活的"审美反映"时才提出来的。不过,不管它属于哪种情况,用它来说明和定义文学,都有过滤掉了构成文学本质的其他成分之嫌,且与多样化的文学存在状况不相符合。

我们可以设想,如果用"审美"来统领"意识形态",那是对意识形态内涵作了过于空疏宽泛的理解,"意识形态"是不适宜去"审美"的;如果倒过来用"意识形态"来笼罩"审美",那又犯了以观念和政治挤压艺术的毛病,因为"审美"活动中的观念色彩本是很弱的。当然,我们可以把"审美"权当作"意识形态"的一个成分,但问题是,这样它又丢失了界定文学的其他重要成分,因为文学作为"社会意识形式",其本质不只是"审美"。有学者讲,"当我们说文学具有一定的意识形态性时,其审美因素已经内在地包含其中了"②。丹尼尔·贝尔说得更彻底,"意识形态之所以具有力量也就在于它的激情","意识形态最重要的、潜在的作用就在于诱发情感"。③ 这说明,用"审美"规定"意

---

① [德]卡尔·曼海姆:《意识形态与乌托邦》,黎鸣等译,北京:商务印书馆2000年版,第86页。
② 单晓曦:《文学的审美意识形态论质疑》,《文艺争鸣》2003年第1期。
③ [美]丹尼尔·贝尔:《意识形态的终结》,张国清译,南京:江苏人民出版社2001年版,第394页。

识形态"不具有必要性。

"审美"和"意识形态"两个概念都非常有歧义、含糊、抽象,而且它们的内涵和外延既相互排斥又相互包容。如果将"审美"与"意识形态"硬搭配在一起,成为一个固定词组,那就如同"两只角的独角兽"或"苹果的水果"(或"水果的苹果")称谓一样,这种亦此亦彼的判断,难以成为严格的定义方式。① 所以,把"审美意识形态"概念当作一个独立而完整的系统确有不当之处。目前,推动文论话语审美化转型的意见视意识形态为政治斗争的一个领域,倾向于否定文学的意识形态性;而肯定文学的意识形态性的意见则以取消或削弱意识形态的政治色彩作为对应否定论者的代价。两者的结论似乎越来越相似。这在很大程度上还是由对"社会意识形式"和"意识形态的形式"概念理解的偏差造成的。

我认为,要求得"审美"性和"观念"性因素的融合机制,最好的办法是把"意识形态"概念换成"社会意识形式"概念,把"审美"性、"意识形态"性和其他相关特性,都作为一种特殊"社会意识形式"的属性。这样,既可能避开概念之间的龃龉和冲突,又能保持学理上的合理和谨严。

同时,我想指出,把"审美意识形态"当作外国尤其是"西方马克思主义"创造的一个概念,也是一种误读。"西马"理论家从未把"审美"和批判性的"意识形态"概念编织在一起来论述文学本质问题,他们多是在那里论述现代性语境下的美学学说与思想文化意识形态的各种复杂关系。例如,弗雷德里克·詹姆逊是把"意识形态"泛化了,但他依然认为文学是"一种社会的象征行为",强调不能否认从社

---

① Aesthetic 来源于希腊语 *aisthesis*,原来的意思就是指感官的察觉。在希腊语中,*aisthesis* 的主要意涵是指经由感官察觉的实质东西,而非那些只能由系统学习、认识而得到的非物质、抽象的事物;18 世纪经由德国哲学家鲍姆加登改造,用以表示"美的哲学"和"关于美感规律的系统学说",在这个意义上应被译作"美学"。从逻辑上说,也只有在"美学"这个意义上,Aesthetic 与"意识形态"搭配才是妥当的。例如,英国文论家特里·伊格尔顿的 *The Ideology of the Aesthetic*(《美学意识形态》)一书。

会和政治角度阐释文学文本的优越性。他说,这种阐释方法"不把政治视角当作某种补充方法,不将其作为当下流行的其他阐释方法——精神分析的或神话批评的、文本的、伦理的、结构的方法——的选择性辅助,而是作为一切阅读和一切阐释的绝对视域"。①

再如,特里·伊格尔顿是不赞成文学仅是具有一定艺术形式的意识形态这一提法的。在他看来,审美不是一种客观、纯粹的心理活动。他的理论不是去弥合接受主体与客体之间的矛盾,相反是去揭示文学、文学理论以及美学当中的与权力和政治相关的意识形态因素。有学者分析《美学意识形态》,认为伊格尔顿是把审美作为政治意识形态植入身体的中介。② 准确地说,伊格尔顿并没有把审美当作"中介",事实上,在他那里审美就是政治。

在文学的审美性与意识形态的关系上,伊格尔顿十分肯定地认为,文学就是一种意识形态的形式,文学的"审美性"(或"文学性")本身就具有政治性和意识形态功能。也就是说,他是以意识形态为基础,将文学的审美特性和意识形态特性统一起来的。他认为:"对马克思来说,'实践'已经包含着对于具体性的审美反应;它的孪生对手是对象和内驱力的商品化抽象以及社会寄生的审美幻象。"③"马克思深刻的反康德美学也是一种反美学,它摧毁了一切非功利性的沉思。"④他还说:"如果说冷酷无情的审美主义是资本主义社会的一个方面,那么,幻觉性的审美主义就是它的颠倒镜像。感性的存在,在某一层次上被从基本的需要中剥离出来,必然在另一种程度上被过分地夸大。"⑤显然,伊格尔顿的理论,实际上是在强调审美的非独立性以

---

① [美]弗·詹姆逊:《詹姆逊文集》第 2 卷,王逢振主编,北京:中国人民大学出版社 2004 年版,第 143 页。
② 参见傅其林:《美学与意识形态》,《文艺理论与批评》2002 年第 5 期。
③ [英]特里·伊格尔顿:《美学意识形态》,王杰等译,桂林:广西师范大学出版社 1997 年版,第 197 页。
④ 同上。
⑤ 同上书,第 192 页。

及审美意识的意识形态性,而不是意识形态的审美性或曰"审美的意识形态"。那种以审美效果遮蔽文本中的现实矛盾实质的做法,在许多"西马"文论家那里已经得到了很多的揭露。

伊格尔顿 The Ideology of the Aesthetic 一书,译者最初将其书名译作"审美的意识形态"①,但后来发现,作者并非是在"审美"的层面上来规定某种"特殊的意识形态",他的目的恰恰是分析"美学"这种现代学科在西方"中产阶级争夺政治领导权的斗争"②中,通过审美的道德化所起的历史的和理论的作用;全书讨论的是"现代美学"的意识形态属性,而绝非"审美"的意识形态属性。因此,该书的中文译本正式出版时,还是正确地使用了"美学意识形态"这一书名。

我们知道,伊格尔顿在《意识形态导论》中,列举了16种"意识形态"常见的定义,概括了定义"意识形态"的6种方法。③ 这显露了几种主要意识形态理论传统之间的差异,但依然没有为"审美意识形态"的概念提供任何依据。伊格尔顿在另一著作中曾指出:马克思《德意志意识形态》中的早期意识形态理论,在"意识形态的两种大相径庭的意义之间存在着张力。一方面,意识形态是有目的的、有功能的、也有实践的政治力量;另一方面,似乎仅仅是一堆幻象,一堆观念,它们已经与现实没有联系"。而马克思后期主要是在《资本论》中,则倾向于把意识形态看作实际真实的一部分,"意识形态错觉不仅是扭曲了的思想观念或'虚假意识'的产物,而且也可以说是资本主义社会本身的物质结构固有的东西"④。伊格尔顿对各种意识形态理论话语的分析,提醒我们要以更加审慎的态度对待"审美"与"意识形态"之

---

① [英]特里·伊格尔顿:《审美的意识形态导言》,傅德根译、王杰校,《国外社会科学》1994年第1期,第29页。
② [英]特里·伊格尔顿:《美学意识形态》,王杰等译,桂林:广西师范大学出版社1997年版,第3页。
③ Terry Eagleton. Ideology : An Introduction , London:Verso,1991,pp.1-2,28-30.
④ [英]特里·伊格尔顿:《历史中的哲学、政治与爱欲》,马海良编译,北京:中国社会科学出版社1999年版,第85、91页。

间的关系。

　　文学是人的感情和思想在生动语言形象中的表现,是对人的外部生活和内心世界的社会历史因素及其相关的自然与身体经验的创造性反映的产物。文学作为一种特殊的社会意识形式,作为语言的艺术,作为一种艺术掌握世界的精神生产,它所反映和表现的绝不是抽象的观点和思想体系,而是具体的、活生生的、有意味的东西。文学的人学属性、意识形态属性、审美属性和文化属性等,都需要通过富有生命力的语言形象,或文字或口头地凝聚起来,呈现出来。如果用"文学是显现在语言中的审美意识形态"说明文学的本质,那么,就可以套用同样的公式说明其他艺术的本质:"绘画是显现在色彩线条中的审美意识形态","雕塑是显现在石膏大理石中的审美意识形态","音乐是显现在声响旋律中的审美意识形态","舞蹈是显现在人体动作中的审美意识形态",等等。显然,这是不符合逻辑的。

　　我们应该深入研究作为一种特殊社会意识形式的文学的本质及其存在原因,看究竟是什么样的精神内容和语言形式特点导致了文学作品的"文学性"——表现力和形象性,而不能用对自然现象、物质文化现象和其他艺术现象同样适用的"审美"理论来说明文学的本质,尽管这种说明的意愿在特定历史时期有它特定的合理成分。

(原载《北京大学学报》2005 年第 5 期)

"审美意识形态"能成立吗?

一

英国文论家特里·伊格尔顿的重要著作 The Ideology of the Aesthetic 中译本出版几年后,书名发生更改,开始时译作"美学意识形态"①,后来再版时译作"审美意识形态"②。如果再联系该书正式出版前部分译文发表时的书名叫"审美的意识形态"③,那么,可以说几年内出现了反复性的变化。这是为什么呢?难道是书名难译吗?显然不是。我们只能理解为译者对 Aesthetic 一词及全书观念的认识发生了变化。

该书译者在"再版后记"里说,更改书名的"理由":"一是使中译本书名贴近原著英文书名的字面意思,二是考虑到中国读者的阅读习惯。"④我认为,这两个理由都是难以站得住脚的。可以说,不论是"贴近"书名的"字面"意思,还是"贴近"全书的实际意思,这里的 Aesthetic 都是译成"美学"为妥,而不宜译成"审美"。此外,中国的读者,尤其是一般读者,也从来没有一定要将"审美"和"意识形态"捆在一块,而不把"美学"和"意识形态"组合在一起的所谓"阅读习惯"。

---

① [英]特里·伊格尔顿:《美学意识形态》,王杰、傅德根、麦永雄译,柏敬泽校,桂林:广西师范大学出版社1997年版。
② [英]特里·伊格尔顿:《审美意识形态》,王杰、傅德根、麦永雄译,柏敬泽校,桂林:广西师范大学出版社2001年版。
③ [英]特里·伊格尔顿:《审美的意识形态导论》,傅德根译,王杰校,《国外社会科学》1994年第1期。
④ [英]特里·伊格尔顿:《审美意识形态》,王杰、傅德根、麦永雄译,柏敬泽校,桂林:广西师范大学出版社2001年版,第426页。

关于第一点，其实该书译者大体上是清楚的，但不知为何出现如下矛盾的表述。译者在"再版后记"中说："根据书中的内容，伊格尔顿原著书名中的 Aesthetic 一词，既含有'审美'的意义，也含有'美学'的意义，但较侧重于'审美'之义。从意识形态理论的角度看，前者是这种意识形态现象的实践部分，后者是其理论部分，它们是一种机制的两个方面。伊格尔顿这部著作的主要目的，是通过对20世纪西方美学（主要是德国美学）的批判性分析，思考美学理论作为一种意识形态现象的内在矛盾、复杂机制及其社会作用。这种对美学理论本身的深刻自我批判的思维方式是西方马克思主义思想家在20世纪八九十年代理论工作的一个特征。"①这就再明白不过地告诉我们，这本书讲的是属于"理论部分"的"美学"问题，分析的是"美学理论"（包括"审美"判断）作为意识形态现象的方方面面，而不是所谓"实践部分"的"审美"问题，更不是什么"意识形态"的"审美"问题。译者对全书内容的概括基本上是准确的，但硬说书名中的 Aesthetic "侧重于'审美'"，则显然是后加上去的。如果我们再联系来看全书十四章的标题和内容，讲述的多是夏夫兹博里、休谟、康德、席勒、费希特、谢林、黑格尔、叔本华、克尔凯郭尔、马克思、尼采、弗洛伊德、海德格尔、本杰明、阿多诺等人的美学思想，那就更加表明书名译作"审美意识形态"不恰当了。

这里，耐人寻味的是第二点。人们不禁要问：在阅读翻译著作和美学著作时，"中国读者"真有什么固定的"阅读习惯"吗？难道译著追求的"信、达、雅"不足为凭，反而读者的"阅读习惯"更为重要？是否"考虑"所谓"阅读习惯"就得放弃翻译的真实与科学呢？这让我立刻想起了鲁迅关于"硬译"的一些尖锐说法。当然，这里不牵扯到"阶级性"的问题，但鲁迅所说的"我的译作，本不在博读者的'爽快'"，

---

① ［英］特里·伊格尔顿：《审美意识形态》，王杰、傅德根、麦永雄译，柏敬泽校，桂林：广西师范大学出版社2001年版，第426页。

"倘有曲译,倒反足以为害"①,却是很值得引为鉴戒的。

我想,问题的关键恐怕是要"考虑"什么样的"阅读习惯"为好。说是考虑整个"中国读者"的习惯,那涵盖面太宽,口气也偏大;说是考虑一部分人的"阅读习惯"——不是阅读习惯,而是思维习惯——大概比较符合实际情况。也就是说,国内确有些学者,热心于阐述和传播"审美意识形态"理论,不仅在文章中,而且在教科书里,重点申论文学是"一种审美意识形态",并且主张文学就应界定为"显现在语言中的审美意识形态"。有学者干脆讲,审美意识形态论是"文艺学的第一原理"。质疑者有之,相信者亦不在少数。这说明,"审美意识形态"的提法,已经成为文艺学和美学中一个有影响的、名声显赫的观念。伊格尔顿 *The Ideology of the Aesthetic* 一书的译者,将书名从"美学意识形态"改译成"审美意识形态",大概"考虑"的就是这部分人——当然也是读者——的"阅读习惯"吧。或者说,他也是接受了"审美意识形态"的观念的。这样书名只要改动一个字,就可以"贴近"这一理论主张,"字面意思"也大体吻合了。

二

可惜,伊格尔顿该书的内容以及较公允的学理本身,都不能帮书名改动的忙,也不能帮确立"审美意识形态"概念的忙。那道理何在呢?

我们先来看伊格尔顿的这本书。一言以蔽之,在 *The Ideology of the Aesthetic* 中,作者是把"美学"——关于审美的学问——作为一种意识形态的形式来研究的,并认为"审美"从一开始就是个矛盾而且意义双关的概念。作者通篇从政治的角度观察美学,极为强调美学与政

---

① 《鲁迅全集》第 4 卷,北京:人民文学出版社 1963 年版,第 158、171 页。

治的密切关系,甚至强调"审美为中产阶级提供了其政治理想的通用模式"①,绝没有任何把"意识形态"审美化的倾向。这是首先应该指明的。

伊格尔顿说得很清楚:"本书是一种马克思式的研究"②,"本书试图在美学范畴内找到一条通向现代欧洲思想某些中心问题的道路,以便从那个特定的角度出发,弄清更大范围内的社会、政治、伦理问题"③。伊格尔顿承认,他在范畴的使用上比较松散和宽泛,但是,他认为美学在现代欧洲思想中之所以重要,主要是因为它在谈论艺术时也谈到其他问题——中产阶级争夺政治领导权的斗争中的中心问题。自启蒙运动以来,"美学著作的现代观念的建构与现代阶级社会的主流意识形态的各种形式的建构,与适合于那种社会秩序的人类主体性的新形式都是密不可分的"④。正是由于这个原因,而不是由于男人或女人突然领悟到画或诗的终极价值,或者说"审美"原因,美学才在当代的知识承继中起到如此突出的作用。

应该说,美学的内在复杂性不能简化为直接的意识形态功能,也不能简化为直接的感性审美功能。文学的历史语境和意识形态语境在很大程度上可以还原,这是肯定的;文学的某些情感层面和形式因素与历史之间的关系准则不需要还原,也是肯定的。这恰是文学本身既对立又联系的两个方面。即是说,文学的有些东西能够作意识形态的解释,有些东西只能作美学的解释,两者有关联,但不能混淆。这正是恩格斯反复强调的"从美学观点和史学观点,以非常高的、即最高的标准来衡量"⑤文艺作品的原因。

诚然,伊格尔顿在该书中"不断涉及的一个主题是肉体(body)"。

---

① [英]特里·伊格尔顿:《审美意识形态》,王杰、傅德根、麦永雄译,柏敬泽校,桂林:广西师范大学出版社2001年版,第17页。
② 同上书,第4页。
③ 同上书,第1页。
④ 同上书,第3页。
⑤ 《马克思恩格斯选集》第4卷,北京:人民出版社1995年版,第561页。

他认为这一主题与他要论述的主要问题存在着某种关系,并且认为"对肉体的重要性的重新发现已经成为新近的激进思想所取得的最可宝贵的成就之一"。① 不过,需要弄清楚,伊格尔顿这里谈论的不是一般的"美感"问题,而是"试图通过美学这个中介范畴把肉体的观念与国家、阶级矛盾和生产方式这样一些更为传统的政治主题重新联系起来"②。因为在他看来,对肉体、对快感和体表、敏感区域和肉体技术的深思,扮演着不那么直接的肉体政治的便利的替代品的角色,也扮演着伦理代用品的角色;美学既标志着向感性肉体的创造性转移,也标志着以细腻的强制性法则来雕琢肉体。可见,这仍然是一个文化政治学的分析,它驳斥的是认为美学与政治意识形态发生联系就注定令人反感、厌恶或无所适从的观点。

就连讲到美学的"自律性"问题,也是从政治出发的。伊格尔顿说:"自律的观念——完全自我控制、自我决定的存在模式——恰好为中产阶级提供了它的物质性运作需要的主体性的意识形态模式。"③他认为"自律"从根本上讲是个模棱两可的概念,因为它一方面提供了资产阶级意识形态的核心要素,一方面又强调人的力量和能力的自我决定的特征。伊格尔顿在书中所要做的事情,则是力图阐明美学既是早期资本主义社会里人类主体性的秘密原型,同时又是作为人类能力的幻象,而这种幻象是所有支配性思想和工具主义思想的死敌。他担心的正是那种忽略美学本身真正的历史复杂性,而把文学和艺术仅仅看成是一种审美活动的观念和现象。

还有一点是不能不提及的,那就是伊格尔顿非常明确地指出,他在书中"省略了对实际的艺术品的研究","尽可能对具体的艺术品保

---

① [英]特里·伊格尔顿:《审美意识形态》,王杰、傅德根、麦永雄译,柏敬泽校,桂林:广西师范大学出版社2001年版,第7—8页。
② 同上书,第8页。
③ 同上书,第9—10页。

持最大的沉默"。① 这也从一个侧面说明,作者即使谈论"审美",也是讲它作为政治意识形态现象的机制与功能。至此,我认为译者将书名从"美学意识形态"改作"审美意识形态",多半是出于"趋时"或服膺于某种"阅读习惯"的结果。

三

客观地说,译者的修改是在"挪用"和"沿用"一种提法。"审美意识形态"作为一个概念、一个术语,已经在文学理论界流行多时了。当然,"挪用"也好,"沿用"也好,只要能准确地表达理论观点,都是允许的。但问题的症结恰恰就在这个地方:"审美意识形态"概念能够成立吗?换句话说,用它来做伊格尔顿著作的译名不合适,把它当作一个文学理论或美学的范畴是否就合适呢?这是不可以不加辨析的。

众所周知,把文学界定为"一种审美意识形态",是在反对文艺"政治化"倾向的背景下产生的,有一定的合法性、模糊性和迷惑性。但是,合法性不等于合理性,模糊性不等于学理性,迷惑性不等于科学性。认真思索起来,用"审美意识形态"来给文学本质下定义,是难以成立的。

"审美"是一个反映和体验美的现象共性的宽泛概念,它既是人的一种意识形式,也是人的一种感性的"完善状态"。康德竭力把审美活动与认知、伦理和政治领域严格区别开来;黑格尔说:"'伊斯特惕克'的比较精确的意义是研究感觉和情感的科学"②;马克思认为,审美是"感觉在对象世界中肯定自己"③;伊格尔顿说得更彻底:"审美,它只

---

① [英]特里·伊格尔顿:《审美意识形态》,王杰、傅德根、麦永雄译,柏敬泽校,桂林:广西师范大学出版社2001年版,第11—12页。
② [德]黑格尔:《美学》第一卷,朱光潜译,北京:商务印书馆1979年版,第3页。
③ 《马克思恩格斯全集》第42卷,北京:人民出版社1979年版,第125页。

不过是人们赋予各种错杂在一起的认识形式的一个名字"①。

"意识形态"就不同了,不管从哪个意义上说,即不论是指"虚假的"意识还是指"真实的"意识,不论是指"占统治地位"的生产方式所产生的一套抽离了实际历史过程的观念,还是指远离了物质经济基础的种种精神形式,意识形态(Ideology)指的都是"思想体系"或"观念系统",指的都是它含有同社会总体结构、物质存在条件、阶级政治及先前思想材料之间的变动性联系。尤其是在当下的舆论和媒体中,"意识形态"已成为对社会具有强大影响、整合功能的政治宣教和思想学说的代名词。在这种情况下,把"审美"和"意识形态"组合成一个专有名词,就显得特别不和谐。倘若再说它是"发展了的"马克思主义观点,那就更加需要斟酌了。

道理很简单,我们对"审美意识"的形成和历史演化,可以做意识形态的解释,当然这只是解释中的一种;但对"审美"这种接受行为,不宜一般地把它归属于"意识形态"范畴。反过来讲,意识形态不是也不可能是审美的对象,或者说,意识形态本身并没有"审美"或"不审美"的问题。

从语法上看,"审美意识形态"是一个偏正结构,无论它偏向于哪一侧,在含义上都是有抵牾的。因为,文学中丰富的意识形态因素,无法用单一的"审美"来统辖;同理,文学中蕴涵的奇妙的艺术(审美)因素,也无法用单一的"意识形态"来解释。可以设想,如果我们把"审美"当作该词组中的定语,那它过滤掉了文学的意识形态的许多成分;如果我们不把"审美"当作定语,而是当作整个定义中的宾语,那意识形态无疑就成了命题中多余的累赘。有学者指出:"当我们说文学具有一定的意识形态性时,其审美因素已经内在地包含其中了。"②这其实是在演绎康德的观点。伊格尔顿就说过:根据康德的理论,"人们难

---

① [英]特里·伊格尔顿:《审美意识形态》,王杰、傅德根、麦永雄译,柏敬泽校,桂林:广西师范大学出版社2001年版,第5页。
② 单晓曦:《文学的审美意识形态论质疑》,《文艺争鸣》2003年第1期。

以不感受到这点——关于审美与意识形态之间的关系的许多传统的争辩,如反映、生产、超越、陌生化等等,都是多余的。从某个角度来看,审美等于意识形态"。① 丹尼尔·贝尔还说:"意识形态之所以具有力量也就在于它的激情","意识形态最重要的、潜在的作用就在于诱发情感"。② 这多少可以证明,把"审美"和"意识形态"组合在一起的叠印性和重复性。打个比喻,有谁会使用"苹果的水果"或"水果的苹果"这样的称谓呢?

我认为,用"审美意识形态"来定义文学,是有明显缺欠的。为了深化对文学本质的认识,我们不妨重温中国和印度现代文学史上两位大学者的见解。

印度大文学家普列姆昌德说:"给文学下的定义很多,但是,我认为最好的定义是'批评生活'。无论它以散文的形式还是以小说的形式出现,或者是以诗歌的形式出现,它都应当批评我们的生活,解释我们的生活。"③他认为,文学家的任务不仅仅是让读者开心。让人开心那是赞歌演唱者、魔术师、丑角和谐谑者的事,文学家的地位与他们相比要高得多。文学家是人们的引路人,他唤醒人们的人性,给人们注入善良的感情,开阔人们的眼界。普列姆昌德明确地表示,文学不只是娱乐消遣的东西,文学只有具备高尚的思想、自由的精神、美的性质和生活的光辉,才能使人们产生动力,推动人们去创造、去斗争,文学自身也才能经得起时间和艺术准则的检验。④ 因此,他主张文学要唤起对好的和美的事物的热爱,唤起对坏的和丑的事物的憎恶,要在大声疾呼反对压榨者、吸血鬼、伪善者以及利用人民赋予的权力牟取私

---

① [英]特里·伊格尔顿:《审美意识形态》,王杰、傅德根、麦永雄译,柏敬泽校,桂林:广西师范大学出版社2001年版,第91页。
② [美]丹尼尔·贝尔:《意识形态的终结》,张国清译,南京:江苏人民出版社2001年版,第394页。
③ [印]《普列姆昌德论文学》,刘安武、唐仁虎译,桂林:漓江出版社1987年版,第48页。
④ 同上。

利者的同时,竭力唤起对底层的、弱势的、贫困的和为不公正所折磨的人的关爱和同情。无疑,这对文学本质的认识,已经超出了审美和娱乐的局限。

鲁迅对文学本质认识的演进,也颇具启示意义。在文学的审美功能方面,他的看法有一个发展过程。早期,他虽然非常重视文学的审美功能,但却是抱着改造愚弱的国民精神之目的进入文坛的。那时他认为善于改变国民精神的,当然要推文艺。① 这已经是不把文学单纯地看作审美的东西了。后来,他提到,"一切文艺固是宣传,而一切宣传却并非全是文艺"②。实际上,这一观点既是肯定文学不能丧失艺术的本性,也是指出文学有审美以外的作用。到了20世纪30年代,鲁迅在《〈艺术论〉译本序》中写道:"在一切人类所以为美的东西,就是于他有用——于为了生存而和自然以及别的社会人生的斗争上有着意义的东西。功用由理性而被认识,但美则凭直感底能力而被认识。享乐着美的时候,虽然几乎并不想到功用,但可由科学底分析而被发见。所以美底享乐的特殊性,即在那直接性,然而美底愉乐的根柢里,倘不伏着功用,那事物也就不见得美了。"③这里虽说是转述俄国理论家普列汉诺夫的观点,但也看得出鲁迅是赞同这一观点的。包括《艺术论》在内的唯物史观文艺学说,帮助鲁迅确认,文学的社会功能蕴含在文学的审美功能之中,而且是文学所固有的。鲁迅把文学的审美属性和功利属性辩证地统一了起来。可以说,鲁迅懂得审美的目的在于宣传,倘若只审美而无宣传,文学将会走向堕落。所以,越到后来,鲁迅越注重文学的战斗精神和教育作用,也就不难理解了。例如1933年,他讲为何介绍"木刻创作"时说,"第一是因为好玩","第二,是因为简便","第三,是因为有用"。④ 他把"好玩"和"有用"联系

---

① 《鲁迅全集》第1卷,北京:人民文学出版社1963年版,第5页。
② 同上书,第68页。
③ 同上书,第207—208页。
④ 同上书,第469—470页。

在一起,就是一个明证。至于他鲜明地把"无产文学"看作是"无产阶级解放斗争底一翼"①,那就更能显示鲁迅文学本质观的先进性和深刻性了。

扯开去谈了两位文学家的思想,无非是想从旁证明,伊格尔顿并没有离开这个基本的理论轨道。而倘若将文学本质定义为"审美意识形态",那是欠周严、欠妥当的。

那么,如何界定文学的本质才更合适一些呢?这是一个不小的课题。从马克思主义的观点和方法出发,我认为,依照《〈政治经济学批判〉序言》中的唯物史观阐述,把文学界定为一种特殊"社会意识形式"②的产物,或界定为一种语言中的特殊"社会意识形式",恐怕是较为妥当的。这样一来,意识形态性和审美性就都是其中的内在属性了。此外,还有语言形象属性、人学属性、历史文化属性,等等,这就留待下一篇文章来探讨吧。

(原载于《高校理论战线》2005 年第 10 期)

---

① 《鲁迅全集》第 4 卷,北京:人民文学出版社 1963 年版,第 185 页。
② 《马克思恩格斯选集》第 2 卷,北京:人民出版社 1995 年版,第 32 页。

文学"审美意识形态论"献疑*

"审美意识形态"概念在我国是20世纪80年代中期提出的。目前,以"审美意识形态"来定义文学,似乎已成为我国相当一部分文学基本理论教材或著作中的一个惯例或常识。有学者甚至称"审美意识形态"是"文艺学的第一原理"①,可见它的影响之大、影响之深。经过考察,我们认为,用"呈现在语言中的审美意识形态"来界定文学,是欠妥当的。当我们重新审视这个流行的命题的时候,我们发现了同现有一些看法不同的认识。

一、"意识形态"是一个总体性概念

"意识形态"是马克思主义理论中的一个核心概念。在"意识形态"概念的使用上,马克思最具代表性。但是,综观他的各种相关论述,可以说他都是在总体性的意义上使用"意识形态"一词的。《〈政治经济学批判〉序言》中的用法最有权威性,他说:"生产关系的总和构成社会的经济结构,即有法律的和政治的上层建筑竖立其上并有一定的社会意识形式与之相适应的现实基础。"经济基础的变更必然带来全部庞大上层建筑或慢或快的变革。"在考察这些变革时,必须时刻把下面两者区别开来:一种是生产的经济条件方面所发生的物质的、可以用自然科学的精确性指明的变革,一种是人们借以意识到这个冲突并力求把它克服的那些法律的、政治的、宗

---

* 本文的另一作者是马建辉。
① 童庆炳:《审美意识形态论作为文艺学的第一原理》,《学术研究》,2000年第1期。

教的、艺术的或哲学的,简言之,意识形态的形式。"①这里的"意识形态"概念,无疑不是法律、政治、宗教、艺术、哲学诸种思想系统的叠加。不是说意识形态本身又分成多少种类,联系这段话的上下文,特别是斟酌该句中"简言之"和"形式"两词的用法,可以说恰好表明"意识形态"是一个有机的总体性概念,或者说,它是一个时代的思想家们通过对特定社会关系的反映而建立起由法律思想、政治思想、道德观念、宗教观念、艺术观念、哲学思维等组成的综合思想体系。这个总体性的思想体系构成了特定历史时期的意识形态,并以各种形式表现出来。

意识形态(Ideologie)作为一个外来词,初译成汉语时,其总体性特征就被注意到了。在中国学者的文章或著述中,最早使用"意识形态"概念的是李大钊。他在发表于1919年的《我的马克思主义观》一文中,用"综合意思"来对译"意识形态"②。这里的"综合"就包含有系统性和总体性的意涵。我国学者对"意识形态"概念本身的具体解释,始于1928年开始倡导无产阶级革命文学的语境中。是年1月,创造社在创办的《文化批判》月刊第1号"新辞源"栏目中,就解释了"意德沃罗基"(即"意识形态")概念的含义:"意德沃罗基 Ideologie 的译音,普遍译作意识形态或观念体。大意是离了现实的事物而独自存续的观念的总体。我们生活于一定的社会之中,关于社会上的种种现象,当然有一定的共通的精神表象,譬如说政治生活、经济生活、道德生活以及艺术生活等等都有一定的意识,而且这种意识,有一定的支配人们的思维的力量。以前的人,对此意识形态,不曾有过明了的解释,他们以为这是人的精神的内在底发展;到了现在,这意识形态的发生及变化,都有明白的说明,就是它是随着生产关系——社会的经济结构——的变革而变化的,所以在革命的时代,对于以前一代的意识

---

① 《马克思恩格斯选集》第2卷,北京:人民出版社1995年版,第32—33页。
② 《李大钊全集》第3卷,石家庄:河北教育出版社1999年版,第235页。

形态,都不得不把它奥伏赫变①,而且事实上各时代的革命,都是把它奥伏赫变过的。所以意识形态的批判,实为一种革命的助产生者。"②创造社同人以"观念的总体"来说明"意识形态",显然是把握到了意识形态的总体性特征。当年,胡秋原在翻译弗里契的《艺术社会学》时,也在注释中谈到 Ideologie 的中译问题。他认为,与当时流行的译作"意识形态"或"观念形态"相比较,译作"精神文化形态"更好些;他还称其友人费陀从俄国来信主张译为"思想系统",也有可取之处。③"精神文化形态"或"思想系统",其实是从不同方面强调了 Ideologie 的"总体性"特征。"精神文化形态"涵盖的指称范围更广一些,它强调总体的构成内容,完全可以把文学、艺术纳入其中;而"思想系统"则更严谨,它强调思想总体的构成特点——成为一个体系。所以,文学、艺术所传达的思想、观念,是结构这个体系的一个因子。

由于政治、法律、哲学、道德和艺术观念等与意识形态有构成关系,所以,我们一般可以说某一种意识形式是一种意识形态。但是,如果以此为据,用一个总体性范畴来给总体的一个构成要素下定义,那就要慎重了。社会科学类的学术著作中,很少有人拿意识形态概念给政治学、经济学、法学、哲学等下定义的。这是以意识形态来定义文学时需要认真反思的一个方面。

二、意识形态与艺术观念及文学之关系

"意识形态"一词的本义是指思想体系或学说④,是"表达一定阶

---

① 即"扬弃",德语词 Aufheben 一词的音译。
② 同人:《意德沃罗基》,1928 年 1 月 15 日《文化批判》第 1 号。
③ [俄]佛理采:《艺术社会学》,胡秋原译,神州国光社 1931 年版,第 104 页注 3。
④ "意识形态"一词由法兰西学院院士特拉西于 1801 年最先使用。在特拉西那里,原意是思想或观念论,目的是在理性的基础上,通过实践使一种思想或观念体系能够解释、改造世界,从而造福于人类。特拉西使用意识形态一词在于强调思想或观念体系的系统性、科学性、阶级性以及政治意图。

级利益的政治观点、经济学观点、法律观点、哲学观点、道德观点等等这类社会观点的体系"①。这是取得了共识的意见。恩格斯《在马克思墓前的讲话》中指出:"正像达尔文发现有机界的发展规律一样,马克思发现了人类历史的发展规律,即历来为繁芜丛杂的意识形态所掩盖着的一个简单事实:人们首先必须吃、喝、住、穿,然后才能从事政治、科学、艺术、宗教等等;所以,直接的物质的生活资料的生产,从而一个民族或一个时代的一定的经济发展阶段,便构成基础,人们的国家设施、法的观点、艺术以至宗教观念,就是从这个基础上发展起来的。"②恩格斯在此显然是把"法的观点、艺术以至宗教观念"指称为意识形态的,因此,作为意识形态的形式之一的应该是艺术观念而非艺术本身。上面提到的《文化批判》月刊在解释意识形态概念时也称,不是"艺术生活",而是"艺术生活"的意识才是"意识形态"。"意识形态"应是对于"政治生活、经济生活、道德生活以及艺术生活等"基于某一阶级或阶层利益或价值观念自觉建构的理论体系。

由此可见,认定文学是一种意识形态,主要也是从文学观念或通过文学所传达的观念来着眼的。冯雪峰(丹仁)在《关于"第三种文学"的倾向与理论》(1933)一文中分析文学的阶级性时指出:"文学的阶级性,以及对于阶级的利益,首先是因为文学是阶级的意识形态的反映。这是大家都明白的了。然而第二,又正因为这表现在对于客观的生活或真理的认识或反映上的缘故。就是,文艺作品不仅单是反映着某一阶级的意识形态,它还要反映着客观的现实,客观的世界。然而这种的反映是根据着作者的意识形态,阶级的世界观的,到底要受着阶级的限制的。(到现在为止,只有无产阶级的世界观——辩证法的唯物论,才能够最接近客观的真理。)"③"意识形态"在这里明显是

---

① [德]埃哈德·约翰:《马克思列宁主义美学诸问题》,朱章才译,昆明:云南教育出版社1999年版,第367页。
② 《马克思恩格斯选集》第3卷,北京:人民出版社1995年版,第776页。
③ 丹仁:《关于"第三种文学"的倾向与理论》,1933年1月1日《现代》杂志第2卷,第3期。

指作家的观念。

　　文学作品的复杂性在于,它既是观念的一种产物,又是观念的一种载体,但确非观念自身。也许正是出于这种理解,一贯主张文学意识形态本性论的苏联文艺理论家波斯彼洛夫,在其《文学原理》中给文学下定义时,才没有直接使用"意识形态"的概念。

　　有学者认为,苏联美学家"布罗夫在1975年出版的小册子里曾经提出艺术是'审美意识形态'说"①,并以此作为提出"文学是审美意识形态"命题的依据。看来这也是误读和曲解。布罗夫是这样说的:"意识形态只有在各种具体表现中——作为哲学意识形态、政治意识形态、法的意识形态、道德意识形态、审美意识形态——才会现实地存在。当然,我们可以说,哲学观点的本质和实质是意识形态的,但是,对于政治观点、法的观点、伦理观点和审美观点,我们也可以这样说。"他把"审美"称为"意识形态的一种变体",认为"艺术也是一种意识形态现象……但是……这是'审美方面'的意识形态现象"。② 看来,正确理解布罗夫这里的"审美意识形态",我们要把握两点:一是审美在此是指意识形态的具体表现的,是指"作为审美的"意识形态的;二是审美在此是指"审美观点","作为审美的"意识形态是指"作为审美观点"的意识形态的。说艺术是"一种意识形态现象",并不能就据此说艺术是一种意识形态,意识形态作为本质观念是内在于作为现象的艺术的一种特性或功能。

　　上面是凌继尧先生的译文,如果我们再看一看这段话的张捷先生的译文,那问题就更加清楚了:"'纯思想'是根本不存在的。它只有在多种多样的具体表现中才实际存在——表现为哲学的、政治的、法的、道德的、审美的东西。自然我们可以说,哲学观点的本性和本质是

---

　　① 金元浦主编:《多元对话时代的文艺学建设:新理性精神与钱中文文艺理论研究》,北京:军事谊文出版社2002年版,第15页。
　　② [苏]阿·布罗夫:《美学:问题和争论》,凌继尧译,上海:上海译文出版社1987年版,第41页。

一种思想的本性和本质,但是在谈到政治的、法的、道德的和审美的观点时,同样也可以这样说。"①这一译法中,没有了"意识形态"概念,而译成了"纯思想"概念;没有了所谓的各种"意识形态",而是译成了"表现"为某某的"东西"。当然,"审美意识形态"这一概念也就不见了。

不论是哪一种译文,都不能给"文学是审美意识形态"的定义以任何支撑,相反,却进一步证明,只有那些"现实地存在"的"观点",才是意识形态。那种认为布罗夫给文学是"审美意识形态"界定提供了概念参考,只是没有进行阐释的说法,是缺少充分学理根据的。

那么,文学与意识形态到底是一种什么关系呢?马克思、恩格斯的论述为这一问题的解决提供了有益的启示。他们在《德意志意识形态》中说:"甚至人们头脑中的模糊幻象也是他们的可以通过经验来确认的、与物质前提相联系的物质生活过程的必然升华物。因此,道德、宗教、形而上学和其他意识形态,以及与它们相适应的意识形式便不再保留独立性的外观了。"②显而易见,他们是把"意识形态"和"意识形式"严格区别开来的。据此,我们完全有理由推论,文学(即文学活动和文学作品)应是一种与意识形态(首先是文学观念)"相适应的""意识形式"或"社会意识形式"。我们在前面的《〈政治经济学批判〉序言》中,也已看到了类似的表述。

马克思在《剩余价值理论》中批判经济学家施托尔希的一段话,对我们探讨文学与意识形态的关系也很有启发。他说:"因为施托尔希没有能够了解物质生产的历史的性质,他把物质生产当作一般的物质财富的生产来考察,而不是当作在历史的发展中某一具体时候的一定生产形式来考察,所以他就失去了理解的基础,而只有在这种基础上,才能够既理解统治阶级的意识形态组成部分,也理解这一一定社

---

① [苏]亚·伊·布罗夫:《美学:问题和争论》,张捷译,北京:文化艺术出版社1988年版,第36页。
② 《马克思恩格斯选集》第1卷,北京:人民出版社1995年版,第73页。

会形态下自由的精神生产。他没有能够超出泛泛的毫无内容的空谈。"①对此,英国学者柏拉威尔评论道:"有人说,马克思这样区分阶级的意识形态(die ideologischen Bestandteile der herrschenden Klassen)和自由的精神生产(die freie geistige Produktion jeder gegebenen Gesellschaftsformation),似乎是再一次表示,即使受到一种意气不合的社会秩序的限制,艺术可能仍是一个比较自由的领域。这种论点是站得住脚的,即使我们必须承认,对这一段话的理解是有分歧的。马克思本人没有看到它的付印,而他的手迹又是这样模糊,后来的编辑者读做'自由的精神生产'(freie geistige Produktion)的一句话也可以读做'精细的精神生产'(feine geistige Produktion)。但是,不论读做什么,原来在《〈政治经济学批判〉序言》中隐含地把文学与意识形态等同起来,而现在却把'统治阶级的意识形态组成部分'同不管是'自由的'还是'精细的'方式作出区分,这是一个可喜的纠正。"②

　　柏拉威尔的分析未必贴切,特别是《〈政治经济学批判〉序言》中马克思并未"把文学与意识形态等同"。但是,倘若我们把文学理解为一种与意识形态相适应的社会意识形式的话,那么,马克思在《剩余价值理论》中的这句话就很容易得到理解:相对于直接适应社会秩序的意识形态而言,通过适应意识形态而间接地适应社会秩序的精神生产,是相对比较"自由的领域"。

三、"审美"是文学的本质之一

　　文学的本质是一个系统,有多个向度和多种层级。要真正认识文

---

　　① 马克思:《剩余价值理论》第1册,北京:人民出版社1975年版,第296页。此处引文据[英]柏拉威尔:《马克思和世界文学》,梅绍武等译,北京:生活·读书·新知三联书店1980年版,第423页。译文略有改动。
　　② [英]柏拉威尔:《马克思和世界文学》,梅绍武等译,北京:生活·读书·新知三联书店1980年版,第423—424页。

学及其本质,"必须把握、研究它的一切方面、一切联系和'中介'"①。而且,这种把握和研究实际属于"观念上层建筑的历史科学"范围,"在这里认识在本质上是相对的"。② 因此,即便我们说文学是一种意识形态的形式,那"审美"也只是其中的本质之一。

如上所论,"审美意识形态"(或曰"审美的意识形态")概念未必确当,用"审美"说明事物并不是万能的。就说以"审美意识形态"来全称界定文学,那势必会舍弃和滤除文学的其他一些本质层面。这样一来,文学的"**独特的本质**,因而也是它的对象化的独特方式,它的**对象性的、现实的**、活生生的**存在**的独特方式"③反而不见了。这就局限了人们对文学本质多层级的动态的认识。

恩格斯在致斐·拉萨尔的信中曾说:"较大的思想深度和意识到的历史内容,同莎士比亚剧作的情节的生动性和丰富性的完美的融合……正是戏剧的未来。"④并且认为,"美学观点和史学观点"是衡量文艺作品的"非常高的、即**最高的**标准"。⑤ 在马克思主义创始人那里,审美一直是文学艺术本质的一个方面。他们在对具体文学作品进行评价时,审美因素总是同其他因素有机地联系在一起的。为此,毛泽东甚至说过:"文艺家几乎没有不以为自己的作品是美的"。但有些倾向不好的作品,"也可能有某种艺术性"。"内容愈反动的作品而又愈带艺术性,就愈能毒害人民,就愈应该排斥。"⑥显然,这种严苛的判断不是反对文学应该具有审美本质,而是强调文学除了艺术性之外还有其他的本质成分,文学的形式如果不是表达其积极内容的形式,那就会产生负面的效应。

可以这样说,坚持辩证法和唯物论的经典作家,希望一部文学作

---

① 《列宁选集》第4卷,北京:人民出版社1972年版,第453页。
② 《马克思恩格斯选集》第3卷,北京:人民出版社1995年版,第429—430页。
③ 《马克思恩格斯全集》第42卷,北京:人民出版社1979年版,第125页。
④ 《马克思恩格斯选集》第4卷,北京:人民出版社1995年版,第557—558页。
⑤ 同上书,第561页。
⑥ 《毛泽东选集》第三卷,北京:人民出版社1991年版,第869页。

品要表达的思想和它的表达方式能够协调一致,希望一部文学作品能够以真实的或想象的历史意识作为其精神的依托。他们对于那些知道怎样使用艺术缰绳但是却没有意愿驾驭马匹的作家,对于那些陷入形式主义和唯美主义的艺术观念,对于那些用华丽辞藻掩盖陈腐思想、低下感情以及对世事无知的所谓"美文学"作品,是反感、讨厌、不赞许的。他们始终坚守文学要"满足人民精神生活多方面的需要","能够使人们得到教育和启发,得到娱乐和美的享受"①的准则。

当然,鉴于历史的教训,在一定时期强调文学的审美本质,有其合理性。但是,在界定文学的时候,却不能只顾一点,不及其余。因为在中外文学史上,纯粹审美的作品是很少见的,优秀的作品都是真善美的统一,而美恰是真与善的具体体现。在文学定义上单纯强调美,把文学的意识形态性片面规定在审美领域,往往会使文学走上虚无、苍白、贫血或缺钙的歧途。这在当前的某些文学创作中,在个别文学史和语文课本的编写中,在一些所谓"文学百年经典"的编撰中,已经得到了不容置疑的证明。前些年学界有人张扬的"过'审美'筛子"的提法,已使大量杰出而进步的文学作品被无端地、粗暴地逐出文学的行列,这是不能不引起警惕和深思的。

对于审美在文学中究竟有着怎样的地位,其实早在20世纪30年代我国一些学者就有了明确的认识。关沫南的《论文学创造的美学基础》一文指出,美在文学里的地位是从属性的。他写道:"我说美学的观念在文学的创造中得有哲学的成立,并不认为美学就是文学。美学在人类生活上有其独特的表现,在文学里有其从属的应用,一般的说来美并不就是文学,而文学里却常常地包含着美,它们有绝对的差异性,也有相对的同一性。"②梁实秋也说过:"凡不能成为'人生的批评'的作品,无论文字多么美丽,技巧多么成熟,都不是好的文学。"③这些

---

① 《邓小平文选》第二卷,北京:人民出版社1994年版,第209、210页。
② 关沫南:《论文学创造的美学基础》,《大北新报》1940年10月27日。
③ 梁实秋:《偏见集》,南京:正中书局1934年版,第210页。

学者在当时已经认识到文学是艺术，但和音乐、图画不同，它不纯粹是艺术，所以，不宜把审美强调到不适当的地步。

柏拉威尔在《马克思和世界文学》中认为："在马克思看来，文学并不是一个单独的、闭关自守的部门。诗歌、小说、剧本，显然是和另一些具有更浓厚的功利主义色彩的体裁的作品有关，并且可以有益地同这些作品联系起来加以讨论。"①这对我们客观地历史地认识文学的本质，无疑也是有帮助的。我们不应被审美"一叶障目"，而看不到文学的其他本质特性或文学本质特性的其他方面。

综上所述，可以说，以"审美意识形态"来定义文学，确有很多缺陷和不足之处。我们尤其担心这种界定模式将会对创作带来实际的危害。诚然，一个关于文学的定义，随着人们视野的展开和理解的深入而显出某种缺憾是正常的、合乎规律的，人们对此进行的质疑也是有意义和价值的，否则，文学基本理论就不能前进了。但是，谁都知道，解构一个命题要比构建一个命题容易得多。因此，上面的一些思考和材料，若对人们重新认识文学本质、重新推导文学定义有些许启示，我们也就满足了。

（原载《文艺理论与批评》2006年第1期）

---

① ［英］柏拉威尔：《马克思和世界文学》，梅绍武等译，北京：生活·读书·新知三联书店1980年版，第188—189页。

文学与意识形态关系辨析

一

　　文学与意识形态关系是个极为重要的文学理论问题,它不仅涉及对基本概念的理解,而且涉及对文学本质的认识。自从唯物史观学说传入中国以来,文学理论界多次重大的理论论争大都是围绕这一问题进行和展开的。时至今日,该不该用某种"意识形态"的全称来界定文学的本质,仍是有严重分歧和争议的话题。

　　马克思在论述社会结构学说的时候,有几个概念是经常同时使用的,这就是"意识""社会意识""社会意识形式""意识形态""社会意识形态""社会意识形态的形式"。应该说,他在使用这些概念时,并没有给它们下过非常明确的定义,也没有从理论意义上加以严格区分和辨析。特别是在其后期著作中,一些概念内涵还有变化以及与前期著作不尽一致的地方,这就增加了辨析的难度。不过,透过经典作家的文本,我们还是可以大致把握这些概念内在而深刻的差别的,还是可以发现它们之间虽有交叉但在涵义上有宽窄、高低、性质的区别。弄清这些区别,对理解文学本质观十分重要而且有益。

　　目前在文学理论文章和教科书中,我们常常可以看到把"特殊意识形态""社会意识形态"或"审美意识形态"作为对文学本质的界定。这种界定方式,在社会学的意义上是触及了文学本质的核心层面,也就是说,文学在社会结构中是带有意识形态的性质的。但是,从严格的定义角度来看,这种界定模式多少有些如维特根斯坦说的那种"抽象过限"或"抽象不足"的弊端。比如,说文学是"特殊的"和"社会的"意识形态,这是概括得"过限"了,因为它还没有与其他意识形态真正区别开来;倘若说它是"审美的"意识形态,那又抽象得"不足"了,因为文学的意识形态属性,不是或主要不是表现在感性体验上。所以,我们对文学与意识形态的关系,需要做更细致深入的研究。

二

马克思说:"不是人们的意识决定人们的存在,相反,是人们的社会存在决定人们的意识。"①这里的"意识",显然是指对存在——包括一切自然存在和社会存在——的一般反映。由于人的本质的现实性是由社会关系规定的,所以,这里的"意识"被理解为"社会意识"也是顺理成章的。除非与动物相比,否则"意识"和"社会意识"这两个概念的区别只有相对的意义。当然,从分散的单个人意识到形成群体性的社会意识,这其间必有一个从低级结构水平到比较高级的结构水平的渐进过程,必有一些介乎其间的中间状态,而且就社会意识本身而言,也是具有复杂结构和不同水平的。

那什么是"社会意识"的完整解释呢?分析马克思的大量文本,我认为把它表述成人们对社会存在即社会物质生活及其过程的反映,包括各种社会意识形式和社会心理,是符合实际的。在繁复的"社会意识"系统中,人们还可以做出个人意识、群体意识、社会心理、社会意识形式和社会意识形态与非意识形态的划分。

"社会心理"是自发的不定型化的社会意识,和人的日常生活紧密联系;"社会意识形式",是社会意识反映和表现社会存在比较自觉定型的较高层次的意识形式。从意识的主体范围及对社会存在反映的不同层级、与经济基础的不同关系来看,"社会意识形式"既包含和日常生活相联系的较浅层次,也包含具有理论成分的较深层次。"政治、

---

① 《马克思恩格斯选集》第2卷,北京:人民出版社1995年版,第32页。

法律、道德、宗教、艺术、哲学等观点和科学理论,以及不同阶级、不同社会集团、不同民族的心理和精神生活习俗、传统等,都是社会意识的组成部分。"①这些"社会意识形式"之间相互联系、相互渗透、相互作用,从而历史地构成了变化着的社会意识形式统一体。

如果从这个视角看,那文学显然是一种"社会意识形式",而且这种"社会意识形式"中确实包含有个人意识、群体意识、社会心理、意识形态和非意识形态等因素。当人们说文学是"社会意识形式"的时候,实质上就在承认它对社会存在的依赖性,承认它的相对独立性,因为文学作为情感体验性的意识现象,本身已具有自己独特的存在方式和演化规律。

"社会意识形式与社会心理同属社会意识的范畴,都是社会存在的反映,两者作为社会生活的精神现象没有实质差别,但在对社会存在反映的广度和深度上有明显不同。"②社会心理是社会意识形式的思想基础,为一定社会意识形式的形成和发展提供了最初的动机、激情和丰富的意识材料。反过来,社会意识形式又给予社会心理以重大的影响。它们的相互作用是社会意识发展的一个内部动力。从这种分析出发,说文学是一种社会意识形式就更有学理根据。

无疑,社会意识诸形式依据它们是否直接反映和表现社会经济形态、政治制度和情感心理,又可分为意识形态的形式和非意识形态的形式。前者具有阶级性,后者不具有阶级性。文学从整体上说属于前者,但具有某种非意识形态的因素。

这样一来就展露了问题的关键:文学是社会意识形式,但属于既具意识形态性因素又具非意识形态性因素的一种社会意识形式。它可以表现出意识形态的特征,但不是意识形态本身。所以,不管添加什么定语或修饰词,只要直接地把文学界定为"意识形态",就需要慎

---

① 《中国大百科全书》(哲学卷Ⅱ),北京:中国大百科全书出版社 1987 年版,第 1096 页。

② 《哲学大辞典》(修订本),上海:上海辞书出版社 2001 年版,第 1258 页。

重对待。

三

辨析何谓"意识形态"是学界多年的课题,应该说已经有了一个基本的共识。现在的问题是,把文学直接定义为一种带定语的——如特殊的、形象的、审美的、情感的——意识形态,成立否？妥当否？诚然,这种界说方式比较流行,且有某些当代西方文论家、苏联文论家以及中国学者在用法上的先例,但从经典作家各种文本表述来考察,它的科学性和严密性还是要受到质疑的。

"意识形态"是什么？它是一种较高级的具有较强自觉性和系统结构水平的"社会意识"。按照《中国大百科全书》和《哲学大辞典》的说法,意识形态是"系统地、自觉地、直接地反映社会经济形态和政治制度的思想体系,是社会意识诸形式中构成观念上层建筑的部分"[1],同时它也"是特定阶级或社会集团根本利益的体现"[2]。如果这种界定基本正确的话,那么,说文学是一种"思想体系",而且还是系统、自觉、直接地反映社会经济形态和政治制度的"思想体系",说文学仅是上层建筑中的"观念"部分,体现的只是特定阶级和集团的"根本利益",就难以成立了。因为文学恰恰不是这样子的一种社会意识形式,也就是说,它不单纯是"思想体系",不仅仅构成"观念"的上层建筑,尤其是它并非系统、直接地反映经济形态和政治制度。它的反映,也只是经过生活的较完整面貌和形象形式折射出来的。即使文学可能体现一定阶级、集团的观念和利益,但简单地将其归结为是他们"根本利益的体现",显然也欠妥当。如果再联系到艺术的其他门类,那这种界定就更显得蹩脚了。

---

[1] 《中国大百科全书》(哲学卷Ⅱ),北京:中国大百科全书出版社1987年版,第1097页。

[2] 《哲学大辞典》(修订本),上海:上海辞书出版社2001年版,第1817页。

应该说,"意识形态"是个总体性概念,它是表现在哲学、宗教、政治法律思想、道德、文学艺术等形式中的。也就是说,各种社会意识形式,"表现"出意识形态成分,或者说具有意识形态属性。"表现"在其中与本身"就是",性质是完全不同的。文学与意识形态的关系,亦应作如是观。我们只有把文学"表现"意识形态同文学"是"一种意识形态区别开来,弄清意识形态"表现"在文学中同"表现"在其他社会意识形式中的差异,才能正确认识文学的本质特征,认识文学意识形态性以外的其他层面,才能把握文学作为语言艺术和艺术生产活动的特点。这是我们探讨文学是"社会意识形式"还是"意识形态"的一个重要缘由。

既然"意识形态"概念从词源学[①]和现实应用[②]角度都是指与阶级、集团、权力和统治相关的"思想体系"或"理论观念",那么,把情感体验性的、形象性的、技巧性的、虚拟性的文学(当然还包括其他艺术)偏要用"意识形态"来界定,就说不通了。例如,有学者在解答"为什么说文学是一种社会意识形态?"时是这样说的:"文学是精神现象之一,是人类意识活动的产物,也即人类意识的外化、形态化,就这一点而言,它如同政治、哲学、科学、宗教、道德一样,是一种社会意识形态。"[③]这就明显地把"意识""意识形式"和"意识形态"搞混淆了。

---

① 意识形态,英文 ideology,源自希腊文 idea(思想或观念)和 logos(理论或理性),意思是观念论或观念的科学。除译成"意识形态"外,还曾译为"思想""思想体系""观念论"等。19世纪初,法国经济学家、哲学家特拉西在《意识形态概论》中首先使用这一概念,指的是考察观念的普遍原理和发生规律的学说。拿破仑贬称特拉西为"意识形态家",即"空论家"。马克思和恩格斯在《德意志意识形态》中指出,意识形态是阶级社会的特有现象,是统治阶级粉饰统治和进行统治的手段。后来,他们把意识形态作为和经济形态相对应的一个历史唯物主义范畴。

② 在现实应用中,我们常常见到"社会主义意识形态""军国主义意识形态""官方意识形态""主流意识形态""国家意识形态""政党意识形态""女权意识形态""台独意识形态""意识形态划线""意识形态分歧"等用法,但很少见到把情感的、直觉的、灵感的、形式的、审美的现象称作某某"意识形态"的。这也从一个侧面体现了意识形态概念的特有规定性,说明了"审美意识形态"不成立。

③ 童庆炳:《文学概论自学考试指导书》,武汉:武汉大学出版社1990年版,第11页。

"意识形态"变成了一般的"意识""外化"和"形态化"。在这种情况下,即便于"意识形态"前面加上"审美的"形容词予以限制,但将文学"表现"出"意识形态性"变成文学就是某种"意识形态"这一总体弊端,也是没有剔除的。

四

将文学本质界定为"意识形态"或"审美意识形态",最有力的所谓依据据说是马克思《〈政治经济学批判〉序言》中的这段话:"人们在自己生活的社会生产中发生一定的、必然的、不以他们的意志为转移的关系……这些生产关系的总和构成社会的经济结构,即有法律的和政治的上层建筑竖立其上并有一定的社会意识形式与之相适应的现实基础。……随着经济基础的变更,全部庞大的上层建筑也或慢或快地发生变革。在考察这些变革时,必须时刻把下面两者区别开来:一种是生产的经济条件方面所发生的物质的、可以用自然科学的精确性指明的变革,一种是人们借以意识到这个冲突并力求把它克服的那些法律的、政治的、宗教的、艺术的或哲学的,简言之,意识形态的形式。"①

但用这段话中的"意识形态"作为界定文学本质的依据,显然是有误读和曲解之嫌的。

其一,这里明确指出,与经济结构(现实基础)相适应的,除了有竖立其上的政治和法律的上层建筑外,还有一定的"社会意识形式"。前者可称为带物质性的上层建筑,如政府、军队、法庭等;后者可称为精神性的上层建筑,是反映与适应现实的各种意识活动的产物。文学在这一社会结构序列中,应属于"社会意识形式"的部分。马克思没有把这种反映和适应现实基础的东西直接称为一定的"意识形态"。个别

---

① 《马克思恩格斯选集》第2卷,北京:人民出版社1995年版,第32—33页。

学者对此有不同看法,认为这里的"一定的社会意识形式"就是后面提到的"意识形态的形式"的意见。① 这显然是不准确的。

其二,考察(研究、分析、判断)经济基础和庞大上层建筑的变革,存在两种方式,一种是自然科学的方式,一种是社会科学(包括人文科学)的方式。两者是不能混淆的。

其三,用自然科学的"精确性"可以指明的变化,是在生产和经济条件的"物质"方面。不能用自然科学的"精确性"指明的,正是生产与经济条件的"精神"方面,它能意识到基础和上层建筑的冲突,也想有所解决,但必然渗透特定阶级、集团的立场、观念和利益诉求,这种思想体系和观念系统,有其阶级性和倾向性,因此称作"意识形态的形式"。

其四,借以"意识"到社会的矛盾和冲突,又"力求把它克服"的思想,显然是人文社会科学方面的理论与学说。这样理解,才同上文提到的"自然科学的精确性"合理地对应起来。

其五,这里"艺术的",同并列的"法律的""政治的""宗教的"或"哲学的"都是定语,都带"的",或者说都是"意识形态的形式"的代称,否则就不用"简言之"短句了。因之,这里的"艺术的",不是"艺术"作品本身,而是指艺术理论、艺术观念、艺术学说。只有是艺术理论系统,才能和法律、政治、哲学等放在一起。倘若这里"艺术的"是指音乐、舞蹈、绘画、雕塑、诗歌、小说等作品,那就无论如何不能说是"意识形态的形式"了。所以,"意识形态的形式"不应指社会意识形式的类型,而应指意识形态内容的表现形式。

总之,《序言》中的这段话是不能生硬地拿来证明艺术(包括文学)是"意识形态",它证明的是艺术理论(包括文学理论)是"意识形态的形式"。文学作为一种独立的意识类型,只是一定社会意识形态的体现者,不能单独成为意识形态。文学是用语言全面完整地反映社

---

① 谭好哲:《文艺与意识形态》,济南:山东大学出版社1997年版,第84页。

会生活的感性画图,它与单纯观念体系的意识形态是不同质的。

五

不主张把文学界定为"审美意识形态"或"社会意识形态",是不是为了否定文学的意识形态属性呢？不是的。恰恰相反,是为了更好地维护和坚持文学的意识形态性理论,为了更好地说明和解释文学意识形态属性以及意识形态以外的本质特征。长期以来,无视和忽略这一问题的探讨,正是文学基本理论研究产生一些偏差、出现一些不应有的混乱的一个原因。

尤其是"审美意识形态"这个提法,它用"审美"来统辖"意识形态",实际上泛化了"意识形态"的概念,模糊了"意识形态"理论的内涵,把意识形态当作了表示"意识"的某些种类的集合体,这就消解了文学本质规定中的历史唯物主义成分。比如,有种意见认为:"文学的一般意识形态性质表现在:第一,文学指人们的说、写、听、读、思等活动及其产品即话语活动和话语产品,简称话语。话语是人和人之间通过语言进行沟通的具体行为或活动,即一定的说话人与受话人在特定语境中通过文本而展开的沟通活动;第二,文学是一种社会话语活动,应社会的需求而产生,受社会制约并为社会服务;第三,文学作为社会性话语活动,归根到底是现实生活的反映的产物。"[①]

应该说,这种意见的要害,实质上就是把"意识形态"同"意识"或"意识形式"看成完全相同的东西了。文学理论要坚持的是文学的"意识形态性",而不是要坚持所谓的"意识性""话语性"和"沟通性",也不是坚持一般的"社会性"和"需求性"。如果该意见阐述的这些成分就是文学"意识形态"性质的表现,那它同文学"非意识形态"论又有多大区别？这个时候,再给文学"意识形态"规定戴上一顶"审

[①] 童庆炳:《文学理论教程(修订版)教学参考书》,北京:高等教育出版社1999年版,第70页。

美"的帽子,那就更看不清科学的"意识形态"理论的实质、精髓和价值了。道理似乎很简单:什么都是意识形态,就什么也不是意识形态了;什么都是审美的,就什么也不是审美的了。意识形态用审美过滤一遍,意识形态就不存在了。这种理论,对文学创作的负面影响是可想而知的。

(原载《曲靖师范学院学报》2006 年第 1 期)

关于文学本质与意识形态的关系

——兼评"审美意识形态"说

一

传统意识形态论文学观的缺陷暴露之后,在新的途径上找到一条揭示文学本质之路,既坚持马克思主义的意识形态理论,又能为社会大变革时期的文学活动和文学创作提供新的理论支柱,必然成为中国文学理论研究的重要课题。

文学作为社会意识形式有其意识形态性,也有与其他意识形态相区别的特殊性,这是学界的普遍共识。在这种背景下,有学者鉴于以往中外"反映论"和"审美论"两派观点各自的片面性和局限性,提出"文学是一种审美意识形态"作为本质的规定,以突出强调文学的"审美"特性,是可以理解的。例如有学者说:"文学理论所要研究的是文学之所以为文学的、具体的意识形态,即一种审美的意识形态"。他认为,文学的审美特性"来自文学的独特对象、创作主体和把握它的特有的方式之中。没有审美特性,根本不可能存在文学这种意识形态,而文学的意识形态性,不过是文学审美特性的一种表现"。[①] 这里,论者指出文学理论要研究"文学之所以为文学"的那些东西是正确的;认为有必要把意识形态的形式具体化,认为文学的审美特性来自文学的独特对象、主体特性及其艺术把握世界的方式等,也是有道理的。这种规定,对单纯从"政治"角度或"工具"角度界定文学的作法是一种

---

① 钱中文:《论文学观念的系统性特征》,《文艺研究》1987年,第6期。

倒拨和纠正,同时,也是把传统的"认识论"和"审美本性说"见解结合在一起了。

但是,问题也出在这里:文学能定义为"一种审美意识形态"吗?

笔者认为,这种定义以及对它的阐释,在学理逻辑和概念运用上,是有值得斟酌和推敲的地方的。以上面引述的那段话为例,其中就产生了这样一些疑问:能够直接讲文学是一种"意识形态"吗?何谓"审美"?没有审美成分,文学就真的"根本不可能存在"吗?文学的意识形态属性,是否只"不过是文学审美特性的一种表现"?文学理论"所要研究"的难道只有"具体的"审美问题?这些疑问的产生,关涉到文学的本质、特征、社会功能以及文学与生活的关系等方面,归根结底,可以说是关涉到对文学本质与意识形态关系的理解。因此,是需要认真辨析和思考的。

二

为了弄清楚这些疑问,不妨先约略考察一下文学理论领域"意识形态"学说的传播过程,这对理解文学与意识形态的关系不无裨益。

自从 19 世纪初法国大革命时期哲学家、经济学家德·特拉西在他的著作《观念学原理》(此书名亦可译为"意识形态概论")中首创"意识形态"(法文 Idéologie)一词以来,该词表示"观念系统"或"思想体系"的意思一直是清楚的。特拉西把"意识形态"看成是考察观念的普遍原则和发生规律的学说①的观点,也是一直延续着的。黑格尔著作中没见到"意识形态"一词,但他在《精神现象学》(1806)中却常出现一个术语:die Gestalten②des Bewusstseins,直译是"意识诸形态",其实就可以理解为"意识形态"。该书中文译者甚至认为,"意识

---

① 《中国大百科全书》(哲学卷Ⅱ),北京:中国大百科全书出版社 1987 年版,第 1097 页。

② 黑格尔一般用 Gestalten,但有时也用 Gestaltungen。两词意思基本相同。

形态"可说就是"精神现象"的同义语。①

特拉西和黑格尔两人的思想,对马克思、恩格斯创建意识形态理论影响颇大。从现有文献看,马克思第一次使用德文"意识形态"一词,是在《第六届莱茵省议会的辩论(第三篇论文)》(1842)即《关于林木盗窃法的辩论》一文中②,用以指责资产阶级法律具有的虚假和蒙骗性质。随后,他们在《德意志意识形态》《共产党宣言》《政治经济学手稿》《〈政治经济学批判〉序言》《资本论》《路易·波拿巴的雾月十八日》《反杜林论》《路德维希·费尔巴哈和德国古典哲学的终结》等著作以及晚年的一些讲演和书信中,一直使用"意识形态"一词,并且该词成为他们唯物史观和艺术理论的核心概念之一。

经典作家在具体文本中的"意识形态"用法很多,但是"与先前思想家的用法在含义上是基本一致的"③。或者说,他们依然主要是在观念或思想体系——不管是虚假的还是真实的——层面上使用这一概念。他们突出的贡献是替"意识形态"概念填充了阶级内容,并使之得到彻底唯物主义的解释。"意识形态"在他们那里变成考察事物在社会结构中之位置的一种方法论,但从来没有直接以意识形态来定义文学。这是有全部文献资料作为证明的。

意识形态理论传到中国并被接受的历史,进一步表明"意识形态"说旨在揭示文学在社会变革和阶级斗争中的作用,强调文学是"社会的反映",作家是"社会的喉舌"。④ 李大钊较早地介绍了唯物史观和意识形态理论。他认为,"由来新文明之诞生,必有新文艺为之先

---

① [德]黑格尔:《精神现象学》上卷,译者导言,贺麟、王玖兴译,北京:商务印书馆1979年版,第21页。
② [英]柏拉威尔:《马克思和世界文学》,梅绍武等译,北京:生活·读书·新知三联书店1980年版,第73页。见《马克思恩格斯全集》第1卷,北京:人民出版社1956版,第159页。这里,"意识形态"被译成"思想表现"。
③ 董学文:《文学本质界说考论》,《北京大学学报》2005年第5期,第81页。
④ 《瞿秋白文集》第三卷,北京:人民文学出版社1953年版,第544页。

声"①。在新文化运动中,他认定,"宏深的思想、学理,坚信的主义,优美的文艺,博爱的精神,就是新文学新运动的土壤、根基"②。瞿秋白在谈到文艺的本质时也曾说过:"艺术是一种特别的上层建筑,一种特别的意识形态,它反映实质而且影响实质;意识是实质'镜子里的形象',实质不受意识的'组织',而是在'组织'意识,然而意识并不是消极的,它的确会影响到实质方面去,阶级是在改变着世界而认识世界。"显然,他是在通过"意识形态"来阐明文学与生活之间的辩证关系。正因如此,他才指出:"每一个文学家,不论他们有意的,无意的,不论他是在动笔,或者是沉默着,他始终是某一阶级的意识形态的代表。"③

成仿吾在《从文学革命到革命文学》一文中讲:"文学在社会全部的组织上为上部建筑之一;离开全体,我们不能理解一个个的部分,我们必须就社会的全构造考究文学这一部分,才能得到真确的理解。"④周扬在批评普列汉诺夫社会结构"五层次论"⑤的时候,认为他"恰好忘掉了阶级斗争,而且忽视了当作阶级斗争的一种形式的意识形态的积极的任务,和意识形态的上层对于社会经济基础的反作用"⑥。周扬在批评胡秋原的所谓"客观主义"文艺消极论时,也是指责他"否定文学的积极的,实践的任务——即文学的政治的意义,换言之,就是取消文学的武器作用"⑦。

---

① 《李大钊文集》(上),北京:人民出版社1984年版,第180页。
② 《李大钊文集》(下),北京:人民出版社1984年版,第165页。
③ 《瞿秋白文集》第三卷,北京:人民文学出版社1953年版,第966页。
④ 成仿吾:《从文学革命到革命文学》,《创造月刊》第一卷第九期,1928年2月1日。
⑤ 普列汉诺夫针对马克思的"三层次论",提出:(一)生产力的状况;(二)被生产力制约的经济关系;(三)在一定的经济"基础"上生长起来的社会政治制度;(四)一部分由经济直接决定的,一部分由生长在经济上的全部社会政治制度所决定的社会中人的心理;(五)反映这种心理特性的各种思想体系。这是"五层次论"。见《普列汉诺夫哲学著作选集》第三卷,北京:生活·读书·新知三联书店1962年版,第195页。
⑥ 《周扬文集》第一卷,北京:人民文学出版社1984年版,第46页。
⑦ 同上书,第48页。

不可否认,20世纪二三十年代我国思想界对意识形态理论的理解是比较幼稚的,对文学意识形态属性的探讨,存在着用一般规律代替特殊规律,把文学对于意识形态复杂而曲折的依存关系看成直线的、单纯阶级性的毛病,对文学的审美特性注意不够。但是,大多数论者没有将文学与意识形态相混同,没有用意识形态定义文学,则也是确切无疑的。

对文学与意识形态关系理解得相对准确,意识形态理论中国化也比较成功的是毛泽东。他将"作为观念形态的文艺作品",规定为"是一定的社会生活在人类头脑中的反映的产物"。① 这里没用"意识形态"而用"观念形态",而这里的"观念形态"实际是"意识形式"。他的这一规定,可以说既包括了艺术反映论、情感论的成分,也包括了艺术生产论、实践论的成分。如果再联系"六个更"②的提法,联系他指出"文艺家几乎没有不以为自己的作品是美的"③,那么,有理由说这一规定同时也包含了审美论。

毛泽东始终也是在观念和思想体系的意义上使用"意识形态"的。例如,他说,"社会意识形态是在理论上再造出现实社会"④。这是强调意识形态活动的理论性。他在读艾思奇编的《哲学选辑》时批注道,"哲学是一定阶级的意识形态的集中表现"⑤。这里强调的又是意识形态的阶级性。特别到了晚年,他更是把"意识形态"看作是无产阶级与资产阶级、社会主义与资本主义之间谁胜谁负的斗争方面。⑥ 他

---

① 《毛泽东选集》第三卷,北京:人民出版社1991年版,第860页。
② 毛泽东认为:"文艺作品中反映出来的生活却可以而且应该比普通的实际生活更高,更强烈,更有集中性,更典型,更理想,因此就更带普遍性。"见《在延安文艺座谈会上的讲话》,《毛泽东选集》第三卷,北京:人民出版社1991年版,第861页。
③ 《毛泽东选集》第三卷,北京:人民出版社1991年版,第869页。
④ 《毛泽东哲学批注集》,北京:中央文献出版社1987年版,第210页。
⑤ 同上书,第310页。
⑥ 毛泽东:《关于正确处理人民内部矛盾的问题》和《在中国共产党全国宣传工作会议上的讲话》,见《毛泽东文集》第七卷,北京:人民出版社1999年版,第230—231、281页。《毛泽东文集》中这类的论述是很多的。

批评"旧的唯物论是被动的纯反映的"①,认为生活中的文学艺术的原料,须经作家"创造性的劳动"②才能成为作品。这就清楚地表明,作家的活动与理论家的活动,在对待意识形态问题上是有差别的。

可为什么不能把文学定义为"审美意识形态"呢?按照毛泽东的说法,是因为文学作品如同饭菜,好的味道固然重要,但丰富的营养也很必需。他说,所谓好的"味道",就是"要有动人的形象和情节,贴近实际生活";所谓丰富的"营养","就是要有好的内容,要适合时代的要求,大众的要求"。"艺术至上主义"的观点之所以要反对,是因为它"只注重味道好不好吃,不管有没有营养,他们的艺术作品内容常常是空虚的或者是有害的"。③"味道"和"营养"统一说,照顾到了内容和形式,照顾到了文学的形象性与情节性,照顾到了文学与时代、生活、群众的关系,照顾到了文学真善美的一致,相当生动地表达了文学的本质所在。

由此看来,将文学仅界定为"审美意识形态",是有只顾"味道"而不顾"营养"之嫌的。当前文学普遍的"缺钙"现象,正是其"营养不良的表现"。

三

西方学者尤其是"西方马克思主义"者对文学本质与意识形态关系的一些看法,有独特的视角与见地,对我们深化认识文学本质与意识形态关系是有启发的。

阿多诺说:"艺术的本质是双重的:在一方面,艺术本身割断了与经验现实和功能综合体(也就是社会)的关系;在另一方面,它又属于那种现实和那种社会综合体。这一点直接源自特定的审美现象,而这

---

① 《毛泽东哲学批注集》,北京:中央文献出版社1987年版,第311页。
② 《毛泽东选集》第三卷,北京:人民出版社1991年版,第863页。
③ 参见《冯雪峰文集》第二卷,北京:人民文学出版社1983年版,第122—123页。

些现象总是在同一时刻既是审美的,也是社会性事实。审美自律性与作为社会事实的艺术并非相同;另外,各自需要一种不同的感知过程。"①他认为,艺术的这一双重本质显现于所有的艺术现象中。② 也就是说,在他看来,文学也一样,从其产生以来就是由具有不同感知过程的两种要素(审美形式要素和包含社会事实的内容要素)共同构成的,它们都是文学成其为文学不可或缺的维度,对前者之美与后者之真的不懈追求,构成了文学自律自觉的自我发展史。在他眼里,文学是不能仅仅定义为"审美"的,因为文学作品的真实性在于它们是对摆在其面前的、来自外界的问题所做的回答,所以,只有与外界张力发生关联时,文学中的张力才有意义。③ 当然,文学的社会性内容使文学无法形成一个完全封闭的系统,无法拒绝社会作为一种不断变化消长的外部力量对它的发展形成潜在的制约和或明或暗的利用,这种影响与利用就是我们通常所说的文学的他律性。阿多诺承认:"现在并非一个为了政治而艺术的时代,但是政治已经进入了自律艺术之中。"④这种意见表明,即使是在今日,人们也不能简单地把文学规定为"审美意识形态"而忘记文学本质的其他层面。

阿尔都塞是个典型的意识形态论者,但是他说:"艺术和意识形态之间关系的问题,是个很复杂很困难的问题。然而我能告诉你们研究工作的一些方向。我并不把真正的艺术列入意识形态之中,虽然艺术的确与意识形态有很特殊的关系。"⑤这里"真正"的文学艺术不是那种作为意识形态"宣传"工具的一般文艺,不是平常的平庸或者低俗的作品。在他看来,"艺术的特殊性'使我们看到'、'使我们察觉到'、

---

① [德]阿多诺:《美学理论》,王柯平译,成都:四川人民出版社1998年版,第430—431页。
② 同上书,第388页。
③ 同上书,第19页。
④ Adono. "Letters to Walter Benjamin", in *Aesthetics and politics*, Ronald Taylor trans. and ed., London: Verso, 1986, p.194.
⑤ [法]阿尔都塞:《列宁和哲学》,杜章智等译,台北:远流出版社1990年版,第241页。

'使我们感觉到'某种间接提到现实的东西。……艺术使我们看到的,因此也就是以'看到'、'察觉到'和'感觉到'的形式(不是以认识的形式)所给予我们的,乃是它从中诞生出来、沉浸在其中、作为艺术与之分离开来并且间接提到的那种意识形态"①。即是说,他认为真正的文学不是意识形态本身,但文学、文本的表达以某种方式向人们展示意识形态,并通过展示意识形态起作用的方式而获得美学效应。文学、文本是多重意识形态斗争的场所。鉴于此,如果把文学简单定义为"审美的"意识形态,那就剥夺了文学内容的极大丰富性这一特点。

阿尔都塞在《意识形态和意识形态国家机器》一文中,提出了作为一种"特殊认知形式"的意识形态概念;认为意识形态具有物质实在性,是为补充"生产力的再生产"和进行"生产关系再生产"而发挥作用的;认为意识形态具有"主体建构"功能,且总是"个人与其实在生存条件的想象关系的'表述'"。② 在《一封论艺术的信》中,他甚至说:"像任何知识一样,艺术的知识也必须先跟意识形态自发性的语言决裂并建立一套科学的概念来替代它。必须意识到只有这样跟意识形态决裂才有可能来着手建立艺术知识的大厦。"③

阿尔都塞有关文学与意识形态之间关系的论述,被他的学生皮埃尔·马舍雷和米歇尔·佩舒发展成较为系统的意识形态生产理论和话语实践理论。这些理论促使人们去探讨文学活动中的话语生产,让人们既看到意识形态幻象与文学虚构间的相互重叠和相互区分,又看到文学创作对日常意识形态的扭曲与变形的表述作用。这些深层分析,最终导致了"意识形态批评"的形成。

---

① [法]阿尔都塞:《列宁和哲学》,杜章智等译,台北:远流出版社1990年版,第242页。
② 《哲学与政治:阿尔都塞读本》,陈越编,长春:吉林人民出版社2004年版,第321页。
③ [法]阿尔都塞:《列宁和哲学》,杜章智等译,台北:远流出版社1990年版,第245页。

伊格尔顿更是一位频繁讨论文学本质与意识形态关系的理论家。在 2000 年发表的《基础和上层建筑再识》一文中,他仍力图对这个老问题做出新的阐释。① "意识形态"概念是他批评话语里的一个中心范畴,是他文学政治批评方法的标志性符号。他说:"文学是我们能够从经验上接近意识形态的最有启发性的方法。唯有在文学中,我们才可以看到意识形态在阶级社会的生活体验中的复杂、连贯、强烈而又直接的运作情形。因此,文学是一条中间的路,既不像科学知识那样谨严但隔膜,也不像'生活'本身那样生动但散漫。"②显而易见,他是把文学看作是"接近"意识形态的"方法",而不是加上什么定语的"意识形态"本身。实际上,在他眼里,文学与意识形态在很大程度上是重合的,作为一种社会意识或观念形态结构的文学,不可能不反映、表达、再现或折射一定群体、集团、阶级的信念、价值、理想、感情、思想倾向等意识形态"内容"。正是在这个意义上,他甚至说过一切艺术都产生于关于世界的意识形态观念。文学文本的对象不是生活(历史),而是思想(意识形态),因为后者不断地构造前者,并赋予它意义。

但是,伊格尔顿的文学理论没有用所谓"审美"去弥合主体与客体之间的矛盾,相反,他是在揭示文学当中与权力和政治相关的意识形态因素。他的《美学意识形态》③一书,完全把审美作为政治意识形态植入"身体"的一个中介,或者说得直白一点,在他的论述中,审美就是政治。文学不但不能看作是纯"审美的"意识形态,而且美学与审美领域就是"权力的""政治的"。"政治支撑着一种与美学的元语言学的关系"。④ 可见,他所强调的恰是审美的非独立性以及审美意识的

---

① Terry Eagleton, Base and superstructure Revisited, *New Literary History*, 31, No. 2 (2000).
② Terry Eagleton, *Criticism and Ideology*, London: Verso, 1976, p. 101.
③ 有译者将该书名译成"审美意识形态",是不确切、不妥当,与全书的内容不吻合的。
④ [英]特里·伊格尔顿:《美学意识形态》,王杰等译,桂林:广西师范大学出版社 1997 年版,第 220 页。

意识形态性,而不是意识形态的审美性。他是通过"身体"和"政治"环节,把文学的审美特性与意识形态特性合而为一了。

伊格尔顿在 1976 年的《马克思主义与文学批评》小册子中,确实说过:"对于马克思主义来说,艺术是社会'上层建筑'的一部分。它是(我们将在后面加以限定的)社会意识形态的一部分,即复杂的社会知觉结构中的一部分。"①这一表述有准确的一面,也有混乱的一面,同马克思在《〈政治经济学批判〉序言》中的表述有细微差异。②不过,值得注意的是,他在随后的论述中马上谈到,艺术"不是纯意识形态的东西"③。他还指出,"认为文学仅仅是具有一定艺术形式的意识形态(亦可理解为'审美意识形态'——引者注),即文学作品只是时代意识形态的表现形式","这种观点代表'庸俗马克思主义'的批评"。④ 显然,他强调文学是一种复杂的"社会意识形式"(即他讲的"社会知觉结构")。

伊格尔顿认为,相比较而言,阿尔都塞和马舍雷对文学与意识形态之间关系的说明更为细致、更为充分些,因为他们看到,虽然普通的意识形态经验是"作家创作依据的材料",但是,作家在进行创作时,"把它改变成某种不同的东西,赋予它形状和结构"。⑤ 正是通过赋予意识形态以特定的形式,将它固定在某种虚构的界限内,文学才能与意识形态保持距离,并显示出它的限度。这里,透露出文学具有相对的自治属性,再次表明了"形象"在文学本质中的价值。

---

① [英]特里·伊格尔顿:《马克思主义与文学批评》,文宝译,北京:人民文学出版社 1986 年版,第 9 页。
② 《〈政治经济学批判〉序言》中,马克思称与社会经济结构(即现实基础)相适应的,除了竖立其上的法律的和政治的上层建筑外,还有"一定的社会意识形式"。见《马克思恩格斯选集》第 2 卷,北京:人民出版社 1995 年版,第 32 页。文学应属于"社会意识形式"的一部分。
③ [英]特里·伊格尔顿:《马克思主义与文学批评》,文宝译,北京:人民文学出版社 1986 年版,第 20 页。
④ 同上书,第 21 页。
⑤ 同上书,第 22 页。

四

事实证明,文学本质和特性要从它的内容与对象中去寻找,文学的属性应是其内容和对象在学理上的反映。我们不能低估审美规定性及其实质在文学中的原则性意义,但也不能把文学就规定为"审美意识形态"。吕西安·戈德曼的意见值得重视,他说:"研究者只有把一部作品重新置于历史演变的整体中,把作品与整个社会生活联系起来,才能从中得出客观意义,而这种意义常常是作品的作者很少意识到的。"①也就是说,文学的本质是在历史和社会关系规定中的一个系统存在,单纯从某一方面加以规定都是容易偏颇的。

"文学是审美意识形态"的提倡者有一个"理由"或"根据",即认为这一说法是当年俄苏文论家和美学家首创的。例如,有位学者说,自己在1984年提出了文学是"审美意识形态"与文学创作是"审美反映"说。②"后来得知,认为文学是一种'审美意识形态',俄国批评家沃罗夫斯基早在1910年的一篇论述高尔基的文章中就曾提及;苏联美学家布罗夫在1975年出版的小册子里曾提出艺术是'审美意识形态'说,但都无阐释。"③这种表述,其实是误解的产物。

沃罗夫斯基在《马克西姆·高尔基》一文中的话是这样讲的:"如果说政治的意识形态已经具有了完全符合工人运动的意义、方向和任务的明确的形式(马克思主义),那么,对于审美的意识形态就还不能这样说。人类创作的这个领域,其实质是对生活做出诗意的反映,因此它对现实的反映往往最不准确,反映得也最不及时。具有一定阶级特征的艺术创作,只有在这个经济本身已经显著地成长起来,并意识

---

① [法]吕西安·戈德曼:《隐蔽的上帝》,天津:百花文艺出版社1990年版,第8页。
② 钱中文:《文学理论的发展和方法更新的迫切性》,《文学评论》1984年第6期。
③ 钱中文:《多元对话时代的文艺学建设》,北京:军事谊文出版社2002年版,第15页。

到自己的独立性的时候,才会产生出来。在运动初期,这个未来的战斗阶级的最早的一批骨干才开始在成长,思想还不明确,还很模糊而混乱的时候,审美的意识形态的内容只能是一些朦胧而欢欣的预感和期望……这种审美的意识形态还没有牢固的现实的社会基础,它本身还和现实主义格格不入。由于他是从对未来的正在日渐迫近的这种预感出发,所以它染上了一些幻想的成分,它是浪漫主义的。"①接着,沃罗夫斯基分析了高尔基作为尚未壮大的无产阶级群众的代表,打着浪漫主义旗号出现的原因。这里,"审美的意识形态"应当翻译成"美学的意识形态",这是其一;其二,这里的"审美的意识形态",是同"政治的意识形态"相对应的;其三,这里的"审美的意识形态",是指在创作上应具备"现实的社会基础"的文艺思想,如"现实主义""浪漫主义"等;其四,更为重要的是,这里指出的是尚不科学的文学理论,即在美学意识形态领域还没有完全符合工人运动意义、方向和任务的"明确的形式"。换一种说法,即还没有文学理论上的马克思主义。如果说"审美的意识形态"就是"文学"的话,那高尔基的文学作品早就有了,沃罗夫斯基还需要这样提问和呼吁吗?显然,这是指文学思想和文学观念领域。可见,用"审美意识形态"来定义文学是说不通的。

至于布罗夫的意见,出入就更大了。布罗夫在《美学:问题和争论》一书中说的是:"意识形态只有在各种具体表现中——作为哲学意识形态、政治意识形态、法的意识形态、道德意识形态、审美意识形态——才会现实地存在。当然,我们可以说,哲学观点的本质和实质是意识形态的,但是,对于政治观点、法的观点、伦理观点和审美观点,我们也可以这样说。"他把"审美"称为"意识形态的一种变体",认为,"艺术也是一种意识形态现象……但是……这是'审美方面'的意

---

① [俄]沃罗夫斯基:《论文学》,北京:人民文学出版社 1981 年版,第 271 页。

识形态现象"。① 这里,布罗夫的"审美意识形态",明确无误地是指"审美观点";作为"审美观点"的"本质和实质",才是意识形态。说艺术是"一种意识形态现象","审美"是"意识形态变体"可以,但说艺术是一种"审美意识形态",就难以成立了。

我们再看同一段话的另一种译文,问题就会更加清楚:"'纯思想'是根本不存在的。它只有在多种多样的具体表现中才实际存在——表现为哲学的、政治的、法的、道德的、审美的东西。自然我们可以说,哲学观点的本性和本质是一种思想的本性和本质,但是在谈到政治的、法的、道德的和审美的观点时,同样也可以这样说。"② 这一译法,没有了"意识形态"概念,而译成了"纯思想"概念;没有了所谓的各种"意识形态",而是译成了"表现"为某某的"东西"。与前种译法相同的是,依然只是"观点"的"本性和本质"才能称"思想的本性和本质"。这样一来,"审美意识形态"这一概念——某些学者发现的"审美意识形态"论的根据——当然也就合情合理地消失了。

记得一位为"文学是审美意识形态"说辩护的论者说过,该说的提出者认为:"审美是人的本质的确证,作为先民的审美意识,通过长期生活实践而形成的人生意蕴的体验与积淀,在与后来出现的语言文字结构的完美结合中而被物化为'有意味的形式',即审美意识形态,形成了原初的文学;发展、完善而为现代意义上的审美意识形态,即现代意义上的文学。"③ 将"审美意识形态"一言以蔽之地概括为"有意味的形式"(即英国批评家克莱夫·贝尔《艺术》一书中提出的观点),未必符合该说提出者的原义,但这段话多少透射出以"审美意识形态"界定文学的内在弊端。

---

① [苏]阿·布罗夫:《美学:问题和争论》,凌继尧译,上海:上海译文出版社1987年版,第41页。
② [苏]亚·伊·布罗夫:《美学:问题和争论》,张捷译,北京:文化艺术出版社1988年版,第36页。
③ 刘方喜:《中国学术致命的精神疾病究竟是什么》,《粤海风》2005年第1期。

最近,有论者在探讨当前我国文学理论的危机和走向时指出,中国现实问题对于批评介入的需要,变化的文学现实对于传统文学观念的冲击,文学理论的学科属性,都呼唤一种新的文学观念和批评阐释的方法。并认为,"文学的审美理论无法满足上述需要",应该借鉴新历史主义和巴赫金的理论进行"文化诗学"的建构。"因此,当'文学是一种意识形态'这种观念得以确立,左的文学观念得到校正之后,文学理论研究就陷入了迷茫,失去了自己研究对象。于是,文学理论的批评化成为一些学者的奋斗目标和努力方向。"①这反映出文学"审美意识形态"论的某种困境。而事实上,"审美意识形态"论的倡导者也正是朝"文化诗学"这个方向运动的,它从另一个侧面暴露出把文学定义为"审美意识形态"的局限性。

文学的本质是系统的。文学本质与意识形态的关系是复杂的。我们应该实事求是、锲而不舍地把这个问题的探讨引向深入。

(原载《苏州大学学报》2006 年第 1 期)

---

① 李茂民:《文学理论的危机与走向》,《理论与创作》2005 年第 5 期。

文学意识形态理论的批判意义和当代价值

一

文学与意识形态的关系是个极其重要而又混乱的话题。唯物史观的意识形态学说被广泛运用着,也被严重歪曲着。这种情况在当下的文艺理论界尤其明显。

把文学简单界定为一种意识形态,并不是马克思主义创始人的原意。在马克思恩格斯的全部理论文本中,找不到任何这样的表述。他们的意识形态学说充满了批判与革命的意义。他们把文艺的意识形性当作透视和考察文艺在社会中的位置、属性、功能和价值的工具,这是其基本的方法论。也就是说,只有看到文学的发生、发展、变动、属性同经济基础、社会现实的复杂联系,看到文学的思想、观念、情感及内容同社会意识形态的联系,才符合历史唯物主义的原理。

那为什么有人又习惯把文学的本质界定为一种"意识形态"呢?这是一个争论许久的"公案"。我们需要找到它的源头。据初步考察,早在20世纪50年代,苏联理论家格·索洛维耶夫在编撰《马克思恩格斯论文学》的时候,虽然在"出版者的话"中准确地表达想介绍"有关艺术作为社会意识形式在社会结构中的地位"方面的材料,但在目录中却赫然以"艺术是社会意识形态"作为这部分的标题。而在此标题下所引的11段引文,却没有一条有关文艺是一种意识形态的论述。① 这种人为的规定,大概就是其后以讹传讹地将文艺界定为

---

① [苏]格·索洛维耶夫:《马克思恩格斯论文学》,曹葆华译,北京:人民文学出版社1962年版,第1—3页。

一种意识形态的滥觞吧。

我国文学理论界特别是文学理论教科书的编写,由于受到苏联文学理论的影响,一直延续着"文学是一种意识形态"的提法。如20世纪60年代初出版的、全国通用并努力摆脱苏联模式的蔡仪主编的《文学概论》和以群主编的《文学的基本原理》两部教材,就是一个很好的例证。前者把文学定义为"是反映社会生活的特殊的意识形态"①,后者干脆定义"文学是一种社会意识形态"②。客观地说,这些界定的阐述,还多少保留了对意识形态学说正确成分的理解。近二十年来,我国文学理论界在总结以往经验教训的基础上,对文学的界定多元化了,对文学意识形态属性的说明也多样化了。这其中,"文学是审美意识形态"③的界定,在反对"文艺从属于政治""文艺为政治服务"的背景下提出有它现实的针对性。但反思起来,这种界定已与科学的意识形态学说相去甚远,那种认为它"还未离开马克思思考的原野"④的判断,是难以成立的。

诚然,对"文革"前文学理论失误的纠偏,考验着文学意识形态学说的历史定位。文学理论"泛意识形态化"的错误不能再重复了。这是今天人们质疑文学被简单界定为"意识形态"的一个原因。但反过来讲,文学的意识形态属性又是不能放弃和抹杀的,也是不能被其他属性掩盖和遮蔽的。文学理论研究在避免意识形态"泛化"的同时,也要警惕和防止变相的"非意识形态化"。对于有的"苏联模式"文学理论一言以蔽之地将文学界定为"意识形态"的做法,应当看作是他们对马克思主义经典作家的误读和误解。在文艺学领域如何坚持科学的意识形态学说的指导地位,同时又把它同其他合理的属性规定结合起来,这是文学理论研究面临的重要任务。

---

① 蔡仪:《文学概论》,北京:人民文学出版社1979年版,第1页。
② 以群:《文学的基本原理》,上海:作家出版社1964年版,第13页。
③ 钱中文:《文学理论:走向交流与对话的时代》,北京:北京大学出版社1999年版。
④ 童庆炳:《审美意识形态的再认识》,《文艺研究》2000第2期。

时代主题的变换和建设中国特色社会主义文艺的需要,对传统意识形态话语体系的确是一种拷问。在文学理论"说新话"的过程中,怎样既不割断历史、"不丢掉老祖宗"、不割裂马克思主义的基本原理,又能有所突破、有所创新,这确是一个新的课题。我们国家正在向创新型国家迈进,文学理论界同样应当担负起自己的创新责任。

二

文学上的意识形态学说,是区分马克思主义文学理论和非马克思主义文学理论的一条分界线,是马克思主义文学理论的核心命题与理论支点。对马克思主义创始人论述的不同理解,则是大部分意识形态论争的理论根源。

马克思在《〈政治经济学批判〉序言》中说:"人们在自己生活的社会生产中发生一定的、必然的、不以他们的意志为转移的关系,即同他们的物质生产力的一定发展阶段相适合的生产关系。这些生产关系的总和构成社会的经济结构,即有法律的和政治的上层建筑竖立其上并有一定的社会意识形式与之相适应的现实基础。……随着经济基础的变更,全部庞大的上层建筑也或慢或快地发生变革。在考察这些变革时,必须时刻把下面两者区别开来:一种是生产的经济条件方面所发生的物质的、可以用自然科学的精确性指明的变革,一种是人们借以意识到这个冲突并力求把它克服的那些法律的、政治的、宗教的、艺术的或哲学的,简言之,意识形态的形式。"①这是许多研究者喜欢引述的一段话,也是文学意识形态理论的权威界说。但从这段话,我们是无论如何也得不出文学(或艺术)的本质是"意识形态"的结论的。说文学的本质是一种"社会意识形式",可能更贴切些。依照恩格斯的说法,意识形态是由思想家通过意识完成的过程。② 马克思也常常将

---

① 《马克思恩格斯选集》第 2 卷,北京:人民出版社 1995 年版,第 32—33 页。
② 参见《马克思恩格斯选集》第 4 卷,北京:人民出版社 1995 年版,第 726 页。

意识形态同宗教、法律、道德等意识形式并列。① 这就再清楚不过地说明，意识形态是一种社会意识形式，但社会意识形式却不一定就是意识形态。把这两者混淆，是不利于对文学本质加以探讨和说明的。

阿尔都塞说过："艺术和意识形态之间关系的问题，是个很复杂很困难的问题。然而我能告诉你们研究工作的一些方向。我并不把真正的艺术列入意识形态之中，虽然艺术的确与意识形态有很特殊的关系。"②马尔库塞也承认，那种"纯粹是意识形态的艺术观念，越发强烈地遭到人们的质问"③。我们一方面是要看到文学与意识形态的内在联系，另一方面也要看到它们之间的实质差异。卢卡奇说得不无道理："某种综合的思想即便在社会上得到比较广泛的传播，它甚至也不能直接变为意识形态。某种思想或思想整体若要变成意识形态，它必须执行某种规定得非常确切的社会职能。"④包括文学在内的社会意识形式，是不应轻易说成是某种意识形态的。

事实上，人们认识文学的本质有多个坐标，这是由于文学有多种要素构成的缘故。周密的文学理论总会在大体上对这些要素加以区辨，以便使人一目了然。文论家如果"只是根据其中的一个要素，就生发出他用来界定、划分和剖析艺术作品的主要范畴，生发出藉以评判作品价值的主要标准"⑤，那是欠明智、欠妥当的。鉴于此，那种仅仅把文学的本质判定为"反映"、判定为"审美"、判定为"生产"或判定为"形式"等的理论，都是值得斟酌的。

---

① 《马克思恩格斯全集》第49卷，北京：人民出版社1982年版，第144页。《马克思恩格斯全集》第3卷，北京：人民出版社1960年版，第68页。
② [法]阿尔都塞：《一封论艺术的信，列宁和哲学》，杜章智等译，台北：远流出版社1990年版，第241页。
③ [德]马尔库塞：《审美之维》，李小兵译，桂林：广西师范大学出版社2001年版，第192页。
④ [匈]卢卡奇：《关于社会存在的本体论》下卷，白锡堃等译，重庆：重庆出版社1993年版，第487页。
⑤ [美]艾布拉姆斯：《镜与灯》，郦稚牛等译，北京：北京大学出版社1989年版，第6页。

三

由于歧见的产生,我们有必要重新认真地阐发和解读马克思恩格斯理论的方法论原则,并由此确立关于科学的意识形态学说的基本立场和基本观点。在这一点上,虽然现代西方的解释学对我们解读经典作家的理论文本有着参考性价值,但由于他们将"理解"主观化而常常消弭了事物的客观标准,因而,关键还是要对唯物辩证法和唯物史观加以创造性运用。

马克思的意识形态学说,是一个具有批判意义的学说。它的批判意义在文学理论研究上依然具有现实价值和建构作用。

首先,这一意识形态学说正确处理了文学文本和社会历史之间的辩证关系。在他们看来,历史是"正本",而文学文本则是"副本"。文学中的意识形态因素是社会意识形态的折射和反映。这其中的矛盾是思想的源泉,而结构和形式则是对于矛盾的艺术把握。文学理解者对于文本的真正沟通不在于"无立场",而在于通过正确的历史观和方法论去"还原"文本的内容。正因如此,马克思赞扬了西里西亚织工起义中那些"毫不含糊地、尖锐地、直截了当地、威风凛凛地厉声宣布,它反对私有制社会"的诗歌[1];恩格斯肯定了乔治·桑、狄更斯等形成的这个表现穷人和受轻视阶级的"新流派","无疑地是时代的旗帜"[2]。也正基于此,在评论歌德时,恩格斯"嫌他由于对当代一切伟大的历史浪潮所产生的庸人的恐惧心理而牺牲了自己有时从心底出现的较正确的美感"[3]。意识形态的分析成了他们有力的思想武器。

其次,意识形态学说有效解决了文学话语和文学主题、文学词句和精神实质之间的辩证关系。文学话语是丰富生动的,文学词句是变

---

[1] 《马克思恩格斯全集》第1卷,北京:人民出版社1956年版,第483页。
[2] 同上书,第594页。
[3] 《马克思恩格斯全集》第4卷,北京:人民出版社1958年版,第257页。

化多端的,可是,带有意识形态成分的主题或精神实质却隐含在文学性的话语中间。虽说意识形态不能审美,但其独特的文学话语、词句、形式,尤其是它们营造的氛围与意境,确是可以审美的。这便是经典作家将"美学观点和史学观点"作为衡量文学作品"**最高的标准**"①的原因,也是恩格斯不反对"倾向诗",并指出"席勒的《阴谋与爱情》的主要价值就在于它是德国第一部有政治倾向的戏剧",但认为"倾向应当从场面和情节中自然而然地流露出来,而无需特别把它指点出来"②的原因。他还允许写"倾向性小说""来鼓吹作者的社会观点和政治观点",但明确强调"作者的见解越隐蔽,对艺术作品来说就越好"。③ 这就在重视文学意识形态属性的前提下,对作品思想性与艺术性关系的秘密进行了揭示。

再次,这一意识形态学说,彻底阐明了文学属性与价值功能之间的辩证关系。文学不是无目的,不是没有归属感、没有影响作用和服务对象的。意识形态学说恰恰是分析和判断文学社会属性与服务功能的一把钥匙。它可以跳出审美的层面,揭橥文学作品的真实尺度和阶级色彩。对于进步的文学,它是导引方向的指针;对于"瞒和骗"的文学、"腐朽堕落"的文学,它是一种消毒剂和一面照妖镜。欧仁·苏的畅销小说《巴黎的秘密》,马克思指出它是站到了"批判的批判"和空想社会主义的立场上。"德国无产阶级第一个和**最重要的**诗人"格奥尔格·维尔特,恩格斯称赞"他的社会主义的和政治的诗作,在独创性、俏皮方面,尤其在火一般的热情方面"都很杰出。④ 意识形态视阈成了他们文学分析的血肉和灵魂。

可以这样说,文学意识形态理论从狭义上讲是包括对"一般意识形态"以及各种乌托邦思想的批判,而从广义上说,则还包括了对人性

---

① 《马克思恩格斯选集》第 4 卷,北京:人民出版社 1995 年版,第 561 页。
② 同上书,第 673 页。
③ 同上书,第 683 页。
④ 《马克思恩格斯全集》第 21 卷,北京:人民出版社 1958 年版,第 7—8 页。

和劳动异化、物化和商品拜物教思想的批判。由于黑格尔美学观带有"泛意识形态化"的倾向,因此,马克思对于黑格尔学说的颠倒就具有双重的意义,它既是向实践和生活的回归,又是对精神现象的重新划界,因而出现了对"社会意识形式"与"社会意识形态"的严格区分。如果说"逻辑之外还有历史"的思想否定了黑格尔逻辑中心主义的话,那么马克思则进一步以"意识形态之外还有意识"否定了黑格尔的泛意识形态主义。马克思透过"虚假的观念体系"这一具有贬义的判断,实际上将意识形态定位在支配性的阶级意识上。这样一来,"意识形态"实际上就具有了占统治地位的统治阶级思想、借以冲破思想牢笼并上升为统治阶级的革命意识和掩盖真相、纯粹是辩护伎俩的虚假意识这样三种意涵和表现形态。"意识形态"因此也就有机地包含着集团性和全民性、实践性和观念性、自觉性和无意识、理性和情感、操纵和同意、辩护和批判等一系列冲突,进而为后人不同地读解马克思的意识形态理论留下了可能的空间。

毫无疑问,如果凸显文学中的意识形态性与科学性的"断裂",那就有从"非意识形态化"走向"拒斥意识形态"、抹杀意识形态之科学与实证科学之科学间差异性的危险;如果对于文学的意识形态性进行任意拆分,比如拆分成"审美意识形态"与"非审美意识形态",那么,批判的意识形态学说就有走向"知识社会学",贬损阶级性和党性,陷入抽象人道主义和文化浪漫主义,从而与文学自由主义思潮遥相呼应的弊端。所以,只有实事求是,不人云亦云,科学地阐释意识形态学说,才能接近马克思主义创始人的思想,才能体现出它的当代价值。

(原载 2006 年 3 月 28 日《文艺报》)

在困境中突围[*]

——关于当前文学本质研究的思考

文学本质研究,实际上是对文学的统一性的可能与不可能、对文学在哪一点上统一问题的研究。艾耶尔说过:"哲学的进步不在于任何古老问题的消失。"[①]文学理论也一样。对"文学是什么"的追问,几乎贯穿了自觉的文学理论学科发展的始终。今天,无论站在何种立场上去反观这一追问的全过程,无论对历史上与此相关的一些见解如何置评,对这一问题本身的意义和逻辑的厘清,无疑都是不可或缺的。在文学理论处于综合与创新的转捩点上的今日,能否通过全面有效的反思来确立文学本质研究在当下的基本前提、研究态度和研究方法,则关乎着这一研究领域能否有一个明朗的前景。

一、问题的还原与辨析:文学本质研究的起点

在我国文艺理论界,自 20 世纪 80 年代以来,"本体"(onto)与"本质"(essence)的纠缠不清就一直是个令人头疼的问题。倘若把"本体"作为一个哲学概念并在"本根""本原""终极存在"等意义上来使用,则"本体"只能用于回答世界的终极本质。文学作为具体事物,并无终极本质可言,所谓"文学本体论"也就成了易被人质疑的问题。假如我们承认"本体"这一概念在学术实践中已被广泛使用的现实,并且对"本体"一词在实际运用中的意义做出区分——至少有以"始原"

---

[*] 另一位作者是凌玉建。
[①] [英]艾耶尔:《二十世纪哲学》,李步楼等译,上海:上海译文出版社 1987 年版,第 19 页。

为本体、以"基础"为本体、以"本质"为本体三种本体论形态,那么,有关"文学本体论"的探究只不过是文学本质研究的异名而已。这也就是为什么过去我们常常可以看到以"本体"为题的文学理论文章,在具体阐述中却往往指向"本质"的原因。的确,不论我们对这一研究行为怎样命名,对问题的基本表述——"文学是什么"——却依然是不变的。

如同我们平时所见到的那样,"文学是什么"与"文学本质是什么",在文学基本理论研究中属于同一问题,而"是什么"至少包括两个方面:对对象的确认,对本质的追寻。

那么,文学本质研究的对象究竟是什么呢?前述两种提问方式的不同,实际上意味着提问预设前提的差异,而预设前提对思维可能存在的结构性限制又往往会使真正的研究对象被隐藏起来。当我们问"文学本质是什么"的时候,似乎是在对"文学本质"进行研究;而倘若我们把"文学本质"作为研究的对象,则意味着我们已直接认定了"文学本质"的存在。但事实上,这正是问题颇受怀疑之处。如果一种理论研究的对象存在与否仍是未知数,那么研究也就必然陷入逻辑混乱的尴尬境地。显然,文学本质研究的对象——不论这一提问是"文学是什么"还是"文学本质是什么"——应该是已然客观存在的"文学",而不是作为设想的"文学本质"。换言之,文学本质研究乃是以文学为研究对象、以文学本质为问题指向的研究,其目的在于探明文学本质的有无、可认知与否及其具体的状况。

作为文学本质研究的问题指向,"本质"指的是文学之所以为文学的根本属性,亦即文学作为文学的质的规定。然而,作为文学本质研究的对象,"文学"的具体指涉,仍然是个有争议的话题。由于形式流派在现当代文学理论界的流韵余响,有一种观点认为:广义的文学指的是包括作者、生活、作品、读者等因素在内的作为一种精神性实践的全部文学现象和文学活动,狭义的文学指的是作为审美意识物化形态的文学作品。① 这种看似严谨的区分,事实上隐含着走向形式迷误的危险。众所周知,作品总是在创作实践和阅读实践之中才成为文学的。对象性的审美实践,乃是文学的基本存在场域。割断文学同外部各种要素之间的关联,作为纯粹文本的狭义文学是不可能存在的。在这样的前提下去探讨文学的本质,也是无法实现的。

通常认为,文学本质研究在"工具论"盛行的年代是个学术禁区,只有到了后来强调文学的自主性和自律性时,对文学本质的追问才成为可能。有论者指出,文学本质问题实质上要解决的是文学何以作为它自身而不是别的什么,为了避免出现黑格尔所谓"抽象的观念的同一",我们固然不能回答说"文学就是文学"或"文学就是它自身",可是当我们接着追问"文学的'自身'又是什么"时,亦即"开始谈论'所有的'文学作品并比较它与其他东西的差异时,你显然已经确定什么是文学了,而这,应该是你所要寻求的结果"。② 于是,文学本质问题就成了不可能有答案的悖谬性问题。换言之,当你寻找文学的本质时,对象必定是已确定的"所有的"文学,研究只是从确定的对象中进行抽象概括;当你能够有一个明确的界限和标准让"所有的"文学都得以确定时,必定又是以你已经把握了文学的本质作为前提的,否则对象难以确定。——这一诘难,充满着形式逻辑的推理意味,它虚拟了过程与结论的互根性,旨在揭示文学本质研究存在着不可调和的内在冲突。但问题在于,这一冲突体现的正是诘难者自身的逻辑谬误:既然承认本质是从有限的具体对象中抽象出来的,而变动不居乃是一切有限事物的基本特性,那么又如何能把本质彻底地从具体对象中抽离出来,进而提升为高高在上、恒定不变的"指挥棒"呢?

要求"改变提问方式",也许对很多人来说并不陌生。有学者受海德格尔的启发,就曾试图以"为什么存在""怎样存在"来取代"是什

---

① 刘大枫:《新时期文学本体论思潮研究》,天津:天津社会科学院出版社 2000 年版,第 366、421 页。
② 剑心:《中国当代文坛的哲学迷误》,《批评家》1989 年第 4 期。

么",并认为文学本质问题"实质上是,文学是怎样作为文学而存在的,文学是怎样成为文学的"。① 这种观点,对长期以来言人人殊的文学本质研究领域的确具有一定的方法启示意义。可是,当我们问"文学是怎样作为文学而存在"时,只是暂时"悬置"了本质的有无。如果假定文学本质并不存在,那么即使沿用"文学是什么"的提法而不改变提问方式,对它的回答仍然可以是对文学现象诸特征的丰富多样的描述,就像孔子对"仁"的各种解释那样,能够做到"随时而适用,兼解而俱通";而如若假定文学现象背后可能存在着本质,那它实际上还是在探求文学之所以为文学的根本属性,我们所面临的问题也就并没有真正改变,它终究仍是一个以文学为研究对象、以本质为基本指向的有关"文学是什么"的问题。

二、文学本质研究不可不直面的"反本质主义"

在学科范畴的意义上,本质问题归根到底属于哲学问题而非文学问题。因此,对文学本质的研究,倘若不直溯其哲学思想上的根源,则容易陷入狭隘视域中的表象纠葛而难以形成超越性的认识。以审慎的态度对本质主义和反本质主义进行学理辨析,是目前具有建设意义的学术立场。

思想史告诉我们,"本质主义"远比"反本质主义"历史悠久。应该说,本质主义不是假定事物有一定的本质,而是假定事物具有超历史的、普遍的永恒本质。在西方,从柏拉图到中世纪,哲学家一直给予关于本质的知识,而近代哲学则给予关于本质的知识的证明,它由关注本质转而关注本质的获得途径,当追问"你是如何认知本质"时,并非反对本质,而是想让有关本质的知识变得更为可靠。但这种局面在近一二百年受到前所未有的冲击。尽管色诺芬的记述表明,苏格拉底

---

① 朱立元:《解答文学本体论的新思路》,《文学评论家》1988 年第 5 期。

就已对本质研究抱持拒斥态度,但他毕竟没有直接下过判断,因此,真正的"反本质主义"只能追溯到近代。

尼采是从主体的角度对本质主义发出责难的。他通过对"自在之物"的否定而否定客观知识,从根本上排除本质存在的可能。其认识论被称为"透视主义"(perspectivism)。首先,透视的角度是可变的,认识只是从某一特定角度观察对象,结果受主观条件限制,不可能是客观真实的图景。其次,透视是虚构对象,也是一种创造,它通过简化的手段来表现对象。再次,透视既然不是对所谓真实世界的复写,那就是一种解释。① 这里表现出一种以透视主义认识论取代实证主义认识论、以主体性的解释取代客观知识认识的企图。它试图表明认识只是从特定角度出发的有局限的解释,而不是对本质的真理性把握。

维特根斯坦走的是另一条路,主要是从客体的角度宣告本质主义的终结。"家族相似"是其后期哲学的核心概念。他认为,一个家族的各个成员之间,存在着许多交叉重叠的相似性,但它们之间却不存在一个实体化的共相亦即本质。他对各种"游戏"(games)进行了研究,结论是透过各种各样的游戏活动,可以看到一张复杂交错、纵横交叉的相似之网——整体的或细节的相似。他还认为,人们在语言中也是在用词语游戏:"我无意找出所有我们称为语言的某种共同点,我要说的是,这些现象没有一个共同点能使我们用一个同样的词来概括一切的——不过它们以许多不同的方式相互联系着。正是因为这种联系,或这些联系,我们才能把它们都称为'语言'。"②按照他从功能角度对概念的划分,"文学"跟"语言""游戏"一样,作为现象描述,是一种体现"家族相似性"的概念类型,既非以定义来确立,更无共同本质,而只能通过分析现象特征去判断其"家族相似性"。

---

① 张志林等:《反本质主义与知识问题》,广州:广东人民出版社 1995 年版,第 87—88 页。
② [英]维特根斯坦:《哲学研究》,汤潮等译,北京:生活·读书·新知三联书店 1992 年版,第 45 页。

总的来说，尼采和维特根斯坦分别从主体和客体的角度，瓦解了本质主义的基础。这种瓦解的力度是空前的，对现代学术产生了广泛而深远的影响。如果需要，我们还可以把 20 世纪持有相似观点的理论家排出一串长长的名单。

然而，人们注意到，"反本质主义"是个有着明显歧义的命名。反"本质主义"虽然已获得较多的认同，但在历史主义和价值论表现出某种回归态势的今天，"反本质"主义却面临着重新评判。我们知道，即使是作为"反本质主义的丰碑"的维特根斯坦，在其临终所著的《论确定性》里，也返回到对一定的确定性的理论建构中来。

"透视主义"把认识替换成了解释，由于对主体性的绝对化，它没能回答不同的解释何以在现实有效性上存在差异的问题，这使得透视主义有着滑向彻底的相对主义乃至虚无主义的巨大缺陷。但是它强调没有统一视角，并认为不同视角必然形成各异的主观镜像，却对理解文学本质的众说纷纭有着重要的启迪。谁都知道，事物不是自明的，一切认知都是在一定参照系下进行考察的结果。而世界上不仅不存在永恒不变的事物，而且不存在普遍的、永恒不变的参照系。如此一来，因参照系的多元乃至无限性，从伦理学、政治学、社会学、语言学、逻辑学、心理学、经济学、精神分析学等角度得出对文学本质的不同认识，也就理所当然了。正如经典作家认为的，"人的本质不是单个人所固有的抽象物，在其现实性上，它是一切社会关系的总和"①，同时，他们又从人的进化及人与动物的差异性上揭示出人区别于动物的本质属性：能够制造劳动工具。很难认定，不同判断之间就一定存在着是非之别。既然如此，那么文学本质研究又有什么理由不从一切关系的"总和"出发，一定要得出"非此即彼"、而不是"亦此亦彼"的辩证规定呢？

在维特根斯坦那里，放弃本质追求之后，其概念仍有它的认知功

---

① 《马克思恩格斯选集》第 1 卷，北京：人民出版社 1995 年版，第 60 页。

能:通过构造的概念同具体的对象的比较,确定它们之间的偏离关系,从而让经验为思想所把握。这实际上在否定本质的同时,又承认了人对事物予以认识把握的可能。而在其"家族相似"学说中,关于核心特征与边缘特征的区分,实际上依然可以在某种程度上还原为传统的本质研究中有关"抽象不足"与"抽象过限"的焦虑。而对所谓"家族相似性"的研究,对同文学本质研究始终保持着若即若离关系的所谓"文学性"的研究,似乎有着某种充满诱惑力的启发效应。维特根斯坦认为,对多样性的家族成员面貌进行现象特征的分析,可以判断家族相似性,相应地,假使我们不把"文学性"从根本上理解为文学之所以为文学的文学本质问题,而是像乔纳森·卡勒所说的那样,"文学性的定义之所以重要,不在于作为鉴定是否属于文学的标准,而是作为理论导向和方法论导向的工具,利用这些工具,阐明文学最基本的风貌"①,那么,对"文学性"与文学的"家族相似性"之间的某种隐秘关联进行深入细致的考察,或许将有利于我们辨明文学的真实面目。这种辨析对于"文学是什么"这一问题来说,将有着重要的认识论价值。

可见,"反本质主义"不只是对本质主义的否定,它相当程度上促成了文学本质研究的自我反省,使它告别形而上的本质主义研究模式,而开拓出更为宽广的理论境界。马舍雷曾这样说:"我们应该抛弃这种问题,因为'什么是文学?'是一个虚假的问题。为什么呢?因为这是一个已经包含着答案的问题。它意味着文学是某事物,文学作为物而存在,是带有某种本质的永恒不变的事物。"②然而,另一位也对本质主义充满警惕的学者乔纳森·卡勒,却并不把本质研究彻底逐出文学理论的地盘,而是对"文学是什么"进行认真探讨,并认为现代理

---

① [加]马克·昂热诺等:《问题与观点:20世纪文学理论综论》,史忠义等译,天津:百花文艺出版社2000年版,第29页。
② [英]弗朗西斯·马尔赫恩:《当代马克思主义文学批评》,刘象愚等译,北京:北京大学出版社2002年版,第61页。

论中这一问题之所以重要正在于它突出了文本的文学性。① 看来,分歧并不在于是否应该研究"文学是什么",而在于对问题的理解差异。只要避免对问题做僵化理解,摆脱将本质研究与本质主义混同的误区,那么,对文学之所以为文学的特质进行多维度、多层级的动态研究,就不仅是可能的,而且是应该和必需的。

三、"文化研究"与文学"边界"问题对文学本质研究的挑战

近些年,文化研究(Cultural Studies)成了一个被目为"前沿"的时髦话题。鉴于"文化研究"在西方有着复杂的背景,而其影响和学术史意义也远超出我们这里论述文学本质研究的领域,因此,对文化研究脉络的梳理显然不在本文的任务之内。同时,由于文化研究自身的多元格局导致其在对待本质问题上呈现出一片混乱的局面——或完全赞同反本质主义,或认为文学的本质即它的政治性,等等——因此,这里对文化研究中有关文学本质的直接表述也不予置评。但是,与文化研究密切相关的文学"边界"问题,因其对文学本质研究有着关乎研究对象的重要意义,故这里不得不予以考察。

如果把文化研究区分为三种不同的话语形态,一是抛开文学本身直接介入诸如种族、阶级、性别、权力、文化身份等社会学或政治学领域,二是以文学为某种文化标本,从中解读或生发出社会政治批判的"微言大义",三是把时装、广告、商品、流行歌曲甚至社区广场、室内装潢等大众传媒和消费文化同文学艺术等量齐观②,那么,只有第三种话语形态涉及文学边界亦即文学理论的对象问题。有学者认为,这种要求改变关于"文学"的观念,大胆地把流行歌曲、广告、时装等吸纳

---

① [美]乔纳森·卡勒:《文学理论》,李平译,沈阳:辽宁大学出版社1998年版,第44页。
② 参见董学文:《文学理论学导论》,北京:北京大学出版社2004年版,第243页。

到文学研究中的做法,是对文学存在形式的根本性颠覆。① 倘若如此,则学科边界的泛化势必对文学本质研究造成巨大冲击。

鉴于所谓日常生活审美化特征的凸现,主张学术应须积极介入生活而不是被日益边缘化,是文化研究兴起的重要缘由。问题在于,文化研究和其他文学理论研究在西方只是两种不同学术取向的分歧,在中国何以竟成了关乎文艺学前途的论争?这自有学科建制上的因素。但是,对所谓密切关注当下现实的文化研究和所谓传统保守陈腐的传统派文艺学之间对立的刻意渲染,就如20世纪末那场煞有介事的"诗学论争"一样,除了制造为大众传媒所喜闻乐见的景观性资源外,于学科发展本身并无益处。其实,对非文学文本中审美因素的研究并非文化研究的独创,伊格尔顿就说过:"文学性——即语言的某些特殊用法,这种用法可以在'文学'作品中发现,但也可以在文学作品之外的很多地方找到。"②文学研究固然可以研究非文学文本中的文学性因素或审美因素,但却远不足以使文学研究的对象发生根本性转向。否则,我们恐怕将不得不把沈从文的《中国服饰研究》也请进文学研究的经典之列。

有学者强调文化研究的"非学科性"或"非学科化",甚至认为它是对固有学科界限的嘲讽。然而,这恰恰证明,文化研究是一种具有一定的跨学科性质的"准交叉学科"。现实地说,由于其学科对象、学科方法均始终未能真正地形成和确立,所以,其学科属性问题也必然搁置。

然而,在我国的学术格局中,从事文化研究的学者却无可避免地要归附于某一先在的学科门类下生存。于是,也就不难理解,文化研究对固有的文艺学学科大加挞伐,正是其自身学科焦虑的结果。通常,跨学科研究领域的拓掘,意味着对学术空白的填补,我们可以在

---

① 董学文:《文学理论学导论》,北京:北京大学出版社2004年版,第95页。
② [英]特里·伊格尔顿:《二十世纪西方文学理论》,伍晓明译,西安:陕西师范大学出版社1986年版,第7页。

《红楼梦》里发现生产承包责任制的萌芽,但有谁听说过由此掀起红学研究的"经济学转向",并且否弃存在已久的新旧红学呢?然而,文化研究又何以膨胀到需要让以最具文学价值的文学经典为核心对象的文学理论发生漫无边际的所谓"文化学转向"呢?倘若我们看一看当前文化研究主要倡导者们的实绩,就会发现,前述的文化研究第三种话语形态,无非是对大众文化传播中的审美因素或所谓"审美意识形态"因素的研究。它实际上是一种以文学研究法介入传播学领域的扩大化了的交叉研究实践。把一些学者的文化研究著作与麦克卢汉的传播学著作划归一类,由此在学科归属上跟文学研究类著作区分开来,这固然可作为一种茶余饭后的谈资,但是,无论"大众文化"(Mass Culture)的定义有多大的分歧,流行歌曲、影视、时装表演等作为其家族成员却大体上并无疑义。它们作为以大众传播为主要手段、以社会大众为主要对象、以文化时尚为主要内容的文化样式而成为当代传播学的重要研究对象,也日渐为国内外传播学者所认可。①

总而言之,由文化研究引起的所谓文学理论学科的边界问题,只是一个由文化研究在我国现有学科格局下的学科归属焦虑与学科身份认同危机所导致的"假问题"。从根本上说,它并不涉及对文学理论学科对象的重新审视。因此,所谓"文化研究"与文学"边界"问题对文学本质研究的挑战,终不过是杯弓蛇影。

四、追问是思的虔诚:文学本质研究的展望

文学究竟是什么?在柏拉图看来,或许文学只是对理念世界的隔了一层的模仿;在亚里士多德那里,文学大概是对现实行动的某种摹仿;浪漫主义则认为,文学是人的主观情志的表现;现实主义反其道而行之,以为"文学是社会生活的形象反映";在克罗齐的学说中,文学

---

① 陈龙:《现代大众传播学》,苏州:苏州大学出版社1997年版,第209页。

可能意味着艺术家的直觉或表现;弗洛伊德学说认为,文学只是人的潜意识的发露,是作家的"白日梦";形式主义则坚信,文学无非是语言的特殊用法;马克思认为文学是带情感性审美性的"社会意识形式";我们现行的某些教材则认定,"文学是呈现在语言中的审美意识形态"……面对歧见纷呈的理论历史,我们一方面欣喜于先行者们留下如此丰厚的遗产,另一方面却为无从确立自己的理论立足点而焦虑不堪。

"反本质主义"的重要贡献在于,让我们重新找回了事物的丰富多样性,通过对具体认识的绝对性的否定,避免了思维僵化、认识单一的危险。但是,不应忘记,哪怕以往一切文学本质学说都不能令人满意,但它们却总能够从某方面给人以启迪,使人们对文学的认识不断拓展、深化、向前推移。探求知识的人类本性使我们总是试图搜寻确定的答案,于是有了一个个凝固下来的表述和判断。而追求智慧的人类本性却要求我们因应事物的丰富性、迁延性而对事物进行灵活的体察,于是,对既有表述的反思和对既成判断的叩问也就永不会终止。文学本质研究正是在这两种力量的牵引下不断前进的。

康德在批判形而上学时,既认为它是虚假的,同时又说:"现在,这种知识类型在某种意义上毕竟也被看作是给予了的,形而上学即使不是现实地作为科学,但却是现实地作为自然倾向而存在。"①他甚至说:"形而上学,作为理性的一种自然趋向来说,是实在的。"②同理,对待文学本质研究,即使抛开文学本质存在与否的争议,也须得承认,对本质的探求是人的一种自然禀性,是人作为社会关系存在物的必然的知识焦虑的产物。

人类只要存在,就不得不努力地去认识世界,而概念又是不可或缺的认识工具。在康德看来,柏拉图与亚里士多德的区别在于:柏拉

---

① [德]康德:《纯粹理性批判》,邓晓芒译,北京:人民出版社2004年版,第16页。
② [德]康德:《任何一种能够作为科学出现的未来形而上学导论》,庞景仁译,北京:商务印书馆1978年版,第160页。

图用"纯粹概念"进行推理,从而构成关于本质的知识;亚里士多德以"知性概念"进行描述,通过整理经验材料形成关于概念的定义。今天,从最广泛意义上(本体论和认识论意义上)的本质研究而言,二者均导向于对本质的趋近,因为概念表述中的关键词"是"(英文being,德文sein)的双义性——"是什么"(对内涵的规定性,后引申为"本质")和"有什么"(对外延的规定性,后引申为"存在"),使得我们只要试图用概念来认识现象,一种"振叶以寻根,观澜而索源"的冲动就无可规避。即使维特根斯坦在使用"家族相似"概念并力图予以理论掌握时,也几乎跟恩格斯所说的"现实主义的最伟大胜利"①有异曲同工之处,其字里行间仍掩饰不住对作为现象的"家族相似"予以本质呈示的内在欲求。

如何在文学本质研究中摆脱以偏见取代偏见的视域障碍循环?对"文学"概念的考察,必须采取一种姑且称之为"解释学还原"的原则立场。

具体讲,至少有以下几个方面。第一,语言学还原,也就是从词源学、文字学、语义学等角度去理解一个字、词或概念。只有这样,我们才能把握"名""实"之间的对应与偏离关系,以及约定俗成的关系,通过理解概念的诞生来理解命名行为和命名过程的演变,从而知晓人们怎样在动态的认识过程中实现对事物的类的掌握。第二,结构性还原,也就是把概念和字句放置于大量具体文本的整体结构中,而不是孤立地抽离出来,以考察人们在实际运用中怎样以概念去对应事物,并由此审理人们在具体运用它的时候所具有的认识差异。同时,探明人们在这些差异下,又是如何接受或在何种意义上接受统一的"共名"。第三,历史性还原,也就是使概念返回它赖以产生的特定知识谱系和文化血统,深究它在具体社会历史文化语境中的存在及其在社会历史文化变迁中的"旅行",从而切实体认背景对意义的生

---

① 《马克思恩格斯选集》第4卷,北京:人民出版社1995年版,第684页。

成性影响和制约性影响。唯有经过这样的还原,我们才会具体判断"文学"的古今差异,以及对中国传统"文学"与现代西方"文学"(literature)做出区分。也唯有如此,才能在一些理论文本中,把"文学应该是什么""文学可能是什么""文学可以是什么"从"文学是什么"中剥离出来,才能清楚地意识到亚里士多德眼中的文学("诗")大抵只是悲剧、史诗和一些喜剧,而陆机所认为的文学("文"),绝不会是长短句、散曲和章回小说。

只要我们希望对具体的而不是事实上不存在的抽象的文学进行本质研究,"还原"(有时亦可称之为对现场的"追忆"或"返回"),就是确保文学本质研究有效性的必由途径。只要历史没有终结,把文学看成是具体的、历史的,就永远有必要。影视文学、网络文学的兴起就是明证,更何况,有关散文是否属于文学的争论,至今也还没有探讨完。必须承认,"文学是什么"的问题是历史性的,因而不可能存在一个恒定的形而上解答,只有根据特定的文学状貌,并审明具体的语境约制关系,才可能对文学本质进行适应当下状况的界定①,并由此推动人们对文学的认知水平。

实践表明,在学术活动中,"大胆假设"比较容易做到,而"小心求证"却难有确定的、公认的标准。在文学本质研究中,由于对"文学是什么"的表述必然是一个全称命题,所以,我们以为,或许采用"大胆地追问,审慎地判断"方式会更为妥当一些。不论在科学研究中还是在日常生活中,"判断"常常构成知识或本身就意味着知识,而"追问"却是知识的源泉。同时,追问没有终极,对文学本质的追问过程,就自然伴随着知识、意义和价值的显现。海德格尔说过:"在追问中,我们证实了这样的危机:当我们全神贯注于技术时,我们还是不能体会到技术的本质的到场,当我们沉浸在审美注意时,我们也不再看守和保护艺术的趋于到场。越是追问着深思技术的本质,艺术的本质就会变

---

① 参见[英]特里·伊格尔顿:《二十世纪西方文学理论》,伍晓明译,西安:陕西师范大学出版社1986年版,第14页。

得愈加神秘。我们越走近危险,通向拯救之力开始发光的道路就越是明亮,而我们也就变得愈加需要追问。因为追问是思的虔诚。"①

在丰富多彩的文学世界面前,由于学术研究的多向度多层次性,以元理论霸权式的语气强调所有的文学研究者都须首先回答"文学是什么"的做法固然是无济于事的,但对文学本质的研究却无疑将随着文学的演进而继续下去,关于文学本质研究合法性的争执也仍将继续下去。然而,这终究不是单纯的学科理论的问题,而是学科实践的问题。因此,能否站在持有各种立场的先行者的肩膀上,就"文学是什么"这一问题确立具有当下意义的研究前提、学术态度与学术方法,才是参与文学本质研究的学者们的当务之急。或许,这也是当前文学本质研究"突围"的关键所在。

(原载《社会科学研究》2006 年第 2 期)

---

① [德]海德格尔:《人,诗意地安居》,郜元宝译,桂林:广西师范大学出版社 2002 年版,第 37 页。

怎样看待文艺的意识形态属性
——兼评"审美意识形态"说

一、"文艺与意识形态关系"问题的提出

文艺与意识形态的关系是一个敏感而复杂的问题。早在四十年前,"艺术到底是否应该列入意识形态的行列,确切地说,艺术和意识形态到底是不是一回事"①,就被法国理论家路·阿尔都塞当作一道难题提上研究的日程。今天,由于文学理论的环境变得更加多元,对马克思主义经典文本的解析更加自由,同时,也由于文学和艺术的特征发生了巨大变化,因此,怎样正确认识文艺与意识形态的关系格外引人注目地尖锐起来。

文艺与意识形态的关系不是一个纯粹的理论问题,它同文艺的创作实践与文艺政策紧密地联系在一起。文艺和意识形态的关系若是解决得不好,很容易把文艺事业引到斜路上去。

我认为,这里的关键是如何理解"意识形态"概念。准确地说,是如何理解马克思的"意识形态"理论。

应该说,马克思并没有专门探讨"意识形态"的范畴与界定,他是在沿用前人"意识形态"概念的时候,创造性地加进了历史唯物主义的成分,并使之成为批判的革命学说的组成部分和方法论工具。从早期的《德意志意识形态》到其后的《〈政治经济学批判〉序言》《资本论》,再到恩格斯晚年的大量有关论述,我们在对"意识形态"概念使

---

① [法]阿尔都塞:《一封论艺术的信》,见《西方马克思主义美学文选》,陆梅林选编,桂林:漓江出版社1988年版,第519页。

用的许多地方,可以看到他们认识"意识形态"的基本原则和阐释取向。这对我们把握何谓意识形态,把握文艺与意识形态的关系极富启发意义。

　　理论和实践表明,只有承认文艺中意识形态属性的存在及其必要性,承认文艺同时代、社会、阶级与政治的互动关系,才能使文艺影响社会、影响历史、影响意识形态,并使它成为用特殊方式审慎地感染人、鼓舞人、塑造人的手段。如果将文学的特性表述为一种不受意识形态浸染的中性环境的意识形态,那是违背马克思主义意识形态理论的本意的。因为"在不同的占有形式上,在社会生存条件上,耸立着由各种不同的、表现独特的情感、幻想、思想方式和人生观构成的整个上层建筑。整个阶级在它的物质条件和相应的社会关系的基础上创造和构成这一切"①。离开了意识形态分析,许多深层的文艺问题是无法解答的。正是意识形态的理论,规定了"政治、法、哲学、宗教、文学、艺术等等的发展是以经济发展为基础的。但是,它们又都互相作用并对经济基础发生作用。并非只有经济状况才是**原因,才是积极的**,其余一切都不过是消极的结果"②。所以,只有坚持文艺的意识形态属性论,才能维护和张扬文艺的能动价值和积极功能。这正是我们重视文艺与意识形态关系问题讨论的原因。

二、文艺在社会结构中处于"社会意识形式"的位置

　　承认文艺的意识形态属性,承认文艺意识形态属性的重要性,那么,是不是就可以将文艺定义为一种意识形态呢?

　　从理论上讲,把文艺简单界定为一种意识形态,并不是马克思主义创始人的思想。在经典作家理论文本中,找不到任何这样的表述。他们把文艺看作是一种"社会意识形式",认为其中包含着意识形态

---

① 《马克思恩格斯选集》第1卷,北京:人民出版社1995年版,第611页。
② 《马克思恩格斯选集》第4卷,北京:人民出版社1995年版,第732页。

因素,或者说生产着意识形态的成分。在《德意志意识形态》中,马克思、恩格斯强调,人们头脑里的模糊幻象也是与物质前提相联系的物质生活过程的必然升华物,"因此,道德、宗教、形而上学和其他意识形态,以及与它们相适应的意识形式便不再保留独立性的外观"①,这时他们就对"意识形态"与"意识形式"做了明确区分。如果忠实地理解这一区分的根本含义,那么涉及文艺,它显然是一种与"道德、宗教、形而上学和其他意识形态"相适应的社会"意识形式"。倘若把文艺简单归结为"意识形态",那就没有"相适应"一说了。

再看《〈政治经济学批判〉序言》一文,马克思在把同自然科学不同的、人们借以意识到基础和上层建筑冲突并力求加以克服的法律的、政治的、宗教的、艺术的和哲学的学说称作"意识形态的形式"时,同样也是把与"有法律的和政治的上层建筑竖立其上"的"现实基础""相适应"的部分,称作"社会意识形式"。②

不要小看这一区分,许多理论误读正是从忽略这一区分产生的;不要小看这一区分,它所带来的思想容量和理论张力还没有被挖掘出来。我们只有判定文艺是一种"社会意识形式",同时,看到它与经济、政治、道德、法律、形而上学等意识形态的"相适应"(注意:不是"相吻合")的关系,才能把"意识形态"理论当作透视和考察文艺在社会中的属性、位置、功能、效果等的工具。我们只有看到文艺的发生、发展、变动、特征同经济结构、社会生活(包括创作主体的生活)间的复杂联系,看到文艺在巧妙地制造意识形态或消解意识形态,看到文艺对上层建筑和经济基础的显在或潜在的反作用,才能本体性地透视文艺活动的规律和内在奥秘。把文艺简单地等同于"意识形态",不管等同于什么类型的"意识形态",文艺的"兴、观、群、怨"多条道路就会被堵死。这就像人有"动物性",但人不是动物,如果把人等同于动物,把"人性"等同于"动物性",那对人性的解答就不可避免地滑向荒

---

① 《马克思恩格斯选集》第 1 卷,北京:人民出版社 1995 年版,第 73 页。
② 《马克思恩格斯选集》第 2 卷,北京:人民出版社 1995 年版,第 32 页。

谬了。

"意识形式"和"意识形态"理论上的区别是明晰的。那又为什么有人总是习惯性地把文学的本质界定为一种"意识形态"呢？

这是一个争论许久的问题。我们已很难找到事情的源头。但有一点是清楚的，那就是这种界定方式受了当年苏联理论家的影响。

三、正确理解和科学认识"意识形态"

从唯物史观弄清文艺的本质，还得从理解和认识何谓"意识形态"入手。

这里需要注意的是，诚如前面引文所显示的那样，马克思有时是将"意识形态"同宗教、法律、道德等并列地提出的。在阐述资本主义生产方式时，马克思还这样讲过："**在意识形态和法律上，他们把以劳动为基础的私有制的意识形态硬搬到以剥夺直接生产者为基础的所有制上来。**"①并说："只要可能，它就消灭意识形态、宗教、道德等等，而当它不能做到这一点时，它就把它们变成赤裸裸的谎言。"②这些话语表明，"意识形态"同关涉利益的思想体系与观念系统密不可分，它绝不是用来欣赏、享乐和审美的东西。"意识形态"与一般的"社会意识形式"有着原则的差异。正因如此，恩格斯才直截了当地讲："意识形态是由所谓的思想家通过意识、但是通过虚假的意识完成的过程。推动他的真实动力始终是他所不知道的，否则这就不是意识形态的过程了。"③这里的"思想家"（Ideologie），有时译成"玄想家"，直译为"意识形态家"④，所以，加上了"所谓的"定语。而"意识形态"则是这些人"通过"意识，尤其是"虚假的"意识制造出来的，特

---

① 《马克思恩格斯全集》第49卷，北京：人民出版社1982年版，第144页。粗体为原有。
② 《马克思恩格斯全集》第3卷，北京：人民出版社1960年版，第68页。
③ 《马克思恩格斯选集》第4卷，北京：人民出版社1995年版，第726页。
④ 马克思、恩格斯：《神圣家族》，北京：人民出版社1958年版，第158页。

别是这些人对推动他制造意识形态的"真实动力"始终是不明了的。这样确切的意识形态解析,再一次说明,把文艺的本质直接界定为"意识形态"是不妥当的。

20世纪20年代末,德国理论家曼海姆在《意识形态与乌托邦》一书中通过知识社会学的探讨,对意识形态做了一些具体分析。他也强调意识形态的"非故意性",认为马克思所说的意识形态总是与一定社会集团的利益相关,但不是"有意的"谎言和"蓄意的"欺骗,也不是有意无意发生的"愚弄他人"式的自欺欺人,"而是从某种因果决定因素产生的必然的无意识的结果"。[①] 同时,他还强调,意识形态发生的历史成因在于任何观念的语境都与一定的社会环境相连。如果将一定历史条件下形成的特殊观念视为超越时空的永恒真理和价值,那么意识形态就会无意识地发生。也就是说,"当知识不能解释随形势而变化的新的现实时,当它试图以不适当的范畴来思考这些现实从而掩饰它们时,知识便成了歪曲的、意识形态的东西"[②]。文学是社会生活(包括自身生活)在作家头脑中反映与表现的产物,是作家用语言艺术地掌握世界的方式,与人类生活具有变形式的同构关系,它有"欺骗",有"说谎",但那是"有意"的,在本质上它是不"掩饰"现实的。所以,只有那些掩饰真实而又无意识地产生在文学中的思想和观念,才可归为意识形态的行列。

显而易见,曼海姆这里纠缠不清的还是"意识形态"同"虚假意识"的关系。从马克思恩格斯的论述来看,意识形态确乎常常同"虚假的"东西相纠缠。但是,这种"虚假",不是简单的荒唐和谬误,因为这种"虚假"并不是个人的一般认识错误或存在于意识层面的谎言,而是某种客观存在于特定社会生活中的有内在结构和运行规律的意识的"倒影""折射"与"再现"。用阿尔都塞的话说:"意识形态既不是胡言乱语,也不是历史的寄生赘瘤。它是社会的历史生活的一种基本

---

① [德]曼海姆:《意识形态与乌托邦》,北京:商务印书馆1999年版,第62页。
② 同上书,第98页。

结构。"①

在阿尔都塞那里,意识形态不是通过人的"意识"直接进行的,它是"意识"活动生产出来的;而对意识形态的解答,则是经过一定社会利益关系进行强制的结果。他说:"在意识形态中,真实关系不可避免地被包括到想象关系中去,这种关系更多地表现为一种意志(保守的、顺从的、改良的或革命的),甚至一种希望或一种留恋,而不是对现实的描绘。"②这可以理解为:"在意识形态中,实践的和社会的职能压倒理论的职能(或认识的功能)。"③在此基础上,阿尔都塞受葛兰西"文化领导权"思想的影响,提出了"能够'用语言'规定统治阶级的统治"的"意识形态的国家机器"概念。④ 其子概念是"文化的意识形态国家机器",它包括文学、艺术、体育等部门,认为它们都能发挥意识形态的功能。应该说,阿尔都塞的这种认识,没有脱开马克思主义经典作家的思索轨道,同样是将"意识形态"从"意识形式"中合理地剥离出来。为此,他在《一封论艺术的信——答安德列·达斯普尔》(1966)中,明确地指出:"艺术与意识形态之间的关系,是个很复杂很困难的问题。然而,我能告诉你们研究工作的一些方向。我并不把真正的艺术列入意识形态之中,虽然艺术的确与意识形态有很特殊的关系。"⑤

无疑,在阿尔都塞看来,文艺活动只是一种意识形态的生产活动,它可以让人以某种"看到"和"觉察到"的方式窥破意识形态。他说:"每一件艺术品,都是由既是美学的又是意识形态的意图产生出来的。当它作为一件艺术作品存在时,它作为一件艺术作品产生出一种

---

① [法]阿尔都塞:《保卫马克思》,顾良译,北京:商务印书馆2006年版,第229页。
② 同上书,第230页。
③ 同上书,第228页。
④ [法]阿尔都塞:《意识形态与意识形态国家机器(一项研究的笔记)》,见斯拉沃热·齐泽克、泰奥德·阿多尔诺等著《图绘意识形态》,南京:南京大学出版社2002年版,第137页。
⑤ [法]阿尔都塞:《列宁和哲学及其他论文集》,杜章智等译,台北:远流出版公司,1990年版,第241页。

意识形态的结果。……由于艺术作品的特殊职能是通过它同现有意识形态的现实所保持的距离,使人看到这种现实,所以艺术作品肯定会产生直接的意识形态效果,因此,艺术作品与意识形态保持的关系比任何其他物体都远为密切,不考虑到它和意识形态之间的特殊关系,即它的直接的和不可避免的意识形态效果,就不可能按它的特殊美学存在来思考艺术作品。"①这里的核心思想有两处:一是文艺与意识形态的关系密切,它能通过与现实的"距离"而产生意识形态的效果;一是文艺的属性至少可看作是两个方面的规定,即"美学的"和"意识形态的",作者用"既是""又是"的措辞,说明他认为这两者之间不能混淆。阿尔都塞的观点,自然使我们联想到恩格斯关于"美学观点和史学观点"是文艺批评"**最高的标准**"的论断②,因为美学成分和社会历史成分是文艺本质属性的基本构成。

阿尔都塞的意识形态理论,严格说属于一种反人本主义的科学主义思潮。他认为,马克思的意识形态学说应该用"总问题"(Problematic,亦可译为"问题结构""问题构架")和"症候式阅读"方法来研究。在他看来,文学的整体意义取决于它同现有意识形态环境的关系,取决于同社会问题和社会结构及其变化的关系。他曾说:"要把所考察的思想的总问题同属于意识形态环境的各思想的总问题联系起来,从而断定所考察的思想有什么特殊的差异性,也就是说,是否有新意义产生。"③这就表明,在他眼里,文学中的思想也不是一般的意识形态,但两者是有关联的,意识形态视角是判断文学思想特殊性的一种方法。而"症候式阅读"则是为了批评"表现式阅读"(亦可称"审美式阅读"——笔者),认为它不能达到对认识对象本质的直接把握。因为在许多本书中包含的人的历史,并不是一部作品中写下的文字,历史

---

① [法]阿尔都塞:《列宁和哲学及其他论文集》,杜章智等译,台北:远流出版公司1990年版,第259页。
② 《马克思恩格斯选集》第4卷,北京:人民出版社1995年版,第561页。
③ [法]阿尔都塞:《保卫马克思》,顾良译,北京:商务印书馆2006年版,第57页。

的真实不可能从它的公开的语言中被完全阅读出来,其历史的文字也不是一种声音在说话,而是在诸种结构中的某一因素作用下听不出来的、阅读不出来的自我表白。为此,阿尔都塞主张,要"把所读的文章本身中被掩盖的东西揭示出来并且使之与另一篇文章发生联系"①,要"把认识看作是生产"②,而生产也就意味着把隐匿的东西表现出来。如果说这种分析有一定道理的话,那么,把"审美"这一属"接受"和"表现式阅读"范畴的概念加到"意识形态"概念之前,综合起来作为文学本质的界定,显然就值得斟酌了。

四、"文学是审美意识形态"的界定错在哪里?

从以上的分析,我们可以得出这样的结论:文艺离不开意识形态与文艺不等于意识形态,是两个不同的论域,两个不同的命题。谁也不会怀疑,文艺自身可能带有某种意识形态的因素,但文艺不是严格意义上的意识形态。文艺的意识形态效果,是由作品和接受者"制造""生产"出来的。文艺与意识形态之间,不是同一的关系,而是差异的关系,是生产与被生产的关系。因此,当我们探讨文艺本质的时候,就需要从产生它们的"意识形态向后退一退,在内部挪开一点距离"③,这样才能得出较为科学的认识。特别是当我们转到马克思主义文艺观的时候,为了能够站到正确的立场上,使用正确的概念,而不是那种审美自发性的意识形态概念,并是能与自己界定的对象相符合的科学概念,就必须细心地理解文学与意识形态的关系,准确地把握意识形态学说。

在我看来,用一般"意识形态"来界定文艺的最大缺欠,就是它把

---

① [法]阿尔都塞:《读〈资本论〉》,李其庆等译,北京:中央编译出版社2001年版,第21页。
② 同上书,第15页。
③ [法]阿尔都塞:《一封论艺术的信》,见《西方马克思主义美学文选》,陆梅林选编,桂林:漓江出版社1988年版,第521页。

普遍的东西特殊化了。而用"审美意识形态"来界定文艺,其最大的缺欠是它把丰富的意识形态要素狭窄化了。如果说文艺的本质是"审美的意识形态",那么,依此类推,法律的本质就该是"秩序的意识形态",政治的本质就该是"统驭的意识形态",哲学的本质就该是"思辨的意识形态",宗教的本质就该是"信仰的意识形态",等等。这种界定模式,对对象本质的揭示不免是太粗糙、太浅表了。阿尔都塞说:"当我们说到意识形态时,我们应该知道,意识形态浸透一切人类活动,它和人类存在的'体验'本身是一致的;正因为如此,在伟大小说里让我们'看到'的意识形态的形式,以个人的'体验'作为它的内容。"① 也就是说,意识形态作为整体性的思想和观念体系,在社会上具有弥散性,它不是文艺所独具的,即便文艺中让人察觉到某种"意识形态的形式",那也是以情感、想象、虚拟、变形等"个人"的"体验"为其现实"内容"的。换句话说,文艺不会赤裸裸地呈现自己的"意识形态"面目。

我们探讨文艺与意识形态之间的复杂性,目的是为了解放文艺的意识形态功能。马克思把文艺放在整个社会结构的"社会意识形式"位置上,与"意识形态"和"意识形态的形式"拉开距离,一方面它符合事实、恰如其分;另一方面它给人们揭示文艺隐含、暗指、揭露或消解意识形态的功能提供了条件。而文艺的"审美意识形态"界定,是由两个要素组合而成的,但由于将"意识形态"看成是"审美的"不能自圆其说,而将"审美"看成是"意识形态的"又大有出入,所以,作为一个统一的文艺本质界说,其概念是难以成立的。

最近,有学者在文章中重申了以往发表过的意见:"文学审美意识形态""不是'审美'加'意识形态'",而"是一个具有单独的词的性质的词组",不是"审美与意识形态的简单相加"。它"本身是一个有机的理论形态,是一个整体的命题",不应该把它切割为"'审美'与'意

---

① [法]阿尔都塞:《一封论艺术的信》,见《西方马克思主义美学文选》,陆梅林选编,桂林:漓江出版社1988年版,第521页。

识形态'两部分"。意识形态"不是单纯的思想,它是具体的、有形式的"。① 在两年前,该论者就在一篇大同小异的文章中,一方面主张"'审美意识形态'不是审美的意识形态",另一方面又说明"审美意识形态有巨大的溶解力,一切政治的、道德的、教育的、宗教的、历史的甚至科学的内容都可以溶解于审美意识形态中。审美意识形态是一个包容性很大的概念"。② 这就真让人一头雾水:"审美意识形态"到底是一种什么样的意识形态?依照此论者的说法,文学还是"意识形态"吗?既然文学"不是审美的意识形态",那又为何称它"审美意识形态"?"审美意识形态"具有"溶解"一切"内容"的魔力,是不是就因为它是"审美"的呢?各种政治、道德、教育、宗教、历史、科学等"内容",又是怎样"溶解"进"意识形态"的呢?人们有没有权利质疑,正是这个"溶解"说,把马克思主义的意识形态学说"溶解"掉了呢?从该论者的实际论述看,几乎全是美学、诗学问题,基本没有文学意识形态功能的阐释,那又如何构成所谓的文学意识形态理论?宣称自己的"立场仍然在马克思主义上面"③又如何能有说服力呢?难道用这种"新说"取代科学的意识形态"旧说"就是一种"创造"?难道把"审美"神秘地套在"意识形态"脑袋上就是理论"发展"?

这种似是而非的界说惯性,文学理论界应该是到了认真反思的时候了。

众所周知,"科学的理论实践"与"前科学的理论实践"是不同的。科学理论实践的特点是,"科学从不把以单纯的直接'感觉'和独特'个体'为其本质的存在物当作加工对象。科学所加工的始终是'一般'"。④ 因此,我们认识文艺的本质,不能以文艺的具体的实在现

---

① 童庆炳:《新时期文学审美特征论及其意义》,《文学评论》2006年第1期。
② 童庆炳:《怎样理解文学是"审美意识形态"?——文学理论教程编著手札》,《中国大学教育杂志》2004年第1期。
③ 同上。
④ [法]阿尔都塞:《保卫马克思》,顾良译,北京:商务印书馆2006年版,第176—177页。

象作为研究对象。如果文艺学家为了让别人起码能听得进去自己的理论,就不得不把马克思主义的意识形态论乔装打扮一番,把它构制成与一般的审美论和人本论完全一致的东西,甚至不惜冒弄假成真的危险,将其影响强加给当代马克思主义的文论建设,那是令人不安的。这里,不妨套用阿尔都塞的一句话,即面对文艺的"审美意识形态"说,不少文论家在这条所谓的"马克思主义创新"路线管制下,"只能或者人云亦云,或者保持沉默,或者盲目信仰,或者被迫信仰,再不然就是尴尬地装聋作哑,绝没有其他选择的余地"。① 这不能不让人痛加思索。

进一步讲,文艺是"审美意识形态"论的方法性错误,是它把先验设定的文艺和个人的本真状态当成了这一观念与理论的支点。文艺是历史的,审美也是历史的;文艺是社会性的,审美也是社会性的。从抽象的非历史的"审美"出发,企图以"审美"来解释社会,解释历史和各种意识形态,又变相地指责传统马克思主义意识形态学说是造成"文艺为政治服务""文艺从属于政治"的理论根源,背离了文艺的自律特征和美学原则,这种认识是极容易导致文艺理论方法与逻辑中的主观主义的。

我们不能把马克思的文艺理论、他能传诸后人的文艺学说、他能帮助今天的人们思考文艺问题的全部东西——不管他自己同意与否——都归结和包含在抽象而玄奥的"审美"论(或曰"伪审美"论)之中,也不能把这些遗产"泛意识形态化"。这样做的后果,是很可能把文艺创作和批评的实践引上斜路的。还是阿尔都塞说得比较中肯:"如果是要认识艺术,那就绝对必须从'对马克思主义概念的严密思考'开始:没有别的道路。"②

(原载《浙江师范大学学报》2006 年第 3 期)

---

① [法]阿尔都塞:《保卫马克思》,顾良译,北京:商务印书馆 2006 年版,第 3 页。
② [法]阿尔都塞:《一封论艺术的信》,见《西方马克思主义美学文选》,陆梅林选编,桂林:漓江出版社 1988 年版,第 524 页。

文学本质界说:曲折的跋涉历程
——以自我理论反思为线索

一

文学本质是文学理论研究的核心问题之一。近来,我提出不主张直接用"意识形态"尤其是"审美意识形态"的概念来界定文学本质,并为此写了几篇文章加以说明。① 但是,这不表明在这一问题上我是一贯正确的。客观地说,在这条探索的路上,我同样留下了曲折的跋涉足迹。今天,回过头来认真反思自己在这一问题上的进展与失误,不但是必要的,而且是必需的。

20世纪60年代读大学的时候,"文学是反映社会生活的特殊的意识形态"②的界定,我是无保留地接受的。这一界定在当时带有权威的性质,因为在全国统编教材中,这一文学本质的提法,占据着主导地位。这种从认识论角度对文学本质的规定,承认文学作品是社会生活的"反映",承认文学的意识形态因素具有"特殊"性,并承认"文学的审美教育作用"③,现在看来也是有合理性的。问题的关键是,它把文

---

① 董学文:《文学本质界说考论——以"审美"与"意识形态"关系为中心》,《北京大学学报》2005年第5期;《"审美意识形态"能成立吗?》,《高校理论战线》2005年第10期;《文学"审美意识形态论"献疑》,《文艺理论与批评》2006年第1期;《关于文学本质与意识形态的关系—兼评"审美意识形态"说》,《苏州大学学报》2006年第1期;《文学与意识形态关系辨析》,《曲靖师范学院学报》2006年第1期;《怎样看待文艺的意识形态属性——兼评"审美意识形态"论》,《黑龙江社会科学》2006年第2期;《"审美意识形态"文学本质论浅析》,《湖南师范大学学报》2006年第3期等。
② 蔡仪:《文学概论》,北京:人民文学出版社1979年版,第1页。
③ 同上书,第83页。

学直接界定为一种社会"意识形态",在马克思主义经典作家那里找不到原始的文本根据。

应该承认,这一时期的文学本质研究,既有受"苏式文论"影响的某些痕迹,也有努力摆脱它的影响走"中国化"之路的创造。这从蔡仪《文学概论》和以群《文学的基本原理》两部教材中可以清楚地看出来。它们维护了生活源泉论,坚持了能动创造论,注意了形象反映论,阐释了语言和审美论,保存了较多唯物史观的成分。但是,由于时代的局限和理论进展的尺度,这时的文学本质论,一般称"文学是一种社会意识形态"①,而在文学与政治的关系上,又主张"文学从属于政治并为政治服务"②,"为一定阶级的政治服务"③。到了新的历史时期,这样的观念就需要调整和纠正了。

马克思主义经典作家既然没有直接把文学艺术界定为"意识形态",那中国的文艺理论家又为什么习惯于这样说呢?我希望找到根源。当然,马克思、恩格斯有关"意识形态"的论述被误读,可能是个原因。此外,外国文论家的表述被盲目搬用,也可能是个原因。近来,我发现,在一本20世纪50年代由苏联学者格·索洛维耶夫编辑的《马克思恩格斯论文学》中,"出版者的话"明明讲到"艺术作为社会意识形式",可到了书的目录里,却赫然出现了"艺术是社会意识形态"的标题。而在此标题下的所有引文,无法证明文艺可以界定为"社会意识形态"。④ 该书由著名翻译家曹葆华先生从俄文译成中文,1962年出版后,对中国学者影响甚大。20世纪60年代初我国编写通用文学理论教科书那阵子,正是它发挥影响的时候。文艺的界定,从"作为社会意识形式"一下子变成了是"意识形态"。这可不可以看作是这一演变的一个发端呢?

---

① 以群:《文学的基本原理》上册,上海:作家出版社1964年版,第13页。
② 蔡仪:《文学概论》,北京:人民文学出版社1979年版,第49页。
③ 以群:《文学的基本原理》上册,上海:作家出版社1964年版,第92页。
④ [苏]格·索洛维耶夫:《马克思恩格斯论文学》,曹葆华译,北京:人民文学出版社1962年版,第1—3页。

"文艺是意识形态"成了传统的说法,很多人就是在这种语境中成长的。"文革"时期自不必说,20世纪80年代初,我在自己的第一部专著中探讨"艺术的本质及其与物质生产的关系"时,对马克思的艺术本质观是这样表述的:

> 马克思把艺术看作是社会的上层建筑,把创造艺术品的艺术生产的基本性质看作是观念形态的精神活动的一部分,是上层建筑领域内精神生产的一种特殊形式。①

显然,这是从"艺术生产"论的角度对艺术本质的说明。而这种说明,除了另辟蹊径地把艺术看作是精神生产的特殊形式外,其他方面并没有多少新的改变。在讨论艺术的本质及其在社会结构中的地位时,该书虽然也涉及马克思的《〈政治经济学批判〉序言》,但当时的理解是,它"明确指出艺术是一种社会'意识形态的形式'"②。此时,我主要强调物质生产是支配其他一切生产、社会形式和社会关系的一种普遍性力量,一种特殊的"以太",强调不能忽视艺术的上层建筑性质。其中引述普列汉诺夫"一个时代的社会精神取决于那个时代的社会关系。这一点再没有比在艺术和文学的历史中表现得更明显的了"③的话,也是这个用意。该书指出,人们之所以把艺术造出来,"不是为了狭隘的物质实用目的,而是为了在'意义'上指出某种东西"④;指出人具有精神的需要,人要求欣赏艺术品,这是精神的食欲,就像肉体的饥饿那样自然⑤。这些都是合理的。但把艺术本身说成是"意识形态的形式",就与马克思的本意有了差距。

20世纪80年代中后期,随着改革开放的步伐,我开始探索"文艺

---

① 董学文:《马克思与美学问题》,北京:北京大学出版社1983年版,第132页。
② 同上书,第134页。
③ [英]特里·伊格尔顿:《马克思主义与文学批评》,北京:人民文学出版社1981年版,第9页。
④ 董学文:《马克思与美学问题》,北京:北京大学出版社1983年版,第137页。
⑤ 《马克思恩格斯全集》第23卷,北京:人民出版社1972年版,第47页注释(2)。

学的当代形态",并强烈地意识到解决好文艺与意识形态关系的极端重要性。在 1988 年第 2 期《文艺研究》上,发表长文《马克思主义文艺学当代形态论纲》。在这篇文章中,我明确地指出:文艺是一种意识形态,是意识形态的上层建筑,是一种特殊的意识形态,几乎成了所有文艺学教科书和专著中众口一词的定论,但未必妥当。我认为:

> 只要我们深入地探讨马克思主义的文艺观,只要我们注意从文学艺术的大量事实出发,就会发现,简单说"文学艺术是意识形态"这个看上去像是"颠扑不破"的"真理",其实是有漏洞和理论空隙的。①

当时这种怀疑的思想,一是起源于我觉得这种界说与经典作家对文艺本质认识的全貌有出入;一是自己总结出"文学艺术的特殊性在于它是意识形态和非意识形态的集合体"②的结论,后来又把它表述为"是整体意识形态性和局部非意识形态成分的集合体"③。此时我以为,只有创立文艺意识形态性与非意识形态因素相结合的界说体系,才能完成文艺学当代形态的建设任务。

这一观点当时受到不少同行和朋友的质疑和批评,引来了《文学评论》《求是》《文艺理论与批评》《文艺研究》等诸多刊物的讨论和商榷。所有的批评,都集中在为何不赞成"文艺是一种意识形态"的界定上。近二十年过去了,这场论争给我的启示依然在影响着我的许多判断。我至今认为,打开认识文艺的非意识形态层面的思路,打破原有文艺本质界定的格局,这在理论上是有意义、有价值的。我当时的缺失是,只顾去论证文艺"非意识形态成分"存在的理由,而对文艺意识形态性的特征以及它与非意识形态因素关系等方面的论述确实有所

---

① 董学文:《文艺学的沉思》,北京:人民文学出版社 1992 年版,第 222 页。
② 董学文:《走向当代形态的文艺学》,北京:高等教育出版社 1989 年版,第 52 页。
③ 董学文:《文艺学的沉思》,北京:人民文学出版社 1992 年版,第 222 页。

忽略。特别是依然沿用"意识形态"和"非意识形态"的概念来解说文艺,并没有从根本上摆脱常规的套路。

二

文艺本质的探索是在传统与革新、舶来与本土、经典与世俗的矛盾交织中艰难地爬行着。这其中,20世纪80年代后期的"文学主体性"论战,对文学本质论的研究构成了一个很大的挑战与冲击。尽管现在有人仍称赞唯心主义的"文学主体论",但它的错误是不容掩盖的。

当时,个别"文学主体论"者是明显地反对文艺意识形态说的。他们制造了一个反"认识论"的抽象"主体论"模式,制造了一个个体本位主义的审美乌托邦。文学成了他们转向所谓"内宇宙"的梁津与工具。在此情况下,批评者当然强调了科学主体观和能动反映论的一致性,强调了灵感思维和情感体验与现实刺激和思想理念的关联性,指出把文学主体性的真正实现仅仅当作"作家的自我实现"、当作"精神主体深层结构的外化"①是不正确的。在《两种文学主体观》一书中,我曾经这样说:

> 艺术活动首先就是一种类似春蚕吐丝一样的自由的有意识的活动。在艺术活动中,意识是以感性的方式、审美体验和审美直觉的方式体现出来的。艺术创作中主体的理性与感性、意识和本能是交织在一起的,即它是一种混融性的人类实践。②

艺术实践中有意识,艺术意识中有实践。艺术实践遵循着"客体→感觉→意识→表达"的序列进行,是一种相对独立的"掌握世界的

---

① 刘再复:《论文学的主体性》,见《文学的反思》,北京:人民文学出版社1986年版,第76—77页。
② 董学文:《两种文学主体观》,沈阳:春风文艺出版社1992年版,第68页。

方式"。这可以说是这段话的核心意思。倘若用经典作家的话讲,那就是,理论家只能加以剖析的东西,杰出的艺术家以丰富的戏剧性和生命力再现出来了。这里没有从文学与意识形态关系的角度谈论问题,但它对理解艺术及艺术活动的本质还是有帮助的。

在1998年我主编出版的《文艺学当代形态论》一书中,虽然我们讨论了意识形态的一般理论和意识形态"转型"问题,注意到了不同文艺观的冲突集中在意识形态问题上的现实状况,甚至承认了"审美特征与意识形态关系的研究,是文艺学意识形态理论又一生长点"[①],但是,对文艺本质的规定却基本依然停留在先前的老地方。比如,"马克思主义从来是把一切文学艺术现象纳入意识形态的总体框架加以考察的。文艺的意识形态论正是马克思主义的文艺本质论和本体论。'文艺是特殊意识形态'这一命题,是意识形态理论辉射文艺的必然结果,是唯物史观研究文学艺术的前提和指南"[②]。这样的措辞,与以往的教科书上的观点几乎没有多少区别。

诚然,该书有20世纪80年代讨论的痕迹,已意识到"文艺作为审美形式与意识形态之间同其他社会意识形式与意识形态之间相比,确如特里·伊格尔顿所说,'有着更为复杂的关系'。随着时代的变化,意识形态本身也确实在逐步改变着、丰富着自己的形式。如何在坚持文艺意识形态论的基础上,使这种艺术本质论和本体论得到更全面、深入的揭示,这是文艺学理论发展和新形态建设面临的迫切任务"[③]。这里可以说是不自觉地将文艺作为了一种审美性的"社会意识形式",而且触及这种"社会意识形式"同意识形态之间的关系,触及如何把文艺的本质揭示得更准确、更全面、更彻底的问题。这对前面的简单的"特殊意识形态"规定,实际上是个悄悄的突破和推进。

这里尤其需要说明的是,当时我也是使用了"审美意识形态"这

[①] 董学文:《文艺学当代形态论》,北京:北京大学出版社1998年版,第117页。
[②] 同上书,第106页。
[③] 同上书,第107页。

一概念的,并且申明文艺活动不是一般的意识形态活动,而是一种带非意识形态因素的审美意识形态活动。书中有这样的话:

> 可以说,文艺的意识形态性只能(或主要)存在于文艺的审美性中,而文艺的审美性又总是表现一定的意识形态性。由于文艺的意识形态性和审美性本来就是辩证统一的,由于离开了文艺的审美性,也就没有了文艺的意识形态性,或者说,文艺也就不成其为文艺,所以,我们称文艺的意识形态为"审美意识形态"。①

不可否认,这种"审美意识形态"概念的使用,含有不少含糊的东西。文艺的"意识形态性"为何只能或主要表现在"审美性"中,文艺的"审美性"又为何总能表现出一定的"意识形态性",都没有说清楚。认为"离开了文艺的审美性,也就没有了文艺的意识形态性",也是说得过于绝对化了。在此基础上就判定文艺的意识形态是"审美意识形态",显然是缺乏论证环节,也是难以站住脚的。

当然,这里与其他"审美意识形态"论者的观点差异还是有的:一则,认为文艺具有"意识形态性"和"审美性"两种属性,并没有简单地用"意识形态"和"审美",也没有用所谓"审美"去"溶解"一切;再则,认为"审美意识形态"只是对文艺的意识形态属性的称谓,并不是对文学或艺术的全称界定;三则,这里用的是意识形态"性"和审美"性"概念,就是说,它并不认为文艺本质是意识形态,或文艺本身是意识形态。王元骧教授指出:"'意识形态'一般是指哲学、政治及法等带有思想体系的东西,文学向我们展示的只是具体的艺术形象,但却隐含着思想观念,所以我认为对文艺的性质以'意识形态性'而不直接以'意识形态'来界定比较贴切。"②

如果说最明显反映出我在文学本质研究上艰难跋涉的脚步的,那就是我在《文学原理》教材中对文学本质的界定。在该书中,我时而说

---

① 董学文:《文艺学当代形态论》,北京:北京大学出版社1998年版,第118页。
② 王元骧:《致李志宏的信》,2006年2月9日。

"文学是一种情感的审美意识形式,其重要意义就在于可以使我们清楚地认识文学在整个社会结构中的位置",文学是"一种特殊的意识形式,其与众不同之处就在于它的审美性和情感性"①;时而又说"文学作为上层建筑领域之内的一种意识形态形式"②,"要把文学的社会审美意识形态属性理解为文学的本质所在"③。我在论述中,还出现了文学是一种"情感审美意识形态形式"④的提法,以及文学是"社会审美意识形态形式"⑤的提法。此外,书中还引述了弗·杰姆逊的话,说"审美行为本身就是意识形态的"⑥。这种概念上的庞杂,似乎是在想修补"意识形态"一词在表达文学上的缺漏,但这样"情感""特殊""审美"定语及"形式"限定的添加,反倒说明了思路上的分歧与认知上的混乱。因为,问题的关键仍是没能将"社会意识形式"与"社会意识形态"严格区分开来。

这一点,在《文学原理》给文学所下的定义中表现得更为明显。该书中说,文学是:

> 创作主体运用形象思维创造出来的体现着人类审美意识形态特点并实现了象、意体系建构的话语方式。⑦

我在用该书讲课的时候,有学生就建议说:何不把定义中的"形态"一词改成"形式"一词,并把"审美"一词换成"感性"一词?我现在深深地觉得,年轻人的意见不但是对的,而且是智慧的。"审美意识形态"概念塞在这个定义里,实在是刺眼,实在是破坏了表达上的准确与和谐。从全书来看,这是逻辑不够严密,尤其是对意识形态学说了

---

① 董学文、张永刚:《文学原理》,北京:北京大学出版社2001年版,第12页。
② 同上书,第13页。
③ 同上书,第12页。
④ 同上书,第13页。
⑤ 同上书,第15页。
⑥ 同上书,第21页。
⑦ 同上书,第57页。

解得不透辟的必然结果。

三

对我来说,彻底而明确地将"意识形式"与"意识形态"加以区分,改变文学本质是意识形态的简单界定方式,是从 2001 年主编《马克思主义文论教程》开始的。该书在"艺术在社会文化中的定位"一章,一改以前的常规提法,十分明确地提出"艺术是一种'社会意识形式'"①,并把它列为第一节的标题。到了 2002 年,我在为北京大学现代远程教育编写文学概论课程的复习参考资料时,便直截了当地把上面提到的《文学原理》中关于文学定义部分的"意识形态"一词,改为"意识形式"。② 之所以得出这样的结论,根本上还是出于对马克思原著的理解,特别是对《〈政治经济学批判〉序言》的理解。在该《序言》里,马克思清楚地将社会结构中那些"适应"现实基础、法律的和政治的上层建筑的部分,称作"社会意识形式"③,而没有称作"意识形态"。即便是那些不能"用自然科学的精确性"来指明经济与社会变革但又"意识到这个冲突并力求把它克服"的"法律的、政治的、宗教的、艺术的或哲学的"理论和学说,马克思也没有把它们简单说成就是"意识形态",而是"简言之",称其为"意识形态的形式"。④

这是一个极其值得重视的区分。正是这一区分,不但让我们看到它与马克思、恩格斯以前思想观念的准确联系,看到了它对厘清先前许多认识上混乱的理论作用,而且使我们清楚地看到了界定文艺为"意识形态"(不管是何种"意识形态")的不恰当性。正因如此,我在

---

① 董学文:《马克思主义文论教程》,桂林:广西师范大学出版社 2002 年版,第 93 页。
② 《北京大学现代远程教育招生入学考试复习参考资料(专升本)》,北京:北京大学网络教育学院编印,2005 年版,第 79 页。
③ 《马克思恩格斯选集》第 2 卷,北京:人民出版社 1995 年版,第 32 页。
④ 同上书,第 33 页。

《马克思主义文论教程》中才第一次指出:

> 文学艺术究竟是不是属于意识形态呢?正如艺术(指艺术活动、艺术作品)包蕴观点、观念的要素但不惟是体系化的观点、观念一样,艺术也可以说是包含有意识形态的要素,但不就是意识形态本身。①

文艺是上层建筑,但上层建筑并不意味着就一定是意识形态。这正如鲁迅在谈论文学的阶级性时指出文学"'都带',而非'只有'"阶级性一样。② 如果不考虑文艺的特性,即不考虑它是和观念上层建筑"与之相适应"的意识形式,就在普遍的意义上说文艺是意识形态,那么就会犯在普遍的意义上说麦粒就是"粮食"、青草就是"饲料"同样混淆事物本质与功能的毛病。由此,我推论道,文学艺术"就是一种与意识形态相适应的社会意识形式。文学艺术不仅可以表达艺术观点,同样可以表达哲学(包括美学)、宗教、道德等等作为意识形态的观点。意识形态性是这些社会意识形式的重要特征。当然,'意识形态的形式'也是一种'意识形式',意识形式包含并大于意识形态的形式是显而易见的"③。

德国知名美学家埃哈德·约翰在介绍和评价一本有关马克思主义哲学的教科书时说:"这本教科书其中这样写道:'我们把表达一定阶级利益的政治观点、经济学观点、法律观点、哲学观点、艺术观点、道德观点等等这类社会观点的体系称为意识形态。'在这里'相应的观点以什么样的形式存在着,是以理论形式、道德形式还是以美学艺术

---

① 董学文:《马克思主义文论教程》,桂林:广西师范大学出版社2002年版,第95页。
② 《鲁迅全集》第4卷,北京:人民文学出版社2005年版,第128页。
③ 董学文:《马克思主义文论教程》,桂林:广西师范大学出版社2002年版,第96页。

形式存在着?'这个问题尚悬而未决。"①可以说,这同样是文艺理论上的一道难题。我们以往的失误,多是由于在这个问题上糊涂无知而产生的。

的确,我们"没有充分的理由把意识形态东西只局限于其'理论的存在形式'内,并进而把它看成是存在于'艺术东西之外'的、因而必须把其'从外部'移植到艺术中去的东西"②,意识形态东西的"存在方式"是多样的。同样,我们也不能避坑落井地"认为可以在艺术中看到与美学东西'并列的'心理学、政治、社会学和意识形态的东西",推崇"美学主义",这样的话,"对于'美学东西'来说就确实剩不下什么东西了"。③ 在这里,埃哈德·约翰提出"我们应当尝试着'以艺术为出发点'来研究社会意识的各种不同现象间的相互作用,而又不忽视各相互作用的要素"④,是很有启发性的。

这一见解的提出,我认为与马克思的意识形态学说是一致的,与区分"意识形态"和"意识形式"的思路也是吻合的。马克思曾多次将"意识形态"一词同法律、宗教、道德等概念并列使用。例如,他在《资本论》第一卷手稿中就说过,"**在意识形态和法律上,他们把以劳动为基础的私有制的意识形态硬搬到以剥夺直接生产者为基础的所有制上来**"⑤。这里,"意识形态"显然是与阶级利益相联的思想观念体系,之所以与"法律"并提,那是因为它们有相同的功能,只不过"意识形态"是个整体性的概念而已。在《德意志意识形态》中,马克思说:现代大工业"只要可能,它就消灭意识形态、宗教、道德等等,而当它不能做到这一点时,它就把它们变成赤裸裸的谎言"⑥。这里的"意识形

---

① [德]埃哈德·约翰:《马克思列宁主义美学诸问题》,朱章才译,昆明:云南教育出版社1999年版,第367页。
② 同上书,第365页。
③ 同上书,第366页。
④ 同上书,第364页。
⑤ 《马克思恩格斯全集》第49卷,北京:人民出版社1982年版,第144页。
⑥ 《马克思恩格斯全集》第3卷,北京:人民出版社1960年版,第68页。

态",也同样是涉及观念、利益、社会规则的思想体系,它与"宗教""道德"并列,则有代指政治、经济等明显作用强的观念领域的意思。恩格斯晚年还说过:"意识形态是由所谓的思想家通过意识、但是通过虚假的意识完成的过程。"①这里指明的是"意识"(当然是"社会意识")与"意识形态"之间的生产与被生产、亦即完成与被完成的关系。

所以,在经典作家那里,"意识形态"可以肯定地说是一种"社会意识形式"。但一种"社会意识形式"却不一定就是社会"意识形态"。这两者的区分,正是唯物史观意识形态学说的内核与精髓。如果把"社会意识形式"与"社会意识形态"相混淆,什么"意识"都可当成"意识形态",什么"意识形式"都可看作"意识形态的形式",那么,马克思主义的意识形态理论实际上就不存在了,它的批判功能、发现"真实"和"真理"的价值也就消弭精光了,它与一般的认识论、认知心理学和精神分析学也就没有什么区别了。

正是基于此,我在自我理论反思与清理的基础上,郑重地提出了对"文学是审美意识形态"这一文学本质界定的质疑。

目前,文学是"审美意识形态"论好像一块魔方,可以扭织出各种理论图案;它又像一剂万应的灵药仙丹,可以包治文学百病。可是,这是宣传出来的,并不是它本身的素质。面对不断出现的批评意见,主张"审美意识形态"论的学者也有自己的论证和辩解,但其论证和辩解多是枝节性的,并没有把握住受批评的要害,也有意避开了该辩解的核心。

我认为,文学是"审美意识形态"作为一种文学本质界定,其最大的误区就是含糊地把文学中的"社会意识"(准确地说"审美意识")与"意识形态"两者弄混淆了,不知准确的"意识形态"概念为何物。或者说,其最大误区是它企图"超越"文学与社会、政治的关系,但却胶

---

① 《马克思恩格斯选集》第4卷,北京:人民出版社1995年版,第726页。

柱鼓瑟地把文学中的"社会意识形式"问题与"意识形态"问题人为地"合而为一"。有学者说:"审美意识形态一般而言是对于社会中人的情感生活领域的审美反映。"①这一全称概括明白无误地告诉人们,它是把人的"反映"行为等同于"意识形态"了。另外,该论者还认为,"审美""可以把作为非审美因素的政治的、道德的、宗教的、历史的等一切价值溶解于其中"②,可以将意识形态审美化。这样一来,政治的、道德的、宗教的、历史的等所有因素都变成了"非审美"的东西,而真正的文学意识形态理论,就在这所谓"审美"无所不能的"综合"下,鱼目混珠地给"溶解"掉了。

这一点,我们从近期"审美意识形态"论坚持者的意见中是可以看得出来的。譬如,以"审美意识形态"为标尺,认为毛泽东《在延安文艺座谈会上的讲话》"是非常时期的特殊的理论要求",若"在常态时期,各种意识形态应该是相对独立的"。③ 其言外之意就是,革命战争时期的文艺作品,不是审美的,而是意识形态化的,因而是特殊的、不正常的;只有到了"各种意识形态"都"相对独立"的时候,文艺无须为什么东西服务的时候,或者说变成游戏、娱乐、消闲的时候,它才是"常态"的。姑且不说作为冲突和斗争领域的"各种意识形态"能不能"相对独立",就说这种"非常时期"和"常态时期"、"特殊"理论和"一般"理论的划分,也是难以成立的。至于强调"审美意识形态"论"是集团性与全人类共通性的统一"④,是"在文学的内部与外部找到了一个结合点和平衡点,以包容文学的多样性、复杂性、辽阔性和微妙性"⑤,那就更滑向普通人类学和一般诗学一边,与科学的意识形态理论已经不搭界了。在这种情况下,倘若依然宣称这种本质论"是根植于马克思

---

① 童庆炳:《新时期文学审美特征论及其意义》,《文学评论》2006 年第 1 期。
② 同上。
③ 同上。
④ 同上。
⑤ 同上。

主义基础上的理论建树"①,是一代学人"根据时代要求提出的集体理论创新"②,那就左支右绌、捉襟见肘,很难令人信服了。

说"审美意识形态"论是一种不顾及文学外部文化蕴含的"审美主义",确乎未必妥当。但如果说"审美意识形态"论是在用"审美"这个大而化之的术语肆意冲淡、无限放大"意识形态",其结果是使意识形态"审美化",造成对文艺的界说与创作上一种趋向"非意识形态化"的"泛意识形态化"倾向,那么,这种判断应该说还是有根据的。

(原载《汕头大学学报》2006 年第 3 期)

---

① 童庆炳:《新时期文学审美特征论及其意义》,《文学评论》2006 年第 1 期。
② 同上。

文学是可以具有意识形态性的审美意识形式[*]
——兼析所谓"文艺学的第一原理"

关于文学意识形态属性的理论,是在马克思主义基本原理基础之上形成的。其精神实质是要表明,文学作品所表现的意识、观念及其所反映的生活内容,可以具有特定的社会性质,表现出与经济基础、政治和精神上层建筑相关联的社会价值倾向。这一理论对于在文学中坚持唯物史观、坚持正确的发展道路具有十分重要的意义,同时,它也完全符合文学的实际。而被称为"文艺学第一原理"的"审美意识形态论",表面看上去也是在讲文学的意识形态性,实质上却偏离和抛却了历史唯物主义立场,对马克思主义文艺理论造成了伤害。

一、"审美意识形态论"中存在的问题

文学"审美意识形态论"是对文学"意识形态本性说"的沿袭和改造。文学"意识形态本性说"的形成,来自对马克思主义唯物史观的理解和应用,其用意是强调文学内容及意识观念的社会功能和价值倾向。如今,"马克思主义把文艺界定为一定的社会意识形态,要求无产阶级文艺自觉地担当起以无产阶级的世界观来认识和改造世界,以社会主义的精神来教育和鼓舞人民大众的历史使命,因而意识形态性也就成了无产阶级文艺的灵魂"[①]。

对文艺的意识形态性做出这样的认识和界定是正确的,符合马克思主义原理和文学实际。而如果说文学的本性是意识形态,则所有的

---

* 本文另一作者是李志宏。
① 王元骧:《论文艺的意识形态性》,《求是》2005 年第 15 期。

文学作品都应该具有意识形态性,即都具有与政治意识相联系的社会功利性和价值倾向性,这就与文学事实不符了。相当多的优秀文学作品对人类一般情感及大自然景色做出描述、赞美和歌颂,为各个时代、各个社会、各个阶级的读者所喜爱,没有特定的意识形态取向和功能。这一点可说是有目共睹的,在我们界定文学本性的时候,是应该加以考虑的文学事实根据。

由此来检验文学本性"审美意识形态论",便可发现,它存在着相互对立的两个弊端。

其一,倘若对文学中表现人类普遍共通感情和喜好的作品,一定要从这一定义出发来说明它们具有意识形态性的话,那就必须把它们看作是同政治意识及特定功利价值相关联的形象反映,要求人们在阅读每一段景色描写时,都要联系一下作品的时代"语境"即社会政治环境,并意识到"这样的描写具有明显的意识形态意义"[①]。这种要求显然是牵强的、僵化的、教条的,不符合文学审美活动实际的。把这种主张作为马克思主义基础上的"文艺学第一原理",势必会影响到马克思主义文学理论的科学性,使人们对马克思主义文论学说丧失信任。

其二,如果文学的意识形态性可以不同政治的、阶级的意识及特定社会功利价值观念相关联,那又等于改换了意识形态理论的内涵,它与文学"非意识形态化"的论点便殊途同归了。这是因为,既然一切作品都有所谓的"意识形态性",而此种"意识形态性"又可以不具有特定的社会和阶级倾向,那这种文学意识形态属性也就失去了表示特定社会和阶级性质的本来意义。

在这种学理基础上建立的"审美意识形态论",势必会片面地突出文学的审美性而消解文学的意识形态性。有论者会说,自己不是主张"纯审美论",而是要同功利性相结合,"文学的审美意识形态属性表

[①] 童庆炳主编:《文学理论教程》(修订二版),北京:高等教育出版社2004年版,第60页。

现在,文学不带有直接功利目的,即是无功利的,但这种无功利本身也隐含有某种功利意图"。① 即便如此,这里所谓的"功利意图",就是"审美地掌握世界这一功利深深地隐伏于无功利性内部"。② 更明确地说,其"文学的功利性就在于,它把审美无功利性仅仅当作实现其再现社会生活这一功利目的的特殊手段"③。根据这种表述,"审美意识形态论"所说的意识形态性和功利性存在什么问题,就可以看得很清楚了。

我们知道,马克思主义意识形态理论所说的文学功利性,不是指"再现社会生活"的目的,而是指文学观念、文学作品的内容要与特定的社会性质相联系,与特定的社会与阶级价值观念相联系。特别是无产阶级文学,"毫不隐讳地公开表明它与人民大众的生活与审美文化实践,尤其是与无产阶级争取人类解放的革命斗争和实现共产主义的坚定信念的血肉联系"④。当把文学的功利性看成在创作目的上"审美地掌握世界"和"再现社会生活"的时候,文学作品思想内容上特定的社会性质和功利价值倾向就无从表现了,审美的目的和要求就消解了文学作品功利内容的意识形态属性。"审美意识形态论"者就如此说过:"现实的审美价值具有一种溶解和综合的特性,它就像有溶解力的水一样,可以把认识价值、道德价值、政治价值、宗教价值等都溶解于其中,综合于其中。"⑤按照这种"溶解论"来认识"审美意识形态论"的实际主张,可知它还是把文学本性看成没有社会功利内容的单纯的审美,从而使马克思主义的文学理论原则悄悄地消解一空。

---

① 童庆炳主编:《文学理论教程》(修订二版),北京:高等教育出版社2004年版,第61页
② 同上书,第62页。
③ 同上。
④ 谭好哲:《论文艺意识形态性研究中的几个问题》,《山东大学学报》2002年第6期。
⑤ 童庆炳:《新时期文学审美特征论及其意义》,《文学评论》2006年第1期。

二、"审美意识形态论"的理论误区

"审美意识形态论"之所以形成这样的弊端,重要的原因之一是把"意识形态"内涵严重泛化了,结果就无法显现"意识形态"的特定社会与阶级性质。这种泛化的表现主要有两点:一是使"意识形态"概念等同于"意识"或"意识形式"概念;一是将"意识形态"等同于"社会观念的集合体"。

先说第一点。高校通用教材之一的《文学概论自学考试指导书》,专设有一条问答题:"为什么说文学是一种社会意识形态?"解答是:"文学是精神现象之一,是人类意识活动的产物,也即人类意识的外化、形态化,就这一点而言,它如同政治、哲学、科学、宗教,道德一样,是一种社会意识形态。"①

显然,这里所理解的"意识形态",是意识的物质化表现,指的是表现为一定外化(物化)形态的意识或意识形式。这种理解相当普遍,影响广泛。有的人甚至有不言自明之感:"要说意识形态的本性,我以为马克思是讲得很多,'意识在任何时候都只能是被意识到了的存在,而人们的存在就是他们的实际生活过程'。这句话便是对意识的本性的最准确的规定。"②在这里,很自然地用马克思关于意识本性的论述来直接论证意识形态本性,表明把"意识"和"意识形态"看成同一个东西的印象相当深刻。类似的理解一直延续下来,并且广为流行。在《文学理论教程(修订版)教学参考书》中,就是这样阐释的:"文学的一般意识形态性质表现在:第一,文学指人们的说、写、听、思等活动及其产品即话语活动和话语产品,简称话语。话语是人与人之间通过语言进行沟通的具体行为或活动,即一定的说话人与受话人在特定

---

① 童庆炳主编:《文学概论自学考试指导书》,武汉:武汉大学出版社1990年版,第11页。
② 潘必新:《意识形态与艺术的特征》,《文学评论》1990年,第6期。

语境中通过本文而展开的沟通活动；第二，文学是一种社会性话语活动，应社会的需要而产生，受社会制约并为社会服务；第三，文学作为社会性话语活动，归根到底是现实生活的反映的产物。"①

了解马克思主义基本原理的人都知道，坚持文学的意识形态性，并不是要坚持文学的意识（或意识形式）性，更不是要坚持文学的话语性。如果像上述阐释那样，把人类一般意识和一般话语活动看成意识形态性的表现，看不到其中存在的社会性质上的区别而泛泛谈论，意识形态就成了一个抽象的、空洞的概念，本来存在的阶级间的差别，不同社会性质间的差别，就被抹杀了、调和了，其结果当然是取消了马克思主义原本意义上的意识形态性，取消了文学的社会倾向性和政治倾向性。

再说第二点。从学说史上看，"意识形态"概念及理论的形成，同"观念"概念有密切的联系。在马克思主义学说中，"观念"一词只表示同社会经济基础有密切联系的观念性的或观念形态的意识。根据这一学说，表现在政治法律思想、道德、文学艺术、宗教、哲学等社会意识形式中的意识因素的确具有观念性或观念的形态；表现在自然科学、语言学、形式逻辑等社会意识形式中的意识因素则不具有观念性或观念的形态。如果将全部具有观念性或观念形态意识的集合体叫做"意识形态"，那"意识形态"概念就不过是对具有观念形态的诸社会意识形式的总称了。"意识形态"同"观念形态"之间的区别就仅仅在于，"观念形态"是与"物质形态"相对应的具体的观念，"意识形态"是与"物质形态"相对应的集合性的观念。此时若说"文学是意识形态"，那只能表明文学是一种观念性的东西，是观念形态集合体中的一员。文学的意识形态性就相当于文学作为观念而存在的特性，它只能表现出文学的存在样式，而表现不出文学的特定社会性质，显现不出马克思意识形态理论对旧的"观念学"理论的革命性改造。

---

① 童庆炳主编：《文学理论教程（修订版）教学参考书》，北京：高等教育出版社1999年版，第70页。

在这种错误的阐释中,"意识形态"的唯物史观性质被抽取殆尽,而代之以意识的类型或种类。按照马克思主义意识形态学说,意识形态在唯物史观框架中的应用本该形成诸如"封建主义意识形态""资本主义意识形态""社会主义意识形态"等话语系列;而"审美意识形态论"却把它改换成"哲学意识形态、政治意识形态、法学意识形态、道德意识形态、审美意识形态"①等话语系列,这就完全把"意识形态"与"社会意识形式"相混淆了。

三、对马克思主义"意识形态"理论的再认识

马克思恩格斯对"意识形态"概念没做过明确的界定。他们在使用这一概念时,含义比较多样,而且中文的翻译和表达也可能因理解的不同而造成歧义。这样,我们就不可能也没必要仅仅依靠揣测经典作家使用意识形态概念时的本义来规定意识形态概念的内涵并阐释意识形态理论,而应该根据意识形态概念的历史和现实使用状况,根据马克思主义一般原理来界定意识形态内涵、建立意识形态理论。

马克思对自己的世界观做过经典性的表述:"人们在自己生活的社会生产中发生一定的、必然的、不以他们的意志为转移的关系,即同他们的物质生产力的一定发展阶段相适合的生产关系。这些生产关系的总和构成社会的经济结构,即有法律的和政治的上层建筑竖立其上并有一定的社会意识形式与之相适应的现实基础。……随着经济基础的变更,全部庞大的上层建筑也或慢或快地发生变革。在考察这些变革时,必须时刻把下面两者区别开来:一种是生产的经济条件方面所发生的物质的、可以用自然科学的精确性指明的变革,一种是人们借以意识到这个冲突并力求把它克服的那些法律的、政治的、宗教

---

① 童庆炳:《审美意识形态论作为文艺学的第一原理》,《学术研究》2000 年第 1 期。

的、艺术的或哲学的,简言之,意识形态的形式。"①

这一表述精炼地指出现实社会基础同社会意识之间的决定与被决定关系。进一步,我们可以思索这个问题:经济基础对于社会意识的决定作用表现在哪里?换言之,经济基础究竟决定了社会意识的什么?是决定了社会意识的分工形式和类型呢,还是决定了社会意识在内容上的社会性质?

按照马克思主义的基本原理,社会结构依照地位和作用可逐级地分为经济基础、设施上层建筑、观念上层建筑三大层次。其中,经济基础中的物质生产力是最活跃的因素,是社会发展的最终的、决定性的动力。以生产力为内核,经济基础发展到一定阶段,达到一定发展程度,具有了相对稳定的性质,就呈现为特定的整体样态。对此,马克思以"社会经济形态"的概念加以表述。不同发展阶段就呈现为不同的整体样态,即呈现为不同的社会经济形态,我们可以简称为"经济形态"。在马克思所处的年代,"大体说来,亚细亚的、古代的、封建的和现代资产阶级的生产方式可以看作是经济的社会形态演进的几个时代"②。

经济基础的性质决定着社会设施上层建筑的性质,使设施上层建筑具有特定的整体样态,亦即设施上层建筑形态,我们可以简称为社会形态,表现为亚细亚社会、古代社会、封建社会和资本主义社会、社会主义社会,等等。

经济基础及社会设施上层建筑的性质又决定了社会意识的性质,使社会意识呈现出特定的整体样态,即社会意识形态,如封建主义意识形态、资本主义意识形态、社会主义意识形态等。"意识形态"概念的意义,实质上就是"意识的社会形态"。

经济形态、社会形态、意识形态是一脉相承的,有内在性质的逻辑

---

① 《马克思恩格斯选集》第 2 卷,北京:人民出版社 1995 年版,第 32—33 页。
② 同上书,第 33 页。

联系和外在形态的逐级对应关系。所联系和对应的,都是由生产力发展水平所决定的生产关系的性质及社会的性质。可见,被经济基础所决定的,只能是社会意识的社会性质。

据此,可以做出这样的定义:意识形态是对应于一定经济基础和设施上层建筑、由全部意识因素构成的、表现在社会意识各形式、各领域中的社会意识的整体样态。其意义和价值在于强调由社会经济形态性质所决定的意识的社会性质,不在于强调意识在构成形式上的类型划分。换言之,意识形态这一概念之所以成立,之所以有存在的必要,在于确切地标明在某一特定经济形态基础上的全部社会意识同在另一特定经济形态基础上的全部社会意识在性质上有所不同,而不在于以此标识一部分与经济基础有关系的社会意识形式同另一部分与经济基础没有关系的社会意识形式之间的区别。

按照这种理解来认识社会意识形式与意识形态之间的关系,可以发现,它们不是同一系列中"属"与"种"的关系,意识形态不是在种类上归属于社会意识形式中的一个分支。社会意识形式与意识形态之间,应该是不同系列的交叉关系,是社会属性与实际载体的关系。社会意识形式的具体内容,可以具有某种特定的社会性质即意识形态性质;而意识形态总要通过社会意识形式表现出来,必然要体现在社会意识形式之中。

这样,才可以合理而通顺地理解马克思的这句话:"人们借以意识到这个冲突并力求把它克服的那些法律的、政治的、宗教的、艺术的或哲学的,简言之,意识形态的形式。"原来,所谓"意识形态的形式",不是分支为意识形态类型的社会意识形式,而是意识形态的表现形式,即意识形态内容和性质的表现形式。由于意识形态性必须现实地存在于社会意识形式之中,因此,也可以说政治法律思想、道德、宗教、哲学、文学艺术等等是意识形态的存在形式。意识形态的表现形式及存在形式,不等于是意识形态本身。

根据这一原理,每一具体的社会观念、意识都具有双重规定:社会结构方面，可以在分工形式上归属于某种社会意识形式——或政治意识，或法律思想，或道德，或宗教，或哲学，或艺术。同时，社会性质方面，具体的社会观念和意识都只能现实地存在于特定的社会中，该社会的经济状况构成有特定性质的经济形态，由此决定着该观念、意识同该社会中全部其他社会观念、意识一起，构成具有特定性质的意识形态，而意识形态的特定社会性质，就构成了意识形态性。这种双重的规定性，使得每一具体社会观念、意识既是观念上层建筑暨社会意识形式的组成部分，又是意识形态得以存在和表现的寓所。

语言是约定俗成的，概念也在不断变化。"意识形态"概念是开放的，谁都可以依照自己的理解赋予它特定的内涵，因而，在日常生活的实际使用和表述中，可以具有多种含义和内涵，我们不必强求也不可能做到完全统一。但是，要讲到马克思主义的意识形态理论，则需要有符合马克思主义原理的、意义一致的概念内涵。只有明确了马克思主义意义场中的"意识形态"概念内涵及其使用时的实际所指，也才可以合理而正确地认识文学意识形态性问题。如果不是这样，那势必会走向非马克思主义的道路。

四、文学是可以具有意识形态性的审美社会意识形式

社会意识是一个整体，经历着由初级到高级、由混沌状态到精细分工状态的发展。在这一发展进程中，社会生活内容不断丰富，由其内容、意义、作用的集中化而相对独立，结果分化成了不同的类型或领域。有关政治的因素和内容形成了社会的政治生活，有关道德的因素和内容形成了社会的道德生活，有关宗教的因素和内容形成了社会的宗教生活。与社会生活某一领域相对应的社会意识及社会观念，也因此划分为不同的类型和领域。不同领域中的意识在分工上相互区别，各自形成独有的表现形式，人们称之为"社会意识形式"。如，以政治的形式表现出的意识、以道德的形式表现出的意识、以宗教的形

式表现出的意识,可分别简称为政治意识、道德意识、宗教意识。因此,"社会意识形式"概念的形成,是以客观社会生活为依据的。

虽说社会生活中包含了经济的内容,也必然有一定的经济基础存在,但经济基础并不决定生活类型的划分,因而不决定社会意识的构成形式。无论经济基础怎样变迁,都只能影响到社会生活及社会意识形式的内容,而不能影响到社会生活及社会意识形式本身的存在。自有人类社会存在,就形成了人的社会化的行为准则和行为规范,即道德和道德意识,它们同经济基础状况没有必然的联系。随着人的观念的发展,形成了宗教意识和宗教活动。宗教观念的形成,同人的认识能力和社会科学的发展水平直接相关,但不同经济基础的性质直接关联。

同样,人在文学艺术方面的生活,也构成了特定的领域和形式,形成了相应的社会意识。对应于生活层面,意识层面的文学是社会意识的构成形式之一。在这一意义上认识文学的本性,可以说文学是一种社会意识形式。即,有一部分社会生活内容是同文学艺术活动相关的,这部分社会生活在社会意识方面的表现,就称为文学艺术的形式。作为社会意识的一种形式,文学表明的是社会生活的特定分工形式及构成领域,有相当大的稳定性,只要有文学这种类型的社会生活存在,就会有文学这种类型的意识及社会意识形式存在,文学的有无,不以经济基础的变化为转移。

社会意识的诸形式是根源于社会生活类型而在意识层面发生的分工形式和表现领域,可以具有历时性、一般性,在各个社会中都存在。社会意识形态则是特定社会中具有特定社会性质的意识的整体样态,只能现实地存在于特定社会中。随着时代的发展,社会性质会发生转变,意识形态性质随之转变,而意识的社会形式则可以不变。由具体观念组成的社会意识形式如政治、道德、哲学、宗教、艺术等等,从本性上看都不是意识形态,而从实际存在样态和功能上看,都具有意识形态性。换一个说法,具有意识形态性也不等于其本性就是意识形态。

文学作为社会意识形式,其特点在于,它体现了人类生活中同文学性审美相关的那一部分,文学因此可以说是审美的社会意识形式。

文学的特性是反映和表现社会生活。社会生活非常广阔而多样,其核心是由经济基础性质所决定的带有阶级和阶层性的政治生活。相应的,政治意识构成了意识形态的核心。从这一核心向外围扩展,越接近边缘则意识形态性越稀薄。当文学以社会生活的核心部分为表现内容时,会具有强烈而鲜明的意识形态性;当以社会生活的外围或边缘部分为表现内容时,则不具有鲜明的意识形态性乃至没有意识形态性,尽管同这部分生活相关的意识仍然归属于特定社会的整体意识之中。山水诗、抒情诗反映和表现的是远离社会核心的一般的、外围的、边缘性的生活,意识形态性就很淡薄乃至显现不出来。反映社会变革及重大历史事件的现实主义文学作品,则必定具有强烈而鲜明的意识形态性,其意识和观念的倾向性与社会发展方向及文学方向有着紧密的联系。由于社会的核心生活更为重要,其文学表现也更为重要。因此,具有意识形态性的作品构成了文学的主体,主导着文学的发展方向。否认主导性文学作品具有意识形态性的论点,即所谓文学"非意识形态化"的论点是错误的,不符合客观实际。同时,社会的外围和边缘生活也是客观的存在,为人们所需要,也会在文学中得到反映,是文学多样化发展的表现,它可以起到丰富精神生活的作用。认为边缘性文学作品也具有意识形态性的论点,即所谓文学"泛意识形态化"的观点,同样也是不符合客观实际的。

准确地说,文学是可以具有意识形态性的审美社会意识形式,是审美社会意识形式的话语生产方式。只有这样认识文学的本性与特点,才可以行之有效地、恰如其分地贯彻马克思主义的基本原理,科学地坚持文学的意识形态性和方向性,才可以实事求是地尊重文学的艺术规律和现实表现法则。

(原载《广西师范大学学报》2006 年第 3 期)

"审美意识形态"文学本质论浅析[*]

文学,作为人类独特的文化现象,千百年来不知令多少人痴迷、狂恋、苦苦追索,也不知有多少人为其感叹、伤怀、哀婉低回。那么,什么是文学,或者说文学究竟指的是什么?其实,关于"文学是什么"的问题,千百年来人们就没少做界定。如文学是模仿,文学是形象思维,是想象的表现,文学是特殊意识形态,文学是有意味的语言符号,文学是精神生产,等等。当前,文学是一种"审美意识形态"的提法,又在学术理论界得到较多的认同,有学者甚至将它规定为"文艺学的第一原理"。然而,文学的本质是独特的、复杂的,有其特殊的品格。同时,文学也是发展的、变化的,"时运交移,质文代变",即"文变染乎世情,兴废系乎时序",它时时刻刻受到社会诸因素的影响。

那么,在当下文学边界游移扩张、文学概念模糊不清、文学理论自身合法性遭遇质疑的背景下,文学本质是"审美意识形态"的界定能否成立?也就是说,这一界说能否支撑得起文学理论这座学科的大厦呢?

从文学是单纯社会意识形态的"工具论",到文学是"审美意识形态"的所谓"审美反映论",文学界定固然在特定的历史时期留下了自身发展演变的轨迹,但长期以来,它仍然没有跳脱固有的思维模式,依然在社会功能性和审美非功利的两难选择之间徘徊。这里,我们质疑文学是"审美意识形态"这样的说法,并主张在对文学的理性关照中,走向文学界定的科学化与多重决定论。

---

[*] 本文另一作者为陈诚。

意识形态:摇摆在肯定与否定之间

文学"审美意识形态论"提出者说:既然文学是一种"审美意识形态",那"还未离开马克思思考的原野"。① 那么,我们不妨回到马克思主义经典作家那里,重新审视文学与意识形态的关系。

最初马克思在德语里运用"意识形态(Ideologie)"②一词,旨在批判一种"思想统治世界"的唯心主义倾向。马克思在批判黑格尔的实证唯心主义及青年黑格尔派唯心主义倾向时指出:"德国唯心主义和其他一切民族的意识形态没有任何特殊的区别。后者也同样认为思想统治着世界,把思想和概念看作是决定性的原则,把一定的思想看作是只有哲学家们才能揭示的物质世界的秘密。"③马克思提到的"思想统治着世界",在所谓的"意识形态家们"那里成了意识形态的普遍特征,意识形态在本质上是对现实生活、物质世界的支配性关系,是对现实关系的扭曲和遮蔽,带有极大的虚幻性甚至欺骗性。可以说,意识形态在马克思那里,开始并不是什么光彩的概念,它是带有"支配性""统治性"意涵在里面的。这一点,随着对"德意志意识形态"批判的展开而有更详尽的阐述。

那么,是否我们据此就可以认为这里的意识形态是一种"完全虚假"的统治意识而缺乏现实的物质基础呢? 其实,马克思这里仍然认为这种意识形态是物质关系的直接产物。用他的话说,"这些观念都是他们的现实关系和活动、他们的生产、他们的交往、他们的社会组织和政治组织有意识的表现,而不管这种表现是现实的还是虚幻的。相反的假设,只有在除了现实的、受物质制约的个人的精神以外还假定

---

① 童庆炳:《审美意识形态的再认识》,《文艺研究》2000 年第 2 期。
② "意识形态"一词最初由法国哲学家特拉西(Destutt de Tracy)发明(法文为 idéologie)。一般认为是马克思创制了 Ideologie 这个德语词,黑格尔没有用过这个德语词,但却使用过意识形态的法语词 idéologie。
③ 《马克思恩格斯全集》第 3 卷,北京:人民出版社 1960 年版,第 16 页注释①。

有某种特殊的精神的情况下才能成立。如果这些个人的现实关系的有意识的表现是虚幻的,如果他们在自己的观念中把自己的现实颠倒过来,那么这又是由他们狭隘的物质活动方式以及由此而来的他们狭隘的社会关系所造成的"①。

之所以会出现这样的意识形态的虚假观念,那完全是由"意识形态家们"的局限所致(当然不否认也可能有为了维护现有利益与支配关系的需要而人为歪曲甚至欺骗的成分在里面)。他们不知道,"不是意识决定生活,而是生活决定意识","德国哲学从天国降到人间;和它完全相反,这里我们是从人间升到天国"。② 正是一定的社会生产关系,阻碍了他们对世界的认识,他们的意识形态也就不能正确地反映客观现实,而只是某种虚假的"幻象"。这里的意识形态无疑是虚幻性的甚至欺骗性的,是"虚假意识"。恩格斯1893年在《致弗·梅林》的信中也认为:"意识形态是由所谓的思想家通过意识、但是通过虚假的意识完成的过程。推动他的真正动力始终是他所不知道的,否则这就不是意识形态的过程了。"③这也许就是后来阿尔都塞对意识形态所作的描述,即认为意识形态的可能结果就是某种意识形态观念。

这一点,在社会变革到来的时候会更加明显地表现出来,因为这时候的意识形态的掩蔽性可能更为强烈,只是已经不是前述意义上的"虚假幻象",而是人们(而非"意识形态家",即上述恩格斯所说的"思想家")可以察觉出冲突对立所因由的诸种意识形态形式,某种程度上具备了中性的义涵:"在考察这些变革时,必须时刻把下面两者区别开来:一种是生产的经济条件方面所发生的物质的、可以用自然科学的精确性指明的变革,一种是人们借以意识到这个冲突并力求把它克服的那些法律的、政治的、宗教的、艺术的或哲学的,简言之,意识形态

---

① 《马克思恩格斯选集》第1卷,北京:人民出版社1995年版,第72页注释①。
② 同上书,第73页。
③ 《马克思恩格斯选集》第4卷,北京:人民出版社1995年版,第726页。

的形式。"①这时,意识形态的因素因为变革的需要而凸显出来——法律的、政治的、宗教的、哲学的、艺术的因其作为上层建筑的功能性存在而成为"意识形态的形式",但并不等于说宗教、法律、道德、艺术等"社会意识形式"就是意识形态,而只有那些"社会意识形式"进入了阶级分野并成为一定的阶级或集团用以服务于自身的统治秩序或利益关系的时候,方才进入意识形态的范畴。宗教、法律、道德、艺术等意识形式,可以具有意识形态的属性,可以具备一定的意识形态功能,但并不就是意识形态本身。在这一点上,马克思有时甚至将意识形态同宗教、法律、道德等意识形式相并列地提出。马克思在阐述资本主义生产方式时说:"在意识形态和法律上,他们把以劳动者为基础的私有制的意识形态硬搬到以剥夺直接生产者为基础的所有制上来。"②"只要可能,它就消灭意识形态、宗教、道德等等,而当它不能做到这一点时,它就把它们变成赤裸裸的谎言。"③

这里,意识形态显然不是可以容纳全部哲学、宗教、法律、道德、艺术等意识形式的一个无所不包而又大而无当的容器。倘若那样的话,社会意识形态与社会意识形式之间就没有什么区别了。只有当这一切意识形式变成了为一定的阶级、集团、一定的利益阶层服务并用以支撑其统治或秩序的功能性存在的时候,它才成为意识形态的一部分。在这里,"非意识形态论"是不正确的,"泛意识形态论"也是不正确的。

卢卡奇曾这样指出:"某种综合的思想即便在社会上得到比较广泛的传播,它甚至也不能直接变为意识形态。某种思想或思想整体若要变成意识形态,它必须执行某种规定得非常确切的社会职能。"④英

---

① 《马克思恩格斯选集》第 2 卷,北京:人民出版社 1995 年版,第 33 页。
② 《马克思恩格斯全集》第 49 卷,北京:人民出版社 1982 年版,第 144 页。
③ 《马克思恩格斯全集》第 3 卷,北京:人民出版社 1960 年版,第 68 页。
④ [匈]卢卡奇:《关于社会存在的本体论》下卷,白锡等译,重庆:重庆出版社 1993 年版,第 487 页。

国马克思主义理论家雷蒙·威廉斯也认为:"实际上,19世纪时,意识形态被视为一组观念,而这组观念是源自某些特定的物质利益;或者,广意而言,这一组观念源自于特定的阶级或群体。这两种看法至少与视意识形态为幻象的意涵同样普遍。……当然,也有可能是:虽然其他种类的意识形态——代表敌对阶级——真正表达了自身阶级的利益,但是对于人类的广泛利益而言,却是虚假的。因此,早期的意涵——幻象与虚假意识——大体上可以和一般描绘某种阶级特色的文字联想在一起。"①

从上面引述的马克思、恩格斯的诸段关于意识形态的论说,以及卢卡奇、威廉斯等的观点,我们可以大致得出这样的结论,即意识形态是一个意义的观念系统,是具有统治或秩序内涵的概念。这种意义和观念,可以并能够服务于建立和支撑某种统治关系或支配性物质关系的方式。意识形态是一组观念体系或概念系统,无论这组观念体系或概念系统是虚假的还是中性的,是肯定意义上的还是否定意义上的。

这里有必要说明的是,意识形态是一种社会意识,但社会意识却不一定是意识形态。就人是一切社会关系的总和来说,人的意识其实质也就是人的社会意识。马克思、恩格斯在《德意志意识形态》中明确指出:"意识一开始就是社会的产物,而且只要人们存在着,它就仍然是这种产物。"②在《〈政治经济学批判〉序言》里,马克思同样认为:"不是人们的意识决定人们的存在,相反,是人们的社会存在决定人们的意识。"③法国人类学家列维-布留尔在其《原始思维》中也认为意识其实就是人的社会意识:"不论我们上溯到过去多么远,不论我们所考察的民族多么原始,我们处处都只能遇到社会化了的意识。"④但这种

---

① [英]雷蒙·威廉斯:《关键词》,刘建基译,北京:生活·读书·新知三联书店2005年版,第221—222页。
② 《马克思恩格斯选集》第1卷,北京:人民出版社1995年版,第81页。
③ 《马克思恩格斯选集》第2卷,北京:人民出版社1995年版,第32页。
④ [法]列维-布留尔:《原始思维》,丁由译,北京:商务印书馆1981年版,第16页。

社会化了的意识并非就是意识形态。意识形态是社会意识,我们说哲学、道德、宗教、艺术等是社会意识,它们之间的区别在表现形态上体现为不同的社会意识形式,这一点应该说是没有问题的。文学作为艺术的一种形式,是一种社会意识形式,也是不会让人怀疑的。

但文学可不可以规定为意识形态呢？从上述对意识形态的分析来看,我们可以说,只有当文学作为一种社会意识形式,被特定的集团、阶级、阶层自觉或者不自觉地用来维护其自身利益或支撑其统治以实现某种支配性物质关系的时候,才能说它具备了意识形态性,从而纳入意识形态的整体考察视域,成为意识形态的形式。意识形态不是简单地包括哲学、道德、宗教、艺术等意识形式,反之,哲学、道德、宗教、艺术等意识形式也不简单就是意识形态。从这方面说来,意识形态是不可以用来"审美"或"审美反映"的,"审美"本身也是人类的一种意识,审美与意识形态不同质,审美也有社会性,审美与意识形态处在一种既关联又冲突的张力关系之中。

审美与意识形态的张力关系

文学因其独特的审美感染力和精神感召力,自古以来就承担着诸多的伦理道德教化甚至统治意识形态的社会功能。文学的这种社会功用的获得,在古代社会可以说是必然的。尤其是在社会分工不那么明显的时期,文学差不多与社会生产与生活是一体的,文学作为一种社会意识形式与道德伦理没有本质的差别,文学同时承担了社会伦理道德甚至认识的功能。无论是中国的诗可以"兴、观、群、怨",可以"多识于鸟兽草木之名",还是西方认为诗是理念的显现,具有净化作用以及寓教于乐的思想,都是由社会分工的局限性所致。

文学传统功能的改变以及现代性情状的获得,要归因于社会的进一步发展,社会分工的逐步细化,归因于启蒙运动的兴起特别是资产阶级社会公共领域的形成。文学在远古时代的诸多社会功能因社会分工的加剧而转移，有的甚至消失。这时候，文学因为渐渐远离这些社会功能因素而慢慢走向自足自律，但同时，文学也就逐渐地远离了直接的社会生产与物质实践。可以这么说，文学自足自律性的获得，同社会的现代化进程有着密切的关系，这一点在西方可能看得更加明显。文学在与社会生产和现实实践拉开距离的同时，也强化了其形式特征和审美性。

但是，文学并没有因此而成为完全独立于社会存在的悬浮物。文学审美性的获得，最初并没有达到对现实世界的感性超离，康德就是一个例子。他是一个伟大的启蒙者，却对权威毕恭毕敬，所以伊格尔顿对此批评道："美学萌生于18世纪，这种新奇的话语并不是对政治权威的挑战，而是可以读解为专制威权固有的意识形态的困境的表征。这种权力为了自身也需要把'感觉到的生活'考虑在内，如果不理解这一点，任何统治都不会稳固。情感和感觉世界肯定不能拜倒在'主观世界'之下，拜倒在康德嘲笑的'趣味自我主义'之下；相反，必须把它带进理性本身的庄严审视之内。如果生活的世界不能转变成理性形式，那么所有至关重要的意识形态问题岂不是被丢在某处不在控制范围之内的被遗忘的角落了吗？"①事实上，基于这种审美感性所建立起来的"趣味自我主义"，其实质仍然是资产阶级的趣味。纯粹的美学追求在反对社会秩序与工具理性对人性压制的同时，本质上是对这种社会压制的肯定性认可，亦即马尔库塞所说的一种"肯定性文化"（affirmative Culture），从而并没有远离资产阶级的意识形态。诚如马尔库塞所说："我们无意否认内在于这种对美学的关注中，有一种绝望的因素：即逃避到一个虚构的世界，仅仅在一个想象的王国中，去克服和变革现存条件。不过这种纯粹是意识形态的艺术观念，越发强烈

---

① ［英］弗朗西斯·马尔赫恩：《当代马克思主义文学批评》，刘象愚等译，北京：北京大学出版社2002年版，第64页。

地遭到人们的质问。"①这在某种意义上又回到了马克思对意识形态最初的使用上,即试图以思想观念来变革世界的一种"幻想"或是"虚假"意识。这一点也类似于马克斯·霍克海默所说的"内化的压抑",即审美内化由于意识形态所导致的内在的自我控制形式。

基于这样的认识,我们认为,说文学是一种意识形态固然不妥,说文学是一种"审美的"意识形态也是欠妥当的。用文学的"审美"性与"意识形态"的生硬组合来定义文学,首先就犯了以特殊代替一般的错误。"审美性"是文学最为突出的属性和特性,但却不是唯一的属性和特性。文学仍然可以有认知的、教育的、道德的、娱乐的诸种属性和特性。以文学的某一特性或属性描述作为文学本质的界定,是不全面的,因而也是难以成立的。诚如有的学者指出的那样,"'特征'不同于事物的'本质',它是事物内部的某一个或某一些规定性,特征的获得依赖于对事物的分解,而且这种分解以对比为基础。所以,特征、特性或特殊性也属于知性范畴,它是对事物某一显著属性的揭示,但并不是整体把握"②。

然而,文学的审美性又是独特的,某种程度上,文学成了一种表现审美愉悦的单一性存在。这在西方关于"美学"一词的创立上可以看出,无论是法国哲学家巴托的基于感性实践的"美的艺术"(fine art),还是鲍姆加登对于这种感性艺术的理性抽象的"美学"(Aesthetic),都说明了文学审美感性的独有价值,说明了文学审美感性的非功利性的一面。

文学审美感性的强调,是对文学社会功能性的反拨,这带给文学更强的自律性,也就是自我合法化,从而使文学可以脱离文学以外的非审美性的社会功能语境。阿尔都塞就把那些具有一定社会意识形态宣传功能的作品排除出艺术之列。他说:"艺术和意识形态之间关

---

① [美]马尔库塞:《审美之维》,李小兵译,桂林:广西师范大学出版社 2001 年版,第 192 页。
② 杜卫:《文学审美论的"知性方法批判"》,《文史哲》1998 第 6 期。

系的问题,是个很复杂很困难的问题。然而我能告诉你们研究工作的一些方向。我并不把真正的艺术列入意识形态之中,虽然艺术的确与意识形态有很特殊的关系。"①卢卡奇曾经多次引用马克斯·利伯尔曼的机智格言"我画得比你更像你自己",来表明艺术对现实世界的抽离。在卢卡奇那里,审美是建立在以人为中心的基础之上的,艺术是人类自我意识最恰当和最高的表现形式。艺术创作不是对现实的机械的"照相"式反映,而是明显地带有任意的思维创造的倾向。② 所以,艺术不一定具有非常确切的社会职能,而在他看来,缺乏这种社会职能的思想或思想整体就不会是意识形态。

即便是在相当宽泛的意义上使用"意识形态"一词的伊格尔顿,也认为:"只有在审美中我们才能回归自我,才能稍稍远离自己的优越地位,开始把握我们的能力与现实的关系,这个时刻也就是令人惊异的自我陌生化瞬间,后来的俄国形式主义者以自我陌生化为基础创立了完全的诗意。"③这里,伊格尔顿对俄国形式主义文学"陌生化"理论的推崇多少有些令人惊讶,但也从另一个侧面表明,文学以其独特的审美形式某种程度上达到了对特定意识形态的超离。从中国最早的诗《弹歌》"断竹,续竹,飞土,逐肉"中朴素的审美意识,到李白《静夜思》中对审美意境的深邃构筑,这一切都不能说是特定时代的"意识形态",也不能说是一种"审美意识形态",它们只是一种特殊的"社会意识形式"。

无论是"审美"还是"意识形态",其概念自身都具有相当复杂的含混性和歧义性,这导致了在审美与意识形态之间形成一种不易调和的张力关系:它们的内涵与外延不是向同一个方向伸展,而是彼此错

---

① 董学文主编:《西方文学理论史》,北京:北京大学出版社 2005 年版,第 402 页,注释(81)。
② 朱立元主编:《二十世纪西方美学经典文本》第 2 卷,上海:复旦大学出版社 2000 年版,第 510—511 页。
③ [英]特里·伊格尔顿:《美学意识形态》,王杰等译,桂林:广西师范大学出版社 1997 年版,第 79 页。

综交叠着的,既相互对立相互排斥又相互层叠相互包容,始终处于一种紧张关系之中。以此搭配构成一个固定词组作为文学的定义,"那就如同'两只角的独角兽'或'苹果的水果'(或'水果的苹果')称谓一样,这种亦此亦彼的判断,难以成为严格的定义方式"①。

文学:一种多元决定的社会意识形式

从文学属于"特殊意识形态"到文学是"审美意识形态",这种定义方式看似没有离开马克思主义原意,没有离开唯物史观关于经济基础决定上层建筑的经典表述多远,但事实上却恰恰相反。这里,我们不妨引述马克思在《〈政治经济学批判〉序言》里所说的一段话:

> 人们在自己生活的社会生产中发生一定的、必然的、不以他们的意志为转移的关系,即同他们的物质生产力的一定发展阶段相适合的生产关系。这些生产关系的总和构成社会的经济结构,即有法律的和政治的上层建筑竖立其上并有一定的社会意识形式与之相适应的现实基础。②

这里,社会的经济结构即现实的经济基础是最终的具有决定性作用的因素,而包括法律、政治及其他社会意识形式(文学当然属于此列)只不过是这种经济结构的反映,这是没有错的。然而,如何将经济基础与上层建筑这两者更加紧密地联系起来而不至于导向一种简单的经济决定论或经济还原论呢?就像弗雷德里克·杰姆逊所质疑的那样:"在马克思那里,有一个很微妙很难把握的关于原因的公式,经济是'最终的'决定因素或原因。这是什么意思呢,也就是说不是直接的,不是说因为1910年法国有了某种机器,工人的生产方式得到改

---

① 董学文:《文学本质界说考论》,《北京大学学报》2005第5期。
② 《马克思恩格斯选集》第2卷,北京:人民出版社1995年版,第32页。

进,于是普鲁斯特便写出了自己的作品。"①阿尔都塞也同样认为,对于整个上层建筑领域来说,"无论在开始或在结尾,归根到底起决定作用的经济因素从来都不是单独起作用的"②。

之所以会出现这样的情形,原因在于对马克思的经济基础与上层建筑的比喻做了过于机械的单一决定论的理解,即认为一种原因产生单一的结果,反之,单一的结果可以追溯、还原到某种单一的原因。"这种因果关系,即阿尔都塞称为机械的因果关系的东西,是很简单化的,有因便有果,一个原因决定了一个结果,完全是一种台球式的因果关系。"③这种台球式的一元决定的因果关系,很容易导致一种还原主义,进而把文学归结于受经济基础决定的上层建筑并成为抽象的意识形态的审美反映。事实上,文学现象远比单一的经济决定论或经济还原论要复杂得多。文学是由多种因素共同促成的,是一种"多元决定"④的社会意识形式。"比如我们举个例子,是什么造成了《嘉莉妹妹》这样一本书呢?是因为德莱塞是一个具体的人,他的内心感受引起了这本书的写作吗?当然是这样的。但同时,他是在写一篇小说,既然是写小说,那么就必然和美国的小说形式有联系。我们可以说德莱塞是在描写一个工业化的大城市,如果城市没有发展到这一步,他也不可能写成这部小说。因此,即使在一篇小说中我们也能发

---

① [美]弗雷德里克·杰姆逊:《后现代主义与文化理论》,唐小兵译,北京:北京大学出版社2005年版,第62页。
② [法]路易·阿尔都塞:《保卫马克思》,顾良译,北京:商务印书馆2006年版,第103页。
③ [美]弗雷德里克·杰姆逊:《后现代主义与文化理论》,唐小兵译,北京:北京大学出版社2005年版,第71页。
④ 这里借用路易·阿尔都塞的术语。阿尔都塞在论述矛盾(比如经济基础与上层建筑的矛盾)的产生原因、意义、活动场合和范围时认为,"矛盾"在其内部受到各种不同矛盾的影响,它在同一项运动中既规定着社会形态的各方面和各领域,同时又被它们规定。矛盾本质上是多元决定的。这一点,阿尔都塞受到毛泽东《矛盾论》的影响。参见阿尔都塞《保卫马克思》中"矛盾与多元决定(研究笔记)"一节。

现众多的原因,而机械的台球式因果关系似乎没有能解决这个问题。"①

文学是一种多元决定的"社会意识形式",它关涉不同的语言层面、不同的意义单元、不同的社会环境与时代语境,以及个人品格、艺术修养甚至潜意识、无意识等诸多因素。文学自身的复杂性源于社会关系与人的思想感情、个人体验的复杂性,不是单一的"意识形态"就可以完全决定的,亦非简单的审美反映可以概括的。元好问绝句《论诗三十首》其六,通过批评西晋太康诗人潘岳虽有高蹈避世之念却又热衷仕进,谀媚权贵,以讥刺其为人与为文的二重性:"心画心声总失真,文章宁复见为人。高情千古闲居赋,争信安仁拜路尘。"面对这样的情形,我们的心情就很复杂,我们固然不能因人弃文,但倘若完全沉入文本而不做适当的"知人论世"的考察,恐怕也说不过去。这里,我们无法用简单的决定论去评述作者具备怎样的意识形态,也无法界定作品对意识形态是如何"审美反映"的。

文学自身的多元决定性,带来文学阐释与接受的复杂性,如同韦勒克征引艾略特《诗歌的功用》时所描述的那样,在莎士比亚的一部戏剧中,头脑最简单的人可以看到情节,较有思想的人可以看到性格和性格冲突,文学知识较丰富的人可以看到词语的表达方法,对音乐较敏感的人可以看到节奏,那些具有更高的理解力和敏感性的听众则可以发现某种逐渐揭示出来的含义。"我们的标准是具有包容性的,是'想象的综合'和'综合材料的总和与多样性'。……艾略特在《玄学派诗人》一文中所选的例子就属于这一类。为了证明诗人的心是'不断混合根本不同的经验'的产物,他想象出由诗人坠入情网、阅读莎士比亚、倾听打字机的声音以及嗅出烹饪味道等这样一种混合的

---

① [美]弗雷德里克·杰姆逊:《后现代主义与文化理论》,唐小兵译,北京:北京大学出版社2005年版,第71—72页。

经验。"①这与鲁迅那段著名的对《红楼梦》的评述有异曲同工之妙:"经学家看见《易》,道学家看见淫,才子看见缠绵,革命家看见排满,流言家看见宫闱秘事……"②

可以说,文学是综合的多面体、多维结构,作为一种"社会意识形式",具有多元决定的特性,任何一个不经意的触发都有可能影响到文学的创作与文学的产出。魏庆之《诗人玉屑》卷十:"谢无逸问潘大临'近曾作诗否?'潘云:'秋来日日是诗思。昨日捉笔,得"满城风雨近重阳"之句,忽催租人至,令人意败,辄以此一句奉寄。'"③从这一颇为有趣的片段我们可以看出,决定一首诗(文学)的因素的偶然性与不可捉摸的多变性,非一时之力可以强为之。这也从一个侧面表明文学的多元决定的特点。而文学的这种多元决定性又导致文学自身的复杂性和丰富性,进而带来文学研究与接受的空间广阔性与时间延续性。

文学是一个在多维层面上同时展开的复杂的精神现象,行走在现世的现实性与精神的超越性之间,绝不仅仅是作家、作品、世界与读者之间的互动关系,它有着更为神奇、奥远的精神架构和现实关怀。文学始终为人们所熟知而又偏偏不可能尽知,这就使得文学成为引领人类意识走向无尽遥远和崇高的契机,同时也成为它自身存在的最大理由。

文学的产生与发展基于现世的生产技能与生活世界,作为"社会意识形式"的文学,在特定的社会与历史发展阶段,它无法完全摆脱其社会功用的角色,甚至有时候无法避免被"征用"的命运。这尤其体现在社会政治与生活发生重大变革的时期,文学往往会直面现实,文学

---

① [美]勒内·韦勒克、奥斯汀·沃伦:《文学理论》(修订版),刘象愚等译,南京:江苏教育出版社2005年版,第290—291页。
② 鲁迅:《集外集拾遗补编·〈绛洞花主〉小引》,见《鲁迅全集》第8卷,北京:人民文学出版社2005年版,第179页。
③ 詹锳:《文心雕龙义证》,上海:上海古籍出版社1989年版,第978页。

的政治因素、功用倾向会非常明显,而其审美的一面则相对弱化。但也许正是因为如此,文学才会显现其独特的魅力,在社会历史的特定语境中留下自己永远难以磨灭的印迹。文学的这种社会功能性,某种意义上说是必然的,其意识形态性或强或弱地表现出来也是必然的。

然而,人类生活着,人的意识赋予这个生活的世界以价值和意义。人生存在于这个无限关联的意义和价值世界里,是意义和价值赋予这有限世界以无限的关联性和广延性。文学带给我们的意义,就在于显现这种有限世界背后的无限性。文学不是对现实世界、现有事物的机械摹写,也不是对一种纯然的意识形态的单调的审美反映,文学本身是一个多元决定的有无限可能的价值存在。文学在描绘和言说某一有限性的事物的时候,它实际是在向人们揭示这一有限事物与唯一宇宙无限性的关联关系。

当然,我们说文学的多元决定性和无限关联性,并不是忽视文学对现实世界、现实人生和情感心灵的关照。恰恰相反,文学的这种多元因素的获得及其审美的品格,正是扎根于丰富多彩的现实生活,是对现实人生的深邃洞察与执着关怀的结果。"长歌可以当哭,远望可以当归"。文学在对自然、社会、人生的审美关照和关怀中,实现着对人生境界的无限拓展。

(原载《湖南师范大学社会科学学报》,2006年第3期)

马克思的意识形态学说与文学本质问题
——兼及"审美意识形态论"分析

对文学本质的说明是文学理论的核心问题。目前,在国内有影响的一种界定是:"文学是显现在语言中的审美意识形态。"由于该观点总体表面上的"意识形态"论色彩,很容易让人觉得它还是比较符合马克思主义的。意识形态论确是马克思主义文学理论的核心范畴,但这一观念只为认识文学的本质提供了方法论基础,真要界定文学的本质,还是需要深入探索的。

关于"意识形态",马克思有很多论述,其中有一段最为经典,即:

> 人们在自己生活的社会生产中发生一定的、必然的、不以他们的意志为转移的关系,即同他们的物质生产力的一定发展阶段相适合的生产关系。这些生产关系的总和构成社会的经济结构,即有法律的和政治的上层建筑竖立其上并有一定的社会意识形式与之相适应的现实基础。物质生活的生产方式制约着整个社会生活、政治生活和精神生活的过程。不是人们的意识决定人们的存在,相反,是人们的社会存在决定人们的意识。……随着经济基础的变更,全部庞大的上层建筑也或慢或快地发生变革。在考察这些变革时,必须时刻把下面两者区别开来:一种是生产的经济条件方面所发生的物质的、可以用自然科学的精确性指明的变革,一种是人们借以意识到这个冲突并力求把它克服的那些法律的、政治的、宗教的、艺术的或哲学的,简言之,意识形态的形式。我们判断一个人不能以他对自己的看法为根据,同样,我们判断这样一个变革时代也不能以它的意识为根据;相反,这个意识必须从物质生活的矛盾中,从社会生产力和生产关系之间的现

存冲突中去解释。①

通过研究马克思主义创始人著作的原文及其阐述的基本原理,研究"审美"与"意识形态"二者之间的关系,我们会发现,"审美意识形态"这一界说中的意识形态概念,同经典作家原初的意识形态概念的含义,是有明显出入的。这一界说同文学事实本身也是不完全吻合的,用这一界说来概括马克思主义的文学本质观是欠妥当的。

一、马克思意识形态理论的学理分析

1. 马克思意识形态概念涵义解读

从词源上考察,"意识形态"(法文是 Idéologie,英文是 1796 年从法文翻译过来的 Ideology)由两个部分组成:一是 Idea,一是 Logie,其字面义就是"思想体系"或"观念系统"。法国理性主义哲学家特斯蒂特·特拉西发明该词的目的,是要用以指称有别于古代形而上学的现代观念体系和科学认识论。② 或者说,是用来指那些"揭示人们成见和偏见来源的科学"③。

马克思恩格斯借用"意识形态"概念时,是在"思想体系"或"观念系统"的正反层含义上加以使用的。从第一层含义上说,在他们那里,"意识形态"指每个历史时期"占统治地位"的实践(生产)方式所产生的一套抽离了真实历史过程的思想体系。身处特定时期的每一个个体,是不会对这种"意识形态"做出什么反思的,这正如视觉不会反思倒影呈像的视网膜一样。④ 从第二层含义上说,"意识形态"是

---

① 《马克思恩格斯选集》第 2 卷,北京:人民出版社 1995 年版,第 32—33 页。
② 参见[英]雷蒙·威廉斯:《关键词》,刘建基译,北京:生活·读书·新知三联书店 2005 年版,第 217 页。
③ Alan Bullock, Oliver Stallybrass, *The Fontana Dictionary of Modern Thought*, London: Fontana / Collins, 1977, p.579.
④ 参见《马克思恩格斯选集》第 1 卷,北京:人民出版社 1995 年版,第 72 页。

每个社会形态当中都可能存在的虚假的"错误意识",这种意识由它的持有者的社会阶级属性所决定。马克思在《路易·波拿巴的雾月十八日》里谈得很充分,这种意识形态的持有者是在不自觉的情况下,按照自己的阶级立场用一套借自传统的话语来合法化自己的"历史行动"的。

恩格斯晚年说得更清楚:"意识形态是由所谓的思想家通过意识、但是通过虚假的意识完成的过程。推动他的真正动力始终是他所不知道的,否则这就不是意识形态的过程了。因此,他想象出虚假的或表面的动力。因为这是思维过程,所以它的内容和形式都是他从纯粹的思维中——不是从他自己的思维中,就是从他的先辈的思维中引出的。"①恩格斯在《路德维希·费尔巴哈和德国古典哲学的终结》中,还有这样一段话:"更高的即更远离物质经济基础的意识形态,采取了哲学和宗教的形式。在这里,观念同自己的物质存在条件的联系,越来越错综复杂,越来越被一些中间环节弄模糊了。"②这表明,即使是十分抽象的思想体系,也是一种意识形态的形式;而这里的"意识形态",指的仍然是"观念"本身,只不过是这种观念离开物质经济的基础更远罢了。恩格斯并以宗教为例接着说,宗教离开物质生活最远,而且好像是同物质生活最不相干。"但是,任何意识形态一经产生,就同现有的观念材料相结合而发展起来,并对这些材料作进一步的加工;不然,它就不是意识形态了,就是说,它就不是把思想当作独立地发展的、仅仅服从自身规律的独立存在的东西来对待了"。③ 这再次表明,"意识形态"归根到底是一种"观念",而且是服从自身规律、独立发展的一种"观念";它实际上被用来嘲笑观念是独立存在或观念具有铸造、决定现实之能力的观点,并使之与"社会科学"和"真实意识"相对立。

---

① 《马克思恩格斯选集》第 4 卷,北京:人民出版社 1995 年版,第 726 页。
② 同上书,第 253 页。
③ 同上书,第 254 页。

马克思主义经典作家的"意识形态"概念,与先前思想家的用法在含义上是基本一致的,他们都认为,"意识形态"可以被看作是掩盖一些特殊利益的理由,或者宽泛一点说,可以被看作是"社会公则",看作是用来动员人们行动的思想系统。马克思恩格斯的贡献是为这一概念填充了阶级的内容,并从唯物史观的角度解释了其产生的真正根源。

2."意识形态"与"社会意识形式"的本质性区别

把"社会意识形式"与"社会意识形态"两个不同的概念相混淆、相等同,是文艺理论界常见的现象。

我们知道,从马克思主义学说的整体来看,"意识形态"概念与经典作家对社会总体结构的认识紧密相关。在《德意志意识形态》中,马克思把"一般意识形态"看作是某种社会为了维护自身的存在和运转所必然带来的社会意识现象,具有耸立于社会生存条件之上的"观念上层建筑"的地位。这里的"意识形态",指的是那些漂浮于它们的物质基础上面却否认基础存在的思想观念体系,这是批判意识应该予以揭穿的幻象。随后,在一些著作中,马克思还把"意识形态"的内容具体化为建基于物质条件和社会关系之上的各种情感、幻想、思想方式和人生观。到了著名的《〈政治经济学批判〉序言》里,"意识形态"概念显然已带有一种中性意涵的性质,而这时的"意识形态形式",则是指那些能让人置身其中,并"意识到"社会结构"冲突"还力求去"克服"的种种思想理论学说。这与纯粹的"幻象"无疑是有区别的。

总而言之,"意识形态"在经典作家那里,主要是指抽象化、倾向化的思想,是指以某种理想的方式——虚假的或真实的——来表达支配性的物质关系的观念,是指思想家通过意识完成的一个认识过程,是指在"经济基础/上层建筑"总体结构中的一种功能性存在。如果用恩格斯的话更明确一点地讲,那就是指"头足倒置"地(或"颠倒"地)反映"在它没有被认识以前构成我们称之为**意识形态观**

点的那种东西"①。所以说,不论是那些与经济基础接近的领域,还是那些"更高地悬浮于空中"的领域,凡是"意识形态"就都属于"观念"和"思想体系"的范围,它既不指带有"意识形态"属性的其他存在方式或存在形态本身,也同具体的"意识形态"存在形式即"意识形态的形式"如法律学、政治学、宗教学、艺术学和哲学等相区别,不能完全等同或混淆。

为了印证这一认识,我们再参考英国马克思主义文论家雷蒙·威廉斯在《马克思主义与文学》一书中的看法。他指出,"'意识形态'概念并不是马克思主义的原创,但今天仍然被视为它的专有名词。但显而易见的是,无论如何它都是所有马克思主义文化思想、特别是有关文学和观念的思想的重要概念。对这一概念,我们必须在所有马克思主义文本中区分出三种通用的提法,一般而言,它们是:1. 特定阶级和群体所特有的信仰系统;2. 幻想性的信仰系统——错误观念或者错误意识,这种信仰系统是与真理性的科学认识相对的;3. 意义与观念生产的一般过程。对某些马克思主义流派来说,第一层含义和第二层含义可以有效地结合在一起。在阶级社会当中,一切信仰都建立在阶级立场的基础上"。②威廉斯的概括进一步引证了"意识形态"在经典文本中的真实义涵。

从根本上说,"意识形态"完全有别于"社会意识形式"。马克思在大量论述的行文过程中,严格使用的是"社会意识形式"和"意识形态的形式"两个概念,明显表现出两者的不同。这里,"形式"一词是应该格外重视的,是无论如何不能解读成"种类"的。它表明,马克思从来没有把文学与"意识形态"相等同。"社会意识形式"一词是中性的,它由社会存在所决定。社会存在的丰富性决定了社会意识形式的丰富性。既然人的本质在其现实性上是由一切社会关系的总和来构

---

① 《马克思恩格斯选集》第 4 卷,北京:人民出版社 1995 年版,第 702 页。
② Raymond Williams, *Marxism and Literature*, Oxford:Oxford University Press, 1977, p.55.

成,那么人的"意识形式"本质上注定也都是"社会"性的。马克思在此用"社会意识形式"的概念,正是突出强调了人的各种意识形式的社会关系因素。从马克思的一贯论述看,他本人从来没有直接或间接地说过文学是某种"意识形态"。把马克思的论述作为定义"文学是社会意识形态"或"文学是审美意识形态"的理由,应该说是缺少文本根据的。

当然,这里会产生一个问题,即自觉意识之外的心理活动属不属于社会意识形式?文学中常见的顿悟、直觉、灵感、形象思维等现象,应当如何解释?说这些现象是"意识形态"(思想体系)恐怕不妥,若说它们是"社会意识形式"能够成立吗?对于文学理论研究来说,这确是一个薄弱的环节。近来,有研究表明,这些现象最终是可以归为"社会意识形式"之列的。学者们依据科学的认识论、电脑试验、现代神经生物学成果及梦境分析,通过建立"前意识论"理论,力图解决这一问题。他们指出,那些能够到达意识界的非自觉的思维现象,可称为"前意识",而"前意识"实际上是一种"储存意识"。它原来只是意识工厂的仓库,后来逐渐变成了仓库兼一部分前工序和后工序的工场。"人的意识一定会通过记忆转化为储存意识即前意识"。[①] 在储存意识领域也存在进行意识加工现象,这是一种"意识的前意识化"。人的各种生理本能都不同程度地受意识的影响,而"前意识"在其中也起着重要作用,这是"本能的意识化"。[②]

众所周知,意识是由人在社会实践中反映客观外界事物也反映人体自身的生理活动而产生的。当被反映的客观从眼前消失而反映主体的注意力也发生转移之后,所产生的这些意识并非随之永久消失,而是储存到了主体的记忆之中,它们是可以在一定条件下重新浮现于意识领域的。据此,文学中顿悟、直觉、灵感、形象思维等现象,实

---

① 吴文辉、潘翠菁:《前意识论与文艺学》,桂林:广西师范大学出版社2004年版,第198页。
② 同上书,第184、170页。

质上也是一些潜在的或变形的"社会意识形式",不过是经过了"储存""重组"和"发酵"罢了。这对我们认识文学的本质究竟是"社会意识形式"还是"意识形态"有着实证性的启发。

二、马克思意识形态学说的唯物史观内核及其文学上的批判意义

鉴于歧见的产生,我们有必要认真地阐发和解读马克思主义创始人理论的方法论原则,并由此确立关于科学的意识形态学说的基本立场和基本观点。在这一点上,虽然现代西方的解释学对我们解读经典作家的理论文本有着参考性价值,但由于他们将"理解"主观化而常常消弭了事物的客观标准,因而,关键还是要对唯物辩证法和唯物史观加以创造性运用。马克思的意识形态学说,是一个具有批判意义的学说。它的批判意义在文学理论研究上依然具有现实价值和建构作用。

首先,这一意识形态学说正确处理了文学文本和社会历史之间的辩证关系。在他们看来,历史是"正本",而文学文本则是"副本"。文学中的意识形态因素是社会意识形态的折射和反映。这其中的矛盾是思想的源泉,而结构和形式则是对于矛盾的艺术把握。文学理解者对于文本的真正沟通不在于"无立场",而在于通过正确的历史观和方法论去"还原"文本的内容。正因如此,马克思赞扬了西里西亚织工起义中那些"毫不含糊地、尖锐地、直截了当地、威风凛凛地厉声宣布,它反对私有制社会"[①]的诗歌;恩格斯肯定了乔治·桑、狄更斯等形成的这个表现穷人和受轻视阶级的"新流派",认为它们"无疑地是时代的旗帜"[②]。也正基于此,在评论歌德时,恩格斯"嫌他由于对当代一切伟大的历史浪潮所产生的庸人的恐惧心理而牺牲了自己有时

---

① 《马克思恩格斯全集》第1卷,北京:人民出版社1956年版,第483页。
② 同上书,第594页。

从心底出现的较正确的美感"①。意识形态的分析成了他们有力的思想武器。

其次,意识形态学说有效解决了文学话语和文学主题、文学词句和精神实质之间的辩证关系。文学话语是丰富生动的,文学词句是变化多端的,可是,带有意识形态成分的主题或精神实质却隐含在文学性的话语中间。虽说意识形态不能审美,但其独特的文学话语、词句、形式,尤其是它们营造的氛围与意境,确是可以审美的。这便是经典作家将"美学观点和史学观点"作为衡量文学作品"**最高的**标准"②的原因。也是恩格斯不反对"倾向诗",并指出"席勒的《阴谋与爱情》的主要价值就在于它是德国第一部有政治倾向的戏剧",但认为"倾向应当从场面和情节中自然而然地流露出来,而无需特别把它指点出来"③的原因。他还允许写"倾向性小说""来鼓吹作者的社会观点和政治观点",但明确强调"作者的见解越隐蔽,对艺术作品来说就越好"。④ 这就在重视文学意识形态属性的前提下,对作品思想性与艺术性关系的秘密进行了揭示。

最后,这一意识形态学说,彻底阐明了文学属性与价值功能之间的辩证关系。文学不是无目的的,不是没有归属感、没有影响作用和服务对象的。意识形态学说恰恰是分析和判断文学社会属性与服务功能的一把钥匙。它可以跳出审美的层面,揭橥文学作品的真实尺度和阶级色彩。对于进步的文学,它是导引方向的指针;对于"瞒和骗"的文学、"腐朽堕落"的文学,它是一种消毒剂和一面照妖镜。欧仁·苏的畅销小说《巴黎的秘密》,马克思指出它是站到了"批判的批判"和空想社会主义的立场上;"德国无产阶级第一个和**最重要的**诗人"格奥尔格·维尔特,恩格斯称赞"他的社会主义的和政治的诗作,在独

---

① 《马克思恩格斯全集》第 4 卷,北京:人民出版社 1958 年版,第 257 页。
② 同上书,第 561 页。
③ 同上书,第 673 页。
④ 同上书,第 683 页。

创性、俏皮方面,尤其在火一般的热情方面"都很杰出。① 意识形态视阈成了他们文学分析的血肉和灵魂。当代美国"新马克思主义"文论家弗雷德里克·杰姆逊的文本阐释理论,就是力图完成文学或文化文本的意识形态功能,力图揭示其意识形态信息。这同样说明了意识形态学说的意义和作用。

可以这样说,文学意识形态理论从狭义上讲是包括对"一般意识形态"以及各种乌托邦思想的批判;而从广义上说,则还包括了对人性和劳动异化、物化和商品拜物教思想的批判。由于黑格尔美学观带有"泛意识形态化"的倾向,因此,马克思对于黑格尔学说的"颠倒"就具有双重的意义,它既是向实践和生活的回归,又是对精神现象的重新划界,因而出现了对"社会意识形式"与"社会意识形态"的严格区分。如果说"逻辑之外还有历史"的思想否定了黑格尔逻辑中心主义的话,那么马克思则进一步以"意识形态之外还有意识"否定了黑格尔的泛意识形态主义。马克思透过"虚假的观念体系"这一具有贬义的判断,实际上将意识形态定位在支配性的阶级意识上。这样一来,"意识形态"实际上就具有了占统治地位的统治阶级思想、借以冲破思想牢笼并上升为统治阶级的革命意识和掩盖真相、纯粹是辩护伎俩的虚假意识这样三种意涵和表现形态。"意识形态"因此也就有机地包含着集团性和全民性、实践性和观念性、自觉性和无意识性、理性和情感、操纵和同意、辩护和批判等一系列冲突。由此,也就为后人不同地读解马克思的意识形态理论留下了可能的空间。

三、文学本质"审美意识形态论"误区分析

文学本质的界说绕不开对审美特性和意识形态特性的说明。在讨论这两者关系时,必定涉及如下问题:审美是一种意识形态吗?意

---

① 《马克思恩格斯全集》第 21 卷,北京:人民出版社 1958 年版,第 7—8 页。

识形态包括审美在内吗?"审美意识形态"概念作为科学文学理论的术语能否成立?

众所周知,"审美"(Aesthetic),是一个体验和反映美的现象共性的宽泛概念,而不是一个对对象特征加以规定的概念。审美是社会意识的一种性状,具有人的心理生理本性和社会本性的底色,一般指感性的"完善状态"①。在审美活动之中,起主导作用的是"感官知觉或想象力",其对象不是抽象的观念或"思想体系",而是感性的、具体的、形象的、有"个性表现力的东西"。② 按照黑格尔的说法,"'伊斯特惕克'的比较精确的意义是研究感觉和情感的科学"③。由于黑格尔将他的属于"艺术哲学"的《艺术理论讲演录》称作《美学》,这种术语的混乱后来"导致在艺术理论中不适当地将艺术作品的审美价值和作品的**本质**混为一谈"④,这是尽人皆知的。

"审美"既是一种接受状态的心理范畴,也是一个运动的、变迁的历史范畴,它"软性"地反映着由特定物质生产条件所决定的"时代精神"。文学的"合格"与"不合格","美"与"不美",其标准与意识形态上层建筑的诸因素相关联。普列汉诺夫说过:"一个时代的社会精神取决于那个时代的社会关系。这一点再没有比在艺术和文学的历史中表现得更明显的了。"⑤文学的"审美",关键在于它对社会生活的"诗意的裁判"。

那么,倘若既要强调文学的艺术特性,又要强调文学的意识形态特性,是否可以组建"审美意识形态"概念呢?我认为是不可以的。这种组合,不会产生质变,只会产生混乱。"审美意识形态"在语法上是

---

① 马奇主编:《西方美学史资料选编》(上卷),上海:上海人民出版社 1987 年版,第 693 页。
② [英]鲍桑葵:《美学》,张今译,北京:商务印书馆 1985 年版,第 11 页。
③ [德]黑格尔:《美学》第一卷,朱光潜译,北京:商务印书馆 1979 年版,第 3 页。
④ [苏]波斯彼洛夫:《文学原理》,王忠琪、徐京安、张秉真译,北京:三联书店 1985 年版,第 66 页。
⑤ [英]特里·伊格尔顿:《马克思主义与文学批评》,文宝译,北京:人民文学出版社 1980 年版,第 9 页。

一个偏正结构,从它的产生过程看,显然它是在强调前者,即"审美的"意识形态,而不是后者,即审美的"意识形态"。因为人只有在高度的自觉情况下,"才可能有足够的敏锐去发现所有思维中的意识形态成分"①。也可以这样说,"审美意识形态"是在纠正传统的反映论和意识形态论,"去政治化"并"反工具论",主张文学是对生活的"审美反映"时才提出来的。不过,不管它是哪种情况,用它来说明和定义文学,都有过滤掉了构成文学本质的其他成分之嫌,且与多样化的复杂的文学存在状况不相符合。

目前,推动文论话语"审美化"转型的意见,视意识形态为政治斗争的一个领域,倾向于否定文学的意识形态性;而肯定文学的意识形态性的意见则以取消或削弱意识形态的政治色彩作为对应否定论者的代价。两者的结论似乎越来越相似。这在很大程度上还是因对"社会意识形式"和"意识形态的形式"概念理解的偏差造成的。

我们可以设想,如果用"审美"来统领"意识形态",那是对意识形态内涵作了过于空疏宽泛的理解,"意识形态"基本上是不适宜去"审美"的;如果倒过来用"意识形态"来笼罩"审美",那又犯了以观念、倾向和政治挤压艺术的毛病,因为"审美"活动中的观念色彩本是很弱的。当然,我们可以把"审美"权当作"意识形态"的一个成分,但问题是,这样它又丢失了界定文学的其他重要成分,因为文学作为"社会意识形式",其本质不只是"审美"。伊格尔顿说过,根据康德的理论,"人们难以不感受到这一点——关于审美与意识形态之间的关系的许多传统的争辩,如反映、生产、超越、陌生化等等,都是多余的。从某个角度来看,审美等于意识形态"②。丹尼尔·贝尔说得更彻底:"意识形态之所以具有力量也就在于它的激情","意识形态最重要的、潜在

---

① [德]卡尔·曼海姆:《意识形态与乌托邦》,黎鸣等译,北京:商务出版社2000年版,第86页。
② [英]特里·伊格尔顿:《审美意识形态》,王杰、傅德根、麦永雄译,柏敬泽校,桂林:广西师范大学出版社2001年版,第91页。

的作用就在于诱发情感"。① 这说明,用"审美"规定"意识形态"既不必要,也难以成立。

可见,"审美"和"意识形态"两个概念的内涵和外延既相互排斥又相互包容。如果将"审美"与"意识形态"硬搭配在一起,成为一个固定词组,难以成为严格的定义方式。

从以上的分析中,我们可以得出这样的结论:文艺离不开意识形态与文艺不等于意识形态,是两个不同的论域、不同的命题。谁也不会怀疑,文艺自身可能带有某种意识形态的因素,但文艺不是严格意义上的意识形态。文艺的意识形态效果(或者说功能),是由作品和接受者"制造""生产"出来的。文艺与意识形态之间,不是同一的关系,而是差异的关系,是生产与被生产的关系。因此,当我们探讨文艺本质的时候,就需要从产生它们的"意识形态向后退一退,在内部挪开一点距离"②,这样才能得出较为科学的认识。特别是当我们转到马克思主义文艺观的时候,为了能够站到正确的立场上使用科学的概念,而不是那种审美自发性的意识形态概念,并且是能与自己界定的对象相符合的专业概念,就必须细心地理解文学与意识形态的关系,准确地把握意识形态学说。

在我看来,用一般"意识形态"来界定文艺的最大缺欠,就是它把普遍的东西特殊化了。而用"审美意识形态"来界定文艺,其最大的缺欠是它把丰富的意识形态要素狭窄化了。如果说文艺的本质是"审美的意识形态",那么,依此类推,法律的本质就该是"秩序的意识形态",政治的本质就该是"统驭的意识形态",哲学的本质就该是"思辨的意识形态",宗教的本质就该是"信仰的意识形态",等等。这种界定模式,对对象本质的揭示未免是太粗糙、太浅表了。阿尔都塞说:

---

① [美]丹尼尔·贝尔:《意识形态的终结》,张国清译,南京:江苏人民出版社2001年版,第394页。
② [法]阿尔都塞:《一封论艺术的信》,见《西方马克思主义美学文选》,陆梅林选编,桂林:漓江出版社1988年版,第521页。

"当我们说到意识形态时,我们应该知道,意识形态浸透一切人类活动,它和人类存在的'体验'本身是一致的:正因为如此,在伟大小说里让我们'看到'的意识形态的形式,以个人的'体验'作为它的内容。"①也就是说,意识形态作为整体性的思想和观念体系,在社会上具有弥散性,它不是文艺所独具的,即便文艺中让人察觉到某种"意识形态的形式",那也是以情感、想象、虚拟、变形等"个人"的"体验"为其现实"内容"的。换句话说,文艺不会赤裸裸地呈现自己的"意识形态"面目。

我们探讨文艺与意识形态之间的复杂性,目的是认识和解放文艺的意识形态功能。马克思把文艺放在整个社会结构的"社会意识形式"位置上,与"意识形态"和"意识形态的形式"拉开距离,一方面它符合事实、恰如其分;另一方面它给人们揭示文艺隐含、暗指、揭露或消解意识形态的功能提供了条件。而文艺的"审美意识形态"界定,是由两个要素组合而成的,但由于将"意识形态"看成是"审美的"不能自圆其说,而将"审美"看成是"意识形态的"又大有出入,所以,作为一个统一的文艺本质界说,其概念就难以成立了。

2006 年,有学者在文章中重申了以往发表过的意见:"文学审美意识形态""不是'审美'加'意识形态'",而"是一个具有单独的词的性质的词组",不是"审美与意识形态的简单相加"。它"本身是一个有机的理论形态,是一个整体的命题",不应该把它切割为"'审美'与'意识形态'两部分"。又说,意识形态"不是单纯的思想,它是具体的、有形式的"。② 在此前两年,该论者就在一篇大同小异的文章中,一方面主张"'审美意识形态'不是审美的意识形态",另一方面又说"审美意识形态有巨大的溶解力,一切政治的、道德的、教育的、宗教的、历史的甚至科学的内容都可以溶解于审美意识形态中。审美意识

---

① [法]阿尔都塞:《一封论艺术的信》,见《西方马克思主义美学文选》,陆梅林选编,桂林:漓江出版社 1988 年版,第 521 页。
② 童庆炳:《新时期文学审美特征论及其意义》,《文学评论》2006 年第 1 期。

形态是一个包容性很大的概念"。① 这就真让人一头雾水:"审美意识形态"到底是一种什么样的意识形态呢?依照此论者的说法,文学还是"意识形态"吗?既然文学"不是审美的意识形态",那又为何称它"审美意识形态"?"审美意识形态"有可以"溶解"一切"内容"的魔力,是不是就因为它是"审美"的呢?各种政治、道德、教育、宗教、历史、科学等"内容",又是怎样"溶解"进"意识形态"的呢?人们有没有权利质疑,正是这个"溶解"说,把马克思主义的意识形态学说也"溶解"掉了呢?从该论者的实际论述看,几乎全是美学、诗学问题,基本没有文学意识形态功能的阐释,那又如何构成所谓的文学意识形态理论呢?宣称自己的"立场仍然在马克思主义上面"②,又如何能有说服力呢?难道用这种"新说"取代科学的意识形态"旧说"就是一种"创造"?难道把"审美"神秘地套在"意识形态"学说脑袋上就是理论"发展"?

这种似是而非的界说惯性,文学理论界应该是到了认真反思的时候了。

谁都知道,"科学的理论实践"与"前科学的理论实践"是不同的。科学理论实践的特点是:"科学从不把单纯的直接'感觉'和独特'个体'为其本质的存在物当作加工对象。科学所加工的始终是'一般'。"③因此,我们认识文艺的本质,不能以文艺的具体的实在现象作为研究对象。如果文艺学家为了让别人起码能听得进去自己的理论,就不得不把马克思主义的意识形态论乔装打扮一番,把它构制成与一般的"审美论"和"人本论"完全一样的东西,甚至不惜冒弄假成真的危险,将其影响强加给当代马克思主义文论建设,那是令人不安

---

① 童庆炳:《怎样理解文学是"审美意识形态"?——文学理论教程编著手札》,《中国大学教育》杂志2004年第1期。
② 同上。
③ [法]阿尔都塞:《保卫马克思》,顾良译,北京:商务印书馆2006年版,第176—177页。

的。这里,不妨套用阿尔都塞的一句话,即面对文艺的"审美意识形态"说,不少文论家在这条所谓的"马克思主义创新"路线管制下,"只能或者人云亦云,或者保持沉默,或者盲目信仰,或者被迫信仰,再不然就是尴尬地装聋作哑,绝没有其他选择的余地"。① 这不能不让人痛加思索。

进一步讲,文艺是"审美意识形态"论的方法性错误,是它把先验设定的文艺和个人的本真状态当成了这一观念与理论的支点。文艺是历史的,审美也是历史的;文艺是社会性的,审美也是社会性的。从抽象的、非历史的"审美"出发,企图以"审美"来解释社会,解释历史和各种意识形态,又变相地指责传统马克思主义意识形态学说是造成"文艺为政治服务""文艺从属于政治""文艺工具论"的理论根源,背离了文艺的自律特征和美学原则,这种认识,是极容易导致文艺理论方法与逻辑中的主观主义和新历史主义态度的。

我们不能把马克思的文艺理论、他能够传诸后人的文艺学说、他能帮助今天的人们思考文艺问题的全部东西——不管他自己同意与否——都归结和包含在抽象而玄奥的"审美"论(或准确地说"伪审美"论)之中,也不能把这些遗产"泛意识形态化"。这样做的后果,是很可能把文艺创作和批评的实践引上斜路的。还是阿尔都塞说得比较中肯:"如果是要认识艺术,那就绝对必须从'对马克思主义概念的严密思考'开始:没有别的道路。"②

毫无疑问,如果凸显文学中的意识形态性与科学性的"断裂",那就有从"非意识形态化"走向"拒斥意识形态"、抹杀意识形态之科学与实证科学之科学间相区别的危险;如果对于文学的意识形态性进行任意拆分,比如拆分成"审美意识形态"与"非审美意识形态",那么,批判的意识形态学说就有走向"知识社会学"、贬损阶级性和党

---

① [法]阿尔都塞:《保卫马克思》,顾良译,北京:商务印书馆2006年版,第3页。
② [法]阿尔都塞:《一封论艺术的信》,见《西方马克思主义美学文选》,陆梅林选编,桂林:漓江出版社1988年版,第524页。

性、陷入抽象人道主义和文化浪漫主义、从而与文学自由主义思潮遥相呼应的弊端。所以，只有实事求是，不人云亦云，科学地阐释意识形态学说，才能接近马克思主义创始人的思想，才能体现出它的当代价值。

记得一位为"文学是审美意识形态"说辩护的学者，说过这样的话："审美意识形态"说的"审美是人的本质的确证，作为先民的审美意识，通过长期生活实践而形成的人生意蕴的体验与积淀，在与后来出现的语言文字结构的完美结合中而被物化为'有意味的形式'，即审美意识形态，形成了原初的文学；发展、完善而为现代意义上的审美意识形态，即现代意义上的文学"①。

将"审美意识形态"一言以蔽之地概括为"有意味的形式"，未必符合"文学是审美意识形态"说提出者的原义，但这段话多少透射出以"审美意识形态"界定文学的内在弊端。最近，有论者在探讨当前我国文学理论的危机和走向时指出，中国现实问题对于批评介入的需要，变化的文学现实对于传统文学观念的冲击，以及文学理论的学科属性，都在呼唤一种新的文学观念和批评阐释的方法。认为"文学的审美理论无法满足上述需要"，应该借鉴新历史主义和巴赫金的理论进行"文化诗学"的建构。"因此，当'文学是一种意识形态'这种观念得以确立，左的文学观念得到校正之后，文学理论研究就陷入了迷茫，失去了自己研究对象。于是，文学理论的批评化成为一些学者的奋斗目标和努力方向。"②

这反映出文学"审美意识形态"论的某种困境。而事实上，"审美意识形态"论倡导者也正是朝这个方向运动的，它从另一个侧面暴露出把文学定义为"审美意识形态"的局限。

文学的本质是系统的，文学本质与意识形态的关系是复杂的。我们应该遵循唯物史观，锲而不舍地把这个问题的探讨引向深入。

---

① 刘方喜：《中国学术致命的精神疾病究竟是什么》，《粤海风》2005年第1期。
② 李茂民：《文学理论的危机与走向》，《理论与创作》2005年第5期，第8—9页。

在此，我认为，要想求得"审美"性和"观念"性因素的融合机制，最好的办法是把"意识形态"概念换成"社会意识形式"概念，把"审美"性、"意识形态"性和其他相关特性如人性、文化性、语言性等等，都作为一种特殊"社会意识形式"的属性。这样，既可能避开概念之间的龃龉和冲突，又能保持学理上的合理和谨严。

四、关于"西方马克思主义"的意识形态学说

马克思主义的意识形态学说是以唯物史观为基础、为内容的。"西方马克思主义"对意识形态概念的使用，在内涵上与经典马克思主义的意识形态学说多有不同。即便这样，把"审美意识形态"当作外国尤其是"西方马克思主义"创造的一个概念，也是一种误解。

"西马"理论家从未把"审美"和批判性的"意识形态"概念编织在一起来界定文学的本质，他们多是在那里论述现代性语境下美学学说与思想文化意识形态的各种复杂关系。例如，弗雷德里克·詹姆逊是把"意识形态"泛化了，但他依然把"文学作为一种社会的象征行为"，强调不能否认从社会和政治角度阐释文学文本的优越性。他说，这种阐释方法"不把政治视角当作某种补充方法，不将其作为当下流行的其他阐释方法——精神分析的或神话批评的、文本的、伦理的、结构的方法——的选择性辅助，而是作为一切阅读和一切阐释的绝对视域"。[①]

再如，特里·伊格尔顿是不赞成文学仅是具有一定艺术形式的意识形态提法的。在他看来，审美不是一种客观、纯粹的心理活动。他的理论不是去弥合接受主体与客体之间的矛盾，相反是去揭示文学、文学理论以及美学当中的与权利和政治相关的意识形态因素。有学者分析《美学意识形态》，认为伊格尔顿是把审美作为政治意识形态

---

① [美]《詹姆逊文集》第 2 卷，王逢振主编，北京：中国人民大学出版社 2004 年版，第 143 页。

植入身体的中介。① 确切地说,伊格尔顿并没有把审美当作"中介",事实上,在他那里"审美"就是"政治"。

在文学的审美性与意识形态的关系上,伊格尔顿十分肯定地认为文学就是一种意识形态的形式,文学的"审美性"(或"文学性")本身就具有政治性和意识形态功能。也就是说,他是以意识形态为基础,将文学的审美特性和意识形态特性统一起来的。他认为:"对马克思来说,'实践'已经包含着对于具体性的审美反应;它的孪生对手是对象和内驱力的商品化抽象以及社会寄生的审美幻象。"②"马克思深刻的反康德美学也是一种反美学,它摧毁了一切非功利性的沉思。"③他还说:"如果说冷酷无情的审美主义是资本主义社会的一个方面,那么,幻觉性的审美主义就是它的颠倒镜像。感性的存在,在某一层次上被从基本的需要中剥离出来,必然在另一种程度上被过分地夸大。"④显然,伊格尔顿的理论,实际上是在强调审美的非独立性以及审美意识的意识形态性,而不是意识形态的审美性或曰所谓"审美的意识形态"。那种以审美效果遮蔽文本中的现实矛盾实质的做法,在许多"西马"文论家那里,已经遭到了很多的揭露和驳斥。

伊格尔顿 *The Ideology of the Aesthetic* 一书的书名,译者最初将其译作"审美的意识形态"⑤,但后来发现,作者并非是在"审美"的层面上来规定某种"特殊的意识形态",他的目的恰恰是分析"美学"这种现代学科在西方"中产阶级争夺政治领导权的斗争"⑥中,通过审美的道德化所起的历史的和理论的作用,全书讨论的是"现代美学"的意识

---

① 傅其林:《美学与意识形态》,《文艺理论与批评》2002 年第 5 期。
② [英]特里·伊格尔顿:《美学意识形态》,王杰等译,桂林:广西师范大学出版社 1997 年版,第 197 页。
③ 同上书,第 197 页。
④ 同上书,第 192 页。
⑤ [英]特里·伊格尔顿:《审美的意识形态导言》,傅德根译,王杰校。北京:《国外社会科学》1994 第 1 期,第 29 页。
⑥ [英]特里·伊格尔顿:《美学意识形态》,王杰等译,桂林:广西师范大学出版社 1997 年版,第 3 页。

形态属性,绝非"审美"的意识形态属性。因此,该书的中文译本第一次正式出版时,还是正确地使用了"美学意识形态"这一书名。

我们知道,伊格尔顿在"意识形态导论"中,列举了 16 种"意识形态"常见的定义,概括了定义"意识形态"的 6 种方法①,显露了几种主要意识形态理论传统之间的差异,但这也依然没有为"审美意识形态"的概念提供任何的依据。伊格尔顿在另一著作中曾经指出:马克思《德意志意识形态》中的早期意识形态理论,在"意识形态的两种大相径庭的意义之间存在着张力。一方面,意识形态是有目的的、有功能的、也有实践的政治力量;另一方面,似乎仅仅是一堆幻象,一堆观念,它们已经与现实没有联系"。而马克思后期主要是在《资本论》中,倾向于把意识形态看作实际真实的一部分,"意识形态错觉不仅是扭曲了的思想观念或'虚假意识'的产物,而且也可以说是资本主义社会本身的物质结构固有的东西"。② 伊格尔顿对各种意识形态理论话语的分析,提醒我们要以更加审慎的态度对待"审美"与"意识形态"之间的关系。

(原载《文艺意识形态学说论争集》,
吉林大学出版社 2006 年 7 月版)

---

① Terry Eagleton, *Ideology: An Introduction*, London: Verso, 1991. pp. 1-2, 28-30.
② [英]特里·伊格尔顿:《历史中的哲学、政治与爱欲》,马海良编译,北京:中国社会科学出版社 1999 年版,第 85、91 页。

文艺的泛意识形态化与文艺实践*

意识形态学说是马克思主义认识文艺本质和规律的重要思想武器,是马克思主义文艺学说的理论支柱和核心组成部分。坚持"文艺为人民服务、为社会主义服务"的方向,是我们党运用这一学说的生动体现。自觉地用科学的意识形态学说来指引文艺实践,是文艺事业健康发展的具体保证。

一、在文艺意识形态问题上的错误倾向

在文学意识形态问题上,理论界和学术界主要存在两种值得注意的倾向:一种是"非意识形态化"倾向,一种是"泛意识形态化"倾向。

"非意识形态化"倾向在当前的社会环境下有其新的表现,那就是认为在"全球化时代",文化中的意识形态已经被"超越"、被"终结"了。文艺不再具有意识形态功能,只具有人类共通的娱乐和审美功能。这其实是一种幻想。事实告诉我们,有什么样的经济形态和社会形态,就会有什么样的意识形态。经济形态、社会形态不能终结,意识形态也不会终结。文艺本是社会生活在作家头脑中能动反映的产物,它要逃离意识形态,犹如拔着头发上天,根本是办不到的。在当前各种思潮并存且相互激荡的条件下,宣扬文艺"非意识形态化",无疑会使社会主义文艺观和思想受到消解与削弱。

与文艺"非意识形态化"同时存在的"泛意识形态化"倾向,近年来表现得更为突出,它的特点是用所谓"审美"或"文化"来无限放大

---

* 本文另一作者是李志宏。

"意识形态",使得"意识形态"与一般"社会意识形式"没有区别,结果造成什么都是意识形态,什么又都不是意识形态。

"泛意识形态化"观点与"非意识形态化"观点相比,在主观意图和理论表述上是不尽相同的。"泛意识形态化"观点表面上不主张取消意识形态,也不反对某种意识形态倾向。它表示赞同马克思主义意识形态学说,并也使用马克思主义的理论术语。因此,"泛意识形态化"有时容易被误以为是马克思主义的观点而被接受,得以在文艺和审美领域流行。

例如,有种意见认为,文艺本性是"审美意识形态",其"意识形态性"就表现在文艺是人的意识的产物,具有人类话语活动的特征。这样一来,文艺反映和表达特定意识形态性质的功能和作用,实际上就为文艺表现人类共通情感的功能和作用所取代,历史唯物主义意识形态学说的内涵与实质也被抽空了。

在"非意识形态化"倾向和"泛意识形态化"倾向的混杂影响下,当前的文艺实践中出现了一些值得注意的现象。在一些评论中,在一些小说、影视作品里,看到无思想、无主题、无立场、无观念,标榜"为所有人服务",全然倾注于形式、技巧、色彩、观赏等的主张与现象,已经不是很难的事情了。这一现象的突出特点是,宣称和演义文艺要"超越""消弭"或"终结"意识形态,极度膨胀文艺的娱乐、审美功能,把文艺完全当作一种"游戏"或"消遣",完全排斥文艺与审美中的社会功利因素和社会倾向性。这种"非意识形态化"和"泛意识形态化"的文艺现象,还有铺展蔓延之势,且常被当作文艺和审美的本性广为传播。由于它本身的空洞、苍白、虚假和缺少人文情怀,在实践中已逐渐地被人们识破、厌恶并疏远。但是,在理论上加以辨识、清理和纠正,还需要下一些功夫。

恩格斯说:"在不同的占有形式上,在社会生存条件上,耸立着由各种不同的、表现独特的情感、幻想、思想方式和人生观构成的整个上层建筑。"①文艺作为社会意识的产物,可以对所有的社会生活加以描绘,这其中肯定存在层次与视角的差异。有些描写自然风景、抒写亲情友爱的作品,可能没有特定意识形态性或者意识形态性很弱;那些反映与"不同的占有形式"相联系的特定性质生活的作品,如表现政治斗争、阶级斗争、重大社会事件的作品,加之作家世界观的取向不同,带有意识形态属性是不可避免的。这类作品在整体文艺序列中,可以说一直占有更为重要的位置。

如果笼统地把文艺的"意识形态"属性简单规定为一般"意识"或"话语活动"属性,或者说,将"政治的、道德的、宗教的、历史的等一切价值"都"溶解"于"审美"之中,那么,文艺的意识形态理论就遭到悬置,发挥不了应有的作用。这种以泛化的方式模糊意识形态理论的作法,将文艺的一般意识性与特定意识形态性混淆的做法,既不能准确表示文艺的本性,也不利于文艺选择正确的发展道路。我们坚持文艺的意识形态学说,就是要张扬贴近时代、贴近人民、贴近生活的主旋律,弘扬优秀的文化传统,增进民族的凝聚力,进而认识文艺作品和思想中社会主义倾向的优势性和必要性。

二、"泛意识形态"论是对马克思主义的曲解

"泛意识形态化"观点产生失误的原因很多,但主要表现在两个方面:一是把"意识形态"理解为同"物质形态"相对应的概念,凡是意识的产物就被当作意识形态,这实际上就把"意识形态"泛泛地等同于"意识"了;二是把"社会意识形态"看作"社会意识形式"的同义语,所谓的"政治意识形态""哲学意识形态""审美意识形态"等概念出现,就是这样造成的。

在《〈政治经济学批判〉序言》一文中,马克思讲得很清楚:"人们

---

① 《马克思恩格斯选集》第 1 卷,北京:人民出版社 1995 年版,第 611 页。

在自己生活的社会生产中发生一定的、必然的、不以他们的意志为转移的关系,即同他们的物质生产力的一定发展阶段相适合的生产关系。这些生产关系的总和构成社会的经济结构,即有法律的和政治的上层建筑竖立其上并有一定的社会意识形式与之相适应的现实基础。"①在这个社会结构图中,文艺显然是处于"社会意识形式"的位置,因为它是要同现实基础和上层建筑"相适应"的。正是这种特定性质决定了具体的经济形态、社会形态和意识形态。其中,意识形态的性质一定要以政治的、法律的、宗教的、艺术的或哲学的思想观念为形式而表现出来,因此它们可以"简言之"称为"意识形态的形式"②。

这也就是说,文艺是社会意识的具体表现形式,是社会生活分工领域在意识活动中的反映,它的形成来自社会生活的丰富与发展。文艺被经济基础和上层建筑所决定的主要是其思想意识内容。这些思想意识内容是对同经济基础性质相对应的那部分生活的反映,具有随经济基础性质改变而改变的鲜明社会性。正是这一点,充分表现出社会意识与经济基础之间的作用与反作用关系,显示出历史发展的根本动力和原因。

无疑,在"经济形态—社会形态—意识形态"序列中,"意识形态"是一种在前两者基础上形成的社会意识的整体样态,是具有特定性质的社会意识的总体表现,同时,也是不同社会意识性质之间相互区别的核心成分。而马克思的"社会意识形式"概念,其意义则集中在于表示社会意识的分工,而不在于表示意识的社会性质。社会意识的性质根本上是由"意识形态"来决定的。可见,"社会意识形式"与"社会意识形态"各有自己的内涵,分属不同的范畴,不能相互通用或混淆。当我们说文艺是一种社会意识形式并具有意识形态性时,是不能改换成文艺本身就是意识形态的。

"泛意识形态化"的观点恰恰是把"意识形态"当成了"社会意识

---

① 《马克思恩格斯选集》第 2 卷,北京:人民出版社 1995 年版,第 32 页。
② 同上书,第 33 页。

形式"中的一个种类,从而使得现实基础和社会面貌特有的阶级属性与社会属性无从显现。尤其是那种将意识形态审美化的观点,其"意识形态"只是停留在字句上同经济形态与社会形态相对应,在理论内涵上则已完全风马牛不相及了。以这种所谓"审美"来溶解和统辖意识形态的文艺本性论,其文艺自身本应具有的一些意识形态属性,也被模糊和取消了。前些年,在"过审美筛子"的口号下,许多优秀的革命文艺作品被排除出中国文学经典之列,一些文学大师被除名或重排了座次。近年来,不少"红色经典"又被改编得低俗难耐、面目全非,而昂扬、振奋、关注社会底层的作品越来越少,这不都是把意识形态所谓"审美化"的结果吗?

听听马克思是怎么说的吧:"谁要是经常亲自听到周围居民因贫困压在头上而发出的**粗鲁**的呼声,他就容易失去美学家那种善于用最优美最谦恭的方式来表述思想的技巧。他也许还会认为自己**在政治**上有义务暂时用迫于贫困的人民的语言来公开地说几句话,因为故乡的生活条件是不允许他忘记这种语言的。"①作家们和理论家们,是可以从这段动情的话语中汲取营养,远离那些抽象神秘的"审美"说教的。

三、社会功利性在审美性中的地位和作用

将审美性与功利性对立起来,是多年来的理论误区。应该承认,肯定和张扬文艺的审美特性,对尊重艺术规律、适应艺术特点具有十分积极的意义。但是,如果对"审美性"的内蕴和特质形成错误的认识,那也会对文艺的健康繁荣造成很大的阻碍。

从康德以降,美学上的"非功利"原则似乎被普遍接受,"非功利性"业已成为"审美性"的本质特点。至此,如何认识审美的"非功利

---

① 《马克思恩格斯全集》第 1 卷,北京:人民出版社 1956 年版,第 210 页。

性"遂成为思考的焦点和难题。有一种思潮以为,文艺非功利的审美性就是指文艺的创作目的、社会作用、情感内容都不与带有政治性、思想性、阶级性的社会功利倾向相联系。"泛意识形态化"的意识形态审美论受到这股思潮的影响,将审美加以系统化与学理化,并将之提升为文艺本性的高度。

在这种非功利审美性文艺本质观之下,文艺的审美属性便单薄地成了脱离社会功利内容的形式表现。一但文艺作品表现出特定的、鲜明的社会性质,具有了价值性和倾向性,就会被认为是非艺术、非审美的东西。即使这些作品引起了强烈的社会反响,获得了广泛的好评,也会被认为是艺术之外的因素在起作用,甚至被认为是社会功利性伤害了审美性。于是,在某些"重写文学史"的过程中,凡是带有社会功利内容与意义的作品,就不能算是具有真正审美性的艺术品了。技巧第一、形式至上、观赏优先、思想肤浅的作品,就像雨后的蘑菇一般纷纷冒出地表。有些作家,以适应这个规则作为作家身份的保证和事业成功的目标,不再敢去创作具有社会倾向性的作品。甚至有一些同社会生活联系紧密、写出过受大众欢迎作品的作家,为了加入这个名曰"审美化"的队伍,能被文坛接受,也不得不做出自我表白,说明自己不仅写出了反映社会现实问题的作品,也写出了"纯审美""纯艺术性"的作品。这种现象的出现,是不能不令人深思的。

科学的文艺审美理论,不应该忘记人类审美活动对物质活动的依赖性,不能不看到社会观念对情感反应的潜在作用。审美发生和审美规律的研究表明,所谓审美的"非功利性",无非是指美的事物所引发的人的愉悦性情感体验,不同于生理功能等功利性需求得到满足后的愉悦性情感体验;当一个事物作为审美对象而存在时,同审美主体相联系的不是它的实用功利性,而是与人的形式知觉相对应的外形和形象。仅仅在这一意义上,审美的"非功利性"原则才可以成立。这一原则,是绝不意味着美的事物不可以具有功利内容和价值成分的。俄国早期马克思主义理论家普列汉诺夫在对原始艺术的研究中发现:"人最初是从功利观点来观察事物和现象,只是后来才站到审美的观点上来看待它们。"①一切具有普遍审美价值的形式,追根溯源的话,一定可以找到其最初的功利性根源。

事物的实用价值虽然不能直接引发审美情感,但它在具有实用功利意义的同时,可产生一般的功利意义。这种一般的意义,在审美发生过程中具有桥梁的作用,可以在事物及其外在形象与人的肯定性情感之间建立起稳定的联系,以至于人们可以不必理会事物的使用价值而只对其外在形象加以知觉时就能产生出愉悦感。因此说,事物的审美价值由两方面构成,其外在显现的是外形、形象;其内在根据的是意义和功能。文艺"非意识形态论"和"泛意识形态论"在理论上的弊端,都是殊途同归地掉入了"审美非功利观"的陷阱。

人的审美意识是和生存环境与社会现实紧密相连的。"马克思主义的一个基本观点,就是存在决定意识,就是阶级斗争和民族斗争的客观现实决定我们的思想感情。"②文艺的审美创作和欣赏活动,其最终目的都是为了激起有认识和教育意义的审美感,"零度写作"或"身体写作"是无法完成这个任务的。只有正面的、积极的、向上的社会功利性,才能成为审美感受、审美价值和审美属性的必备前提和精神支撑。《国际歌》《义勇军进行曲》《黄河大合唱》等,都是极具审美性的艺术品,而其中的社会功利性确实发挥着灵魂的作用。

四、发展具有社会主义审美价值的文艺创作

文艺有自己的特殊规律,不同于生活本身,但我们又不能因为文艺与生活有别,就认为生活中的功利性与文艺的审美无涉。文艺审美的独特法则与性质,在文艺功利性问题上同样显示出来。

---

① [俄]普列汉诺夫:《论艺术(没有地址的信)》,北京:生活·读书·新知三联书店1974年版,第93页。
② 《毛泽东文艺论集》,北京:中央文献出版社2002年版,第54页。

鲁迅先生是赞同这样观点的:"在一切人类所以为美的东西,就是于他有用——于为了生存而和自然以及别的社会人生的斗争上有着意义的东西。功用由理性而被认识,但美则凭直感底能力而被认识。享乐着美的时候,虽然几乎并不想到功用,但可由科学底分析而被发见。所以美底享乐的特殊性,即在那直接性,然而美底愉乐的根柢里,倘不伏着功用,那事物也就不见得美了。"①这里所讲的情形是客观的、属实的,恐怕谁也无法否认。

从艺术规律和审美原则上看,社会生活中的功利性同文艺作品中的功利性,具有内容和性质上的一致性,只是存在形态不同而已。例如,同样是"反腐倡廉"的人物和事件,在生活中是原生形态,到了文艺中则成形象形态。当人们把现实的功利内容表现为文艺作品的功利内容时,也就完成了从生活到形象体系的形态转换。此时此刻,存在于作品内容中的功利性,已不是艺术之外的事物,与艺术也不再是外在关系,它已经成为艺术的内在要素。在这里,形象的表现方式是重要的手段,其表现样态及完美程度可以具有审美性价值;而形象的内容,包括思想、观念、情感和功利性,也同样可以具有审美性价值。如果否认了后者,那就只剩下形式和技巧的东西了。

在文艺实践中,审美主客体之间的关系会呈现出多种样式,而作品的功利内容和主体的功利意识,对文艺审美性的形成和实现都有重要的作用。不计功利关系的审美可能存在,但那只是审美关系样式中的一种,以此来否定功利性关系基础上的审美,否定作家世界观、人生观对审美的影响,是不利于提升文艺的审美境界的。

如今,意识形态领域还存在着冲突,不同思想体系和观念之间的矛盾也没有消亡。与改革开放、国家统一、民族复兴大业休戚相关的社会生活,仍需文艺格外的关注。这一部分生活,关系到整个社会的走向,关系到人民的安康福祉,关系到民族的前途命运,文艺创作绝不

---

① 《鲁迅全集》第4卷,北京:人民文学出版社2005年版,第269页。

能放弃革命功利主义的立场,把这类社会生活和思想情感粗暴地排除在审美表现之外。

毋庸讳言,没有特定功利性的文艺作品可以成为审美对象,但仅此是无法满足广大人民群众多层次的审美需要的。无数事实表明,只有那些反映出人民的热切关注点,呐喊出人民的心声,具有与广大人民功利意识相一致内容的文艺作品,才能更强烈地打动人们的心灵,更有力地激起他们的审美情感。电视剧《长征》《亮剑》等的热播及图书销售排行榜名列前茅,就是一个明证。又有谁能说这些革命功利性很强的作品没有审美性呢?

可见,鼓励和肯定那些以社会主义意识形态为内在支撑的审美性,提倡和发展具有社会主义审美价值的文艺创作,这是当前繁荣文艺事业不可忽视的一项重要内容。

(原载《求是》杂志2007年第5期)

文学本质界定与唯物史观

看了《文艺研究》2007年第2期上《对文学不是意识形态的"考论"的考论》(以下简称《"考论"的考论》)一文,颇受教育。

钱中文先生的这篇文章,主要是批评2005年发在《北京大学学报》第5期上我的《文学本质界说考论——以"审美"与"意识形态"关系为中心》(以下简称《考论》)一文,并对当前正在进行的"文学本质"探讨及"审美意识形态论"问题,发表了自己的看法。

该文最大的缺欠,是把事情的本末弄颠倒了。为了让更多学界同仁了解事情的来龙去脉,我在初步答复钱文内容之前,先简要交代一下这次争论的"缘起"。因为知道了"缘起",也就明白了真相。

一、这场"审美意识形态"争论的缘起是什么?

"审美意识形态"论提出至今,学界一直存在不同的看法和声音。此次比较集中的讨论之前,就有学者撰文对"审美意识形态论"提出商榷或质疑。① 2006年《文艺研究》第10期上,还有人发表文章说:"在马克思主义思想体系中,我们是不能推论出一个普遍的和肯定的'文学是审美意识形态'的命题的。"②在文学理论教学一线的教师,对某些教材中的"审美意识形态"到底指什么,尤其感到"说不清楚"。相当长的一段时间,我自己在认识上也很模糊。所以,在《北京大学学报》的论文中,便特地加了"我在前些年的个别论著中也采用过类似

---

① 单小曦:《文学的审美意识形态论质疑》,《文艺争鸣》2003年第1期。
② 肖鹰:《美学与文学理论——对当前几个流行命题的反思》,《文艺研究》2006年第10期。

的提法"①这句话。随后,还专门写了一篇清理自己在文学本质观认识过程上的进展与失误的反思性文章。②

　　经过较长一段时间的思索,我现在可以坦率地说,"审美意识形态"概念就像"新理性精神"③一样,从严格的学理意义上讲,是一个难以成立——或干脆说不能成立——的"伪概念"。它作为文学本质的界定,既不符合马克思主义的基本原理,也不符合几千年人类文学活动的客观实际。它是在20世纪80年代中叶那个特殊年代,既想反对文学上忽视艺术规律的现象,又想贴上马克思主义标签的拼接的畸形产物。客观地讲,它的初衷是好的。"审美意识形态论"在特定历史语境下,起过某种批判性的、积极的理论推进作用。其中有些内容,特别是强调文学"审美特性"的部分也有可取的成分。对此,业内学者多是承认的。同时,我至今认为,作为一种理论见解和一家之言,"审美意识形态论"还可以继续存在;个别学者多年来热衷于张扬"审美意识形态论",作为一种学术现象,也是正常的、可以理解的。

　　既然如此,那又为什么"质疑"了起来?为什么还要相对集中地就"文学"与"意识形态"的关系、"审美意识形态"文学本质论等问题写多篇文章④进行讨论呢?

　　事情的原委是这样的:我和一些同志于2004年参加了一个课题

---

① 董学文:《文学本质界说考论——以"审美"与"意识形态"关系为中心》,《北京大学学报》2005年第5期。
② 董学文:《文学本质界说:曲折的跋涉历程——以自我理论反思为线索》,《汕头大学学报》2006年第3期。
③ 参见闰泉:《精神的疾病还是精神的良药》一文对"新理性精神"的批评,《粤海风》杂志2004年第4期。
④ 董学文:《"审美意识形态"能成立吗?》《高校理论战线》,2005年第10期;董学文、马建辉:《文学"审美意识形态论"献疑》,《文艺理论与批评》2006年第1期;董学文:《关于文学本质与意识形态的关系——兼评"审美意识形态"说》,《苏州大学学报》2006年第1期;董学文:《怎样看待文艺的意识形态属性——兼评"审美意识形态"说》,《浙江师范大学学报》2006年第3期;董学文、李志宏:《文学是可以具有意识形态性的审美意识形式——兼析所谓"文艺学的第一原理"》,《广西师范大学学报》2006年第3期,等等。

组,编写"马工程"的一部教材。这是一项需要集思广益、深入研究、创新开拓的艰巨任务。但是,在组织编写过程中,课题组主要负责人无视和压制组内不同意见,两年多的时间内,不开展任何学术交流与研讨,执意要把"审美意识形态论"作为"马克思主义文艺学"的"一根红线"与"核心思想"贯穿全书,执意要把"显现于语言中的审美意识形态"作为对文学本质的概括,这就不免具有了用"审美意识形态论"替代历史唯物主义文艺本质观之嫌。

显然,这种文学本质观,倘若作为科学的马克思主义文艺学说,国内学界是不会都认同和接受的;倘若把它拿到国外去,也是会被同行尤其是国外马克思主义文论学者惊诧和耻笑的。

为此,我多次在课题组的会上恳切地提出,这是一个关系到文学本质界定和如何理解马克思主义文艺观的重大问题,建议组内进行一下讨论。可是,我的建议一次次被武断、粗暴地拒绝了。

在一次讨论"详细提纲"的会上,我再次请求就"审美意识形态论"谈谈自己的看法。课题组主要负责人当众表示不允许。接着我说:不发言可以,建议组里把我带来的几篇文章复印一下,发给在座的各位课题组成员作为参考,行不行?负责人说:那也不行,不能复印。你要散发,就把它们拿到外面的杂志上去发表。

我作为一个课题组的成员竟被剥夺了会上发言的权利。我很纳闷:即使我的意见充满谬误,也该让我讲出来啊,怎么"审美意识形态论"就一点也碰不得呢?没有办法,我只好按照"负责人"的要求,把写好的几篇文稿投到一些学报和杂志上去。这大概就是钱先生所谓"定点式的清除、密集型的'考论'"①的由来吧。

课题组内"对话"和"交往"的气氛与条件是没有了。为了深入探讨文艺意识形态问题,北京大学、吉林大学有关部门和《文艺理论与批评》杂志社、全国马列文艺论著研究会联合,于2006年4月初在北京

---

① 钱中文:《对文学不是意识形态的"考论"的考论》,《文艺研究》2007年第2期。

召开了有四十多位不同意见的学者参加的"文艺意识形态问题学术研讨会",课题组中有六名成员出席。大家各抒己见,畅所欲言,活跃民主,颇有收获。

可是,在2006年5月的课题组的会议上,钱先生突然发难,无端地指责该会是搞"政治运动",是"大批判",是让人感到"山雨欲来风满楼"。好端端的一场学术讨论遭到彻底的扭曲与否定。好在,与会者都可以作证;好在,会议的学术成果《文艺意识形态学说论争集》已由吉林大学出版社出版①,可以核查。身正是不怕影子斜的。

这一时期,课题组负责人一面阻止不同意见,一面又在《文学评论》上发表长文,加紧宣称"审美意识形态论"是"一个时代的学人根据时代要求提出的集体理论创新","是属于中国学术界的理论创新"②,把该理论抬到十分不适当的地位。

问题就出在这里。问题的严重性也出在这里。

人们不能不思考,是谁给的权力非得把"审美意识形态"作为马克思主义的"一根红线"不可?难道"审美意识形态论"真的符合社会结构理论和唯物史观?难道马克思主义创始人真的把文学界定为"意识形态"或"审美意识形态"?难道用"审美"来"溶解"文学的"意识形态性"就是"中国学术界的理论创新"?

我带着这些疑问,开始了痛苦的探索与思考。

我认为,由于"审美意识形态论"自称是以马克思论述为根据的,所以需要考证一下这一根据的可靠性。我的《考论》一文,就是讲通过考察马克思、恩格斯著作的原文及相关译文,通过研究"审美"与"意识形态"二者之间的关系,发现"意识形式"同"意识形态"是有严格区别的。文学本质是"审美意识形态""这一界说同经典作家原初概念的含义是有出入的,这一界说同文学事实本身是不完全吻合

---

① 李志宏主编:《文艺意识形态学说论争集》,长春:吉林大学出版社2006年7月版。
② 童庆炳:《新时期文学审美特征及其意义》,《文学评论》2006年第1期。

的,这一界说用来概括马克思主义的文学本质观是欠准确的"。① 就是这种商榷、切磋的意见,课题组负责人也当着课题组全体成员的面宣布"是错误的"。接下来,我只好不停地用写文章的办法来表达自己的见解。

这就是这场"审美意识形态"论争的"缘起"。

二、"审美意识形态"文学本质论究竟错在什么地方?

翻阅经典著作的文本,参考大量"西马"文艺论著,我始终找不到把文学本质直接"定义"为"意识形态"的表述,尽管论及文学具有意识形态性的地方甚多。既然直接的表述言论没有,那么,能否通过对其理论原理的阐发,推导出文学本质是意识形态的结论呢?这样,一个重要的问题就是以什么为理论基础。从现实理论状况而言,分歧双方的主要差别在于:是以唯物史观为理论基础呢,还是以别的什么理论为基础。②

诚然,对经典文本的理解,学者间可以各有不同,也允许进行"意识形态的多语境阐释"③。但问题是,"多语境阐释"要依据马克思主义原理和文学的基本事实说话。否则,就容易南辕北辙。

立足唯物史观,我们可以看到,"审美意识形态论"在理论上失误的关键是混淆了"审美意识形式"与"意识形态"之间的界限,结果"硬搭配"起了一个无法确证的概念。

---

① 董学文:《文学本质界说考论——以"审美"与"意识形态"关系为中心》,《北京大学学报》2005 年第 5 期。
② 钱中文在批评我的文章中明确说:"'文学审美意识形态论'试图从发生学、人类学的观点,揭示文学的原生点及其在历史发展生成中的自然形态。"见《文艺研究》2007 年第 2 期。
③ 钱中文:《意识形态的多语境阐释——兼析"虚假意识"问题》,《河北学刊》2007 年第 1 期。

钱先生曾说:"没有审美特性,根本不可能存在文学这种意识形态,而文学的意识形态性,不过是文学审美特性的一般表现。"①这种表述,似可理解为"审美性"是固有的,"意识形态性"是外加的。他还说:"随着语言、文字的出现与审美中介的完善,一部分审美意识逐渐在语言、文字结构中,生成独特的形态,而成为审美意识形态。"②"《诗经》同《周易》一样,这是经过千百年传唱的审美意识形式,藉助于语言节奏的复杂生成,由二言、三言发展而为四言的诗式,通过赋、比、兴的有序化的表现形式,自然地、历史地生成的审美意识形态。"③这里所谓的"审美意识形态",已经是由"审美意识"加"形态"组合起来的了。这里所谓"自然""历史"的逻辑生成关系也是虚设的。

钱先生在论述"审美意识"的各种形态时又说:有意味的形式后面的"终极实在",就是"审美的心理积淀"。"其中既包括感受、感情、知觉的认识,也兼容对自然节律、线条、色彩、音响乃至语言变化的种种感受,组成一种人类共同的无意识的心理储存。它既是生理的、心理的,给予人以快适,与人的种种现实的感受、感情相适应;又是社会的、与人的升华了的社会审美理想相一致,成为有意味的形式创造和审美需求的内驱力。这种以诗语为载体的有意味的形式,就是审美意识形态。"④请看,在这样的阐述中,还存在唯物史观意义上的"意识形态"吗?这里的"形态"一词指的究竟是什么,恐怕就连他自己也说不清楚。在"有意味的形式"就是"审美意识形态"这种理念支配下产生出的偏正词组,作为一个文学本质界定的概念,其中的"意识形态"一词,岂不成了一个给人看的"装饰品""摆设""附缀",或避人诟病的

---

① 钱钟文:《论文学观念的系统性特征》,《文艺研究》1987年第6期。
② 钱钟文:《新理性精神文学论》,武汉:华中师范大学出版社2000年版,"自序"第4页。
③ 钱中文:《论文学审美意识形态的逻辑起点及其历史生成》,《文学评论》2007年第1期。
④ 钱中文:《论文学形式的发生》,见《钱中文文集》,上海:上海辞书出版社2005年,第200页。

"防火墙"？

显而易见,这样凭空虚构的"审美意识形态",不可能是一个真实的历史发展过程。当然,也就不可能有所谓的"逻辑起点"。从实际情形看,钱先生所论述的"逻辑起点",其实是艺术发生学上的逻辑起点。而从"审美意识"入手,又是承袭了苏联学者波斯彼洛夫的思想①,同时亦是个常识。即便如此,钱先生的论述也相当混乱。他认为,早期的审美意识外化为早期的文学形式,即神话、巫术等。此时是"审美意识形式"。随着艺术表现手法的成熟,就转变为"审美意识形态"了。②他这里所说的"形态",是艺术"形式"发展成熟的结果。这里的"意识形态",也没有任何唯物史观的成分。至于何以"形式"发展成熟就成了"形态",何以审美的"意识形式"随着"艺术表现手法"的进步,就过渡成了审美"意识形态",这之间有何事实的根据与学理的逻辑,就连钱先生自己也承认还没有想明白。他说:"我自然反思过'审美意识形态'这一提法,比如,逻辑起点是审美意识,最后结论却是审美意识形态,只是目前还未能找到一个比它更有概括力的术语来重新界定。"③看来,这样一个重大理论概念的提出,是有些轻率了。看来,把这种未经可靠论证的说法当作"中国学术界的理论创新"并写进教材,就更不妥当了。

钱先生这里的论述,显然不是有缺环,就是有漏洞和错位。他的这种表述,只能说明"审美意识形态"是"审美意识"加"形态"的拼凑,这要比解读为"审美"加"意识形态"的拼凑,更为远离马克思主义学说。他的"审美与意识形态性""结合"的结果,就是"以诗语为载体的有意味的形式"。这种"审美意识形态"论,人们看到的除了"审美"

---

① [苏]波斯彼洛夫:《文学原理》(中译本前言),北京:三联书店1985年版,见"中译本前言"。
② 参见钱中文:《文学理论:走向交往对话的时代》,北京:北京大学出版社1999年版。
③ 钱中文:《对文学不是意识形态的"考论"的考论》,《文艺研究》2007年第2期。

的因素及其发展外,看不到任何具有社会价值意义与功能的"意识形态"因素。至于"意识形态"怎样加入"审美意识"之中,在这儿处于何种地位,产生什么样的作用,几乎没有论及。倘若审美性的内涵成了仅是语言、艺术技巧等形式的因素,那以这种理论为指导的文艺创作,怎能不会走向苍白和形式至上一途?①

应该承认,钱先生的论述中有时也把对社会生活内容的反映当作意识形态,悄悄地将社会学意义上的"意识形态"与审美意识的"形态"联结在一起,使人产生错觉,以为可以有一个独立的"审美意识形态"或"审美意识形态性",以为"审美意识形态"里包含了经济基础和上层建筑的范畴。但那是牵强附会的。文学具有意识形态性之后,总体上它还是一种社会意识形式。我们不能说文学带有意识形态性,文学自身的构成性质和存在形态也发生了根本转变。"审美意识形态论"在这里犯的是把"意识形态性"与"意识形态"相混同的毛病。

以上,就是我为什么把"审美意识形态"称为"伪概念"的理由与原因。

我曾经在一篇文章中说,坚持"审美意识形态论"者,当务之急是论述清楚"审美"与"意识形态"之间的关系,辨析明白社会"意识形式"与"意识形态"的区别,进一步论证文学的规定是如何从"审美意识的形态"推演变化到"审美意识形态"的,说明"审美意识"或"社会意识形式"中有没有非意识形态的成分。② 这样,它才能从学理上真正推向深入。

无疑,文学作品的内容可具有审美性,也可具有意识形态性。(还有其他属性,暂且不论。)这两种属性共处于同一"社会意识形式"之中,这是文学事物的本相。具有意识形态性的社会生活内容,由于转化为创造性的形象形态,因此也成了文学的组成部分,可以具有审美

---

① 参见董学文、李志宏:《泛意识形态倾向与当前文艺实践》,《求是》杂志 2007 年第 2 期。
② 董学文:《文学本质与审美关系》,《文艺理论与批评》2007 年第 2 期。

价值,或者说由它构成了审美性的内在支撑。不过这种情况不能表明"审美性"和"意识形态性"融合而为另一种独立的属性。从有些"审美意识形态论"者的阐释来看,所谓"审美性"与"意识形态性"的统一,不过是统一在同一个文学作品中而已,但却把这种情形说成是独立的"审美意识形态性"内涵,这就将作品的"文本"与所谓的"审美意识形态性"混为一谈了。

钱先生根据自己所知,责备我文中指出童庆炳先生把"审美意识形态"作为了意识形态的一个"种类",是根据小范围会议上"还未公开发表"的用语,但钱先生大概还有所不知的是,童先生和有的学者早就白纸黑字这么讲了。① 2001年,童先生在一篇文章中就说,审美意识形态与政治意识形态之间,"不存在谁为谁服务的问题",也"没有'老子'控制'儿子'的那种关系"。"在这种情况下,审美意识形态自身形成一个独特的思想系统,它的整体性也就充分显示出来。如果我们上面所说的能够站得住的话,那么我们可以说,文学艺术作为审美意识形态是意识形态中一个具体的种类。"② 在2006的一篇文章中,他又说:"文学是一种具体的意识形态类型,即审美意识形态。"③这是不是明确地讲到"审美意识形态"是"意识形态"的一个"种类"?是不是小范围会上他只是重申了自己的观点?怎么引用一下"种类"一词,就成了"抢先拿来'考论'",不遵守学术规范了呢?到底是谁在"顾不得依据文字为准的批评游戏规则"?

---

① 参见潘必新:《意识形态与艺术的特征——兼与栾昌大、董学文同志商榷》,《文学评论》1990年第6期,第40页。该文就把马克思"意识形态的形式"中的"形式"理解为"类型或种类"。

② 童庆炳:《审美意识形态论作为文艺学的第一原理》,《学术研究》2001年第1期。

③ 童庆炳:《新时期文学理论转型概说》,见曹顺庆主编《中外文化与文论》第13辑,成都:四川大学出版社2006年版,第24页。

三、可否界定"文学是审美意识形式的语言艺术生产"?

以我初步的理解,我认为如果从唯物史观来界定文学本质的话,应当打破"审美意识形态"的界说,而规定文学为"可以具有意识形态性的审美意识形式";如果要对文学进行较为全称的界定,则应破除"文学是显现在语言中的审美意识形态"这样的定义,而改为"文学是审美意识形式的语言艺术创造"(或曰"话语艺术生产")。我认为这样的界定,才比较吻合马克思主义的基本原理,比较符合中外文学活动的实际。现实的"意识形式"都是有"社会性"的。"社会意识形式"中可能包含有"意识形态性",也是确切无疑的。只要联系作品就能发现,"审美意识形式"比"审美意识形态"的蕴含更为丰富和全面。"文学是审美意识形式的语言艺术创造"这个界定,要比"文学是显现在语言中的审美意识形态"更为妥帖。这就是我同"审美意识形态论"的分野与区别。

我们应当恰当地在文学的系统本质中理解、把握和表述文学的意识形态性质,由此认识人们对文学意识形态性的不同理解中所包含的价值观取向的真实差异。文学的意识形态属性,原则上说是不能用"审美"来规定的。文学的本质,也是不能单维度、单层次、单方面地加以界说的。[①] 文学的本质是多级的,多级的本质又是在关系中存在的。面对"文学本质""意识形态"这样的概念,务必要坚持立场、观点与方法的一致性。从历史的经验看,用"异质知识型规训马克思主义文艺理论的基本方式是将其理论术语形式化、抽象化或空洞化。从而使其内涵的原有价值规定对于读者来说变得不重要,使人们觉得内涵的原有价值规定是可以被忽视、被改塑或被取消的"[②]。这种无限度

[①] 吴元迈:《再谈文艺与意识形态的关系》,见李志宏主编《文艺意识形态学说论争集》,长春:吉林大学出版社2006年版,第1页。

[②] 马建辉:《反思与推进》,《文艺理论与批评》2006年第6期。

开放意识形态本质的理论，最终失去的正是其理论自身的规定性，进而走向其理论姿态或立足点的反面。

比较而言，那么"文学是审美意识形式的语言艺术创造"比"文学是显现在语言中的审美意识形态"界定，有何优长和特点呢？

第一，它恢复了文学是一种"社会意识形式"的科学规定，打破了将文学仅仅归结为"意识形态"的提法。这里"社会意识形式"中就包含了文学的观念上层建筑性，以及它可能含有的意识形态性，给意识形式中的意识形态属性留下了充足的阐释空间。第二，它承认并强调文学的审美特性，并判明审美特性影响和笼罩着文学这种社会意识形式的方方面面。第三，它认为文学不只是静态地"语言""显现"，更是一种比"显现"更为动态、更为宽泛、包括了创作和接受在内的话语"创造"。第四，它明确指出文学是一种"语言艺术"，不仅是一种"艺术"，而且是一种"生产"，这就将经典作家的"艺术掌握世界方式"与"艺术生产"①理论囊括其中。第五，它改变了文学只显现于"审美"中的意识形态的局限，而将其他方面的意识形态成分也收入视野之内。第六，由于恢复了"社会意识形式"的规定，所以也就可以合乎逻辑地从中解读文学本质所蕴涵的人学属性、文化属性等等。因为在这种精神生产和物质生产带有某种交叉特性的语言艺术实践活动中，人的情感因素、自然本能和特有的文化属性是必然渗透其中的。

当然，这个界定也是初步的、探讨性的，依然存在着弱点、纰漏和不完善。比如，它缺少对文学想象力与自由表达的强调，人们只能从对它的"艺术"规定中加以发挥性阐释；又如，文学的符号特性和形式特点已隐匿其间，也没能在概念上得到彰显。这个界定，目前只是为了纠正"审美意识形态论"的失误，还需要进一步推敲和改进。

可以这样说，"审美意识形态论"失误的根源，很重要的一点是，它把文学理论过分"审美化"了。它以为文学中的思想和精神因素只要

---

① 《马克思恩格斯选集》第 2 卷，北京：人民出版社 1995 年版，第 19、28 页。

拴到"审美"的秩序中就完成了,就符合文学规则了。例如,童庆炳先生在阐述新时期文学理论的"转型"时,就直截了当地推崇"用美学的观念来界说文学的做法"。① 他在描述建国五十多年文艺思想变迁时,甚至用了从"政治化"到"审美化"到"学科化"三阶段来加以概括。他以为,"'审美'论的提法,确认文学作为一种相对独立的社会意识形态应有的独立品格与自身规律,从而消解了'文艺从属于政治'的公式"。② 这就再清楚不过地道明了用"审美"来界说"意识形态"的理论指向。

文学理论的"政治化"诚然是错误的,可是,文学理论的"审美化"就正确吗?把"审美论"当成反对所谓"反映论"文艺学、"认识论"文艺学的武器,把以往的文艺学当成"非常态的中心话语",把"审美论"当成"自主发展的常态话语",不是同样走向了理论的偏颇吗?所以,有人反复说"审美意识形态论"是"建立在马克思主义的基础上,但又延伸了马克思、恩格斯的思想,具有完整的理论创造,成为中国现代学者提出的马克思主义的新的文学观念"③,是需要稍微严肃一点、慎重一点了。

钱先生的论述中有明显的自相矛盾之处。为了反驳别人,他集中论述马克思主义经典作家文本中认为"文学是意识形态",仿佛别人在无视或放弃文学的意识形态观念。但他在另外的文章中,又把先前文艺学说的错误归结为将文艺认作"意识形态"。例如,在清算文艺学的"苏联模式"时,他就说过:"这种'前苏联体系'文学理论的核心问题,主要体现在文学本质的阐释上,它的出发点是哲学认识论,即把文

---

① 童庆炳:《新时期文学理论转型概说》,见曹顺庆主编《中外文化与文论》第13辑,成都:四川大学出版社2006年版,第22页。
② 童庆炳:《政治化—审美化—学科化——建国50年来文艺思想变迁的简要描述》,见童庆炳主编《新中国文学理论50年》,合肥:安徽大学出版社2000年,第8页。
③ 童庆炳:《新时期文学理论转型概说》,见曹顺庆主编《中外文化与文论》第13辑,成都:四川大学出版社2006年版,第25页。

学视为一种认识、意识形态,把文学的根本功能首先界定为认识作用。"①既然在文学本质的阐释上不赞成"认识论",不赞成把文学定为"意识形态",那又为什么在《"考论"的考论》中广征博引、大谈特谈马克思主义经典作家认为文学就是"意识形态"呢?这不是自相矛盾、前后抵触吗?到底是苏联体系中的文学本质阐释错了,还是马克思、恩格斯的有关论述错了?同样认为文学有意识形态属性,怎么判断竟大不一样呢?苏联和中国文学活动中产生的诸种弊端,是马克思主义意识形态理论出了问题,还是苏联或中国当时的主导意识形态出了问题?我们是要更改科学的意识形态理论呢,还是要恢复这一学说?更改的办法是以"审美"去淡化、溶解或模糊意识形态理论呢,还是找出"意识形态"与审美、人性、文化以及语言特性等在文学中的真实联系?阐释文学本质难道换成从"审美"出发,就不是"哲学认识论"了?"审美意识形态论"的界定,在上述对立的两者之间到底属于哪个方面?毋庸讳言,它是难以自圆其说的。

《"考论"的考论》一文,论述得比较细碎零乱,论据和论证都不充分,不少地方充其量只是个人的一种理解,其思想大概是想说:马克思虽然没有直接间接地说过"文学是意识形态",但还是可以解析成马克思认为文学就是意识形态的。这实际上已经承认了我指出的"马克思本人从来没有直接或间接说过文学是某种'意识形态'"这一事实,只不过是各个人的解读存在差别。这就更提醒我们,阐述马克思主义文艺学务必从其原理出发。

四、简短的结语

文学本质的论争是很有意义的。这场论争表面上是考察文学本质界定的分歧,实质上是牵动人们对文学意识形态学说的理解和解释

---

① 钱中文:《文学理论反思与'前苏联体系'问题》,《文学评论》2005年第1期。

怎样重新回到马克思主义的维度,怎样意识到以唯物史观作为理解文学与意识形态关系的指导和前提的必要性。不能否认,"一段时间以来,由于一些学者对意识形态范畴做了泛化的理解,把意识形态只看作意识的分工或基于分工基础上的分类,弱化了意识形态的社会性质,离开了马克思主义的意义维度"①。这一点,我们从文学批评和创作领域价值观的失序和混乱,也多少能看到丧失意识形态理论自觉性的结果与危害。

唯物史观意识形态学说的真谛是透过文学的审美现象发现其中的意识形态秘密,而绝不是像"审美意识形态论"那样,总是力图把包括意识形态性在内的思想、认识和精神因素淹没在"审美"玄奥之中,好像"审美"可以主宰一切、包容一切、溶化一切,或者像哈贝马斯评说马尔库塞的"新感性"那样,能"维护一种非压抑文明的可能性"②,反而使科学的意识形态理论偃旗息鼓、无所作为。

从文学理论史上看,形式主义的专制多是来自所谓的"审美"自律的。它们给"感性""审美""美感"这些动听的字眼,赋予了超负荷的社会历史内涵和社会价值担当。如果马克思主义的文学意识形态理念,仅仅是为"审美"服务的,仅仅是"审美"的陪衬,仅仅是稀释在"审美"中的一点点"盐分",那它同形形色色的非马克思主义文学理论就没有什么根本区别了。

文学理论要在继承的基础上创造性地发展马克思主义文艺学说。但不能忘记,马克思主义文艺学说是科学,而科学是老老实实的学问,是来不得半点的虚伪与骄傲的。真正的需要可能是其反面:诚实、严谨与谦逊的态度。

此外,文学理论对重要"概念""范畴"的梳理和研究应引起格外

---

① 赵长江:《回到马克思主义的维度——评〈文艺意识形态学说论争集〉》,《高校理论战线》2006 年第 11 期。

② Herbert Marcuse: *Towards A Critical Theory of Society*, Edited by Douglas Kellner, London and New York: Routledge, 2001, p. 23.

的重视。目前文学理论中一个较大的问题,是往往习惯于从大的"概念""术语"出发,而又不去联系生动具体的批评和创作实践,不去解析"概念"的本意与历史的变迁,结果就造成表面热闹而实质空泛的局面。钱钟书先生在描述乾嘉学派源流下的朴学风格时,曾谈到:"积小以明大,而举大以贯小;推末以至本,而又探本以穷末;交互往复,庶几乎义解圆足而免于偏枯,所谓阐释之循环(der hermeneutische)者是也。"①这种方法是值得借鉴的。

学术研究最好采取平等的、民主的态度,采取不"妖魔化"对手的做法,这样才有利于"双百"方针。对个人的学术意见,最好也不采取"推销商""形象代言人"式的兜售办法,此乃虽没有违背学术"游戏规则",但终究对好学风的建设不利。

我申明,对该文承担学术、道义与法律的责任。如果实践证明我的观点谬误,我会服从真理,修正错误,决不"我自岿然不动"。

《"考论"的考论》中还有一些情绪化的措辞,鉴于版面珍贵,我就不予辩驳了。至于说拙文是不是"批判文章",是不是"仍然使用20世纪80年代前的那种'凡是'的思想方法",是不是连外语的"单数"和"复数"都不懂,"引文都理解错了",等等,我想在这也无须浪费笔墨,只要引述前贤的一段话,也就足够了:"断章取义,颠倒是非,尽缠夹之能事。余以当日所言,任人如何歪曲,原文俱在,不难对证。且原文阐意极明,非有意歪缠者,不致误会,故亦毋庸另文答辩。"②

(原载《文艺研究》2007 年第 6 期)

---

① 钱钟书:《管锥编》,北京:中华书局 1979 年版,第 171 页。
② 《中国与世界:林语堂文选》(下),张海焘、范继红主编,北京:国际文化出版公司 1997 年版,第 803 页。

文学本质与审美的关系

探讨"文学"与"意识形态"及"审美"的关系,关系到认识文学的本质,这对学科建设和文学理论教学都有切实的意义。在这个问题上,发生一些不同意见的切磋和争鸣是正常的、有益的。我们应继续在学术上把讨论引向深入。

一、"审美意识的形态"能否过渡到"审美意识形态"?

目前这场讨论的分歧,表面上看,是对"社会意识形式""意识形态""审美意识形态"等概念的理解,实际上是对能否用美学来解释文学的一切、文学研究是否一定要亦步亦趋追随美学的脚步有不同的认识。为了深化讨论,我认为,质疑"审美意识形态论",需要进一步论证为什么说从"审美"角度只能解决文学的一部分问题,用"审美"来完全包容"意识形态"是不恰当的;而坚持"审美意识形态论",则需要进一步论证文学本质的规定是如何从"审美意识的形态"推演到"审美意识形态"的,需要说明"审美意识"或"社会意识形式"中有没有非意识形态的成分。这样,双方的理由就会更坚固一些,彼此对话的渠道也会更畅达一些。

现有一些论辩的文字,多是绕开问题的主旨,既回避"审美意识形态"是一种何种"意识形态"的说明,也回避了质疑将文学界定为"审美意识形态"的根据。或者说,都回避了"审美意识"是怎样过渡到"审美意识形态"的逻辑性解释。因之,讨论双方的当务之急,就是论述清楚"审美"与"意识形态"之间的关系,辨析明白"社会意识形式"与"社会意识形态"的区别,并具体指出"审美意识形态"与"非审美意识形态"在意识形态属性上的界限。明确一点地讲,就是要充分论证"审美意识形态"作为文学本质定义概念的可成立性或不可成立性,论证它的特征及其存在之状态。倘能如此,那么即便是"证明"出马克思主义经典作家文本中有"文学是意识形态"的提法①,也与"审美意识形态论"能否自圆其说没有多大关系。因为,科学的意识形态学说同本意上是"修正"它的"审美意识形态论",实质上是不一致的。

诚然,"审美"和"意识形态"这两个术语,在文学本质理论系统中所占的地位是不断演化的。以近二十年的理论著述为例,先是意识形态为主导,后是意识形态与审美并行,接下来就发展到一些论者所强调的以审美为主导。这一进程,看似文学与其意识形态性质渐行渐远,其实不过是一种用异质的知识来修正马克思主义理论术语的做法。这种"异质知识型规训马克思主义文艺理论的基本方式是将其理论术语形式化、抽象化或空洞化。从而使其内涵的原有价值规定对于读者来说变得不重要,使人们觉得内涵的原有价值规定是可以被忽视、被改塑或被取消的"。例如,"审美意识形态论"对其中"意识形态"概念的理解,"并不是把'意识形态'直接置换成他们所认为的更为中性化的'意识',而只是在具体的解释中把'意识形态'理解为'意识',把'意识形态'解释为人类意识的'外化'或'形态化'。在解释过程中把意识形态内涵从'审美意识形态'观念的命意中清除出去,只剩下其形式化存在,这样就潜在地以'审美意识'占领了文艺的意识形态属性的意义领地"。② 这种无限度开放的意识形态本质理论,最终失去的正是其理论自身的规定性。由此可见,防止文论术语的无边化,考验着学者们的真诚与智慧。

"审美意识形态论"在先前的一些论说中,本是有合理的地方

---

① 《文艺意识形态理论的批判意义和当代价值》,2006 年 4 月 9 日《文艺报》;《关于文学本质与意识形态的关系——兼评"审美意识形态"说》,《苏州大学学报》2006 年第 1 期;《文学与意识形态关系辨析》,《曲靖师范学院学报》2006 年第 1 期等论文。我已从纯文本的意义上证明,这种提法是不存在的。

② 马建辉:《反思与推进》,《文艺理论与批评》2006 年第 6 期。

的。如从"审美意识"出发,界定文学为一种"审美意识的形态",就既有根据也有说服力。"审美意识的形态"也就是"审美意识形式",这两种表述,应该说没有实质的差别。若从这里前行,再揭示这种"意识形式"可能包涵"意识形态"属性及其他属性,就是顺理成章的事情了。

但是,当"审美意识形态论"将文学表述为"审美的意识形态"或"审美意识形态"的时候,就悄然但的确是根本性地改变了原本的理论初衷。因为用"审美"来修饰和框定"意识形态",无论怎么说都是难以在学理上讲得通的。即使像特里·伊格尔顿那样说"审美等于意识形态"①,其不确切之处就在于不能倒过来说"意识形态等于审美",或说"意识形态是审美的"。因为前者指"审美"活动中有思想倾向、文化及政治等因素积淀在内,而反过来却不能说"意识形态"是一种身心愉悦的感性方式。谨严地讲,"意识形态"是不分"审美"和"不审美"的,文学的意识形态属性,本义上是对文学的阶级、阶层、思想、政治倾向、情感性质等属性的规定。所以,从这个意义上说,把"意识形态"分成"审美意识形态"和"非审美意识形态",同把"意识形态"分成"哲学意识形态""宗教意识形态""法学意识形态""道德意识形态"等②,都不是科学的分法。意识形态的"种类",是按照时代属性、阶级因素、集团利益、政治倾向等划分的,而不是按照学科、部门或意识领域划分的。说"文学是一种具体的意识形态类型,即审美意识形态"③,就属于这种分法。哲学、宗教、法、道德、艺术等,这些是可以表现出意识形态性质的社会意识形式,因此可称为诸种"意识形态的

---

① [英]特里·伊格尔顿:《审美意识形态》,王杰等译,桂林:广西师范大学出版社2001年版,第26页。
② [苏]布罗夫:《美学:问题和争论》,凌继尧译,上海:上海译文出版社1987年版。也可见[苏]布罗夫:《美学:问题和争论》,张捷译,北京:文化艺术出版社1988年版,第41页。
③ 童庆炳:《新时期文学理论转型概说》,见曹顺庆主编《中外文化与文论》第13辑,成都:四川大学出版社2006年版,第24页。

形式"①。至于时下流行的所谓"消费意识形态""文化意识形态"等,就根本不是对意识形态的严肃用法,更不足为训了。

由于我们从事的是马克思主义文艺理论研究,所以,经典文本的翻译和解读,要在整体上符合其原理,在理论推进中,也要不断地对流行命题进行反思。英国学者约翰·B.汤普森在《意识形态与现代文化》一书中这样指出:"根据我这里提出的看法,象征形式或象征体系本身并不是意识形态的:它们是不是意识形态的,以及在多大程度上是意识形态的,取决于它们在具体社会背景下被使用和被理解的方式。"②他认为,意识形态的概念可以用来指称特殊情况下服务于建立并支持不对称权力关系的意义内容,而这种权力关系又可称为"统治关系"。就广义而言,意识形态就是服务于权力的意义。③ 如果"把一种意识的形式定为'意识形态的',就意味着它可以被解释为并从而被揭露为统治阶级利益的一种表现"④。近日,国内一位作者经过比较和论证也得出看法,认为:"在马克思主义思想体系中,我们是不能推论出一个普遍的和肯定的'文学是审美意识形态'的命题的。如果我们扩大视野,这个定义也与现代美学关于艺术的基本观念相抵触。在康德为现代美学奠定的艺术观中,作为审美理想的表现,艺术的基本特性是表象和观念的非同一性关系:两者相互激发而又不能达到最后统一。而且,即使在否定的意义上使用这个定义,'文学是审美意识形态'也没有反映对现代美学精神的掌握。"⑤坦率地说,对这位作者关于意识形态解释我并不完全赞同,但他的认真"反思"态度还是值得称道的。"科学是在讨论之中",真理越辩越明。我们没有理由

---

① 《马克思恩格斯选集》第 2 卷,北京:人民出版社 1995 年版,第 33 页。
② [英]约翰·B.汤普森:《意识形态与现代文化》,高銛等译,南京:译林出版社 2005 年版,第 9 页。
③ 同上书,第 7 页。
④ 同上书,第 43 页。
⑤ 肖鹰:《美学与文学理论——对当前几个流行命题的反思》,《文艺研究》2006 第 10 期。

让偏见遮住求真的心灵和探索的眼睛。

二、"审美意识形式的语言艺术生产"可否作为文学本质界定？

"不赞成将文学的本质界定为'审美意识形态',那你自己的相应界定又是什么呢?"这是我遇到的许多学术朋友追问过的话题。其实,在2006年的一些文章中,我已大致表达过初步的想法。① 这里,再细致一点地加以说明。

我认为,如果不是从别的角度而是从唯物史观的角度来阐释,那么,文学可以被界定为"审美意识形式的语言艺术创造"(或曰"审美意识形式的语言艺术生产")。当然,这个定义同任何定义一样也是有缺欠的,不是绝对完满的。道理也很简单,因为文学的本质是各种关系中规定的综合,不可能是单一或个别几项的。我目前的这个界定,可谓力图在纠正"审美意识形态说"偏误的基础上初步探讨的结果,还有待于继续深化。

那么,这个定义比较而言有些什么特点呢?

其一,它认为文学首先是一种"社会意识形式",这其中就包含了它的观念上层建筑性,它可能含有的意识形态性;其二,它承认并强调文学有审美特性,并判明审美特性影响和笼罩着文学的各个方面;其三,它指出文学不是静态地"呈现在""语言"当中的,而是一种更动态、更宽泛、包括创作和接受在内的话语"创造",类似于近人把文学界定为"表现美的文字工作"②;其四,它明确指出文学不仅是一种"艺

---

① 《文学与"意识形态"》(载《湖南文理学院学报》2006年第5期)、《文学是可以具有意识形态性的审美意识形式》(载《广西师范大学学报》2006年第3期)、《文学本质界说:曲折的跋涉历程——以自我理论反思为线索》(载《汕头大学学报》2006年第3期),等等。

② 王梦鸥说:"关于文学的定义,就把它说做'表现美的文字工作',稽之古今中外,宜无不合。"《文艺美学》,台北:远行出版社1976年版,第29页。

术",而且是一种"创造"(或曰"生产"),努力将经典作家的"艺术掌握世界方式"①和"艺术生产"②理论囊括其中;其五,它可以让我们合乎逻辑地解读出文学本质还蕴涵着人学属性和文化属性等。就像吴宓先生在20世纪30年代那样界定"文学是人生的表现"(Literature is the Re-presentation of Life)③;像五四时期胡适先生在《什么是文学——答钱玄同》一文中说"文学有三个要件:第一要明白清楚,第二要有力能动人,第三要美",并认为"孤立的美,是没有的。美就是'懂得性'(明白)与'逼人性'(有力)二者加起来自然发生的结果"④,似也都可囊括进去。

尽管文学是"审美意识形式的语言艺术创造"这个定义,将实践的唯物主义文学观的诸多成分包容了进去,比较符合经典作家的整体思想,但依然存在着不足和漏洞。比如,这个定义缺少对文学丰富想象与自由表达的强调,人们只能从对它的"艺术"规定中加以发挥性阐释;再如,文学的符号特性和形式特征,也隐蔽其间,没能在概念上得到彰显;又如,文学的核心是情感性,这是审美的灵魂,这个定义的表述也只能从作为"艺术创造"的内蕴中约略可见。总之,这个定义是有必要继续推敲和完善的。科学活动的宿命,大概就是让研究者永远在路上。

上面这些话的意思,同时也包含自我纠正的成分,包含对"审美意识形态论"这种界定有进一步研讨之必要的呼吁。因为,包括我在内的不少人,"在前些年的个别论著中也采用过类似的提法"⑤,所以对一个"定义"进行深入系统的讨论,是有利于学术发展的。

现在看来,对文学本质界定分歧的关键,还是出在对一些基本概

---

① 《马克思恩格斯选集》第2卷,北京:人民出版社1995年版,第19页。
② 同上书,第82页。
③ 吴宓:《文学与人生》,王岷源译,北京:清华大学出版社1997版,第28页。
④ 《胡适散文选集》,易竹贤编,天津:百花文艺出版社1990年版。第96—98页。
⑤ 董学文:《文学本质界说考论——以"审美"与"意识形态"关系为中心》,《北京大学学报》2005第5期。

念的理解上。因此,对"社会意识形式""意识形态""意识形态的形式"这些概念,需要进一步地辨析和区别。文学归根结底属于其中的哪一种,是要与唯物史观原理和文学实际相吻合的。从原理上讲,在马克思那里,被经济基础决定的不是作为社会意识表现领域及表现形式的所谓哲学、宗教、道德、文艺等,而是它们内容的社会性质。因为意识形态是同经济形态、社会形态相对应的,意识形态乃是特定的社会、阶级和阶层的性质。正因如此,才可说文艺的本性是"社会意识形式",而不可说是某种"意识形态"。

在这个问题上,我及其他一些学者的中心论点很简单,即文学是社会生活在作家头脑和笔下的创造性反映与表现,在一定程度上具有意识形态性,但文学作为特殊社会意识的存在,无论它跟意识形态发生怎样密切的联系,把"审美意识形态"作为文学本质的全称界定,既不符合文学事实也不符合唯物史观原理。"审美意识形态论"的某些阐释,几与"纯审美论"及"非意识形态化"论,在事实上并无二致。意识形态表示的是在特定经济基础之上形成的社会意识的整体样态,其意义在于表明意识形式的社会与阶级性质。文学在本质上属于审美的社会意识形式,文学可以具有意识形态属性,但不等于是意识形态本身。把文学规定为模糊意识形态性的所谓"审美意识形态",更不妥当。①

我认为,正是把文学界定为一种"审美意识形式",才给这种意识形式中的意识形态属性留下了充足的阐释空间,才使它的艺术属性和思想、道德、政治属性在联系中区别开来,才能让文学的认知、教育、信息、交际、凝聚、益智、情感、评价、娱乐、特别是审美等多种价值与功能得到释放和展开。如果把文学界定为一种"意识形态"(包括"审美意识形态"),那就堵死了对无限丰富的文学本质内蕴的阐释之路。如果再用"审美"去统辖全体,那视野就更为狭窄了。"功用"是"本质"的

---

① 董学文、李志宏:《文学是可以具有意识形态的审美意识形式——兼析所谓"文艺学的第一原理"》,《广西师范大学学报》2006年第3期。

外化。雷·韦勒克、奥·沃伦说过:"文学的本质与文学的作用在任何顺理成章的论述中,都必定是相互关连的。……同样也可以这么说:事物的本质是由它的功用而定的:它作什么用,它就是什么。"①我们还可引用吴宓先生的说法,他将"文学之功用"归结为十项:(1)涵养心性;(2)培植道德;(3)通晓人情;(4)谙悉世事;(5)表现国民性;(6)增长爱国心;(7)确定政策;(8)转移风俗;(9)造成大同世界;(10)促进真正文明。② 反过来看,我们又怎能把文学本质就说是"审美"的"意识形态"呢? 有学者近来指出:"在文艺本质的探讨上,决不能把某一层次、某一规定、某一维度绝对化,即使把两个层次、两个规定、两个维度相加在一起,例如,或审美加意识形态,或审美加价值,或审美加符号,或审美加文化,等等;但从总体上看,它们仍然是以偏概全,是无法走向真理的,也与文学实践不相适应。"③这种意见是冷静、客观而有道理的。

三、可否透过经典作家的批评实践看他们的文学本质观?

"审美意识形态论"的个别文章,陷入自相矛盾的境地,为了反驳别人说文学是"审美意识形式",就集中论述经典作家文本中认为文学是"意识形态"的观点,仿佛别人在"无视"或"放弃"文学的意识形态理论。可惜该作者忘记了,在其他的文章中,正是"审美意识形态论"把相当长一段时间文艺学说上的错误归结为"将文艺等同于意识形态"。如有文章这样说:文艺学上的"苏联模式"(或"苏联体

---

① [美]雷·韦勒克、奥·沃伦:《文学理论》,刘象愚等译,北京:生活·读书·新知三联书店1984年版,第18页。译文中的"物体"一词宜改译为"事物"。
② 吴宓:《文学与人生》,王岷源译,北京:清华大学出版社1997年版,第59—68页。
③ 吴元迈:《再谈文艺和意识形态的关系》,见李志宏主编:《文艺意识形态学说论争集》,长春:吉林大学出版社2006年版,第1页。

系")是一个应当"被清算"的对象。之所以如此,就因为其"核心问题,主要体现在文学本质的阐释上,它的出发点是哲学认识论,即把文学视为一种认识、意识形态"。① 有的文章也认为,恰是文学的意识形态理论导致文学理论的"政治化"和"工具论"。

这就让人产生了疑问:马克思主义的文学意识形态理论到底对不对呢?苏联和中国几十年文学活动中出现的诸种问题,是马克思主义意识形态理论本身的错误,还是理解和贯彻上的错误?是意识形态理论出了问题,还是苏联或中国当时的主导意识形态出了问题?我们要更改科学的意识形态理论呢,还是要恢复科学的意识形态学说?更改的办法是用"审美"去淡化、溶解或模糊意识形态理论呢,还是找到"意识形态"与审美、人性、文化以及语言特性等在文学中的真实联系?某些"审美意识形态论"者显然走的是前一条路线。他们在意识形态属性的前面,加上"限定词",这样,就改变了"意识形态"在特定经济基础之上形成的社会性质。他们是以康德或席勒式的"审美"主义过滤了"意识形态",从而导致术语生成的虚假和混乱。如若不信,请看"审美意识形态论"概括自身的"理论特点":"现实的审美价值具有一种溶解和综合的特性,它就像有溶解力的水一样,可以把认识价值、道德价值、政治价值、宗教价值等都溶解于其中,综合于其中。"② 不难想象,倘若把文学的一切属性都"审美"了、"溶解"了,用"审美"一维来"去政治化",那文学意识形态的理论精髓也就剩不下什么了。

如果说经典文本的解读容易"公说公有理,婆说婆有理",对于抽象的概念分析难以取得一致,那我们是否可以通过经典作家的批评实践来透视他们的文学本质观呢?这里,经典作家对文学本质、特征的认识,是明了而具体的。他们不仅不对文学做普遍、抽象的"意识形态"判断,而且更多地关注和揭示文学这种特殊社会意识形

---

① 钱中文:《文学理论反思与"前苏联体系"问题》,《文学评论》2005年第1期。
② 童庆炳:《新时期文学审美特征及其意义》,《文学评论》2006年第1期。

式同某种意识形态的复杂关系。若按照"审美意识形态论"的看法,你会发现,经典作家的许多论述是"荒谬""悖理"的,甚或是"多余"的。

马克思称赞德国西里西亚织工之歌"是一个勇敢的战斗的**呼声**"①,就恐怕不是从"纯审美"角度做出的文学判断。恩格斯批评德国"真正社会主义"的散文家或诗人"缺乏一种讲故事的人所必需的才能,这是由于他们的整个世界观模糊不定的缘故"②,这说明"审美"是要受到作者意识形态和世界观影响与限制的。马克思指出,使作家欧仁·苏获得声誉的畅销长篇小说《巴黎的秘密》,尽管生动地描写了底层穷人的命运与痛苦,但却宣扬了博爱主义、社会改良论和唯心史观。③这就揭示了作品中的意识形态可能是审美之外的另一个系统。诗人歌德博学、天性活跃、富有血肉,但恩格斯却说他有时居然是个庸人,"嫌他由于对当代一切伟大的历史浪潮所产生的庸人的恐惧心理而牺牲了自己有时从心底出现的较正确的美感"④。这说明即使在歌德这样的作家那里,"审美"也是不能把政治、道德、历史观方面的"意识形态""溶解"和"综合"掉的。马克思和恩格斯都在"结构和情节"以及"感动"人方面肯定斐·拉萨尔的历史剧《济金根》,甚至认为"它比任何现代德国剧本都高明",但又尖锐地批评该剧在悲剧观上的严重错误,指出他"对贵族的国民运动作了不正确的描写","同时也就忽视了在济金根命运中的**真正悲剧的因素**"。⑤如果用"审美意识形态"理论来衡量,那马、恩的意见还有什么价值?《济金根》肯定是"审美意识",那还有什么必要指出"美学观点"和"史学观点"的不一致?同样,恩格斯在夸奖巴尔扎克是"现实主义大师"的同时,指

---

① 《马克思恩格斯全集》第1卷,北京:人民出版社1956年版,第483页。
② 《马克思恩格斯全集》第4卷,北京:人民出版社1956年版,第237页。
③ 《马克思恩格斯全集》第2卷,北京:人民出版社1956年版,《神圣家族》中批评小说《巴黎的秘密》部分。
④ 《马克思恩格斯全集》第4卷,北京:人民出版社1958年版,第257页。
⑤ 同上书,第553、560页。

出他在政治上是个站在保皇党一边的"正统派",其作品是对上流社会必然崩溃的一曲无尽的挽歌,既肯定了他追求真实的现实主义手法,也剖析了他"不得不违反"自己的"阶级同情和政治偏见而行动"。① 文学意识形态分析恰恰突破了单纯审美分析的局限,表现了它特有的文学批评的理论穿透力。恩格斯说格奥尔格·维尔特的作品是"社会主义的和政治的诗作","在独创性、俏皮方面,尤其在火一般的热情方面"是大大超过先前进步作家的诗作。② 恩格斯从不反对"倾向诗"本身,他只是希望倾向能从场面和情节中自然而然地流露出来。这似乎又表明,作品中的意识形态因素是个独立的、需要强调的成分,否则他就不会建议具有社会主义倾向的小说,应该通过对现实关系的真实描写来打破关于这些关系的流行的传统幻想。如果反正作品是"审美意识形态",那就无须指出这类作品的历史使命了。

倘若再联系列宁评论列夫·托尔斯泰的论述,那就更突显了唯物史观和辩证法批评的威力。③ 如果文学中的一切问题都成了"审美"问题,审美的"溶解力"已经把一切内容都像盐一样消融在艺术之"水"中了,那意识形态理论还有何批判功能,马克思主义文艺学说同其他文学学说还有什么区别?

这类的例子实在太多。透过经典作家的批评实践,我们能否更清晰地发现马克思主义文艺意识形态学说的真谛,更准确地认识经典作家所判定的文艺与意识形态之间的关系呢?概而言之,经典作家的意识形态学说是透过文学的审美现象发现其中的意识形态秘密,而绝不是像"审美意识形态"理论那样,总是力图把包括意识形态在内的思想、认识和精神因素都淹没在"审美"的玄奥之中,反而使科学的意识形态理论偃旗息鼓、无所作为。道理不难阐明,倘若文学的意识形态理论仅仅是为"审美"服务的,仅仅是"审美"的陪衬,或仅仅是稀释在

---

① 《马克思恩格斯选集》第4卷,北京:人民出版社1995年版,第684页。
② 《马克思恩格斯全集》第21卷,北京:人民出版社1965年版,第8页。
③ 《列宁全集》第17卷,北京:人民出版社1988年版,第182—185页。

"审美"中的一点"盐分",那它同先前形形色色的非马克思主义文学理论就难有差别了。倘若我们正视上述的经典作家那些精当而深刻的批评实践,就可能会得出有必要恢复和发扬"美学观点和历史观点"相结合传统的结论①。

四、怎样才能正确地总结近三十年文艺理论的历史?

考察文学本质的界定,自然关涉到如何总结近三十年文艺理论的历史问题。

在总结文艺理论的进程时,我们应当坚持科学的发展观,坚持有利于巩固马克思主义在学科中指导地位的立场。因此,重视文艺意识形态问题的研究尤为必要。我们知道,意识形态是有着鲜明的阶级性的,任何一个社会的主流意识形态都是统治阶级思想意志和思想体系的反映。这是一个普遍的规律。鉴于此,我们更需以实践的探索带动理论的突破,开辟文艺学发展的新境界,推进文学创作"使人们得到教育和启发,得到娱乐和美的享受"②的作用。

理论界对文学本质理解的"多元化"是不可避免的。即便是同样使用"审美意识形态"概念,各个论者的情况也大不一样:有的论述是希望坚持意识形态理论的精髓,强调文学意识形态性与阶级性、政治性等社会功能的联系;有的论述也看到文学内容的意识形态性,没有把"审美"抬到至高的地位,只是从原本用意的"审美意识"逻辑起点推演成了"审美意识形态";有的论述则是无意中用"审美"淡化和遮蔽了文学的意识形态性,脱离了唯物史观的实质。不管哪种情况,都表明要想科学地揭示文学的意识形态属性,阐明审美与意识形态的关系,必须以马克思主义原理为基础。从康德出

---

① 《马克思恩格斯选集》第4卷,人民出版社1972年版,第347页。(此处没有采用1995年版的译法)
② 《邓小平文选》第二卷,北京:人民出版社1994年版,第210页。

发,从席勒出发,从"文化诗学"或"文化哲学"出发,都将是隔靴搔痒、无济于事的。

我认为,把文学本质界定为"审美意识形态",主要是对意识形态在文学中的活动和实现做了过于简单的说明。它认为,文学的精神和思想因素只要拴到"审美"的秩序中就算完成了,就符合文学规则了,这种观点完全忽略了文学与意识形态关系的复杂性。客观地说,文学意识形态理论基本不解决文学的审美问题。同样,文学的审美理论也基本不解决文学的意识形态问题。两者在文学中有联系,但属于不同的范畴。这一情况可以从大量的中外文艺理论文献中找到根据。把这两个问题整合成一个问题固然理想,但却无法对其中任何一方给予完满的回答。

我们可以说以往在运用文学意识形态理论上有失误,但不能说正是由于坚持意识形态理论才导致文艺"相对独立性"的丧失,才带来文艺像"儿子依附于父亲"那样依附于政治的"不平等"的"主仆、父子"式的"附庸"关系,才带来文艺"紧紧地跟随政治的单一风向的变化而变化"①。基于这种判断和观念,有些学者提出要改造传统的文学意识形态论,实现文学理论本质规定的转型,或者更确切地说,要"用美学的观念来解说文学","把艺术的本质和美的本质联系起来思考"。② 这大概就是"审美意识形态论"产生的背景。这里,我又想到了特里·伊格尔顿的话:"如果假设马克思主义存在一个严格的定义,对照它你可以给其他的版本定罪,这样做不是太专横了吗?"③所以,作为一个概念,"审美意识形态"是可以继续研究的。至于这一概念是不是"建立在马克思主义的基础上",是不是"延伸了马克思、恩格斯的思想,具有完整的理论创造,成为中国现代学者提出的马克思

---

① 童庆炳:《新时期文学理论转型概说》,见曹顺庆主编《中外文化与文论》第 13 辑,成都:四川大学出版社 2006 年版,第 7—10、15 页。
② 同上书,第 22—23 页。
③ [英]特里·伊格尔顿:《理论之后》第二章,邹涛译,冯文坤校译。见曹顺庆主编《中外文化与文论》第 13 辑,成都:四川大学出版社 2006 年版,第 195 页。

主义的新的文学观念"①,也是可以继续讨论的。

当然,这实际牵扯到对近二三十年来文艺理论发展的总体看法。有论者说,新时期的文学理论建设,主要是它"提出了文学的'形象思维'论、'人物性格多重组合'论、'文学主体性'论,以及'文学向内转'论等等。在今天看来,最重要的是提出了'审美'特征论(即"审美意识形态"论——引者注)"②。这是一种归纳和总结的意见。问题是,有没有其他归纳和总结的视角和思路呢?前面这种意见,倘若作为改革开放以来我国文学理论发展"成就"和"走向"的基本概括,符不符合事实呢?这种有些"线性"的思维方式,离近二三十年文学理论的实际发展,距离是不是远了一些呢?

放眼整个理论界,我以为,说"审美特征论"是"文学主体性"理论之后的"最重要"的成果是欠妥当的。把个别人的"文学主体性"理论看成是马克思主义,也是有很大出入的。我们可以承认,某些人的文章其意义不在于具体论述了一个问题,而在于文学观念的转变。但关键是要分析是一种什么样的"转变"。把以往的文学理论都说成是"机械反映论",认为刘再复"文学主体性的见解大体上也是合乎马克思主义的,是马克思主义在文学活动问题上的具体运用"③,也缺少根据,也难以令人信服的。如果将自己喜欢的文学理论任意说成是马克思主义,那么科学的马克思主义文艺学说就很难纳入反思与总结的视线了。

这就提出了一个严肃的问题:我们需要怎样正确地总结新时期以来我国文学理论发展的历史?或者说,我们对新时期以来我国文学理论的总结与反思,如何才能纳入科学的轨道?这是不能不令人深长思之的。

(原载《文艺理论与批评》2007年第2期)

---

① 童庆炳:《新时期文学理论转型概说》,见曹顺庆主编《中外文化与文论》第13辑,成都:四川大学出版社2006年版,第25页。
② 童庆炳:《新时期文学审美特征及其意义》,《文学评论》2006年第1期。
③ 童庆炳:《新时期文学理论转型概说》,见曹顺庆主编《中外文化与文论》第13辑,成都:四川大学出版社2006年版,第21页。

意识形态与早期中国现代文学理论*
——对"文学为意德沃罗基的一种"命题背景的考察

如果说在李大钊和陈溥贤所处的"五四"时代,"意识形态"一词所指称的只是与一定的由经济基础决定的上层建筑相适应的"社会意识形式"(Bewusstseinsformen)①,从而决定了"意识形态"在刚进入汉语语汇中时便具有知识性、中性化意义取向的话,那么,伴随着20世纪20年代中后期"革命文学"的兴起,"意识形态"一词则由于在翻译上出现的变化转而指称"意德沃罗基"(Ideologie)②,并由此加载了丰厚的实践性功能的内涵。

几乎跟"意识形态"这一术语所发生的这种变迁同步,对文学的社会作用的认识,在许多具有唯物史观思想背景的文艺家和理论家的观念中,也经历着一场缓慢而深刻同时却不无偏颇的变革。正是由时势所导致的这种考察文学的强烈的功能性视角,使得当时同样具有强烈的功能性色彩的"意识形态"一词,得以在文坛左翼的理论建构中获得进入文学本质表述的机会。与此同时,阶级分析法也开始广泛地应用到文学理论和文学批评当中。这便是"文学为意德沃罗基的一种"③这一论断产生的时代缘由。

把特定的社会历史背景及理论土壤呈现出来,对于理解长期纠缠不清的"文学是意识形态"问题,无疑是有帮助的。

---

* 本文另一作者为凌玉建。
① 《李大钊全集》第3卷,北京:人民出版社2006年版,第25页。
② 《文化批判》(月刊),"新辞源"栏目,上海:创造社,1928年第1期。
③ 《文学运动史料选》第2册,上海:上海教育出版社1979年版,第35页。

一、文学观念的变迁与文学本质界说方式的变化

时至今日,恐怕已不会有人对"五四"新文化运动和其后的"文学革命"在中国现代社会变革中的作用持有疑义了。然而在当时,不仅被认为相对保守的胡适,主张将"文学革命"限定在"文学"本身,即使是作为激进派的李大钊、陈独秀等人,对文学之于社会革命所具有的巨大能量,也未有足够清醒的理论认识。尽管在一篇据称可能作于1918 年的李大钊遗稿中,我们可以看到诸如"俄国革命全为俄罗斯文学之反响""文学之于俄国社会,乃为……革命之先声"①的断语,但在李大钊那篇阐述唯物史观的名文《我的马克思主义观》中,却不仅未论及上层建筑各部门之间可能的影响和关联,而且以经济决定论的立场断然否定了上层建筑对社会经济基础施以反作用的可能。在他看来,包括文学在内的精神现象在整个社会结构中的位置,是相对消极的。

这种状况多少反映了当时的理论与实践在一定程度上未能衔接。一方面,政治文化斗争的实际需求促使他们拿起了文学作为武器,不论是陈独秀所说的"今欲革新政治,势不得不革新盘踞于运用此政治者精神界之文学"②,还是李大钊要求"新文学"当有"宏深的思想、学理,坚信的主义"③,都是立足于此。后来,邓中夏寄希望于文学"傲醒人们使他们有革命的自觉","鼓吹人们使他们有革命的勇气"。④ 沈泽民更直言:"一个革命的文学者,实是民众生活情绪的组织者。"⑤这表明,自梁启超等人发起"小说界革命"以来,强调文学的社会实践意义在当时已有广泛的共识。然而,另一方面,这种认识及相应的倡

---

① 《李大钊全集》第 2 卷,北京:人民出版社 2006 年版,第 233、234 页。
② 《文学运动史料选》第 1 册,上海:上海教育出版社 1979 年版,第 25 页。
③ 《李大钊全集》第 3 卷,北京:人民出版社 2006 年版,第 130 页。
④ 《文学运动史料选》第 1 册,上海:上海教育出版社 1979 年版,第 394 页。
⑤ 同上书,第 405 页。

导,却并没有获得充分的理论根据和支持。萧楚女、沈泽民乃至瞿秋白等人,都认定文艺同其他文化一样,"同是建筑在社会经济组织上的表层建筑物"①,"文学始终只是生活的反映"②,"只有因社会的变动,而后影响于思想;因思想的变化,而后影响于文学。没有因文学的变更而后影响于思想,因思想的变化,而后影响于社会的"③。这就表明,当时对文学在社会中的地位与作用的认识,是有被动反映论的色彩的。

理论上对文学的消极定位,与实践上对文学的激进诉求,在20世纪20年代早期并行不悖。前者显然适应了当时唯物史观译介传播过程中对"唯物"的片面强调,后者则因应了现实的需要。这种矛盾,随着后来对"革命文学"呼声的不断加强,向"革命文学"迈进的新文学对它自身所承担的社会功能角色,已经到了一个需要具有解释力理论支撑的时候了。而这一任务的真正完成,则有赖于有关"革命文学"的主张从早期相对宽泛笼统的革命民主主义启蒙时期,向20世纪20年代中后期相对具体化了的"阶级论"时期的转变。

郭沫若在1923年的《我们的文学新运动》一文中就提出:"我们的运动要在文学之中爆发出无产阶级的精神。"④此后,从蒋光慈1924年8月在《新青年》上发表《无产阶级革命与文化》开始,左翼文艺思潮中的革命论取向,便日益为更清晰明确的阶级论取向所置换。在蒋光慈看来,"一个文学家在消极方面表现社会的生活,在积极方面可以鼓动,提高,奋兴社会的情绪","文学家负有鼓动社会的情绪之责任"。他还说:"因为社会中有阶级的差别,文化亦随之而含有阶级性。""现代的文化是阶级的文化!"⑤沈雁冰1925年发表长文《论无产

---

① 《文学运动史料选》第1册,上海:上海教育出版社1979年版,第402页。
② 同上书,第405页。
③ 《瞿秋白文集(文学编)》第2卷,北京:人民文学出版社1986年版,第248—249页。
④ 《文学运动史料选》第1册,上海:上海教育出版社1979年版,第390页。
⑤ 《蒋光慈文集》第4卷,上海:上海文艺出版社1988年版,第150、139、140页。

阶级艺术》,表明对无产阶级艺术的认识水平已经具有一定的深度和高度。到了1926年,郭沫若更是明确地提倡要写"表同情于无产阶级的社会主义的写实主义的文学"①。显然,这与先前的革命民主主义文艺观已经判然有别了。

及至创造社的转向和太阳社的诞生,对"无产阶级文艺"的倡导也便蔚然成风。时值大革命失败,然而革命文艺界的声势却反而从另一方面蓬勃起来。当时的"革命文学"实际上早已是"无产阶级文学"的异名,而它的任务就是"要起煽动的作用"②,"当作组织的,斗争的工具去使用",从而"使无产者大众底意识组织化,鼓励他们执行他们社会的历史的使命"③。这样的观点尽管受到鲁迅、茅盾等较为清醒稳健的左翼文学家的批评,但在那时却得到了为数众多的革命文艺家和理论家的一致认同,且成为左翼文坛的主流思潮。

这一转变的意义和影响是深远的,它蕴含了当时左翼激进文论对文学的两个基本规定:其一,虽说"文学是生活的表现"④,但认为更要看到的是"文学也有它创造光明的责任"⑤,因此革命文学应当是"组织生活""创造生活"的,而不只是消极的"反映";其二,作品的阶级性和作家作为特定阶级代表的身份(不论有意识还是无意识)都是无可争议的,因此"普罗列塔利亚的文艺"应当体现无产阶级的"阶级意欲",革命作家也必须先"受了无产者精神的洗礼"。⑥

从根本上讲,正是文学观念的这种变迁,直接导致了文学本质界说方式的变化。李初梨《怎样地建设革命文学》就专门探讨了"什么是文学"的问题,明确地说,文学"与其说它是社会生活的表现,毋宁

---

① 《文学运动史料选》第1册,上海:上海教育出版社1979年版,第446页。
② 《阿英全集》第1卷,合肥:安徽教育出版社2003年版,第170页。
③ 《"革命文学"论争资料选编》下卷,北京:人民文学出版社1981年版,第632、635页。
④ 《阿英全集》第2卷,合肥:安徽教育出版社2003年版,第97页。
⑤ 《文学运动史料选》第2册,上海:上海教育出版社1979年版,第69页。
⑥ 同上书,第105页。

说它是反映阶级的实践的意欲"。① 此后,那句源自美国作家辛克莱《拜金艺术》中的名言"一切的艺术,都是宣传"②,迅速成为众口皆碑的"定律",以至于李何林在1939年撰写《近二十年中国文艺思潮论》时,这么总结道:"'文艺是广义的宣传工具',这在现在,除非是艺术至上论者,大约没有不同意的了。"③此后,"文学为意德沃罗基的一种"或"文艺是意识形态的反映"的说法,也流行起来。

中国的左翼理论家一旦认识到阶级性乃是阶级社会中文艺的一个本质属性后,采用"文艺是意识形态"的提法也就势所当然。成仿吾在他的《从文学革命到革命文学》中就把"文学革命"视为"意识形态的革命"。④

更为重要的是,对文学予以理论界说的"意识形态"转向,实际上意味着对文学本质的理论认识开始弱化认识论色彩,而强化价值论功能论的色彩。这不仅为文学具有阶级性的观点提供了已具权威性的意识形态理论的支持,而且在理论上弥补了早先流行的反映论文学观所未能解释清楚、但在当时的中国却急需强调的文学的能动作用和社会功能意义。"意识形态"这一具有功能性特点的命名被冠于文学的头上,也就成为一种在特定社会历史背景下颇为有效的解释策略。

二、"意识形态"一词的意涵流变与文艺"意识形态"说的形成

文学定义与"意识形态"一词的结合,还有"意识形态"一词本身的内涵所赋予的理由。假如"意识形态"只是指"社会意识形式",那

---

① 《文学运动史料选》第2册,上海:上海教育出版社1979年版,第31—32页。
② Upton Sinclair:《拜金艺术(艺术之经济学的研究)》,冯乃超译,《文化批判》(月刊),1928年第2期。
③ 李何林:《近二十年中国文艺思潮论》,重庆·上海:生活书店,1939年版,第161页。
④ 《文学运动史料选》第2册,上海:上海教育出版社1979年版,第17页。

么,这个词语恐怕就不会受到革命文学倡导者如此的青睐了。

瞿秋白较早论及意识形态与文学之间的关联,他在1923年曾说:"每一派自成系统的'社会思想'(Ideology),必有一种普通的民众情绪为之先导,从此渐渐集中而成系统的理论,然此种情绪之发扬激厉,本发于社会生活及经济动向的变化,所以能做社会思想的基础而推进实际运动。"①并明确指出,"社会思想的形式是所谓'学说'"②。显然,他已认为文学对现实生活具有推动作用,但这种能动性并不取决于它与"社会思想"的关联,而是因为文学是"社会情绪的表现","是民族精神及其社会生活之映影",所以"客观的就已经尽他警醒促进社会的责任"。③ 从理论上讲,他已经清楚地把作为"社会情绪的表现"的感性的文学,跟以所谓"学说"为表现形式的系统的"社会思想"即"意识形态"区分了开来。他在与此相距不久出版的专著《社会科学概论》里,就是把上层建筑分成"社会制度""社会心理""社会思想"三大类,并把艺术归为"社会心理"的典型部门。同时,在这部专著里,他也直接使用了艺术是"当代发生于经济关系的社会情绪之表显"④的说法。可见,在瞿秋白的早期思想中,这种明显带有普列汉诺夫理论色彩的文艺"社会情绪"说,是一以贯之的。

然而,只要再看看瞿秋白于1927年出版的译著《新哲学:唯物论》,就会发现,此时来自苏联的理论主张与他早期所坚持的观点之间出现了差异。书中认为,"许多种所谓'社会思想'(ideology)中",除"宗教及道德之外……最古最重要最广泛的,便要算艺术了"。⑤ 于是,艺术不仅属于"社会思想"(ideology)的一种,而且成了所有"社会

---

① 《瞿秋白文集(文学编)》第1卷,北京:人民文学出版社1985年版,第255—256页。
② 同上书,第256页。
③ 同上书,第255页。
④ 瞿秋白:《社会科学概论》,天津:联合出版社1949年版,第61页。
⑤ [苏]郭列夫:《新哲学:唯物论》,瞿秋白译,上海:原野出版社1949年版,第132页。

思想"当中"最古最重要最广泛"的部门。从他后期的一些论稿如《论弗里契》和译自卢那察尔斯基的某些文艺论文来看,他不仅以通行的"意识形态"一词取代了原来使用的"社会思想"一词来翻译ideology,而且已默认了"文艺是意识形态"或"文艺是意识形态的表现"的提法。譬如,在20世纪30年代初的《文艺的自由和文学家的不自由》一文里,他不仅认为"每一个文学家,……始终是某一阶级的意识形态的代表"①,而且认为艺术现象是"所谓意识形态的表现","能够回转去影响社会生活,在相当的程度之内促进或者阻碍阶级斗争的发展,稍微变动这种斗争的形势,加强或者削弱某一阶级的力量"②。应该说,这样的观点在当时具有一定的代表性。

瞿秋白关于文艺与意识形态关系的观念变化,很大程度上体现了那一特定历史阶段中国革命文坛的某种理论动向,即"意识形态"一词的适用范围,被逐渐扩大并成为具有"社会意识形式"概念的意义。也就是说,"意识形态"似乎开始成为可以容纳包括文艺在内的各种"社会意识形式"的上位概念。与此同时,在另一种意义上使用的"意识形态"(ideology,德文 Ideologie)概念所具有的社会实践功能层面的含义,也同样几乎毫无保留地吸附在"意识形态"这个汉语语词上。于是,"意识形态"一词的所指开始含混不清,尤其是后来的学者们为了说明"文艺是意识形态",不得不征引大量国外理论包括经典作家的表述时,这个问题便变得更加复杂起来。

不难发现,当"意识形态"概念被广泛传播并且"文艺是意识形态"的断语被当作不言自明的前提在左翼文学家和文论家的文章中使用时,对"意识形态"这个重要术语本来应该进行的不可或缺的学术考辨,在当时却被普遍地忽略了。由此导致一些重要的理论问题被长期遮蔽。

试看李达于1926年初版的著名的《现代社会学》一书,其中就说

---

① 《文学运动史料选》第3册,上海:上海教育出版社1979年版,第150页。
② 同上书,第140页。

道:"生产力苟有变动,则经济关系势必改造,因而政治法制及其意识形态亦必改造。"① 而他在详细论述"上层建筑及其意识形态"时,便把"艺术"自然地归入"意识形态"之内。这与当时人们通常所说的"艺术是一种意识形态"几乎并无差别。

尽管李达直到十一年后出版他的另一部名著《社会学大纲》时,才引用马克思在《〈政治经济学批判〉序言》中的话②,从而道出他所使用的"意识形态"的真意,而在《现代社会学》这部专著里,则既没有对"意识形态"作解释,也没有说明这个概念的外文原文究竟为何。然而,只要对照早些年陈溥贤所译的《〈政治经济学批判〉序言》中的一段:"生产关系的总和,就构成社会上经济的构造,这就是社会真正的基础了。在这基础之上,再构造法制上政治上的建筑物,适应社会的意识形态"③,还有李大钊对这一段的译语:"生产关系的总和,构成社会的经济的构造——法制上及政治上所依以成立的、一定的社会的意识形态所适应的真实基础"④,我们便不难看出,前文所述的《现代社会学》这部论著中的"意识形态",跟陈溥贤、李大钊所用"意识形态"一样,都指的是"社会意识形式"。

李达的这部著作问世后,颇受欢迎,虽然曾遭到当局查禁,但却依然在1926年到1933年之间再版了14次之多,其影响之大可见一斑。这个时候,左翼文学理论家们一方面以"意识形态"作为"意德沃罗基"的译语,一方面也以"意识形态"表示"社会意识形式"。创造社刊物《流沙》于1928年5月刊载的《唯物史观原文》就把《〈政治经济学批判〉序言》中的一段话译为:"生产关系的总和,形成社会的经济结构,为法律政治等上层建筑建立的实体基础,而且它同一定的社会意识形态相应和。物质生活的生产方式,决定一般

---

① 李达:《现代社会学》,武汉:武汉大学出版社2007年版,第18页。
② 同上书,第461页。
③ [日]河上肇:《马克思的唯物史观(二)》,渊泉译,《晨报》1919年5月6日,第7版。
④ 《李大钊全集》第3卷,北京:人民出版社2006年版,第25页。

社会的,政治的,精神的生活进程。不是人们的意识决定他们的存在,倒是社会的存在决定他们的意识。"①其中的"社会意识形态"显然就是"社会意识形式"。

李初梨在他的一篇文章的第二部分也说:"这些生产关系底总和构成那社会底经济的构造,即是构成那法制的及政治的上层建筑站在那上面的,而且一定的社会的意识形态所反映的现实的基础。……并不是人类底意识决定他们底存在,却是反对的,人类底社会的存在决定他们底意识。"②其中的"意识形态"也就是"意识形式"。然而,在同一篇文章的第四部分里,他又说:"从来的文学同别的意识形态 Ideologie 一样,立足于抽象的,固化了的,孤立的,幻想的,绝对性上面。"③这个"意识形态"又成了"意德沃罗基"了。那么,该文第八部分"革命文学与无产者文学同是宣传新意识形态底文学"④一语中出现的"意识形态"一词,又是指的哪种"意识形态"呢?是"社会意识形式",还是"意德沃罗基"?这就不得而知了。所以,其间所造成的在当时却并没有为大家所意识到的概念混乱,恐怕不能不说是意义已被泛化了的"意识形态"被左翼文坛滥用的一个缘由。

最早对该术语进行明确解释的,是1928年1月创造社《文化批判》月刊第1号中的"新辞源"栏目。其释义是这样的:"意德沃罗基为 Ideologie 的译音,普通译作意识形态或观念体。大意是离了现实的事物而独自存续的观念的总体。我们生活于一定的社会之中,关于社会上的种种现象,当然有一定的共通的精神表象,譬如说政治生活,经济生活,道德生活以及艺术生活等等都有一定的意识,而且这种的意识,有一定的支配人们的思维的力量。以前的人,对此意识形态,不曾有过明了的解释,他们以为这是人的精神底内在的发展;到了现在,这

---

① 《唯物史观原文》,李一氓译,《流沙》(半月刊),1928年第4期。
② 《"革命文学"论争资料选编》下卷,北京:人民文学出版社1981年版,第627页。
③ 同上书,第629页。
④ 同上书,第635页。

意识形态的发生及变化,都有明白的说明,就是它是随生产关系——社会的经济结构——的变革而变化的,所以在革命的时代,对于以前一代的意识形态,都不得不把它奥伏赫变,而且事实上,各时代的革命,都是把它奥伏赫变过的。所以意识形态的批判,实为一种革命的助产生者。"①

这里所说的"意识形态"大体上承继了经典作家对"意识形态"(Ideologie)的看法,把"意识形态"视作"离了现实的事物而独立存续的观念的总体",其中"现实的事物"也就是"政治生活、经济生活、道德生活以及艺术生活等等",而"观念的总体"也就是体现于这些"现实的事物"中的"有一定的支配人们的思维的力量"的"共通的精神表象"或曰"意识"。倘若这样,那么具体的文学艺术应当不至于被认为就是这种"观念的总体",而最多只能说,在文学艺术中承载了某种"有一定的支配人们的思维的力量"的"意识",简言之,这种"观念的总体"是文学艺术的内容要素之一。

既然如此,为何革命文学倡导者们还会认为文艺即意识形态呢?这段释义后半部分对意识形态功能的揭示,某种意义上道出了其中的奥秘:过去的人以为意识形态是"人的精神的内在底发展",就像恩格斯所谓"意识形态的过程"②一样,这属于从否定意义上所说的"意识形态";但是"到了现在",随着对"意识形态的发生及变化""是随着生产关系——社会的经济结构——的变革而变化"这一规律的认识,有意识的"意识形态的批判"已成为"一种革命的助产生者"。显然,"意识形态的批判"所具有的这种革命能动力,在某种程度上正好契合了革命文学倡导者们对文学的功能性期许。

---

① 《文化批判》(月刊),"新辞源"栏目,创造社,1928年第1期。
② 《马克思恩格斯选集》第4卷,北京:人民出版社1995年版,第726页。

三、"文学为意德沃罗基的一种":文学的"本然"还是"应然"?

前面我们从文学观念本身的演进和"意识形态"一词的意涵流变这两个方面,回溯了在中国现代文学理论早期文学与"意识形态"一词逐渐走向结合的过程。

现在再看"文学为意德沃罗基的一种"这一命题本身。"文学为意德沃罗基的一种"①,"文艺是社会的一切意识形态中的一种"②,这两段话分别见于李初梨的《怎样地建设革命文学》和华汉(阳翰笙)的《文艺思潮的社会背景》,两篇文章都发表于1928年,都是作为不证自明的前提提出的,而在这个前提下被证明的是文艺的两大特征——阶级性和实践性。

"文学为意德沃罗基的一种"当时被接受,带有浓厚的工具性色彩。而对这一问题本身的认识,依然相当模糊。除李初梨、阳翰笙之外,彭康也主张"文艺为意识形态的一部门"③,沈起予认为艺术"不单是一种产业底特殊种类,而且是一种意识形态(Idéologie)"④;即使是在同一个理论家那里,前后的表述也未见统一,如瞿秋白在《论弗里契》里说"艺术是一种特别的上层建筑,一种特别的意识形态"⑤,在《文艺的自由和文学家的不自由》里又说文艺"是所谓意识形态的表现,是上层建筑之中最高的一层"⑥。很显然,这既意味着文艺与意识形态之间是被包含的从属关系,也意味着文艺与意识形态之间是形式

---

① 《文学运动史料选》第2册,上海:上海教育出版社1979年版,第35页。
② 华汉(阳翰笙):《文艺思潮的社会背景》,《流沙》(半月刊),1928年第2期。
③ 彭康:《革命文艺与大众文艺》,《创造月刊》,第2卷第4期,创造社,1928年11月10日。
④ 沈起予:《艺术运动底根本概念》,《创造月刊》,第2卷第3期,创造社,1928年10月10日。
⑤ 《瞿秋白文集(文学编)》第2卷,北京:人民文学出版社1986年版,第270页。
⑥ 《文学运动史料选》第3册,上海:上海教育出版社1979年版,第140页。

与内容的对应关系,这两种有着明显差异的说法,被不加区分地同时认可,说明了当时左翼文艺界在这个问题上的思考即使不是缺位的,至少也是不清晰和含混的。从实际情形来看,他们所要表达的并非文学是什么,而是文学应该怎么样,具体地说,就是鼓动和倡导文学的意识形态性。

这种以"本然"面目出现的"应然"诉求,在当时并不鲜见。阿英就这么说过:"文学之于宣传的关联是必然的,无论哪一个阶级的文学作家都是替他们自己的阶级在宣传。同时,在创作里也有他们自己阶级的口号标语。"并断言,"'标语口号文学'这术语的本身""含有宣传文学本质的意义"。① 这些论述都以不容置疑的语气夸大了文学的政治宣传价值和意识形态功能。不仅文艺如此,文艺批评也被赋予了完全的政治意识形态角色,如主张"文艺批评家的职任就是一个革命家的职任。批评家的任务就是促进革命的进展与成功"②。这已经不是强调文艺批评的政治立场原则,而是把文艺批评等同于政治批评了。

然而,在那个年代,所有的这些言论又差不多都以"本来如此"的面貌出现在左翼文坛,有关"文学为意德沃罗基的一种"这一命题的论述也是这样。根据本文第二部分曾经论及的,如果1928年《文化批判》中的"意德沃罗基"释语,代表了当时左翼文艺界对"意德沃罗基"的一般认识的话,那么"文学为意德沃罗基的一种"在学理上是不能成立的。倘若按照沈起予所说的,意识形态"是成了体系的实在反映到人类底意识底东西,它是由现实社会发达出来,而带有一种现实社会底特征的"③,则文学更不可能是"成了体系"的"意识形态"。但

---

① 《"革命文学"论争资料选编》下卷,北京:人民文学出版社1981年版,第830—831页。
② 《"革命文学"论争资料选编》上卷,北京:人民文学出版社1981年版,第397页。
③ 沈起予:《艺术运动底根本概念》,《创造月刊》,第2卷第3期,创造社,1928年10月10日,第2—3页。

是，为了从理论上证明文学的社会任务"在它的组织能力"①，也为了证明"一切的艺术本质地必然是 Agitation‐Propaganda（鼓动‐宣传）"②，于是，在革命的功利主义目的面前，"文学是意识形态"也就被不加辨析地用作了证据。这些意见，在革命的实用逻辑的引导下，自然地生发出以意识形态性为文学本质的结论。

　　这种理论上的偏颇在特定历史情境中固然是可以理解的，但一些较为清醒的先驱者也早就揭示了其弊病。鲁迅就说过，"我以为一切文艺固是宣传，而一切宣传却并非全是文艺"③。在他看来，使文学沦为单纯的宣传工具，实际上是"踏了'文艺是宣传'的梯子爬进唯心的城堡里去了"④。尽管鲁迅自己的杂文就被认为是"匕首"和"投枪"，他也承认"文艺是国民精神所发的火光，同时也是引导国民精神的前途的灯火"⑤，但他却坚持认为艺术"不过是一种社会现象，是时代的人生记录"⑥，"现在的文艺，就在写我们自己的社会"⑦。这对于当时把文艺的意识形态功能过度地膨胀为文艺本质的通行做法，无疑是具有很好的警示意义的。

　　当我们面对"文学为意德沃罗基的一种"这一产生于中国现代文学理论早期的理论命题时，自然不应因其理论上的缺陷而加以苛责，但可以从时代的背景去分析它何以被接受，其理由实际上也就是意识形态之所以成为中国现代文学理论早期关键词的理由。我们固然不能"泼水弃婴"式地否定和抛弃文艺的意识形态性，但也不能不顾当时特定的时代背景，不加批判地简单承袭既有的一些可能本来就相当粗糙和草率的结论。毕竟，中国现代左翼文论在相当长的一个时

---

① 《文学运动史料选》第 2 册，上海：上海教育出版社 1979 年版，第 35 页。
② 《文学运动史料选》第 3 册，上海：上海教育出版社 1979 年版，第 43 页。
③ 《鲁迅全集》第 4 卷，北京：人民文学出版社 2005 年版，第 85 页。
④ 《鲁迅全集》第 10 卷，北京：人民文学出版社 2005 年版，第 307 页。
⑤ 《鲁迅全集》第 1 卷，北京：人民文学出版社 2005 年版，第 254 页。
⑥ 《鲁迅全集》第 4 卷，北京：人民文学出版社 2005 年版，第 83 页。
⑦ 《鲁迅全集》第 7 卷，北京：人民文学出版社 2005 年版，第 120 页。

期内受过"无产阶级文化派""拉普"等马克思主义文艺理论"变种"的哺乳,而由此导致的"革命文学"时代"混合的意德沃罗基"[①]说,虽然很快就受到批评,但在理论层面上进行系统的清理,却似乎从来没有过。

（原载《湖南师范大学社会科学学报》2008 年第 5 期）

---

① 傅东华:《十年来的中国文艺》,见《中国新文学大系(1927—1937)·文学理论集一》,上海:上海文艺出版 1987 年版,第 273 页。

文学本质界定中
"意识形态"术语复义性考略*

仿佛是一个不散的幽灵,"意识形态"这一术语几十年来一直缠绕着关于文学的定义,理论界有关文艺意识形态问题的论争时而沉寂时而喧腾,但"文学是意识形态""文学是社会意识形态"的界定,却似乎始终是当代中国文学理论中广泛流传且经久不息的头号命题。在那部也许是近十余年来对高校文学理论教学影响最为深远的教材——《文学理论教程》里,就这么写道:"文学从本质上说是意识形态。作为意识形态,文学具有普遍的属性,也具有特殊的属性。文学的普遍属性在于,它是一般意识形态;文学的特殊属性在于它是审美意识形态。"①著名的"审美意识形态"论的提出者钱中文先生也认为:"文学确实是反映与认识生活的一种意识形态。"②类似的表述,在当今的文学理论文章和文学理论教材中可谓不胜枚举。

众所周知的是,在对"意识形态"这一术语进行阐释时,跟它相对应的英文词和德文词总是 ideology 和 Ideologie。一本专门为《文学理论教程》编写的教学参考书中,在讲述"概念源流"时就有这样的话:"意识形态(ideology)是马克思主义理论中最具有活力的概念范畴之一,它有着复杂的历史演化过程。"③同样,无论是对文艺意识形态学

---

* 本文另一作者是凌玉建。
① 童庆炳主编:《文学理论教程》,北京:高等教育出版社2004年第3版,第57页。
② 钱中文:《新理性精神文学论》,武汉:华中师范大学出版社2000年版,第126页。
③ 童庆炳主编:《文学理论教程教学参考书》,北京:高等教育出版社2005年版,第57页。

说进行纯粹学理上的辨析的专著——诸如谭好哲的《文艺与意识形态》①，还是一些具有论辩性质的论文——诸如冯宪光的《从意识形态论到审美意识形态论》②，几乎无一例外的都是在梳理"意识形态"（Ideologie）概念史的基础上，阐述文学与意识形态之间的关系。简言之，当前许多学者对文艺意识形态问题的较为通行的理解似乎是：文学是意识形态，而意识形态即 Ideologie。

一、"意识形态""社会意识""社会意识形式"之间的混同由来已久

考察"意识形态"一词的实际运用和具体阐释，常常可以发现，人们所说所用的"意识形态"一词，分明跟 Ideologie 存在着相当大的距离。如有的学者在解答"为什么说文学是一种社会意识形态"时是这样说的："文学是精神现象之一，是人类意识活动的产物，也即人类意识的外化、形态化，就这一点而言，它如同政治、哲学、科学、宗教、道德一样，是一种社会意识形态。"③对此，董学文批评说："这就明显地把'意识'、'意识形式'和'意识形态'搞混淆了。"④的确，这里至少有两点可疑之处：其一，如果把文学为什么是"意识形态"解释成文学是"精神现象之一"，是"人类意识活动的产物"，是"人类意识的外化、形态化"，显然难逃有关把"意识形态"概念"泛化"的指责；其二，把政治、哲学、科学、宗教、道德统统列入"意识形态"范围之内，跟把社会意识形式区分为意识形态的形式和非意识形态的形式，而科学、语言、形式逻辑等属于后者的常规理解，也是显然相违的。

---

① 谭好哲：《文艺与意识形态》，济南：山东大学出版社 1997 年版。
② 冯宪光：《从意识形态论到审美意识形态论》，《湖南师范大学社会科学学报》，2007 年第 1 期。
③ 童庆炳：《文学概论自学考试指导书》，武汉：武汉大学出版社 1990 年版，第 11 页。
④ 董学文：《文学与意识形态关系辨析》，《曲靖师范学院学报》2006 年第 1 期。

不过应该指出的是,翻开近三十年文艺意识形态学说的论争史,这种把"意识形态"(Ideologie)跟"社会意识"(gesellschaftliche Bewusstseins)、"社会意识形式"(gesellschaftliche Bewusstseinsformen)混同的做法,并不只是个别现象。而且,它不仅在现今的文学理论表述中广泛地存在,还有着相当久远的历史。确切地说,至少可以追溯到当代中国文学理论教材的建设起步期,这一时期的代表性成果,便是以群主编的《文学的基本原理》和蔡仪主编的《文学概论》——这两部教材"建立起自己相对完整的理论体系,为我国建设具有自己特色的文艺理论奠定了基石"①。它们的框架结构与理论言说方式,对以后的文学理论教材编写产生了极其深远的影响。而真正本土化的文学理论教材,将"文学是意识形态""文学是社会意识形态"作为关于文学本质的表述,也正是肇始于此。

在以群主编的那部《文学的基本原理》中,关于文学性质的论断就是:"文学是一种社会意识形态"②。原因是:"文学艺术同哲学、科学等一样,都是人类意识活动的产物,属于社会的精神现象。"③"文学既然是一种社会意识,是'一定的社会生活在人类头脑中的反映的产物'。因此,要全面地阐明文学的性质,就不能孤立地从文学本身去寻找解答,而要从文学与整个社会的联系中来加以考察。"④然后,作者又根据马克思《〈政治经济学批判〉序言》中关于经济基础与上层建筑的学说指出:"所谓经济基础,是指在一定社会发展阶段上与一定的物质生产力发展程度相适应的生产关系的总和;所谓上层建筑,是指在一定经济基础上形成的政治制度、法律制度,以及与之相适应的社会意识形态。人类社会的一切精神活动的产物,包括政治、法律的观点以及宗教、道德、哲学、科学和文学艺术等等,统称之为社会意识形态。

---

① 毛庆耆、董学文、杨福生:《中国文艺理论百年教程》,广州:广东高等教育出版社2004年版,第209页。
② 以群:《文学的基本原理》上册,上海:作家出版社1964年版,第13页。
③ 同上。
④ 同上书,第15页。

文学属于社会意识形态,而社会意识形态又是上层建筑的一个部分;上层建筑最终为经济基础所决定,而又反转来为基础服务,对基础发生反作用。"①

可以看得出来,其中对文学性质的阐述,跟前面被批评为"明显地把'意识'、'意识形式'和'意识形态'搞混淆了"的做法如出一辙:首先,所谓"社会意识形态"在这里只是被理解为"人类社会的一切精神活动的产物";其次,"科学"在这里也被列为"社会意识形态"之一。这段关于基础与上层建筑的论述所依据的是《〈政治经济学批判〉序言》里的那段话:"人们在自己生活的社会生产中发生一定的、必然的、不以他们的意志为转移的关系,即同他们的物质生产力的一定发展阶段相适合的生产关系。这些生产关系的总和构成社会的经济结构,即有法律的和政治的上层建筑竖立其上并有一定的社会意识形式与之相适应的现实基础。"②结合两者,我们就不难得出结论:这部教材中的所谓"文学是一种社会意识形态"中的"社会意识形态",正是今天所说的"社会意识形式"(gesellschaftliche Bewusstseinsformen)。不过值得注意的是,社会意识形式中的"非意识形态的形式",在这里完全没有了踪影。因为很显然,全部"社会意识形态"(gesellschaftliche Bewusstseinsformen)都已经被当成上层建筑的组成部分了,也就是说,"社会意识形态"(gesellschaftliche Bewusstseinsformen)跟本应属于它的一部分的"意识形态的形式"(ideologischen Formen)在这里竟是合而为一了。

蔡仪的《文学概论》则认为,"文学是反映社会生活的特殊的意识形态","文学是一种社会现象,是一种社会意识形态"。③ 但是,就像50年代某些曾对中国文艺理论学科建设有着深刻影响的苏联文艺理

---

① 以群:《文学的基本原理》上册,上海:作家出版社1964年版,第16页。着重点为引者加。
② 《马克思恩格斯选集》第2卷,北京:人民出版社1995年版,第32页。
③ 蔡仪:《文学概论》,北京:人民文学出版社1979年版,第1页。

论权威著作——诸如季摩菲耶夫《文学原理》、涅陀希文《艺术概论》等——的做法那样，书中涉及文学本质论的部分，除了用反映论的文学观加以阐述外，始终不见对"意识形态""社会意识形态"的明确解释。只是到了论述"文学在社会生活中的地位和作用"的时候才说："以形象反映社会生活的文学既是社会意识形态，也就是社会的上层建筑。作为上层建筑的文学，归根结底是由社会的经济基础所决定并对经济基础起反作用的。"① 虽然从中可以看到，跟以群《文学的基本原理》一样，作者也试图通过"从文学与整个社会的联系中来加以考察"和"阐明文学的性质"，但相比之下，这里似乎更难对其中"意识形态"和"社会意识形态"的真实所指下判断了。然而，在论述"社会意识对文学发展的影响"时，书中说道："文学是更高的意识形态，在它的发展过程中，往往受到其他社会意识形态的强烈影响，尤其是受到政治的决定性的影响。"②"除了宗教、哲学、道德等意识形态对文学发展的影响之外，社会心理对文学的发展也有一定的影响。……社会心理和社会意识形态都是社会意识，两者是互相制约、互相渗透的。"③

我们知道，社会意识作为"人们对社会存在即社会物质生活及其过程的反映，包括各种社会意识形式和社会心理"④，其中，"社会意识形式是自觉的、定型化的社会意识，具有相对稳定的各种形式。……依据各种形式之是否直接反映社会经济形态和政治制度，区分为意识形态与非意识形态的其他社会意识形式"⑤。可是，蔡仪《文学概论》在说明"社会意识对文学发展的影响"时，显然只是把"社会意识形态"和"社会心理"二者视为"社会意识"的组成部分，却全然找不到"社会意识形式"的位置了。严格地说，这至少存在着两种可能：其

---

① 蔡仪：《文学概论》，北京：人民文学出版社1979年版，第36页。
② 同上书，第99页。
③ 同上书，第101页。
④ 《中国大百科全书》（哲学Ⅱ），北京、上海：中国大百科全书出版社1987年版，第768页。
⑤ 同上书，第1097页。

一就是像当时较为常见的情况一样,书中所用的"社会意识形态"实即"社会意识形式";其二是作者并未意识到还存在着"不属于意识形态的社会意识形式"①,于是把"社会意识形态"看成"社会意识形式"的全部了。鉴于当时的教材编写组聚集了国内一批最优秀的学者,后一种解释很难被认为是在情理之中。而无论是哪一种情况,在这里,"社会意识形态"都必然会成为"社会意识"概念之下的与"社会心理"同级的概念,于是,"社会意识形态"也就自然成了一个可以包容文学艺术的上位概念了。

换言之,不论是以群《文学的基本原理》中"文学是社会意识形态"的说法,还是蔡仪《文学概论》中"文学是特殊的意识形态"的论断,其中的"意识形态",都是一个相当含糊的概念,无法跟现在常见的"意识形态"(Ideologie)等同起来。实际上,在更大程度上,他们是在"社会意识形式"(gesellschaftliche Bewusstseinsformen)的意义上使用"社会意识形态"(也包括"意识形态")这一术语的。尽管他们偶尔也会用"意识形态"指称 Ideologie,比如蔡仪《文学概论》中就一度引用经典作家的话,认为"文学和哲学、宗教一样,是恩格斯所说的'更高的即更远离物质经济基础的意识形态'"②。

当代中国文学理论建设早期对"意识形态""社会意识形态"术语的这种明显具有复义性的使用方式,有着充分的历史渊源。在马克思主义在中国的播火者李大钊和中国著名的马克思主义理论家李达的著作里,"社会意识形态"一词都无一例外地就是指"社会意识形式"(gesellschaftliche Bewusstseinsformen)。尽管在 20 世纪 50 年代开始出版的《马克思恩格斯全集》里,以权威的方式明确地把"意识形态"确立为跟 Ideologie 对应的汉语词,但人们对"意识形态"一词的理解,却并没有完全跟作为术语的 Ideologie 对应起来。比如说,在 50 年代后

---

① 《中国大百科全书》(哲学Ⅱ),北京、上海:中国大百科全书出版社 1987 年版,第 1097 页。
② 蔡仪:《文学概论》,北京:人民文学出版社 1979 年版,第 39 页。

期的那场美学大讨论中,朱光潜在论证"美必然是意识形态性的"这一观点时,就是这么认为的:"所谓'意识形态性的'就是说:美作为一种性质,是意识形态的性质,而不是客观存在的性质。客观存在是第一性的,意识形态是第二性的。"①其中的"意识形态"一词,就完全不是作为术语 Ideologie 的对应语,而是作为跟"物质的形态"相对的"意识的形态",其含义也几乎等同于"意识"和"社会意识"。

二、"文学是意识形态"中的"意识形态",在四五十年代一般指的就是"意识形式"

很难将那种把"意识形态"和"社会意识形态"理解成"社会意识"或"社会意识形式"的做法指责为不严谨或者望文生义,因为只要对50年代后期编辑出版的两部苏联专家教材(毕达可夫的《文艺学引论》和柯尔尊的《文艺学概论》)稍加考察,就不难发现,是否选择"意识形态"或"社会意识形态"作为对文学进行界定的表述语,在当时经过了一个反复推敲并最终确定的过程。尽管已经没有足够的文献资料能够再现这个从推敲到确定的全过程中的每一个细节,但仍可以通过一些版本的比照,大致地还原这个过程的概貌。

我们知道,1954 年春至 1955 年夏,苏联专家、基辅大学语文学系副教授毕达可夫在北京大学中文系讲授了《文艺学引论》课程;1956 至 1957 年间,苏联专家柯尔尊在北京师范大学中文系进行文艺理论授课。他们的授课对象均为研究生和来自全国各地的进修教师(也是中国文艺学学科草创之初的第一代文艺学教师),根据授课内容整理的讲义也相继出版。通常,毕达可夫、柯尔尊的讲义被认为是季摩菲耶夫《文学原理》的翻版,它们对中国的文艺理论教学、研究的面貌和格局产生了不可估量的影响。

---

① 朱光潜:《美必然是意识形态性的》,《学术月刊》1958 年第 1 期。

其中,根据毕达可夫讲义的初期整理稿,北京大学曾在1956年3月印刷了四册油印本,在该油印本的第二册《文学的一般学说》里,是这样描述文学的性质和特征的:"马克思列宁主义的文学理论认为文学是一种社会现象,是反映社会生活的社会思想意识形式。""文学艺术和其他社会意识形式一样有阶级性和党派性,表现一定阶级的思想,为一定阶级服务。""文学虽然和其他各种社会思想意识形式一样是社会存在的反映,但是文学在各种社会思想意识形式中的地位是特殊的。"①又说:"文学艺术是上层建筑的一部分,是社会意识形式的一种,一定的文学艺术产生于一定的基础,受一定基础的制约。""文学艺术是人类认识现实生活的特殊的社会意识形式,它通过活生生的艺术形象反映客观现实。"②在这里,文学是"社会思想意识形式",是"上层建筑的一部分",是"社会意识形式的一种",是"特殊的社会意识形式",却唯独没有用"意识形态"来界定文学。

但是,同年由北京大学印刷的《文艺学引论》铅印本,在章节标题上却赫然出现了"作为意识形态的文学""作为意识形态的文学的对象与内容"③等字眼。这个版本在文字上跟后来由高等教育出版社正式出版的《文艺学引论》几乎完全相同。在正式出版的《文艺学引论》中,尽管有标题为"作为意识形态的文学",但在相应的章节下却没有任何关于"意识形态"的文字论述,而书中在引用马克思《〈政治经济学批判〉序言》中的历史唯物主义经典定义时,其内容为:"人们在自己生活的社会生产中彼此间发生一定的、必然的、不依他们本身意志为转移的关系,即与他们当时物质生产力的一定发展程度相适应的生产关系。这些生产关系的总和就组成为社会的经济结构,即法律的和政治的上层建筑所赖以树立起来而有一定的社会意识形态与其相适

---

① 北京大学中文系文艺理论进修班编:《文艺学引论》,第二册,1956年3月,油印本(北大图书馆藏),第1页。
② 同上书,第5页。
③ [苏]依·萨·毕达可夫:《文艺学引论》,文艺理论教研室记录并整理,北京大学1956年合订本(北大图书馆藏),第1页。

应的现实基础。……随着经济基础的变更,在全部庞大的上层建筑中也就会或迟或速地发生变革。"①紧接着,又对这段话作了评述:"马克思在这部经典著作中直接把政治、法律、宗教、艺术、哲学等思想形态,也就是社会意识形态归并到上层建筑中去。随着基础的改变,社会意识、思想,包括反映社会的艺术观点的艺术等各方面,也要跟着改变。"②由此可见,正式出版的《文艺学引论》虽然把原来初稿中的"社会意识形式"改成了"社会意识形态",但这个"社会意识形态"却显然指的是 gesellschaftliche Bewusstseinsformen,也就是现在通常使用的"社会意识形式",而不是"意识形态"(Ideologie)。

另一位苏联专家柯尔尊的讲义整理稿也印刷了油印本,书名为"文学理论",其中包括"文艺学研究方法引论"五讲和"苏联文学理论基础"二十讲,但是里面却没有出现任何关于"文学是意识形态"的表述,只有在讲题为"艺术和文学的社会功能"的"苏联文学理论基础"第五讲中,为了阐述"艺术文学的思想意义",引用了经典作家的两段话:"法律、政治、宗教、艺术或哲学的形态,简言之,即思想的形态中的变革";"这些生产关系的总和就组成为社会的经济结构,即法律的和政治的上层建筑所赖以树立起来而有一定的社会意识形态与其相适应的现实基础"③。也就是说,我们今天常说的"意识形态的形式"(ideologischen Formen),在这里被翻译成了"思想的形态",而现在常见的"社会意识形式"(gesellschaftliche Bewusstseinsformen),在这里却被译为"社会意识形态"。后来该讲义由高等教育出版社正式出版时,书名改为"文艺学概论"。就像毕达可夫的《文艺学引论》在正式出版时所出现的关于文学本质界定方式的改变一样,《文艺学概

---

① [苏]依·萨·毕达可夫:《文艺学引论》,北京大学中文系文艺理论教研室译,北京:高等教育出版社1958年版,第21—22页。
② 同上书,第22页。
③ 苏联专家柯尔尊编,中文系翻译室译:《文学理论》,"苏联文学理论基础"第五讲,中文系研究班俄文系进修班用,北京师范大学交流教材,1956—1957学年度第一学期,油印本(北大图书馆藏),第1页。

论》的章节标题上也赫然出现了"作为社会意识形态的文学"的字样,但是,就在这个章节下,我们可以看到这样的话:"马克思列宁主义关于基础和上层建筑的学说可以为我们回答艺术和文学的思想本质问题,正如回答一切其他的社会意识形态的思想本质问题一样。"①"马克思在《政治经济学批判》一书中说:'法律的、政治的、宗教的、艺术的或哲学的形式,——简言之,思想形式'中的变革必须'……从物质生活的矛盾中'去求得解释。""这里所指的物质关系是生产的经济的关系,它们的形成是不以人们的意志为转移的。马克思写道:'这些生产关系的总和就组成为社会的经济结构,即法律的和政治的上层建筑所赖以树立起来而有一定的社会意识形态与其相适应的现实基础。'"②可以看到,这里把我们常说的"意识形态的形式"(ideologischen Formen)译为"思想形式",同样,把我们常说的"社会意识形式"(gesellschaftliche Bewusstseinsformen)译成"社会意识形态"。

也就是说,尽管毕达可夫的《文艺学引论》使用了"作为意识形态的文学"的说法,柯尔尊的《文艺学概论》也使用了"作为社会意识形态的文学"的说法,但是这里的"意识形态"和"社会意识形态"实际上都指的是"社会意识形式"。这两部取自苏联专家、编于中国的文学理论教材,以其在特定时代背景下难以置疑的权威性和在整整一代文艺学学人身上烙下的深刻印迹,对60年代初由以群和蔡仪分别担任主编的两部统编教材的诞生,产生了重要的形成性影响。可以这么认为,《文学的基本原理》和《文学概论》里关于文艺是"社会意识形态"、是"特殊的意识形态"的说法,与此不无前后相承的关联。

还要注意到,不论是以群主编的《文学的基本原理》,还是蔡仪主

---

① [苏]维·波·柯尔尊:《文艺学概论》,北京师范大学中文系外国文学教研组译,北京:高等教育出版社1959年版,第33页。
② 同上书,第33、34页。

编的《文学概论》,都是在当时中国文艺界重要领导人周扬的领导下完成的。作为"40年代解放区文艺工作的组织者,50年代文艺斗争的领导者,60年代毛泽东文艺思想的宣传者",周扬这个在"十七年"时期常常以党的文艺代言人身份出现,堪称"十七年"文艺思想界最具权威性的人物①,他对教材编写中文学本质界定的影响力,自然也绝不可小觑。我们发现,毕达可夫《文艺学引论》、柯尔尊《文艺学概论》和以群主编的《文学的基本原理》②,都参考了周扬1944年在延安的时候编写的那部扼要介绍马克思主义文艺理论的书籍——《马克思主义与文艺》,这部书自"解放社"出版印刷以来,流布极广,直到五六十年代仍在不断刊印。该书第一辑的标题便是"意识形态的文艺"(毕达可夫《文艺学引论》、柯尔尊《文艺学概论》中的相关章节标题跟它何其相似)。然而,这部书里所引马克思原文里的"意识形态的形式"(ideologischen Formen),却译为"观念的形态"③;而该书中所谓的"社会意识形态",也即我们常说的"社会意识形式"(gesellschaftliche Bewusstseinsformen);其中所谓"意识形态"(Bewusstseinsformen),也即我们现在所说的"意识形式"④。我们可以认为,周扬在编辑该书的时候所用的"意识形态的文艺",用我们今天的话说,就是"作为意识形式的文艺"或"作为社会意识形式的文艺"。有意思的是,作家出版社于1984年对《马克思主义与文艺》进行了重新编排并出版,在"出版说明"里说:"为了保持书籍的原来面目,全书内容及条目次第一律照

---

① 李慈健、田锐生、宋伟:《当代中国文艺思想史》,开封:河南大学出版社1999年版,第247页。

② 蔡仪主编的《文学概论》,于1963年夏经编委修改大部分章节后成为讨论稿,但没有出版。1979年初版的稿子,虽然看不见参考周扬所编著作的痕迹,但该稿实际上已经在1978年经过了半年多的修订,而当时周扬尚未平反。所以,很难根据《文学概论》1979年初版做出判断。

③ 周扬:《马克思主义与文艺》,武汉:解放社1950年中南第2版,第3页。

④ 同上书,第2、19页。

旧。"但是"绝大部分译文据新译本作了更换"。① 换言之，里面所有经典作家言论都按照《马克思恩格斯选集》或《马克思恩格斯全集》的译法做了替换，但是，"为了保持书籍的原来面目"，第一辑的标题却仍是根据旧译所起的题目"意识形态的文艺"，而没有把"意识形态"换为"意识形式"或"社会意识形式"。这样做的后果，导致了一种非常奇怪的错位：周扬当时之所以采用"意识形态的文艺"这一提法，其中的"意识形态"就是在 gesellschaftliche Bewusstseinsformen 和 Bewusstseinsformen 的意义上使用的。然而1984年由作家出版社重新编订的版本，正文里的"意识形态"已经不再是指 gesellschaftliche Bewusstseinsformen 和 Bewusstseinsformen，而是指 Ideologie，那么，这时的标题如果继续使用"意识形态的文艺"，就很容易让人误以为"意识形态的文艺"中的"意识形态"也是在 Ideologie 的意义上使用的。《马克思主义与文艺》的这种改版，很大程度上反映了当代中国文学理论界在沿用"文学是意识形态""文学是社会意识形态"这一说法时的实际状况。

三、不能想当然地把不同语境下的理论文本中的"意识形态"看作同一个词，而应详加辨析

了解了前述这种偏差，对于文学是不是"意识形态"的问题，将会有一个更为清醒的认识。德国学者李博在考察了作为中国马克思主义术语的"意识形态"一词在汉语中的起源和作用之后就曾经说过，日本学者河上肇以及在他之后所有翻译《〈政治经济学批判〉序言》的译者，"都使用了日语中的'ishiki keitai 意識形態'这个词来翻译'Bewusstseinsformen'"，而包括李大钊在内的很多中国译者，也效仿他这种翻译方法，把 Bewusstseinsformen（今通译"意识形式"）翻译成"意识

---

① 作家出版社：《出版说明》，见周扬编《马克思主义与文艺》，北京：作家出版社1984年版。

形态",但是,"在中国的马克思主义术语里,'意识形态'这个词的作用范围扩大了,它也被用来表示西方国际术语里的'Ideologie'和'ideologisch'所代表的含义"。① 也就是说,汉语中的"意识形态"一词,长期以来曾用作 Bewusstseinsformen 的译语,但有时也用作 Ideologie 和 ideologisch 的译语。

然而,当中央编译局的《马克思恩格斯全集》和《马克思恩格斯选集》作为马克思主义经典文献汉语译本的权威定本以后,把 Bewusstseinsformen 译为"意识形态"的译法事实上就已经废止了,Bewusstseinsformen 译成"意识形式",Ideologie 译成"意识形态",已经成为绝大多数学者约定俗成的惯例。但由于特定学科内的理论学术命题本身的延续性,以及文学理论界跟哲学界在术语使用变化上的不完全同步性,使得"文学是意识形态""文学是社会意识形态"的界定在顽固地坚持下来的同时,却似乎完全无视"意识形态"这一汉语词的所指已经从兼有 Bewusstseinsformen、Ideologie 转向了单一的 Ideologie。问题于是出现了:作为文学理论术语的"意识形态",有时指的是 Ideologie,有时却仍在沿用传统的用法而指称 Bewusstseinsformen。但由于大多数人已经习惯于把"意识形态"看成单一的 Ideologie 的译语,于是,Bewusstseinsformen 的含义就吸附在作为当代中国文学理论术语的"意识形态"(Ideologie)上——这种语义上的复义性,也就是在近些年文艺意识形态问题论争中常常可以听说到的所谓"意识形态"概念的"泛化"。

不能轻易地说文学是"意识形态"或不是"意识形态",除非对"意识形态"的所指已经有足够清晰的把握。有学者说:"文学怎么不是一种意识形态呢?马克思理论已经经过 100 年,从卢卡奇到朱光潜,多少学者都说文学是一种意识形态。"② 且不说鲁迅早就指出过

---

① [德]李博:《汉语中的马克思主义术语的起源与作用》,赵倩、王草、葛平竹译,北京:中国社会科学出版社 2003 年版,第 312—313 页。
② 童庆炳:《文学本质观和我们的问题意识》,《社会科学》2006 年第 1 期。

的:"从来如此,便对么?"①我以为,首先必须弄明白的是,无论"多少学者都说文学是一种意识形态",也必须先确认这些学者所说的"意识形态"到底指的是什么。

以朱光潜为例,在20世纪70年代末由他发起的那场"文艺作为意识形态是否属于上层建筑"的讨论中,我们通常觉得,这一场讨论的焦点只在文学作为意识形态是否属于上层建筑上,而对"文学是意识形态"这一提法,则没有人持有疑义。可是,如果我们认真地查考与这场论争相关的文章,将会发现一个事实:朱光潜在挑起这场论争时所说的"意识形态非上层建筑"中的"意识形态"一词,就几乎跟今天所说的"意识形态"也即 Ideologie 毫不相干。他曾在引用马克思1859年《〈政治经济学批判〉序言》里的"这些生产关系的总和构成社会的经济结构,即有法律的和政治的上层建筑竖立其上并有一定的社会意识形式与之相适应的现实基础"之后指出,马克思认为"推动历史进展的首先是经济基础或经济结构,也称'现实基础',同时也提到了'法律的和政治的上层建筑',即国家政权、政权机构及其措施……以及'与之相适应的社会意识形式',也叫意识形态,实即思想体系"。② 朱光潜在这里所使用的"意识形态"一词,其所指显然是马克思所说的"与之相适应的社会意识形式"。而后面作为补充的那句"实即思想体系",我们可以从中央编译局在把 Die deutsche Ideologie 翻译成《德意志意识形态》时一篇《译后记》中的说明文字里,找到相应的原因:"Die deutsche Ideologie 译为'德意志意识形态'或'德意志思想体系'都可以,但是前者较为通用,因此我们沿用了前一种译法。"③朱光潜在此有着明显的失误,说"社会意识形式"(gesellschaftliche Bewusstseins-formen)也叫"意识形态",如果只是为了遵从旧译,自然说得过去。但

---

① 鲁迅:《狂人日记》,见《鲁迅全集》第1卷,北京:人民文学出版社2005年版,第451页。
② 朱光潜:《研究美学史的观点和方法》,《文学评论》1978年第4期。
③ 《马克思恩格斯全集》第3卷,北京:人民出版社1960年版,第741—742页。

是,他认为这个"意识形态"(gesellschaftliche Bewusstseinsformen)实即"思想体系"(Ideologie),则是把两个不同的概念混淆了。由此可见,作为这场讨论中的核心概念之一的"意识形态",就是在"意识形式"(Bewusstseinsformen)或"社会意识形式"(gesellschaftliche Bewusstseinsformen)的意义上使用的。

所以,关于"文艺作为意识形态是否属于上层建筑"的讨论中的那个似乎并不存在争议的前提性观点——"文艺是意识形态",它的真实含义,如果以我们今天最常见的表述方式来说,无非是指"文艺是社会意识形式"而已。

四、如何面对当代中国文学理论中"意识形态"术语具有复义性的事实

并不是所有场合中的"意识形态"用语,都能够根据语境来辨识究竟是指 Ideologie 还是指 gesellschaftliche Bewusstseinsformen。以南帆主编的那部被认为受"反本质主义"影响甚深的《文学理论新读本》为例,它一方面在 Ideologie 的意义上使用"意识形态"概念,指出"在思想史上,最早把'意识形态'术语引入哲学研究视域的是德·特拉西","大约五十年后,马克思出版了《德意志意识形态》、《政治经济学批判》和《资本论》第一卷等重要著作,越来越深刻地论述了意识形态理论";另一方面则在解释马克思在《〈政治经济学批判〉序言》里那段被反复引述的经典论述时,又认为,"马克思把整体社会结构分为四个层次:社会生产、生产关系的总和即社会经济结构、由法律与政治制度构成的上层建筑和社会意识形式。社会意识形式即是人们通常所说的意识形态,它包括宗教、道德、哲学、文学艺术以及法律和政治观念"。[①] 这种亦此亦彼的论述,显然是把意识形态与社会意识形式之

---

① 南帆:《文学理论新读本》,杭州:浙江文艺出版社 2002 年版,第 177 页。重点号为引者加。

间的差别人为地取消了。

这样的情况之所以会发生,主要是因为"意识形态"一词曾经广泛地用来翻译 gesellschaftliche Bewusstseinsformen,同时又用于翻译 Ideologie,但是到了后来,gesellschaftliche Bewusstseinsformen 有了专门的译语:"社会意识形式"。于是,"意识形态"只用来翻译 Ideologie。这种译语上的变迁,是造成"意识形态"在实际使用中产生"复义"效果,从而在语义上形成偏差的客观原因。这种状况无疑对文学理论学术的科学性和严谨性构成某种程度上的威胁。因为在任何一门学科中,如果连最基本的术语(Terminologie)在语义上都没有准确的范围,不能精确地标识一个概念并使之与相似的概念相区别,那么这个术语也就毫无科学性可言了。

面对"意识形态"这一术语在当代文学理论中已经具有复义性的事实,如果不能做到拒绝使用该术语,那么,一个可能的解决办法就是:严格按照现在已经通行的《马克思恩格斯全集》和《马克思恩格斯选集》的译法,用"意识形式"对应 Bewusstseinsformen,用"意识形态"对应 Ideologie。我们可以说文学是"具有意识形态性(ideologischer Natur)的社会意识形式(gesellschaftliche Bewusstseinsformen)",但是却不必为了维护半个世纪以前的译法,而无谓地坚持说文学是一种"意识形态"(Bewusstseinsformen)或"社会意识形态"(gesellschaftliche Bewusstseinsformen),更不能以讹传讹地说文学是一种"意识形态"(Ideologie)。

(原载《苏州大学学报》2009 年第 1 期)

一个长期被误用的文学理论概念
——论文学本质不应直接界定为"社会意识形态"

小　引

把文学本质界定为"社会意识形态"或"意识形态",这是迄今为止文学理论界最为流行的一个观点。一些有影响的教科书,大多把"意识形态"看作是文学的"普遍属性"。直到近年中央"马工程"建设的《文学理论》教材,依然把文学定义为一种"社会意识形态",并认为"文学和其他艺术一样,都属于社会意识形态"。这一观点在我国已延续了大半个世纪,一直被视作文学理论的权威说法,其影响之深广,确为其他界说所不能比拟。

但是,只要细心研读马克思主义的经典著作,考察一个多世纪来的文学理论史和学术史,分析各种文学理论著述中对文学本质的阐释,就会发现,将文学界定为"社会意识形态",不但不规范,而且是由"误译"和"误读"带来的误解。无论是在马克思主义经典作家那里,还是在当代"西方马克思主义"文论家那里,都没有将文学直接界定为"意识形态"的文本依据。在马克思、恩格斯的理论术语中,只有"意识""社会意识""意识形式""社会意识形式""意识形态"和"意识形态的形式"等几种说法,而没有"社会意识形态"这个概念。

那么,为什么我国学者又习惯于将文学和艺术界定为"社会意识形态"呢?我认为,这里面既有翻译上的问题,也有理解上的误差,同时也存在汉语表述上的分歧。研究表明,在汉语中,"社会意识形态"一词,许多情况下已经是同"意识形态"的本意无关或关系不大,它只是处于一定历史时期的中国理论家用来翻译"社会意识形式"这一概念的用语。我们通过了解最初的译本和其后的论著可以证明这一点。

简而言之,将文学本质界定为"社会意识形态",严格说来是在"误译"的基础上的误解和误用,是不准确、不科学的。要正确表达文学的本质,按照现已通行的经典著作规范的译法①,应是"社会意识形式"。所以,为了避免术语混乱,"社会意识形态"这个旧译法和旧用词应当加以废弃。作为一个已经被超时误用的术语,"社会意识形态"一词,不仅失去了其存在的必要性与合理性,而且其含义也时常被歪曲。这对马克思主义文艺意识形态学说构成了事实上的危害,不利于实现文学理论的科学性和术语的规范化。

一、问题的由来

"意识形态"一词运用的混乱,与这个词容易令人望文生义不无关系。字面上,"意识"加"形态"两个词组合成"意识形态",很容易让人将其理解的重心放在前面的"意识"上,而把它看成就是一种"意识形式",进而省略掉它特有的含义。细致辨析"意识形态"概念在马克思主义经典作家文本中使用的变迁史,辨析当今国际思想界、学术界已经通行的用法,就会发现该词的使用长期以来是有偏颇的。

既然将文学界定为"社会意识形态"不科学,那又为什么延续了近百年?这需要从我国最早的翻译说起。

"社会意识形态"这个词,第一次在中国出现,应是1919年5月5日陈溥贤发表在《晨报副刊》的一篇译文《马克思的唯物史观》。②该文的作者是日本著名马克思主义学者河上肇,他在此文中介绍和阐释了马克思《〈政治经济学批判〉序言》中的历史唯物主义观点。可

---

① 以《马克思恩格斯选集》,北京:人民出版社1995年版的译文为准。
② [日]河上肇:《马克思的唯物史观》,陈溥贤译,《晨报·副刊》1919年5月5日。

是,陈溥贤的译文中所用的"社会意识形态"概念,根本不是我们如今所说的"意识形态"(英文 ideology;德文 Ideologie),而是指现在所译译文中的"社会意识形式"(英文 forms of social consciousness;德文 Bewusstseinsformen)。紧接着,李大钊在1919年《新青年》第6卷第5号上发表了《我的马克思主义观》一文,其中,也是用"社会意识形态"一词来翻译我们现今所译的"社会意识形式"这个概念。

我们来比较分析一下。目前公认的关于"社会意识形式"和"意识形态"最为经典和权威的译文,是在《马克思恩格斯选集》和《马克思恩格斯全集》中《〈政治经济学批判〉序言》里的一段话中:

> 人们在自己生活的社会生产中发生一定的、必然的、不以他们的意志为转移的关系,即同他们的物质生产力的一定发展阶段相适合的生产关系。这些生产关系的总和构成社会的经济结构,即有法律的和政治的上层建筑竖立其上并有一定的社会意识形式与之相适应的现实基础。物质生活的生产方式制约着整个社会生活、政治生活和精神生活的过程。不是人们的意识决定人们的存在,相反,是人们的社会存在决定人们的意识。社会的物质生产力发展到一定阶段,便同它们一直在其中运动的现存生产关系或财产关系(这只是生产关系的法律用语)发生矛盾。于是这些关系便由生产力的发展形式变成生产力的桎梏。那时社会革命的时代就到来了。随着经济基础的变更,全部庞大的上层建筑也或慢或快地发生变革。在考察这些变革时,必须时刻把下面两者区别开来:一种是生产的经济条件方面所发生的物质的、可以用自然科学的精确性指明的变革,一种是人们借以意识到这个冲突并力求把它克服的那些法律的、政治的、宗教的、艺术的或哲学的,简言之,意识形态的形式。①

---

① 《马克思恩格斯选集》第2卷,北京:人民出版社1995年版,第32—33页。

如果用这段话的思想来解释文学，那么应该说文学是一种与"现实基础"即"生产关系的总和构成"的"社会的经济结构""相适应的""社会意识形式"。它和法律的、政治的上层建筑一样，同是"竖立"在这个"现实基础"之上的。倘若文学的内容介入了生产力和生产关系之间的变革，并借用文学来"意识"和"克服"这个"矛盾"和"冲突"，那么文学也就具有了意识形态的属性，或者说，它和其他"意识到""并力求把它克服"的思想和学说一样，也就成了一种"意识形态的形式"。这样的理解，应该说是比较符合马克思论述的原义的。

可是，在这段话引入汉语之初，其关键概念的译法就发生了错位。众所周知，在汉语语境中，引进并使用"意识形态"概念功劳最大的是李大钊。他在"五四"时期向国人介绍马克思的唯物史观时，就将"Ideologie"一词译介过来，并将文学艺术也归入其中。在有名的《我的马克思主义观》一文中，他通过翻译，将"经济的构造""基础的构造""精神上的构造"和"表面构造"等概念介绍过来。那时，马克思主义文献还处在零星译介的早期传播阶段，理论术语的规范性问题远不可能提上议事日程。因此，我们需要用今天相对准确的译文来判别和分析当时的翻译状况。这其中，最需要甄别和注意的就是：当时译成"意识形态"的术语，是否就是今日的"意识形态"概念？现在译作"意识形态"的概念，当时用的是什么名词？两相对照，"意识形态"一词在源头上被泛化的事实就弄清楚了。

李大钊在《我的马克思主义观》里，关于《经济学批评序文》①中的译文是这样的：

> 人类必须加入那于他们生活上必要的社会的生产，一定的、必然的、离于他们的意志而独立的关系，就是那适应他们物质的生产力一定的发展阶段的生产关系。此等生产关系的总和，构成社会的经济的构造——法制上及政治上所依以成立的、一定的社

---

① 即现在通行翻译的马克思《〈政治经济学批判〉序言》。

会的意识形态所适应的真实基础——物质的生活的生产关系一般给社会的、政治的及精神的生活过程，加上条件。不是人类的意识决定其存在，他们的社会的存在反是决定其意识的东西。①

对照前面的译文，就会发现，目前普遍译作"一定的社会意识形式"（其"社会意识形式"的德文原词是 Bewusstseinsformen，英文原词是 forms of social consciousness）之处，恰恰被译成了"一定的社会的意识形态"（"意识形态"原词是 Ideologie）。这是一个根本性的"误译"。不要小看了这个"误译"，这其实正是在汉语语境中"意识形态"概念被普遍泛化的源头。② 可以看得出来，"意识形态"一词在进入中国之初，其涵义就被扩大和蔓延，变得同"社会意识形式"一词的意思差不多了。

我们再看李大钊对"意识形态"的译法：

> 当那样变革的观察，吾人非常把那在得以自然科学的论证的经济的生产条件之上所起的物质的变革，与那人类意识此冲突且至决战的，法制上、政治上、宗教上、艺术上、哲学上的形态，简单说就是观念上的形态，区别不可。③

这里，本应译作"意识形态的形式"（德文 ideologischen Formen，英文 ideological forms）之处，译作了"观念上的形态"。这样，虽说突出了"意识形态"的观念性，甚至几乎就译成了"观念"，"形式"译成了"形态"，可这样一来，"意识形态"概念原有的涵义以及"意识形态"的表现"形式"的意思，也都不见了。"观念上的形态"与"意识形态""社

---

① 《李大钊全集》第 3 卷，北京：人民出版社 2006 年版，第 25 页。着重点为引者加。
② 董学文、凌玉建：《汉语语境中意识形态概念泛化源头略说》，《湖南社会科学》2008 年第 4 期。
③ 李大钊：《我的马克思主义观》，见《李大钊全集》第 3 卷，北京：人民出版社 2006 年版，第 26 页。着重点为引者加。

会意识形式"进一步地混淆,由此大大影响了其后理论界和学术界对这些概念的运用。① 可以说,马克思主义学说在引进之初,就发生了概念运用上的不准确。

为此,我们还可以查找到许多马克思主义理论家的文献资料,证明"社会意识形式"和"意识形态"概念在翻译和使用上的混乱。譬如,对照李达在1926年初版的《现代社会学》一书和在1937年出版的《社会学大纲》一书中的引文,就可以发现,他使用的"意识形态"和"社会意识形态",都是现今准确意义上所译的"意识形式"和"社会意识形式"。周扬在延安时期编辑的那本有名的《马克思主义与文艺》一书里,开篇第一个章的标题就是"意识形态的文艺",但只要看他的引文就能明白,其中的"意识形态",指的其实也就是"意识形式"或"社会意识形式"。这些都是影响甚大的滥觞期的理论表述,后来的学者,多是自觉不自觉地沿用这种译法在运用概念术语或构建文学理论体系。这恐怕就是问题的由来。

很长一段时间内,我国文学理论中的"社会意识形态"一词,与严格意义上的"意识形态"(ideology)概念,已经根本不能等同,它其实赓续的是我国早期马克思主义理论家用来翻译"社会意识形式"的用语。如今,对"forms of social consciousness"这个概念,已经有了通行的规范译法,即"社会意识形式"②,所以,再用"社会意识形态"来界定文学的本质,就显得不甚妥当了。

事实上,20世纪50年代后,中央编译局出版的《马克思恩格斯选集》和《马克思恩格斯全集》,在译文上已经明确地将"社会意识形式"

---

① 例如,毛泽东《在延安文艺座谈会上的讲话》中,就曾说过:"作为观念形态的文艺作品,都是一定的社会生活在人类头脑中的反映的产物。"见《毛泽东选集》第3卷,北京:人民出版社1991年版,第860页。这里的"观念形态",严格说是不准确的,似可理解为"社会意识形式",也可理解为"意识形态的形式",因为有些"文艺"就不能简单说是"观念形态",其概念用法显然受李大钊的译法的影响。

② 见中央编译局翻译的2012年版《马克思恩格斯选集》和2009年版《马克思恩格斯文集》。

和"意识形态"两个术语区分开来。可是,在我国文艺理论界,这两个术语的混淆却一直在继续。20世纪50年代高等教育出版社出版的两部苏联专家的文艺理论教材,毕达可夫的《文艺学引论》和柯尔尊的《文艺学概论》,里面都出现了"作为意识形态的文学""作为社会意识形态的文学"的提法。但是从内容看,这其中的"意识形态"或"社会意识形态"概念,指的也是"社会意识形式"。20世纪60年代,在以群主编的《文学的基本原理》里,直接的论断就是"文学是一种社会意识形态",但这里的"社会意识形态",实际上指的是"社会意识形式"。今天的一些文学理论教材,只是在字面上沿袭了毕达可夫、柯尔尊以及以群所说的"文学是一种社会意识形态"的说法,却没有深究,当初他们所说的"社会意识形态"并不是 ideology,而是 forms of social consciousness,也就是"社会意识形式"。这是不能忽视的学术史理论语境。

二、"社会意识形式"与"意识形态"关系区分

那么问题出在哪儿呢?问题出在一段时间内我国文学理论界对"社会意识"和"意识形态"的混同,而这源于在研究中过度偏重文学的内容部分而相对忽视文学的形式因素。

长期以来,我们的文学理论研究,太注重从现实状况和基本政治经济事实中"**引出**政治的、法的和其他意识形态的观念以及这些观念为中介的行动",在一定限度内这对文学的社会历史批评理论来讲当然是应该的、有效的。但"我们这样做的时候为了内容方面而忽视了形式方面,即这些观念等等是由什么样的方式和方法产生的"①。也就是说,我们过分地强调了文学作品中的社会意识在内容上来源于社会存在,却忽略了"社会意识形式"与"意识形态"观念之间的差别,这

---

① 《马克思恩格斯选集》第4卷,北京:人民出版社1995年版,第726页。

就给研究文学本质的人带来"误读"或"曲解"的可能。恩格斯1893年在一封致弗·梅林的信中,曾指出:"意识形态是由所谓的思想家通过意识、但是通过虚假的意识完成的过程。"①这可以理解为"意识形态"还不是"社会意识的形式"本身,它是被意识——包括虚假意识——制造出来的。我们需要研究文学作品产生意识形态观念的机制、因素及其中介成分,用恩格斯的话讲,那就是如果说以前我们的研究"总是为了内容而忽略形式","在这方面有过错",那么务必"今后注意这一点"。②

这一告诫给我们的启示是巨大的。在文学本质界定中,我们往往抛弃任何"中介",就直接把文学界定为"社会意识形态"或"特殊意识形态",这恰恰在为了揭示文学的内容而忽视可能承载这一内容的文学意识形式方面犯了错误。我们只有把文学本质界定为"社会意识形式",并深入探讨这种意识形式所具有的内在特点——审美特点、意识形态特点、语言特点、文化特点等,才有可能进而揭示文学的内容特质,揭示文学在"意识形态的观念"方面所应有的成分。混淆"意识形态"和"意识形式"的区别,实际上即混淆了作为观念上层建筑与作为反映、表现、把握它的认识方式之间的区别。这在文学理论研究上造成的后果,就是容易把对文学的理解过分地政治化和功利化。从中外文学史的大量事实来看,尽管文学与生活之间存有虚构的、想象的关系,但无论如何,文学不是观念的体系,不是虚假的意识,不是特定集团和阶级的功利的反映,也不停留在纯粹思维的范围之内。因之,不论加什么样的定语修饰,用"意识形态"来直接定义文学,在理论上和事实上都是说不通的。可遗憾的是,学界不仅没有很好地注意到这一点,反而愈演愈烈,至今继续重复着这个"不应有的疏忽",这是值得思索的。

"社会意识形式"与"意识形态"到底是什么关系?二者可以等同

---

① 《马克思恩格斯选集》第4卷,北京:人民出版社1995年版,第726页。
② 同上书,第727页。

还是不能等同？二者的区别主要表现在哪里？

目前，理论界在对以下这些概念范畴的理解上已经取得某种共识："社会意识"是人们对社会存在即社会物质生活和其他生活的反映，是社会的精神活动过程。从对社会存在反映的不同层次而言，"社会意识"又可分为"社会心理"和"社会意识形式"，前者多半指自发的、不定型的意识，后者多半指比较自觉的、定型化的意识。而在"社会意识形式"之中，又有属于意识形态和属于非意识形态的两部分。"意识形态"，一般来讲则是对一定社会经济基础和政治制度的相对内在的、抽象的、定型而功利的反映。

但是，诚如有学者所指出的，在有些辞书和相关著作中，"社会意识"已近乎"社会意识形式"，"社会意识形式"已近乎"意识形态"，"意识形态"又近乎"上层建筑"。[1] 这种状态，在文学基本理论尤其是文学本质论研究中可谓司空见惯，比比皆是。这其中，把文学本质直接界定为"意识形态"或"社会意识形态"（其实，没有不带"社会"性的"意识形态"，"社会意识形态"的"社会"两字是多余的），也就表明意识形态因素几乎占据了文学这种社会意识形式的一切方面，"意识形态"与"社会意识形式"俨然成了同义词。如果文学理论中真的将文学简单界定成"社会意识形态"和"社会心理"两类，那么它就完全成了观念和心理的东西。而作为一种独特的社会意识形式的文学，也就名存实亡了。这一点在艺术的其他类型如雕塑、绘画、音乐、舞蹈、书法中会看得更加清晰。所以，在本质判断上，倘若作为"社会意识形式"的文学被意识形态化，那恰是理论走向僵化、教条、片面和粗鄙的一个根源。这种表述表面上重视了意识形态因素，可实际上是对意识形态理论的扭曲。

文献表明，经典作家对"意识形态"问题的关注，其特点主要集中

---

[1] 安维复、杨素群：《论社会意识形式和社会意识形态》，《吉林大学社会科学学报》1997年第6期。

在如下几个方面：在马克思早期著作中①，他力图建构一种属于自己的意识形态观念，其任务重点是对"意识形态"进行解释、批判和重构。在其学说的雏形期，他对"社会意识形式"与"意识形态"已加以区别。随着对"意识形态"问题思考的深入，马克思开始发现人类社会历史发展的内在规律，这使他对意识形态从阶级根源的分析深入对一般的社会意识形式及其与社会存在之间客观关系的分析上，《1844年经济学哲学手稿》就初步表现出这一点。也就是说，他的意见和结论，已经过渡到"是通过完全经验的以对国民经济学进行认真的批判研究为基础的分析得出的"②。在其后的《德意志意识形态》中，马克思、恩格斯开始把"社会意识形式"与"意识形态"严格区分开来，认为从人们的现实生活过程中，可以描绘出这一过程"在意识形态上的反射和反响的发展"，即使是"人们头脑中的模糊幻象也是他们的可以通过经验来确认的、与物质前提相联系的物质生活过程的必然升华物"。③ 到了成熟期，马克思更是精确地表述为"社会意识形式"是同"生产关系的总和构成社会的经济结构"（即"现实基础"）"与之相适应的"东西，但生产力和生产关系在运动中是会发生矛盾的，"意识形态"则是"意识到这个冲突并力求把它克服"的那些观念、学说、理论，它们体现在"法律的、政治的、宗教的、艺术的或哲学的，简言之，意识形态的形式"之中。④

由此出发，联系到文学，我们似可理解为：文学作品是现实生活过程的形象化的呈现，无论如何朦胧、模糊、想象化的作品，也是现实生活过程的升华物。而这其中，它是可以揭示和描绘出这一艺术化的生活过程在意识形态上的反射和回声的。这就等于说，文学是与社会现

---

① 这里主要指马克思的《论犹太人问题》（1843）和《〈黑格尔法哲学批判〉导言》（1844）等。
② 《马克思恩格斯全集》第42卷，北京：人民出版社1979年版，第45页。
③ 《马克思恩格斯选集》第1卷，北京：人民出版社1995年版，第73页。
④ 《马克思恩格斯选集》第2卷，北京：人民出版社1995年版，第32—33页。

实基础相适应的,是一种竖立其上的"社会意识形式",当它介入解释和克服经济基础与上层建筑之间矛盾的时候,它就具有了意识形态的属性,成为一种"意识形态的形式"。这样讲才符合事实,才符合理论的逻辑。

三、"意识形态"概念的语义分析

这里不主张用"意识形态"来直接界定文学,还有一个原因,那就是通过语境分析可以知道,这个概念的汉译歧义纷呈且欠明晰。

"意识形态"的德文是 Ideologie,法文是 idéologie,英文是 ideology,其涵义基本相同,拼写也只是个别字母有别。这个词来源于希腊文的 ιδεα(思想或观念)和 λογοσ(理性或学说)的合成,意为"思想或观念之学"。我国学界在 20 世纪初翻译这个名词时,将之译成"思想学""观念学""空论""思想体系""意识形态"等等。其中,译成"思想学""观念学"一般来说可行,但只译出了其特定意义;译成"空论"则过显贬义;译成"思想体系"欠贴切,因为 -logie 并无体系之意;译成"意识形态"也不贴切,因为 -logie 也无形态之意。因为这些译法,都是根据 Ideologie 字面意义的翻译。我们只有追溯该词的历史起源和在文本使用中的意义,尤其是考察西方学界主流学术话语及大众话语对该词的理解和解释,考察它们在使用该词时所赋予的意涵,才可能在汉译时达到确切。

据美国学者马丁·塞里奇(Martin Seliger)对 idéologie 这个法文词的考证,该词并不见于 18 世纪法国的百科全书——这部主要由那些有政治信念的人编写的著作。查有关记述,该词是普罗旺斯的一宗教团体首创的,其目的是教导那些热心倡导模仿神秘的基督教信仰的民众。塞里奇的考证至少说明,idéologie 并非法国经济学家、启蒙派和感觉主义哲学的代表德斯杜特·特拉西(Destutt de Tracy)所创,他只是将该词引入自己的著作中加以使用而已——当然,他赋予了该词以新的意义。马克思在《1844年经济学哲学手稿》中摘录过特拉西的著述,在《资本论》等著作中也论及过特拉西的经济理论。特拉西在其《思想学基础》(1801)著作中称自己的学说是"思想学的科学"。拿破仑在1812年的一次演说中,严厉谴责了"思想学家们的学说""是暗淡的形而上学"。于是,"思想学"(idéologie)这个几乎有着和"哲学"差不多意义的词,在拿破仑那里就逐渐变成了"虚假的世界观"的代称。自此,"思想学"便成了脱离实际的空想或形而上学的代名词。①

在《德意志意识形态》中,马克思、恩格斯基本上是沿用了 Ideologie 概念的贬义使用方法。他们以该词来称呼德国那些不科学的、神秘化的、虚幻的社会意识,并对各种唯心主义思想进行了批判,称其为唤起德国市民"民族感情的哲学叫卖"。后来,在其他一系列著作中,马克思则用 Ideologie 一词来表述那些反映和克服经济基础与上层建筑之间矛盾冲突的多少有些系统化的观念、理论和学说,其中有虚假的东西,也有不虚假的东西,但多是用该词来揭示在阶级利益的立场上有关思想和观念的涵义,给予阶级地位和阶级利益的作用以突出的强调,并且完全超越了分析心理学和一般感性学的层次,这就使得"意识形态"概念在更综合的背景下获得了融合特殊和总体的哲学意义。正是由于这一点,"意识形态"一词在其后的思想界和理论界才得到广泛的应用。

目前,无论是在马克思主义的解释中,还是在现代西方的学术传统中,"意识形态"一词主要是反映或体现特定社会集团利益的含义,主要是指一种与"科学意识"不同的东西,这一见解是没有多少异议的。基于此,对于文学来说,尽管"意识形态"一词的译法带有约定俗成的性质,但不管该词是指有意识的谎言或半意识、无意识的伪装,还是指关于利益集团和社会阶级的相关观念与思想体系,用它来界定文学的本质(或基本性质),就都显得狭窄化了。因为我们没有必

---

① 胡为雄:《关于汉译中的"意识形态"一词》,《学习时报》2008年10月15日。

要非得把观念思想和政治因素的决定性意义赋予文学,这既不符合自古迄今的文学存在本身,也与马克思主义的意识形态学说相偏离。

"意识形态"概念不能用来界定文学本质,还可以从国外研究和阐述马克思主义文论的理论家那里找到根据。

阿尔都塞说过,艺术不能被简化成意识形态,可以说,它与意识形态有一种特殊的关系。艺术虽包含有意识形态,但它又尽量使自己与意识形态保持距离,使得我们"感觉"或"察觉"到产生它的意识形态。马舍雷认为,人们普通的意识形态经验是作家创作所依据的材料,但是,作家在创作时,把它改变成某种不同的东西,赋予它形式和结构。正是通过赋予意识形态某种确定的形式,将它固定在某种虚构的界限内,艺术才能使自己与它保持距离,由此向我们显示那种意识形态的界限。而在这样做的时候,艺术有助于我们摆脱意识形态的幻觉。[①] 这些意见虽带有含混不清的一面,但都明白无误地表达了文学与意识形态之间的复杂关系。

卢西恩·戈德曼是卢卡契的门徒,力图寻求文学作品、世界观和历史本身之间的一整套结构关系。他想说明一个社会集团或阶级的历史状况怎样以其世界观为媒介转换成一部文学作品的结构。但戈德曼的理论缺欠恰恰在于,"他把社会意识看作是社会阶级的直接反映,正如文学作品成了这种意识的直接反映一样"[②]。看来,文学的形式变化与意识形态变化之间,并不存在简单的对应关系。如果那样理解的话,就容易陷入机械论的泥淖。因为文学是不能等同于意识形态的,作为科学的文学理论,应当找出的是使文学具有意识形态性又与它保持一定距离的原因与法则。

特里·伊格尔顿指出:"恩格斯在《路德维希·费尔巴哈和德国古典哲学的终结》(1888)中说,艺术远比政治、经济理论丰富和'隐

---

① [英]特里·伊格尔顿:《马克思主义与文学批评》,文宝译,北京:人民文学出版社 1986 年版,第 21—23 页。
② 同上书,第 38 页。

晦'，因为比较来说，它不是纯意识形态的东西。在这里，理解马克思主义关于'意识形态'的精确含义是重要的。"①如果认为文学仅仅是具有一定艺术形式的意识形态，即文学作品只是那个时代意识形态的表现形式，那这种观点代表的是"庸俗马克思主义"批评。② 在他看来，即使把文学看作社会上层建筑中意识形态的一部分，但由于意识形态是一种复杂现象，其中掺杂着矛盾冲突的世界观，因此，文学作品也不可能是占统治地位的意识形态的简单反映。优秀的写作技巧本身，就意味着文学具有一种能自由支配的思想洞察力，而这种洞察力与其意识形态属性的关系是不大的。伊格尔顿的文学理论中本来有泛化意识形态的倾向，但他毕竟察觉到审美的社会意识形式同意识形态本身之间的不同。

2008年，挪威的路德维希·霍尔堡纪念基金会宣布，将2008年度"霍尔堡国际纪念奖"授予美国学者、文论家弗雷德里克·杰姆逊，理由是："在杰姆逊自己所说的'社会形式诗学'的研究中，他对理解社会形式和文化形式之间的关系做出了突出的贡献。"③只要稍加分析该基金会学术委员会的学术评语，就不难看出，杰姆逊是在探讨两种文化形式之间的关系，是将文学看作"社会意识形式"，在此基础上才可能开展所谓"社会形式诗学"的探讨，才能比较"社会形式和文化形式之间的关系"。如果把文学认定为"意识形态"，那这个评语就难以拟定和成立了。

界定文学是一种审美的"社会意识形式"，并不意味着就轻视和否定意识形态理论在文艺学中的重要作用。应该承认，"意识形态"概念是马克思主义文学理论中最具活力的范畴之一，"意识形态理论"也是马克思主义文学理论中最有批判力量的一个学说。现在问题的关

---

① [英]特里·伊格尔顿：《马克思主义与文学批评》，文宝译，北京：人民文学出版社1986年版，第20页。
② 同上书，第21页。
③ 王逢振：《詹姆逊荣获霍尔堡大奖》，《中华读书报》2008年11月5日，第18版。

键,是要认识这种活力究竟表现在什么地方。

文学与现实的联系是经过改造的,因而是间接的。现实与文学中的意识形态成分也是多样的、繁复的。科学的意识形态理论告诉我们,单从文学中寻求政治经济和阶级斗争的状况,只注意文学作品的思想内容而忽视文学形式的问题,其做法是不可取的。正确的态度是分析意识形态形式与文学形式的关系,分析社会形式、文化形式、意识形态因素对文学创作技巧、文体、语言形式以及审美理念和价值诉求带来的影响与变化。

文学理论近些年的一个重要成果,就是破除了对带"苏式"特征的文学理论的教条理解,有理有据地分析和评判了先前文学理论体系的缺点和长处,在此基础上开展了对马克思主义文学理论学科体系的新研究和新构建。但由于历史的原因以及对某些问题的看法分歧,很长时间以来我国文学理论界一直囿于传统的阐释框架,尤其是在文学本质的界定上,始终摆脱不了"文学是一种意识形态"的习惯判定。即使有学者想加以改进,也不过是在"意识形态"的前面加上一些特殊的修饰性定语,并没有根本改变"文学是一种意识形态"这种界定惯性的限制。这种惯性对于建设文学理论体系新面貌的事业而言,是必须克服的障碍。

所以,摒弃将文学本质直接界定为"意识形态"的阐释,实事求是地将之放在马克思"社会意识形式"界说的框架内,进而揭示其中形象的、情感的、审美的、语言的、文化的以及意识形态的属性,才能在符合事实的基础上对文学本质作出合情合理的解答,才能说是在继承原有解释优点的基础上加以纠偏和改造,而不至于变成利用其他学说的概念取而代之或完全另起炉灶。

四、国外文论家界定文学本质的特点

国外文论家界定文学本质的方法,对我们有借鉴的意义。

在教材方面,作为英美"新批评"派总结性成果的韦勒克、沃伦的《文学理论》,显然不会将文学本质界定为"意识形态"。它强调的是文学形式分析的重大审美意义和美学价值,强调的是文学中语言的特殊用法。在此基础上,它认为各种本质界说的术语,都只能描述文学作品的一个方面,或者表示它在语义上的一个特征,没有单独一个术语本身就能令人满意。由此它"得出一个结论:一部文学作品,不是一件简单的东西,而是交织着多层意义和关系的一个极其复杂的组合体"①。这种阐释,从一个侧面否定了直接界定文学为"意识形态"的片面性和单调性。

20世纪末出版的美国乔纳森·卡勒的《文学理论》,采取的是沟通结构主义、解构主义和文化研究的视角,认为文学本质"这是个很难回答的问题"。究其原因,是因为文学作品的形式和篇幅各有不同,而且大多数作品似乎与通常被认为不属于文学作品的东西有更多的相同之处,而与那些被公认为是文学作品的相同之点反倒不多。于是它"干脆下结论说:文学就是一个特定的社会认为是文学的任何作品,也就是由文化来裁决,认为可以算作文学作品的任何文本"②。在对文学功能的理解上,它认为说文学是意识形态的手段和说文学是使意识形态崩溃的工具,这两种截然相反的观点都有说服力;认为文学是一种自相矛盾、似是而非的机制,它既要按照现有的规范去进行创作,但同时又要藐视常规。"文学是一种为揭露和批评自己的局限性而存在的艺术机制。"③这种解构主义的态度,讲的依然是文学本质的复杂的道理。

特雷·伊格尔顿有"新左派"和"西方马克思主义"的背景,他对文学本质的界定比较特殊。经过对各种定义的分析,他发现:"我们也

---

① [美]韦勒克、沃伦:《文学理论》,刘象愚等译,北京:三联书店1984年版,第16页。
② [美]乔纳森·卡勒:《当代学术入门:文学理论》,李平译,沈阳:辽宁教育出版社、牛津大学出版社1998年版,第23页。
③ 同上书,第43页。

许正在把某种'文学'概念作为一个普遍定义提出来,但是事实上它却具有历史的规定性。"①当然,他不承认文学不稳定是因为价值判断具有"主观性"造成的,但他说:"给我们的事实陈述提供信息和基础的潜在价值观念结构是所谓'意识形态'的一部分。我用'意识形态'约略地意谓我们所说的和所信的东西与我们居于其中的社会的权力结构和权力关系相联系的那些方面。按照这样一个粗略的意识形态定义来说,并非我们所有的基础判断和范畴都是意识形态的。"②这就明确地指出了文学与意识形态之间的实际关系,指出了把文学直接定义为"意识形态"的不周严性。

苏联时期的文论家也很少有将文学直接界定为"意识形态"的。波斯彼洛夫在《文艺学引论》(1976)中认为,文学是一种艺术形式,一种描写性的、能挖掘人的思想和情感的语言艺术,作品的方向性和倾向性"总是表现在形象里"。③ 1978 年,他在其专著《文学原理》中则进一步指出:"确定文学的特征也可以不直接从它的历史地变化着的内容深处着手,而首先把文学作为人类的认识和思维的一种稳定的**形式**来加以探讨。"④他对文学特征的分析理路,是先讲"生活和艺术的内容与形式",接着讲"艺术是认识生活的一种形式",再下来讲"作为社会意识发展形式的艺术的起源",最后讲"艺术的意识形态意义"。值得注意的是,他没有简单界定文学为"意识形态",而是明确地将之作为一种"社会意识发展形式",在这个前提下,才来论述文学的"意识形态意义"。他的较为严格的定义是,文学是"一种特殊的、专门的社会意识**发展形式**"。他认为,文学中有些思想"包含着关于生

---

① [英]特雷·伊格尔顿:《二十世纪西方文学理论》,伍晓明译,西安:陕西师范大学出版社 1986 年版,第 13 页。
② 同上书,第 19 页。
③ [苏]波斯彼洛夫:《文艺学引论》,邱榆若等译,长沙:湖南文艺出版社 1987 年版,第 107 页。
④ [苏]波斯彼洛夫:《文学原理》,王忠琪等译,北京:生活·读书·新知三联书店 1985 年版,第 48 页。

活的某些**普遍规律性**的知识。而另一些思想的内容则是对某种社会关系结构所产生的现实现象的**概括性评价**,这种思想构成了社会意识中与知识不同的另一方面,我们可以称它为**意识形态**或是**意识形态观点**";并指出:"知识和意识形态观点是人们的社会意识中互相渗透和互相影响的两个方面。"①这种表述,应该说保持了与唯物史观的密切关系。

在文论史方面。康德指出,美的艺术需要想象力、悟性、精神和鉴赏力,前三种机能通过第四种才获得他们的结合。② 鉴赏力具有整合功能,由此我们可以推导出"美的艺术"是可以从鉴赏力这个角度来加以界定的。

丹纳说过:"艺术品的本质在于把一个对象的基本特征,至少是重要的特征,表现得越占主导地位越好,越显明越好。"③主要特征是事物最基本、最重要的东西,是一种事物凸出而显著的属性,其他属性都根据一定的关系从主要特征引申出来,所以,主要特征也就是事物的本质。为此,丹纳特别强调:"我们要记住'主要特征'这个名词。这特征便是哲学家说的事物的'本质',所以他们说艺术的目的是表现事物的本质。'本质'是专门名词,可以不用,我们只说艺术的目的是表现事物的主要特征,表现事物的某个凸出而显著的属性,某个重要观点,某种主要状态。"④这种"本质"即"基本特征"论,肯定了艺术源于现实,强调了艺术家的能动性,艺术与现实的不同,但沿着这个逻辑说文学的"基本特征"是它的意识形态性,那就讲不通了。

格罗塞在文学本质问题上是以"审美"概念作为核心来界定的。他认为:"诗歌是为达到一种审美目的,而用有效的审美形式,来表示

---

① [苏]波斯彼洛夫:《文学原理》,王忠琪等译,北京:三联书店1985年版,第94、95、99页。
② 参见[德]康德:《判断力批判》(上卷),宗白华译,北京:商务印书馆1964年版,第130—131页。
③ [法]丹纳:《艺术哲学》,傅雷译,北京:人民文学出版社1963年版,第27页。
④ 同上书,第22—23页。

内心或外界现象的语言的表现。"①他将叙事诗定义为"用审美的观点为着审美目的的一种事实的陈述"②。

别林斯基在《1840 年的俄国文学》一文中给"文学"下的定义是:"文学是民族的自觉:文学像一面镜子,反映着民族的精神和生活;文学是一种事实,从这里面可以看出一个民族所负的使命,它在人类大家庭中所占有的位置,它通过它的存在所表现的人类精神的全世界性历史发展的阶段。一个民族的文学的源泉,可能不是某种外部的动机,或者外部的推动力,而仅仅是一个民族的世界观。"③这里突出的是文学的民族性、人民性和反映生活的认识性。到了苏联理论家赫拉普钦科那里,在区分文学性质时,他强调的则是社会主义文学与非社会主义文学之间的差别。他指出:"是实现艺术的崇高社会目的,还是排斥它的社会内容,是把艺术创造与人民及其生活联系起来,还是主张艺术是为出类拔萃的人们服务的,是非理性的'豁然省悟',还是从艺术上探讨现实——这一切就是在社会主义文学形成时期使它区别于象征主义、颓废派和 20 世纪各种反现实主义文学流派的一道明确的分水岭。"④他的着重点在于文学的目的和价值,文学与生活的关系,文学的现实主义精神与手法,并没有把"意识形态"的差异放在首位。

巴赫金的视角更为独特,在《陀思妥耶夫斯基诗学问题》(1963 年)中,他提出了"复调小说理论",指出:"有着众多的各自独立而不相融合的声音和意识,由具有充分价值的不同声音组成真正的复调——这确实是陀思妥耶夫斯基长篇小说的基本特点。在他的作品

---

① [德]格罗塞:《艺术的起源》,蔡慕晖译,北京:商务印书馆 1984 年版,第 175 页。
② 同上书,第 190 页。
③ [俄]《别林斯基选集》第 2 卷,满涛译,上海:上海译文出版社 1979 年版,第 396 页。
④ [苏]米·赫拉普钦科:《作家的创作个性和文学的发展》,上海人民出版社编译室译,上海:上海人民出版社 1977 年版,第 214 页。

里,不是众多性格和命运构成一个统一的客观世界,在作者统一的意识支配下层层展开;这里恰是众多的地位平等的意识连同它们各自的世界,结合在某个统一的事件之中,而相互间不发生融合"①。他还指出,独白型小说的原则之所以能够在现代也得到巩固,并能够深入意识形态的所有领域,得力于欧洲的理想主义及其对统一的和唯一的理智的崇拜,又特别得力于启蒙时代,欧洲小说的基本体裁形式就是在这一时期形成的。这种独白型是现代意识形态领域中创作活动的结构特点,决定了创作的内在和外在的形式。这分明表示,在他的眼里,文学作品的结构、体裁、形式和作家的"意识",与文学中的"意识形态"不是一回事。

本雅明在《评歌德的〈亲和力〉》(1965)一文中说,"批判探求艺术作品的真理内涵,而评注则探求它的实在内涵。这两种内涵之间的关系决定着文学创作的法则"②。他吸收了德国早期浪漫派认为艺术的本质是内省的观念,进一步得出艺术作品与所有超验的事物都具有一种亲和力的结论,认为艺术作品提出的问题可能多种多样,但显示的却是相同的本质规定。这就回到了本雅明不厌其烦地重申的那一点上:"真正的艺术作品只有不可避免地再现为一个秘密时,才是可以理解的。……由于除美的事物之外,掩饰或被掩饰的所有一切都不能是本质的,所以美的存在之神圣依据是秘密。美的假象是为我们而对事物进行的必要的掩饰,而不是事物自身的不必要的掩饰。这种掩饰往往是神圣而必要的,正如它是神圣而确定的;不合时宜的解释会使不清晰的东西蒸发殆尽,启示取代了秘密。"③如此一来,他就强调了艺术现象的作用,这与他始终关注和论证真理和现象联结如何可能

---

① [苏]巴赫金:《陀思妥耶夫斯基诗学问题》,白春仁、顾亚铃译,北京:生活·读书·新知三联书店1988年版,第29页。
② [德]本雅明:《经验与贫乏》,王炳钧、杨劲译,天津:百花文艺出版社1999年版,第144页。
③ [德]本雅明:《本雅明文选》,陈永国、马海良编,北京:中国社会科学出版社1999年版,第108页。

这样一个命题是分不开的。

葛兰西认为,文学批评家的任务是把作品的艺术特征和其中所贯穿的情感、对生活的态度这些思想内容结合起来。艺术作品中存在着两种要素,一是美学的或纯艺术性质的要素,另一种是政治、道德性质的要素。这两种要素在文学作品中是一个有机的整体。文学批评应该和艺术的这种性质相适应,必须把"对道德、情感和世界观的批评,同美学批评或纯粹的艺术批评和谐地冶于一炉"①。因此,他一方面赞同克罗齐的"纯艺术"观念,认为"艺术就是艺术,而不是'预先安排的'和规定的政治宣传"②,另一方面也强调艺术批评要同文化斗争、对社会文明的批评结合起来。他认为"纯艺术"的观念本身不仅不会阻碍文学艺术作为时代的反映,不会对具有积极作用的文化潮流形成阻碍,反而会促进文学批评更加切实有效,更加生动活泼。因为对于一部艺术作品来说,研究它的艺术特征,就绝对不可忽视研究这个作品贯串着怎样的情感,以及它对生活采取怎样的态度。葛兰西的意见,承续了恩格斯的"美学观点和史学观点"说③,其价值在于指明"意识形态"因素是同"文化斗争""对社会文明的批评"联系在一起的。

乔治·布莱认为,文学作品从根本上说就是创作主体乃至人类的一种意识的展示,批评就是对这种意识的揭示。④ 任何文学作品都是写作者的自我意识行为,是在对自我的直接的统觉中把握自身。从蒙田到胡塞尔的哲学思考都是在寻找这种自我意识(也就是"我思")的出发点、初始意识,而文学作品亦是如此。布莱的这种解说,不免有唯心论之嫌,但也从一个侧面说明不宜简单地把文学归结为"意识形态"。

---

① [意]葛兰西:《论文学》,吕同六译,北京:人民文学出版社1983年版,第6页。
② 同上书,第13页。
③ 《马克思恩格斯选集》第4卷,北京:人民出版社1995年版,第561页。
④ [比]乔治·布莱:《批评意识》,郭宏安译,桂林:广西师范大学出版社2002年版。

马舍雷认为,文学并非它表面呈现的那样是作家的独创结果,文学必须被视为意识形态环节内的生产结果。他是在阿尔都塞学派的意义上使用"意识形态"概念的。对他来说,意识形态是与历史中的物质力量同样起作用的一种观念系统,这个系统是被历史决定的人借以理解自身的一种观念性的中介。文学生产的成品即作品的特殊价值在于,它通过一定的结构化表现形式展现意识形态,或者说将历史时期内的意识形态及其无穷无尽的话语之流展现为可以体验的经验。"人们生活于其中的自发意识形态不是简单的文本的镜面反映,意识形态被打碎、翻转和暴露,在文本中改变了它原来的意识状态。艺术,至少是文学,因为它们自然地要嘲笑那种关于世界的盲目轻信的观点,把神话和幻象塑造成了可见的对象。"[1]用传统的说法来讲,那就是意识形态的内容被赋予了一种特殊的形式,即使这一形式本身与意识形态相关,但应注意的是,这是以"可见的对象"这一非意识形态的形式固定下来的,意识形态被内在地移置了。以文学的可阅读性、自治性和封闭性而言,马舍雷一方面认为文学不是意识形态本身,也不是意识形态的其余加工方式。作为虚构的产物,文学即便使用了意识形态材料,也因其具体化而把意识形态内容注进了"沉默"领域。另一方面,就其非自治性和开放性而言,马舍雷认为,文学又提示了意识形态在"黑暗"中的存在,同时令意识形态进入相互冲撞的状态,并最终使其暴露出自身缺陷,揭穿它的虚假性质。从这个意义上讲,文学又能"提供"知识,至少能提供知识的线索,只是需要批评家去清理而已。所以,马舍雷说,文学作品既不是知识也不是意识形态本身,它是以利用意识形态的方式向它提出挑战,并且使意识形态得以"逃离自发的意识形态领域,摆脱对于自己、历史和时代的虚假意识"[2]。

---

[1] Pierre Macherey, *A Theory of Literary Production*, trans., Geoffrey Wall, London: Routledge, 1978, pp. 132–133.

[2] Ibid.

格林布拉特指出,文学不仅仅是对现实的单向摹仿,文学和现实之间有更复杂的生产机制。在这里,物质的社会因素要转变为审美内容,必然使审美的内容渗透着社会效用、媒体和作家等人的经济利益、诸种社会因素的隐形谈判和潜在交易等等,所以,作为文学和艺术的审美活动与社会生活的关系是多向往返的、多层面的、多声部复调的。因此,"我们需要有一些新的术语,用以描述诸如官方文件、私人文件、报章剪辑之类的材料如何由一种话语领域转移到另一种话语领域而成为审美的财产"①。

杰姆逊深知,形式主义无法深入真正反映历史意识的文学形式研究当中。根据意识形态理论框架及卢卡契的文学观念,他认为文学作为感知形式和艺术形式的辩证统一,绝不应当与其他的意识形态形式隔绝。相反,它们之间的关系是历史地被中介的,研究文学的内部规律及其与外部意识形态形式关系、与社会历史运动的关系应该依靠一种全面的"文学社会学"②。

上述思想资料虽然并不都在唯物史观的范围内展开,而且限于篇幅也不够充分,但是对我们改变惯性思维,全面认识文学的本质还是有参照和启发意义的。

五、唯物史观考察文学本质的特点

有学者肯定会提出这样的疑问:非马克思主义文论家不把文学本质归结为"意识形态",并不等于马克思主义不应将文学本质界定为"意识形态"?这确是需要进一步解决的一个问题。

---

① [美]格林布拉特:《通向一种文化诗学》,见中国社会科学院外国文学研究所《世界文论》编辑委员会编《文艺学和新历史主义》,北京:社会科学文献出版社1993年版,第137页。
② [美]杰姆逊:《语言的牢笼》,钱佼汝译,南昌:百花洲文艺出版社1995年版,第79页。

我们主张"文学是可以具有意识形态性的审美意识形式"①,不赞成将文学的本质直接界定为"意识形态",不是否定文学的意识形态属性,而是认为只有客观地认识到文学是一种审美的"社会意识形式",才能积极、能动、有选择地注入作家和时代所需要的"意识形态"成分,才能自觉而符合艺术规律地体现文学的倾向性、党性,才能更好地实现文学为某种社会精神理想和政治需求服务的目的,同时也才能对多元、多样的文学形态给出合理的解释。这正是我们按照唯物史观把文学界定为一种"社会意识形式"的理论意义之所在。

作为情感与思维的产物,文学不是从天上掉下来的,也不是人的头脑里所固有的;它不是纯主观、纯心灵的,又是带主观性和心灵性的;它与现实的社会生活过程相联系,但又是虚构的、改造过的。换句话说,它是"一定的社会生活在人类头脑中的反映的产物"②。从哲学的意义上讲,这种对文学本质的观察和解释方式,否定了先前"从意识出发,把意识看作是有生命的个人"的主张,而是"从现实的前提出发","从现实的、有生命的个人本身出发,把意识仅仅看作是他们的意识"。因之,它"只要描绘出这个能动的生活过程,历史就不再像那些本身还是抽象的经验论者所认为的那样,是一些僵死的事实的汇集,也不再像唯心主义者所认为的那样,是想象的主体的想象活动"。③

毋庸讳言,千百年来,非唯物史观的文学理论最大的弊端,正是脱离了现实的前提,把文学看作"想象的主体的想象活动",把文学创作"不是看作**实践的**、人的感性的活动",而是看作"**抽象的思维**"或"喜欢**直观**"④。正是在这种思辨终止的地方,由于把人的活动理解为对

---

① 董学文、李志宏:《文学是可以具有意识形态性的审美意识形式——兼析所谓"文艺学的第一原理"》,《广西师范大学学报》2006 年第 3 期。
② 《毛泽东选集》第三卷,北京:人民出版社 1991 年版,第 860 页。
③ 《马克思恩格斯选集》第 1 卷,北京:人民出版社 1995 年版,第 73 页。
④ 同上书,第 56 页。

象性的活动,把人的本质理解为一切社会关系的总和,把情感和思想本身理解为社会的产物,一种崭新的文学理论学说才得以诞生。这样,文学就在真实的意义上成了"人学",成了"真正的人"的"人学",真正实现了文学理论上最重大的变革,成为科学文学理论的一次壮丽的日出。

由此可以推论出,如果我们把文学依然界定为所谓"反映和认识生活的一种意识形态",尽管也强调它的"特殊性",强调它的"审美性"等,但由于"意识形态"内涵的特殊性,因此这种界定就依然可能在观察方式上回到"从观念出发"或从"设想的东西出发"这样一条认知路线上来,就可能去通过文学来"提供可以适用于各个历史时代的药方或公式"。① 而这是不符合文学"反映和认识生活"的实际的,是与历史唯物主义的文学观相悖的。这是我们不主张把文学界定为"意识形态"的又一个理由。

对"社会意识形式"与"意识形态"之间关系的辩证理解,是我们解决文学本质问题的一把钥匙。这两者都是现实生活的"反射和反响",两者之间是大范围和小范围的关系,是一般性和特殊性的关系,是文化因素和社会因素、阶级因素的关系,是你中有我、我中有你的关系,而不是相互绝缘、相互对立、相互拒斥的关系。打个比方,"社会意识形式"就好比是"土地",它可以长出各种庄稼,开出各色各样的花朵,但这个"土地"不是由一片沙砾构成的,而是含有丰富的氮、磷、钾等肥料和各种有机物和无机物的,"意识形态"就是其中或有益于作物生长或有害于作物生长的重要元素。没有"土地",作物无法生长;没有某种"元素",作物仍可存活;但有了某种"元素",作物会发生明显的变化,或长得更好,或长得较差。这个比喻也许蹩脚,但它不是要将意识形态性同其他具有共通性的属性如审美性等并列起来,掩盖意识形态性与特定社会性质之间的关系,而只是寓意"社会意识形

---

① 《马克思恩格斯选集》第 1 卷,北京:人民出版社 1995 年版,第 74 页。

式"和"意识形态"对于文学来说是有差别的。

既然"社会意识形式"是人对现实生活或直接或曲折的反映,那么,作为特定社会阶级利益观念反映的"意识形态",就不能作为人的"社会意识形式"的前提,而只能作为从经济基础和上层建筑之间的基本矛盾中推演出来的具体特征和具体结论。文学方面是如此,其他方面亦是如此。譬如,在现实语境中,我们可以说必须坚持马克思主义在意识形态领域的指导地位,却不宜提必须坚持马克思主义在文学创作上的指导地位。马克思主义指导文学创作中的意识形态因素是必要的,若说实行"辩证唯物主义和历史唯物主义的创作方法"就不通顺了。否则,恩格斯就不会劝导他的表弟"越快掌握资产阶级的散文技巧越好"①,也不会指出"现实主义甚至可以不顾作者的见解而表露出来"②。

文学这种审美的"社会意识形式",由于它是现实生活在作家那里的艺术表现和反映,而现实生活中的事情和作家的头脑里或可带有意识形态因素,或可不带有意识形态因素或意识形态因素较弱,因此,作品就有意识形态性强或意识形态性不强或没有的区分。这些都是要看作品反映(反射、回应、表现)社会生活的实际内容和作者的立场观念而定的。反过来讲,当我们说文学具有"意识形态性"的时候,那一定是以文学的内容和作者的视角反映了社会冲突和阶级矛盾这种"社会意识形式"作为前提的,不然,它的"意识形态性"也就无所附丽了。

换一个角度审视,我们还可将文学是一种"社会意识形式"与文学具有"意识形态性"这两者的关系,看作文学客观性与文学主观性之间的关系。即是说,文学是一种语言的、审美的、人性的掌握世界的方式,但它可能——有时是极需——在其中渗透集团、党派和阶级的观念与意识。因为"文学不借人,也无以表示'性',一用人,而且还在阶级社会里,即断不能免掉所属的阶级性,无需加以'束缚',实乃出于

---

① 《马克思恩格斯全集》第29卷,北京:人民出版社1972年版,第578页。
② 《马克思恩格斯选集》第4卷,北京:人民出版社1995年版,第683页。

必然"①。所以说,文学的人文性和阶级性是共同存在于作品中的。虽说文学带有阶级性、阶层性,但它是"都带"阶级性,而非"只有"阶级性。② 这不妨可以理解为在阶级冲突的社会中,文学可能或多或少"都带"意识形态性,不过文学作品并非"只有"意识形态性,它还有非意识形态性。这样讲,也就阐明了文学真实性与倾向性相统一或相抵触的基本原理。

从历史上看,文学是一种审美的"社会意识形式"。从它不一定具有明显的意识形态性到具有一定的意识形态性,从意识形态性较弱发展到意识形态性较强,这是一个跟着时代环境和阶级因素变动的序列,是一条浮动不居的精神曲线。至于有些意识形态性不强的作品,在特定的历史时期和特定的社会条件下,发挥了明显的意识形态作用,那只能理解为是从一般"社会意识形式"中引申出来的。它的形象、观点、情感、美学好恶,在对现实的模拟中产生出一种带批判性的功能。这也正是马克思主义意识形态学说作为历史科学而表现出理论生命力和活力的一个地方。

一个长期被误读的文学理论概念,是到了该纠正和解决的时候了。

(原载《社会科学战线》2010 年第 3 期)

---

① 《鲁迅全集》第 4 卷,北京:人民文学出版社 2005 年版,第 208 页。
② 同上书,第 128 页。

第二辑

"实践存在论"美学、文艺学本体观辨析*
——以"实践"与"存在论"关系为中心

"本体论"(英文Ontology,德文Ontologie)一词,源于拉丁文,本义是关于世界"本体""本原""存在"的学说,其思想来自古希腊哲学。学界也有将其译为"存在论"的,这里的"存在"应指世界上一切事物的客观存在。从这个意义上讲,"本体论"问题也就是世界观的问题。第一次使用"本体论"这个词的是德国经院哲学家郭克兰纽(Rudolphus Goclenius),他将"本体论"用作形而上学的同义语。稍后的法国哲学家杜阿姆尔(Jean Baptiste Duhamel)也是在形而上学意义上使用这一语词。18世纪初,德国理性主义哲学家沃尔夫(Christian Wolff)在其著作中给"本体论"以明确的界定,将其归属于抽象的形而上学范畴。虽然"本体论"是晚近才出现的一个词,但其前身——形而上学,即西方的"第一哲学",却有着两千多年的历史。

"本体论"的研究为美学、文艺学研究确立了哲学的世界观和方法论。比如"文学本体论",就是对文学本体问题的哲学探讨,是关于"文学是什么"的解答,因而成为一个基本的文学理论问题。这个问题的解决,可以从根本上为其他文学理论问题的解决奠定基础。近些年来,有关"本体论""美学本体论""文学本体论"的讨论很多,出现了形形色色的理论主张,诸如"形式本体论""语言本体论""实践本体论""精神本体论""人类学本体论""实践存在论"等,其实,这些概念多是对哲学本体论的套用,是本体论泛化的表现,许多并非是属于本体论的。至于所谓"双本体"或"多本体"现象,更是脱离或取消了"本体"

---

* 本文另一位作者是陈诚。

的本意,走向了"本体论"的自我否定。

本文不准备对各种论说做全面考察,只就"实践存在论"的美学、文艺学本体观作某些理论的辨析。

一、关于"实践本体论"与"实践唯物主义"问题

美学、文艺学上"实践存在论"的提出,最先是从 Ontology(本体论)的译释开始的,如果将 Ontology 译为"存在论","实践本体论"也就成"实践存在论"了。从 20 世纪 80 年代起,国内有关"实践本体论"的讨论就很多,也很激烈。"实践本体论"能够成为新时期一个有影响的哲学、美学流派,其直接的依据就是所谓的"实践唯物主义",而其引起的争论,也源于对所谓"实践唯物主义"的不同解读。"实践唯物主义"究竟存在不存在,造成了相当长一段时间里进行热烈的探讨。

"实践唯物主义"的概念,持论者一致认为,源自马克思、恩格斯的文本。可是仔细分析不难发现,这种说法不过是对马克思、恩格斯著述原文的明显误读和有意歪曲。事实上,在经典作家那里,从来就没有"实践唯物主义"这个词(或曰概念),不论是早期著作还是中后期著作,他们的学说中压根儿就没有这样一种说法。中外主张"实践唯物主义"的论者,都认定这个概念来自《德意志意识形态》。那么,就让我们回到原典,来考察马克思、恩格斯与此相关的那段话。

德文的原文:[…] sich in Wirklichkeit und für den *praktischen* Materialisten, d. h. *Kommunisten*, darum handelt, die bestehende Welt zu revolutionieren, die vorgefundnen Dinge praktisch anzugreifen und zu verändern.①

---

① Karl Marx and Friedrich Engels: *Die Deutsche Ideologie*, Dietz Verlag Berlin, 1953, p. 40.

英文的译文：[…] in reality and for the *practical* materialist i. e. the *Communist*, it is a question of revolutionizing the existing world of practically coming to grips with and changing the things found in existence. ①

俄文的译文：[…] в действителъности и для *практических* материалистов, т. Е. для *коммунисмов*, всёдело заключается в том, чтобы революционизировать существующий мир, чтобы практически выступитв против существуюущего положения вещей и изменить его. ②

从德文原文和英文、俄文译文可以清楚地看到这段话，即"[……]实际上，而且对**实践的**唯物主义者即**共产主义者**来说，全部问题都在于使现存世界革命化，实际地反对并改变现存的事物"③。中文版《马克思恩格斯全集》和《马克思恩格斯选集》的翻译，显然是准确的。这里的"实践的"，都是"唯物主义者"的定语和形容词，不是"唯物主义"的定语和形容词，因此，根本就没有是某一种"唯物主义"类型的意思，也没有以"实践"为本体的意思，而是用来专指彻底的唯物主义者，即共产主义者的特征。这里的"实践的唯物主义者"，其关键的使命也说得很清楚，就是要改变现存事物，使世界革命化。用马克思的另一种讲法，就是不仅用不同的方式解释世界，而问题在于改变世界。④这里的"实践的"定语，联系到整个马克思主义学说，似可

---

① Karl Marx and Frederick Engels：*The German Ideology*，Progress Publishers Moscow，1976，p. 44.
② К. МАРКС И Ф. ЭНГЕЛЬС ТОМ 3，ТОСУДАРСТВЕННОЕ ИЗДАТЕЛСТВО ПОЛИТ ИЧ Е-СКОИ ЛИТЕРАТУРЫ，Москва，1955，p. 42.
③ 《马克思恩格斯选集》第 1 卷，北京：人民出版社 1995 年版，第 75 页。
④ 同上书，第 61 页。

用特里·伊格尔顿的一句话来解释,即它"是一种关于人类社会以及改造人类社会的实践的科学理论;更具体地说,马克思主义所要阐明的是男男女女为摆脱一定形式的剥削和压迫而进行斗争的历史"①。这才是"实践的"本意,"实践的"灵魂。换句话说,"实践的唯物主义者",就是在历史和现实中"行动的"唯物主义者,"知行统一"的唯物主义者,"参与社会变革的"唯物主义者。因为,"社会生活在本质上是**实践的**。凡是把理论导致神秘主义的神秘东西,都能在人的实践中以及对这个实践的理解中得到合理的解决"。②

从经典作家论述的原文和原意,是无论如何也得不出"实践唯物主义"这一概念的。将上面的那段话,抽去"实践的"这一修饰语中的"的"字,抽去"唯物主义者"这一词组中的"者"字,然后组成一种学说,称作"实践唯物主义",并指认为马克思主义的理论,看来是没有根据的,也是不实事求是的。

美学和文艺学上的"实践本体论",看似以上述"实践唯物主义"为依据,走在唯物主义轨道上,但事实上,它的理论解释却完全落到了所谓的"实践"上面,确切地说,是落在了所谓"实践"的"能动性"上面。当"实践"的能动作用被人为地无限发挥,而对现实的物质基础却置若罔闻的时候,这种"实践"就有可能走向主体性的"精神实践"的危险。尤其是当把"实践"当作"本体""本原",把"实践"当作事物最终"存在"的时候,这时的"实践的唯物主义",就多半变成了"实践的唯心主义"。这时的"实践"概念,也就与"实际地反对并改变现存的事物"的内涵没有什么关系了。此种观点,虽然同样也以"实践"作为出发点,但完成的却是一种非实践性的哲学。这种"实践"观,很难说是唯物主义的实践观,恐怕只能说是唯心主义的实践观了。倘"实践"或"行动"成为唯一的目的,"实践"不是为了认识和改造客观世界,思

---

① [英]特里·伊格尔顿:《马克思主义与文学批评》,文宝译,北京:人民文学出版社1980年版,第2页。

② 《马克思恩格斯选集》第1卷,北京:人民出版社1995年版,第60页。

想也不是为了指导实践,而只是为了能引起某种行动,其结果的正确与否并不重要,重要的只是"效用",那么,它就滑到带实用主义色彩的理论上去了。

"实践本体论"虽然仍以"实践"或"行动"为其唯一标准,但其理论结果,却给区分和辨别马克思主义与实用主义制造了困难,给理解辩证唯物主义实践观造成了麻烦。因此,有学者已经指出:坚持和发展马克思主义,既要立足于实践观点反对传统的唯心主义并克服旧唯物主义的影响,又要始终不离唯物主义的基础,以科学的实践观反对实践的唯心主义。① "实践本体论"的理论失误,其实质正在于它把主体和客体发生关系的活动,当成了事物的"本体"性存在,从而为以"实践"为遮掩的唯心主义打开方便之门。

在文艺学领域,"实践本体论"的典型表现就是张扬"文学主体性"。在"实践本体论"文艺学那里,"实践"消除了一切社会历史性的可能,完全沉入了心灵的"内宇宙"。人的心灵运动和精神实践创化出世间的一切存在,"实践本体"变成了纯粹超越性的"精神本体","实践本体论"也就变成了"主体性实践哲学"。毫无疑问,当"主体性"成为"实践"的代名词时,这种"实践"必然成为一种虚幻的精神高蹈和心灵自恋。这种本体论,已事实上返回到了马克思所说的抽象地发展了的唯心主义能动方面。因为,如果将"实践"作为辩证法与唯物论统一的基础,那就不是向马克思主义哲学的深处开掘,而是倒退到了马克思学说之前,为唯心论的入侵重新制造了条件。所以,从严格的哲学命题出发,应该说"实践唯物主义"和"实践本体论"概念都是难以成立的。

当然,不赞成"实践唯物主义"和"实践本体论"的提法,并不等于否定"实践理论"和"实践"的能动作用。辩证唯物主义主张把人的一切对象性的活动"当作实践去理解",主张人应该在实践中证明自

---

① 田心铭:《实践的唯物主义和实践的唯心主义——马克思主义和实用主义哲学的比较研究》,《北京大学学报》1989年第1期。

己思维的真理性,承认手不仅是劳动的器官,还是劳动的产物,承认"语言是从劳动中并和劳动一起产生出来的"。① 但是同时也承认,意识、语言和精神,本质上都具有物质性,都是劳动实践的产物。这就是马克思、恩格斯所说的:"'精神'从一开始就很倒霉,受到物质的'纠缠',物质在这里表现为振动着的空气层、声音,简言之,即语言。语言和意识具有同样长久的历史;语言是一种实践的、既为别人存在因而也为我自身而存在的、现实的意识。"②任何"实践"都具有一定的物质基础,如果"精神实践"能够成立的话,那也应该是如此,因为离开了客观存在的实践,是没有的。

实践是什么呢?实践是人的活动的总称,是外在客观自然界向人的生成的途径和方式,是人改造自然世界和建立社会关系的基础。实践是一种变革的力量,它推动社会和历史的变迁。实践决定着人的存在,即决定着"现实的历史的人"的存在,因而对于社会存在和人的存在来说,它具有根本性的意义。

但是,实践不能决定物质的客观存在,不能决定世界的物质统一性问题,也不能涵纳人类的一切行为和世间的万物。因此,实践不能作为本体,也不具备严格的本体意义。比如,人的活动总是具体地表现为人的生存方式、生产方式。生产方式一方面被客观物质因素所决定,一方面又造成社会制度的样态,但就实践中生产方式与社会制度的关系来讲,虽说生产方式是决定性的,但也不是事物的本体。诚如恩格斯所说:"世界的真正的统一性在于它的物质性,而这种物质性不是由魔术师的三两句话所证明的,而是由哲学和自然科学的长期的和持续的发展所证明的。"③这才是马克思主义的本体论和宇宙观。

这种"物质统一性",体现在物质的永恒存在性,运动构成物质的存在方式。"物质在其一切变化中仍永远是物质,它的任何一个属性

---

① 《马克思恩格斯选集》第 4 卷,北京:人民出版社 1995 年版,第 376 页。
② 《马克思恩格斯选集》第 1 卷,北京:人民出版社 1995 年版,第 81 页。
③ 《马克思恩格斯选集》第 3 卷,北京:人民出版社 1995 年版,第 383 页。

任何时候都不会丧失,因此,物质虽然必将以铁的必然性在地球再次毁灭物质的最高精华——思维着的精神,但在另外的地方和另一个时候又一定会以同样的铁的必然性把它重新产生出来。"①这是不同于传统本体论的静止的、反辩证法的"终极实体"观念的。它表明,思维着的精神是物质运动的产物,而不是相反。对此的不同回答,形成了唯物主义和唯心主义的分水岭。因此,"思维对存在、精神对自然界的关系问题"是"全部哲学的最高问题"②,这一界说无疑是正确的。

二、关于马克思的"实践观"与海德格尔的"存在论"

在我国学术界,"实践存在论"是变种了的"实践本体论",它较早出现于美学和文艺学领域。③"实践存在论"④从根本上讲也是个哲学问题,它直接承续了20世纪80年代以来对"实践本体论""实践唯物主义"的探讨。从美学上来看,"实践本体论"是依据所谓"实践唯物主义"才出现的,而"实践美学"则是以"实践唯物主义"作为自己的哲学基础,并且在"实践本体论"层面建构了自身的美学体系。

进入20世纪90年代之后,关于"本体""存在""本体论""存在论"等问题的争论进行了很长时间,直到今日也没有停歇。面对"实践美学终结"的既成事实,在各种"后学"和所谓"存在论转向"的鼓动

---

① 《马克思恩格斯选集》第4卷,北京:人民出版社1995年版,第279页。
② 同上书,第224页。
③ 朱立元:《当代文学、美学研究中对"本体论"的误释》,《文学评论》1996年第6期。
④ 有学者认为,在美学、文艺学研究中之所以会出现种种对本体、本体论范畴的误解、误用,追根溯源,即因为用"本体论"译 Ontology。因此,主张将 Ontology 译为"存在论"而非"本体论"。这样,原先的"实践本体论"也就相应成为"实践存在论",从而可以将海德格尔存在主义的"存在论"引入马克思主义的美学、文艺学研究。(参见朱立元:《当代文学、美学研究中对"本体论"的误释》,《文学评论》1996年第6期)。在朱立元主编的《美学》(北京:高等教育出版社2006年版)教材中,海德格尔的"存在论"思想已清晰可见。到了朱立元著《走向实践存在论美学》(苏州大学出版社2008年版),则已基本完成了从马克思主义实践观向海德格尔存在论的转向。

下,有论者开始提出"实践存在论"美学,并在其阐释过程中伴随着"实践美学"和"后实践美学"之间的争吵一同展开。"实践存在论"文艺学关涉到文学本体的哲学和美学解释,同样也是个文学理论的问题。如果说此前"实践本体论""实践唯物主义"的讨论,尚属于马克思主义哲学、美学范围内的对话,那么,有关"实践存在论"的探讨就已经大大超出了这个范围,变成了马克思主义与海德格尔存在主义之间的奇异结合。

从理论构成上看,美学、文艺学的"实践存在论",是将马克思主义的"实践观"同存在主义尤其是海德格尔的"存在论"架构组合而成。"实践"与"存在"两个概念之间的关系及其理论上共生共融的可能性,是该理论阐释的内在需要。作为美学、文艺学的本体观,它需要适合于理论上的逻辑生成法则。因为任何科学的理论"绝不能是一些不相干的、偶然的和毫无联系的知识的堆积",在理论的框架内,"概念、范畴、术语和问题与问题之间要实现彼此的'系统地联系',必须'共同适合于逻辑上的包容关系'"。① 可是,"实践存在论"美学、文艺学的内在矛盾及逻辑混乱,使其无法做到这一点。

马克思在《1844年经济学哲学手稿》中就初步阐述了"实践"观念。他区分了"理论领域"和"实践领域",认为前者是人的精神的无机界和精神食粮,后者则是指人的生活和人的实际活动。"在实践上,人的普遍性正表现在把整个自然界——首先作为人的直接的生活资料,其次作为人的生命活动的材料、对象和工具——变成人的**无机的身体**。……通过实践创造**对象世界**,即**改造**无机界,证明了人是有意识的类存在物,也就是这样一种存在物,它把类看作自己的本质,或者说把自身看作类存在物。"② 这时的马克思,尚残留费尔巴哈人本主义的影子,还没有完全脱离关于人的"类本质"的思想。而这一点,正是马克思后来对费尔巴哈批评的主要内容之一。不过,马克思在此明

---

① 董学文:《文学理论学导论》,北京:北京大学出版社2004年版,第53页。
② 《马克思恩格斯全集》第42卷,北京:人民出版社1979年版,第95—96页。

确了实践活动是"创造对象世界,即改造无机界"的活动。正是通过这种实践,才奠定了人的本质存在,才承认实践创造了历史,也创造了美与艺术。

马克思科学实践观的真正确立,是在《关于费尔巴哈的提纲》①和《德意志意识形态》中完成的。这两部文献,集中批判了旧唯物主义包括费尔巴哈直观唯物主义和一切唯心主义的形而上学,将辩证唯物主义一元论及其历史观同一切旧唯物主义和唯心论区别开来,把实践的改造与革命的能动作用,注入了新的唯物主义体系之中。正因如此,才有恩格斯所做的它意味着一个新的天才世界观萌芽诞生的评价。

马克思所讲的"实践",是指人的物质劳动和革命实践,既包括最初的本源意义上物质活动和物质交往的含义,也包括在现实基础上社会活动和革命实践的含义。这里的"实践",不能理解为包容一切的活动和行为,也不能理解为是亚里士多德和康德意义上的形而上学的"道德实践"。如果借用康德的概念,认为真正属于本体意义上的实践,是属于"物自体"领域的"按照自由概念"的"道德实践",而不是只涉及现象领域和认识论的"按照自然概念"的实践,认为"实践"主要不指物质生产劳动,技术、生产只是认识论意义上的实践,"近代以来,随着自然科学的发展和工业革命的推动,把实践主要理解为物质性的技术生产的看法已经相当普遍,成为'流俗'见解,以至于需要康德来纠正"②,那么,这种意见未必是妥当的。

是的,马克思说过"社会生活在本质上是实践的",但这不等于说整个社会生活在一切方面都是实践的。马克思主义的"实践",应与一切神秘主义的理论和形而上学的道德行为加以区分。"实践"是

---

① 在《关于费尔巴哈的提纲》中,马克思列出了十一条,其中有八条是关于"实践"问题的。可以说,整个提纲就是马克思主义的"实践论"。
② 朱立元:《走向实践存在论美学》,苏州:苏州大学出版社2008年版,第109—110页。

"现实的人"的物质实践与革命实践,是社会的历史的活动,不是神秘的玄想或抽象的思辨,也不是动物式的类存在物的活动。

恩格斯针对康德、休谟等人的"不可知论",曾经指出:"对这些以及其他一切哲学上的怪论的最令人信服的驳斥是实践,即实验和工业。""推动哲学家前进的,决不像他们所想象的那样,只是纯粹思想的力量。恰恰相反,真正推动他们前进的,主要是自然科学和工业的强大而日益迅猛的进步。"①现实的人类活动和物质生产,构成恩格斯所说的"实践",这一"实践"宣告了康德的不可捉摸的"自在之物"的完结,"自在之物"成了"为我之物"。正是这种"实践",把被黑格尔唯心主义倒置了的唯物主义重新颠倒过来。列宁也郑重地指出过,"实践"比所有形而上的经院哲学更为重要。"生活、实践的观点,应该是认识论的首要的和基本的观点。这种观点必然会导致唯物主义,而把教授的经院哲学的无数臆说一脚踢开。"②

正确地认识"实践",应当把它理解为与"理论"尤其是形而上的思辨哲学不同的人类活动。在这一点上,甚至费尔巴哈也说过,"神学的秘密是人本学,思辨哲学的秘密则是神学"③。辩证唯物论者有别于唯心论者和机械唯物论者之处,就在于他强调动机和效果的统一,承认"社会实践及其效果是检验主观愿望或动机的标准"④。实践与人们的主观意志、主观愿望、行为动机和无意识心理起码不是一回事情。被唯心主义能动地发展了的方面,并不构成彻底唯物论的"实践"因素。

马克思所说的"实践"活动是"对象性的",也就是"客观的",两者用的是同一个词 gegenständliche。"实践"的这种对象性、客观性而非抽象性、主观性特征,证明了意识的物质性、现实性和此岸性。这不同

---

① 《马克思恩格斯选集》第4卷,北京:人民出版社1995年版,第225、226页。
② 《列宁全集》第18卷,北京:人民出版社1988年版,第144页。
③ 《费尔巴哈哲学著作选集》上册,荣震华、李金山等译,北京:商务印书馆1984年版,第101页。
④ 《毛泽东选集》第三卷,北京:人民出版社1991年版,第868页。

于旧唯物主义和纯粹的经院哲学,也不同于形而上学唯心论的道德行为。真正意义上的"实践"是现实的、变革性的行动。"实践"产生了人们的"意识"和"社会意识":"思想、观念、意识的生产最初是直接与人们的物质活动,与人们的物质交往,与现实生活的语言交织在一起的。人们的想象、思维、精神交往在这里还是人们物质行动的直接产物。……意识[das Bewuβtsein]在任何时候都只能是被意识到了的存在[dasbewuβte Sein],而人们的存在就是他们的现实生活过程。"①这就阐明了意识的起源、精神的生产、人的实践以及人的现实存在等根本性问题。在这里,马克思主义实践观的初步形态已基本成型。文学和艺术作为审美的社会意识形式的产物,无疑是建立在这个实践观的基础之上的。

至此,马克思关于人的"类存在物"思想,已经转变为"现实的人"的理念,他已经将"人们的存在"看作是人们的"现实生活过程"。这样一来,他就跟把人的本质和存在引向各种神秘主义的理论划清了界线。人的本质不再是"类"本质,也不再是绝对孤立的个体存在,在其现实性上,只能是一切社会关系的总和。费尔巴哈关于人的抽象的"类"本质观,已经成了批判和扬弃的对象,这就意味着马克思已脱离了此前自己思想中的某种人本主义倾向的阶段。

毋庸置疑,马克思的实践观确立了人的存在就是人的物质活动、物质交往以及人的现实生产和生活过程。包括人类社会在内的世界或宇宙的一切存在,只能是客观的物质存在,运动是其存在的方式。这就从根本上消除了将"存在"问题导向某种神秘主义或虚无主义的倾向,抛弃了传统形而上学所谓永恒不变的"终极本体""终极存在"的本体论思想,确立了自己的宇宙观和本体论。而这种宇宙观和本体论与海德格尔的"存在论"(或曰"基础本体论")是完全不同的。

在海德格尔那里,他是试图通过"此在"(Dasein)的"生存",一劳

---

① 《马克思恩格斯选集》第1卷,北京:人民出版社1995年版,第72页。

永逸地解决"存在"问题。在海德格尔那里,他的"存在"是个体的人的"存在",并不涉及马克思意义上的"实践"问题。他的"存在"只是一种"领悟"和所谓"存在之澄明",并不是指"现实的人"的"实践"。而这种"领悟"或"澄明",不过是一种主体心性的大彻大悟,是非人力所能为的。如果与马克思、恩格斯所说的通过人类劳动和实践而通达的"自由王国"相比较,那么海德格尔的"存在之澄明"①则是彼岸性的,是此岸性的彼岸向往。所以说,马克思的"实践"与海德格尔的"存在",根本上是异质的。

让我们来看海德格尔的"此在"一词。"此在"一词是海德格尔由德语里表示中性的 das 和系词 sein 组合而构成的。"此在"具有功能上的专属性,是专为"存在"而设定的。"此在"是这样一种存在者,它通过领悟"存在"得以生存,它具有"存在论"上的优先性。"此在"的"烦""畏""焦虑""痛苦"或"死亡"等"根本情绪",显示了"此在"的存在。除此之外,"此在"处于遮蔽状态,"此在"的遮蔽也就意味着"存在"的不显,世界处于一片黑暗之中。西方有位学者以半开玩笑的语气说,对于"存在"问题,"读者可能不耐烦地问,存在又如何呢?经过这许多世纪,这个显然非常遥远而抽象的题目,真的还能告诉我们一些新的有意义(首先是对我们繁忙的现代人有意义)的东西吗?这种不耐烦本身来自一种对存在的态度或倾向性,我们对此总的说来是无意识的"②。"存在"在海德格尔那里,处于一种不可捉摸的神秘之域,当你想要抓住它的时候,它巧妙地逃脱了,而就在它逃脱的一瞬间,却又显示了其"存在"。海德格尔完全是抛开现实的存在者而去追

---

① 《海德格尔选集》上册,孙周兴编,上海:上海三联书店 1996 年版,"编者前言"第 12 页。"存在之澄明"是海德格尔"存在论"的一个术语,意指"真理的显现或敞开"。"他所谓'存在之真理',乃是一种至大的明澈境界,此境界决非人力所为;相反,人只有先已入于此境界中,后才能与物对待,后才'格物致知',后才能有知识论上的真理或者科学的真理。此'境界',此'存在之真理',海氏亦称之为'敞开领域'或'存在之澄明'。"

② [美]威廉·巴雷特:《非理性的人——存在主义哲学研究》,段德智译,上海:上海译文出版社 2007 年版,第 224 页。

问所谓"存在"的意义。

在海德格尔那里,"此在"的"生存",只具有时间性,消除了外在一切历史性的可能。这同马克思所强调的人的现实性和历史性是大异其趣的。在海德格尔看来,劳动只是一种"通过作为主观性来体会的人来把现实的东西对象化的过程"①。这一读起来颇令人费解的哲学语言,实际上是否定了"劳动"(或曰"实践")的客观性、对象性、开放性,而退回到了封闭的"存在"之境当中。因而,"存在主义的本体论不能不抛弃一切,而把人的本质以及人的现实的存在主义的构成要素(自由、状况、共存、在世、'人'等),解释为超越全部社会偶然事件范围的超历史的范畴"②。

走向人类历史的解放之途,这是马克思主义实践观的未来指向。海德格尔的"存在论",则蜷缩于个体审美的封闭境域以求超脱,这根本上是反历史主义的,是与马克思主义实践观刚好相反的。马克思主义的"实践论"与海德格尔的"存在论"内涵不同,指向各异,两者之间没有逻辑上的生成关系,因而是无法直接对接融合为"实践存在论"的。

客观地说,海德格尔的"此在"概念是非历史主义的,它取消了人的认识的可能性,剩下的只是主体心性的感觉和体悟而已。这一观念在西方文化中有其传统,即它是一种人本主义的思潮,带有非理性与反社会的性质。有学者明确指出,"它展示的是对现代文明的极端憎恶,彰显的却是一种尚古意识,主张回溯到前认识论阶段的'存在状态'。其目的是恢复和重建更加古老、更加原始的存在本体论",因而,海德格尔的"存在论","并非是本体论哲学的终结或完成,而仅仅是传统本体论的形态转变,在它那里超验本体论以更隐蔽的方式得到

---

① 《海德格尔选集》上册,孙周兴编,上海:上海三联书店1996年版,第384页。
② [匈]卢卡奇:《存在主义还是马克思主义》,韩润棠等译,北京:商务印书馆1962年版,第127页。

了复活与重建"。① 这种分析不是没有道理的。

在"实践存在论"看来,这种超越性的境界,就是达到对宇宙人生觉解的最高层次。处于这一境界的人,不仅超越了个人,也超越了社会。这就与认为人的存在就是人的现实生活过程的观念背道而驰了。显然,海德格尔的"存在论",彰显的是现代一部分人无所寄托的精神漂浮状态和落寞情绪,是一种精英的、虚幻的哲学。那种认为马克思和海德格尔一道,实现了现代哲学的"存在论转向"的说法,是没有根据的。

事实上,马克思的"实践"观念,正是海德格尔的"存在"所要极力回避的东西。海德格尔关于"此在"的本体论证明,是一种形而上学。海德格尔的"存在",只能依托"此在"而生成或显现,他所确立的"此在"的先验结构和世界筹划者的地位,实际上是确定了"此在"的极端主体性:在这个上帝不在场的世界,"此在"填补了上帝留下来的空位。海德格尔反对形而上学的二元论思维和近代以来的主体性哲学,自己却终究无法摆脱而深陷其中。这是一种悖论,但也是一个事实。

三、"实践存在论"美学和文艺学的理论失误

"实践存在论"美学、文艺学的内在逻辑结构,存在诸种矛盾和冲突。作为概念范畴,它自身缺乏统一整合的可能性。对其理论的解释,也不可避免地要在马克思的"实践观"与海德格尔的"存在论"之间摇摆和徘徊。而有些"实践存在论"主张者,在具体的理论阐释中,其真实的情形又是将马克思的实践观淹没和消泯在海德格尔的"存在论"之中。在所谓"存在论转向"的意图之下,"实践存在论"美

---

① 孙伯鍨、刘怀玉:《"存在论转向"与方法论革命——关于马克思主义哲学本体论研究中的几个问题》,《中国社会科学》2002 年第 5 期。

学、文艺学完成的则是对马克思主义美学、文艺学的实践观和历史唯物论的解构与颠覆。诚然,"实践存在论"在完成了对马克思主义学说的"海德格尔化"、马克思主义实践观的"存在论化"之后,也势必同时完成了对自身的消解与破坏。

在"实践存在论"美学、文艺学看来,马克思主义的实践观是狭隘的,仅仅停留于物质生产方面,而没有把"实践"作为"人的存在"来看待。这里的"人的存在",并不是现实意义上的人的存在,而是海德格尔所谓的"人生在世",即包括诸如青春烦恼、友谊诉求、孤独体验之类的个人化情绪,连同"人"的情感、联想、潜意识、无意识、心灵体悟、道德心理等纯粹个体性的冲动,通通纳入"实践"的范畴。"实践"在这里得以无限扩张,包容一切,这实际上就已经脱离了唯物史观的"社会实践"观念,走向了海德格尔的抽象的所谓"存在"。当"实践"像有些论者说的那样成为一种情绪化体验的时候,当"审美主体的存在状态""主要体现在惊异、体验和澄明三个基本环节及其起伏运动的状态中"①的时候,这种"实践"的观点,就已不是那种"必然会导致唯物主义"的"实践",而是像海德格尔的"存在"那样,变成了一种直觉的领悟、一种审美的救赎、一种唯心本体论的形而上学。

可以这样说,"实践存在论"的美学、文学观,事实上是对马克思主义理论存在"人学空场"观点的另一种表述。它试图用个体性的人的"存在"或"生存",去填充这个所谓的"人学空场"。这种做法,自20世纪80年代就已经出现。它认为马克思只关注人的社会性、集体性,而对个体的存在则漠然置之,"人"在马克思的思想中遭到了放逐。可事实上,在马克思主义学说那里,并不存在什么"人学"的"空场"问题。马克思早就指出过,"全部人类历史的第一个前提无疑是有生命的个人的存在"。"这些个人把自己和动物区别开来的第一个历

---

① 朱立元:《美学》,北京:高等教育出版社,2006年版,第116页。

史行动不在于他们有思想，而在于他们**开始生产自己的生活资料**。"①也就是说，人的"生存"并不在于对"存在"的领悟，而在于他们的生产和社会实践。这里所谈论的"人"，是"现实的历史的人"，是以"实践"为中介的"人"，是把他的"存在"连同他所处的社会历史环境和社会生活过程同时展现出来的"人"。现实的物质劳动和社会实践，是美和艺术的创造根源。存在主义宣扬只有在一种孤独的玄思中才能实现所谓美的"显现"与"敞开"，这其实是虚妄的说教。

在马克思主义世界观中，世界的物质统一性和客观存在性，是不以人的意志为转移的。人类的社会历史只能是这种客观存在的一部分，它不能超越于这种客观存在而走向所谓精神的自由。人类的实践毕竟是有限的。从人的"存在"即"此在"出发来解读"存在"的意义，它的有效性只能限制在人的某些活动的范围之内，超出这个范围，就可能变成一种"唯意志论"的命题。譬如，面对珠穆朗玛峰和暴风雪、宇宙无限与暗物质、火山喷发和彗星相撞，我们如何从人的存在出发去解读存在的意义呢？看来，只能从客观存在出发去解释人的存在问题。倘若把马克思的本体论说成是"实践存在论"，认为马克思的哲学终结了传统的物质本体论，建构的是一种新的本体论，那就和马克思的本体论原意不相符合了。

哲学上"人学空场"的论调以及"实践本体论"，还有以此为依据的"文学主体性"观点，其理论意图是相同的，都是力求以唯心主义的人本论去改造辩证唯物论的一元论，以"主体性"心灵的隐秘世界和精神的无限空旷，涵纳直至消解马克思主义关于世界的物质统一性和客观存在性。"实践存在论"美学、文艺学对个体的"人的存在"的极度张扬，实际上已经走向了精神本体论和审美唯心论，走向了某种极端的个人主义。"实践存在论"美学、文艺学在马克思主义实践观外表

---

① 《马克思恩格斯选集》第1卷，北京：人民出版社1995年版，第67页及该页注释1。

的遮掩之下，通过反对所谓主客二元对立和寻求个体生存为幌子，完成的则是对唯物史观和唯物辩证法的瓦解。

"实践存在论"美学、文艺学的具体做法是：先将马克思主义的实践观扭曲化、狭隘化，然后将"实践"观念加以泛化，接着同海德格尔的存在主义加以比对、结合，最后生造出所谓的"实践存在论"体系来。到了这个地步，马克思主义的实践观的内容就已基本看不见踪影了。美学上的"实践存在论"者曾这样说："人在世界中存在，就意味着在世界中实践；实践是人的基本存在方式；实践与存在都是对人生在世的本体论（存在论）陈述。""'实践存在论'虽然仍然以实践作为美学研究的核心范畴，但是却突破主客二元对立的认识论，转移到了存在论的新的哲学根基上了。"①

这一概括的措辞是值得注意的。既然"实践"与"存在"都是对人生在世的本体论陈述，那么如果"实践"与"存在"是不同质的话，就造成了事实上的"双本体论"，取消了本体论的科学的陈述。既然"哲学根基"已经"转移"，从"旧的"辩证唯物主义认识论变成"新的"存在主义的存在论，那么这种美学的马克思主义属性也就需要怀疑了。

毋庸讳言，这个理论结果未必是"实践存在论"坚持者所希望看到的，但它又确乎是明摆着的事实。这里，唯一可能的辩护性解释就是"实践"与"存在"的完全同一，"实践"彻底消融于"存在"之中。关于这一点，持论者的态度亦相当明确，即承认其理论"转移到了存在论的新的哲学根基上了"。不过，问题是，这样"转移"之后，确立的"新的哲学根基"还能说成是马克思主义的哲学根基吗？海德格尔的"存在论"与马克思主义的"实践观"之间，距离是不是远了一些呢？完成了这种"突破"和"转移"的"实践存在论"美学、文艺学，会不会导致马克思主义美学、文艺学基本原理也要发生根本性的改变呢？所有这些，是不能不加以深思和考虑的。

---

① 朱立元：《简论实践存在论美学》，《人文杂志》2006年第3期。

马克思主义的美学和文艺学,注定是要建立在唯物史观和唯物辩证法的稳实基础之上的。它的"实践观"和"存在论",是唯物的、现实的、具体的、历史的,而非孤立的、抽象的、玄思的、虚幻的。它明确主张"劳动创造了美",人具有"按照美的规律来建造"的能力,并抛弃了亚里士多德、康德以来的所谓"道德实践""审美自由""超验存在"等的静态的唯心的美学观,也远离了一切把"美"导向神秘主义或不可知论的倾向,将"审美""美的存在"和"艺术"拉回到社会生活的大地上,揭示出在社会实践和劳动创造中生成美、感受美、发现美的真理。马克思的"艺术生产"理论、艺术"掌握世界方式"的概念,成为马克思主义美学、文艺学的核心范畴,其道理也在这里。存在主义的静态直观或纯粹心灵创造的美学观,以及那种强调主体体验和感悟的艺术论,在"艺术生产"理论面前已经暴露出其学说的先验性和虚幻性。

看来,关键还是美学、文艺学研究的理论前提问题。众所周知,唯物史观是"从现实的前提出发,它一刻也不离开这种前提。它的前提是人,但不是处在某种虚幻的离群索居和固定不变状态中的人,而是处在现实的、可以通过经验观察到的、在一定条件下进行的发展过程中的人。只要描绘出这个能动的生活过程,历史就不再像那些本身还是抽象的经验论者所认为的那样,是一些僵死的事实的汇集,也不再像唯心主义者所认为的那样,是想象的主体的想象活动"①。可见,对这个理论前提的理解,是不能也无法用存在主义的"存在论"来加以涵括和阐释的。

正是在这个意义上,可以说"美"既不是现成的东西,也不是想象的产物,世间没有一个美本体的问题。现今人们所说的"美",只是一个具有代名词性质和意义的概念,分别指美的事物、审美价值、审美属性等等。而且,它只能在实践中展开,其真正的本体只能是物质性的,实践则是其生成和创造的中介。审美活动从一开始就具有实践性

---

① 《马克思恩格斯选集》第 1 卷,北京:人民出版社 1995 年版,第 73 页。

与物质性,纯粹无功利、全然超越性的审美是不存在的。海德格尔的"存在论"美学、文艺学,排斥一切外在的现实性,曲解并利用了康德的审美无功利观点。在相当长的一段时间里,有些理论是"以用马克思的思想来修正康德的姿态出现的,实际上完成的是一个用康德来修正当时流行的马克思主义观点的任务"①。"实践存在论"美学和文艺学产生的就是这种效果。"实践存在论"者虽然强调海德格尔的存在论没有达到马克思实践论的高度,但在实际的理论阐释中却刚好相反,完成的正是用海德格尔来修正甚或取代马克思主义的活计。

在美学上,马克思从来没有机械地将美定位为一个对象性的存在。美不是相对于主体而言的客体性,而是在实践的主客体双向运动与交流中产生的属性,因此,美绝不是所谓的"存在的澄明"或"审美的无功利"。艺术生产者通过将自己的本质力量注入艺术品中,以"对象化的独特方式""物化"自己的劳动产品,确证和实现自己的个性,从而达到对世界的"艺术掌握"。这种"掌握"与海德格尔通过"物化之境"对"存在"的领悟是不同的。海德格尔对梵·高的油画《农鞋》的解释,就是典型的"存在"的"物化之境"。借助于某种"神之光辉"的反照,这双"农鞋"向农妇敞亮了世界的"存在",这是"存在"的"物化之境"。但"这种物化之境,虽然体现了形而上学的最高意境,但它更是形而上学的神化之境。这种一片光明的境界,实际上也是一片黑暗"②。这里的"存在"是一束没有光源的辉光,它照彻一切,唯独将自身留在黑暗之中。这就是"存在的形而上学"的理论弊端。

"实践存在论"美学、文艺学在完成对马克思主义实践观的消解与消融之后,剩下的也就只有海德格尔的"存在论"了。至此,已经不是

---

① 董学文等著:《中国当代文学理论(1978—2008)》,北京:北京大学出版社 2008 年版,第 10 页。
② 仰海峰:《形而上学批判——马克思哲学的理论前提及当代效应》,南京:凤凰出版传媒集团、江苏教育出版社 2006 年版,第 131 页。

"实践"(劳动)创造美,而是美源自个体的"领悟"与"澄明"了。这时,人只能在一种"纯粹的美"的境域中孤独地祷求心灵的安宁,这事实上也就放弃了一切现实的社会生活,而走向人的所谓的超越性存在。这种超越性是在否定和弃绝其他一切外物存在的情形之下实现的,除了人的存在外,其他一切皆是无。可以这样讲,"根据海德格尔的说法,我们所真正接触的唯一本体的形式是人的存在。……只有人是真正存在的。动物活动,数理的事物持存着,工具在那里听我们使唤,外界呈现出来;但这些东西没有一项是存在的"①。这就将人自身绝对地封闭和孤立起来,并以此作为体验超越性的"纯粹美"的标准。

常识告诉我们,即使是个体性的存在,人也不能跳脱固有的社会属性。是现实的生产、实践与社会关系,而不是什么超越性的精神或"存在",造就了人的现实的社会本质。无论如何,人都只能是社会的人,即使是"离群索居"的人,亦是如此。很难想象一个个体的人,在脱去了社会物质生活和语言文化交往的维度之后,还会是什么样子。普列汉诺夫说:"凡是崇拜'纯粹的美'的人,并不能因此就使自己不依赖于那些决定自己的审美趣味的生物学条件和社会历史条件,而只是多少有意识地闭眼不看这些条件罢了。"②海德格尔的"此在"和人的"生存"理论,缺乏的就是这种现实的可能性,因而从根本上是人本主义的,并重新走上了形而上学的老路。那么,以此来解释马克思主义的美学和文艺学的本体观,是难以行得通的。这便是"实践存在论"美学、文艺学的失误之所在。

(原载《上海大学学报》2009年第3期)

---

① 刘放桐:《现代西方哲学》,北京:人民出版社1981年版,第552页。
② 《普列汉诺夫美学论文集》Ⅱ,曹葆华译,北京:人民出版社1983年版,第840页。

"实践存在论"美学何以可能

近几年来,国内关于"实践存在论"问题的讨论开始多了起来。这个问题从最初的哲学、美学领域渐而蔓延到文学和文艺理论领域中来,得到一些学者的关注。从哲学上来看,它直接承续了20世纪80年代以来对"实践本体论"的探讨。进入90年代之后,学界对诸如"本体""存在""本体论""存在论"等问题有过长时间争论,且一直延续至今。从美学上来看,伴随着对"实践美学"和"后实践美学"的探讨,有论者提出了"实践存在论美学",并对其不断加以修饰和填充。就"实践存在论美学"提出者最初的理论指向来看,它不仅仅是一个美学问题,从一开始就也是个文学理论问题。① 因而,对这个问题的讨论不能仅仅局限于美学,而应同时在文学理论领域展开。

一、"实践存在论"的提出

"实践存在论"何以可能?在主要提出者的文章中,首先对这个问题展开说明的是从语言翻译的角度,即认为,文学和美学研究中的"本体论"问题,存在着翻译上的误区,认为"本体论"(英文为"ontology",德语为"Ontologie")真正的中文译法应该为"存在论"。相应而言,如果"实践本体论"可以成立的话,那么"实践存在论"或许更是一个合适的译名,因而,正式地将"实践存在论"纳入美学研究的视野。从这个层面来说,"实践存在论"不过是"实践本体论"的另一种说法而已。

---

① 朱立元:《当代文学、美学研究中对"本体论"的误释》,《文学评论》1996年第6期。

客观地说,无论是英语的"ontology",还是德语的"Ontologie",译介为"存在论"都未尝不可。从词源学上来考察,它们都是关于"on"的学说或学问。这个词最早出现于拉丁语,后来进入古希腊语,即"оν",也就是英语中的being,即"存在"或"存在物"。同时,这个词还有另一个重要的用法,就是作为系词"是"来使用,因此有学者主张将其译为"是",将"ontology"或"Ontologie"译为"是论"。① 事实上,无论将其翻译为"本体论""存在论",还是译为"是论",单纯从语法和意思上来说,都是可以的,也都能说得通。其中的差异,更多地表现在中西方语言的习惯和两种哲学思维的差别上。但问题的关键在于,该概念翻译过来之后,是应按照汉语语言的理解习惯来加以阐释,还是解释时要注意其原始的意涵和最初的哲学背景,这是需要考虑的。

汉语中有"本体"的说法,但却没有"本体论"这样一个西方的哲学范畴。从概念范畴的整体性和统一性来说,中国哲学是没有办法展开自己的"本体论"的,试图从汉语言的"本体"出发挖掘出完全中国化的哲学"本体论"来,是相当困难的。因此,就不能不充分顾及"本体论"的西方语言习惯,不能不考虑西方哲学尤其是形而上学的实际特点。

对"本体论"问题的阐发,是无法避开西方哲学理论的。从"实践存在论"的主旨来看,它是想将"实践观"和"存在论"加在一起。这一点是可以确定的。但是,"实践"的范畴和"存在"的范畴之间不存

---

① 主张将"Ontologie"译为"是论"的学者有王路、宜宣孟等。他们的根据主要是"on"作为"是"的系词用法。在西方语言中,"on"作为系词的用法占据了一个很重的位置,或者也可以说,占据了大部分的用法。但是,从汉语方面来看,译介为"是"显然存在语言习惯上的问题,因为,在汉语中,"是"作为系词是很晚才出现的,而且在今天的汉语语法中,"是"也只作为系词来使用,而并没有诸如"本体""存在"这样的意涵。按照王力在《汉语史稿》中的考证,"是"这个词在汉代以前,甚至连系词都不是,而是作为代词"这"或"那"来使用。但是,在西方的语言中,显然"on"是有"本体""存在"和"有"这样的义项的。从概念的内涵和外延来说,在中国哲学中,"有"的内涵最小,所以它的外延最大,万事万物都可以称为"有",所以有人将其译为"有",将"ontology"或"Ontologie"译为"万有论"。可以说,关于系词"是"和"本体论""存在论"的翻译之争,主要存在于中、西语言习惯的差异和由此引起的哲学思维方式的不同。

在一个完全融合与涵纳的问题。从根本上讲，这两个范畴各自的哲学内涵和理论意义是完全不同的。既然如此，那就只能对这两个范畴分别加以对待，各自进行阐发。有些"实践存在论"的阐述，实际上是将马克思主义的"实践观"与海德格尔的"存在论"结合起来，为此构筑出一个新概念，并建构出一个新的美学或文学理论体系，这是需要我们加以讨论的。

任何理论创新都不能离开具体的理论现实。实事求是的科学的理论创新，应该建立在对一套概念和理论的基本、完整的考察和理解基础之上。如果只是为了求新，而把两种不同甚或对立的观念拉扯到一起，在尚未进行理论的阐释之前，就预先认定它具有理论基石的作用，那么，这种理论的提出是欠妥当的。两种不同的理论不是不能综合，但必须要考虑它们之间的某种共属性或同一性。无论是理论的移植，还是理论的拼接，只要能够两相适应，而不至于出现强烈的"排异"反应，那么新的理论生成是有可能的，而且也是允许的。倘若两种理论形态存在较大的内在差异，甚至是完全对立的，那么它们之间的搭配组合，就很难说是"创新"，对这种"搭配""组合"的阐释，很可能造成理论资源和智力的浪费。

从理论的历史生成和范畴谱系来说，一种理论形式如果想要在一定历史时期的理论生态中保持长久的生命力，其概念范畴的界定与生成，必须首先能够站得住脚，因为任何理论都是通过概念或者范畴的构织作用而产生的。概念或范畴作为理论阐释的观念单元，起到理论支撑点和理论网结的作用，正是通过对相关概念范畴的这种单元组合和网结关系，一种理论才得以生成和阐发。对于一种具有科学性的理论来讲，"绝不能是一些不相干的、偶然的和毫无联系的知识的堆积。在文学理论框架内，概念、范畴、术语和问题与问题之间要实现彼此的'系统联系'，必须'共同适合于逻辑上的包容关系'。否则，系统会变成阻碍和破坏对文学合理认识的东西"①。同时,概念范畴的演绎和演化,又构成了理论的历史生成,概念或范畴的谱系性及历史性,直接决定了理论自身的阐释效果和历史轨迹。

如果上述的原则是合理的,那么对于"实践存在论"来说,它的理论成立性也应做如此的判断。从"实践存在论"提出者的理论解释来看,它那里的"实践",指的是马克思主义的"实践",而那里的"存在",指的是存在主义的"存在",更确切地说是海德格尔的"存在论"。这两种理论的组合,能否达到理论的整一性而不出现"排异"反应,这是需要辨析和考察的。

二、马克思主义的唯物论"实践观"

马克思在《1844年经济学哲学手稿》(以下有时简称《手稿》)里就提出了"实践"问题,但这时"实践"概念对意识的生成和人类的诞生所起的作用,尚残留费尔巴哈人本主义的影子,即将人和动物的生存看成同样是一种"类生活",仍以所谓的"类本质"来看待人:"通过实践创造**对象世界**,即**改造**无机界,证明了人是有意识的类存在物,也就是这样一种存在物,它把类看作自己的本质,或者说把自身看作类存在物。"②尽管如此,马克思在这里还是提出了实践所具备的"创造对象世界,即改造无机界"作用的唯物主义命题。

马克思真正确立唯物主义实践观,是在《关于费尔巴哈的提纲》和《德意志意识形态》中完成的。在这两个文献中,马克思批判了旧唯物主义包括费尔巴哈的直观唯物主义和一切唯心主义,尤其是黑格尔的形而上精神哲学,建立了自己的"意识形态理论",这其中一个关键的因素就是"实践"。马克思的实践观不仅将唯物辩证法及唯物史观同旧唯物主义和唯心主义区别开来,同时,也把为唯心主义所发展了的

---

① 董学文:《文学理论学导论》,北京:北京大学出版社2004年版,第53页。
② 《马克思恩格斯全集》第42卷,北京:人民出版社1979年版,第96页。

能动方面即实践的改造和革命的方面，重新注入了新的唯物主义系统。

马克思所说的实践活动是"对象性的"，也就是"客观的"，在马克思那里，这两者用的是同一个德语语词。正是通过"实践"的这种对象性和客观性，才证明了思维的真理性、现实性和此岸性。这是完全不同于旧唯物论和纯粹经院哲学的。因而，在马克思看来，真正意义上的"实践"是现实性的，是革命性的。正是通过"实践"，人们的意识和社会意识才得以产生，人们才是自己的思想和观念的生产者。"但这里所说的人们是现实的、从事活动的人们"，这里所说的"意识[das Bewuβtsein]在任何时候都只能是被意识到了的存在[das bewuβte Sein]，而人们的存在就是他们的现实生活过程。"①这样一来，马克思就把"实践"建立在稳实的唯物主义基础之上，并构制了实践观的初步形态。

这里关键的一点是，马克思所说的"人"，已经由《手稿》中的"类存在物"转变为"现实存在的人"，人的本质不再是"类"本质，不再是单个人所固有的抽象物，"在其现实性上，它是一切社会关系的总和"，而费尔巴哈关于人的"类"本质，则成为批判的对象："费尔巴哈没有对这种现实的本质进行批判……因此，本质只能被理解为'类'，理解为一种内在的、无声的、把许多个人**自然地**联系起来的普遍性。"②

这一转变不是偶然的，而是有一定思想发展演变的轨迹。马克思曾经明确地指出过，在《德意志意识形态》中，他和恩格斯进行了一番自我思想的清理工作，并通过对德意志意识形态和黑格尔精神哲学的考察，建立了自己的实践哲学和意识形态理论。如果说马克思的思想有一个大的跨越的话，那么这个跨越就意味着从一种直观的唯物主义和人本主义向科学的辩证唯物主义及其历史观的迈进。这种跨越并

---

① 《马克思恩格斯选集》第1卷，北京：人民出版社1995年版，第72页。
② 同上书，第56页。

不是如同阿尔都塞所说的那样,是一种"认识论的断裂",而是马克思思想整体性演变的过程,因而是不能成为分割或分裂马克思思想的一个借口的。

从《手稿》中马克思所说的"创造对象世界,即改造无机界"的实践观,到后来将"实践"作为一种对象化、客观化的活动,人的"实践"意味着人的现实的生活过程,这也构成了人们的存在本身。这前后的两种"实践",应该说有内在的共属性,即在改造对象世界的客观活动方面,亦即在物质生产劳动和社会生活方面,马克思的"实践"的内涵是一以贯之的。而这种"实践"的真正的主体,就是"现实生活的人",这才是马克思实践观的真正内涵。如果抛开了"现实的人"而谈论"实践"问题,那就会不可避免地走向对孤立个体或抽象本质的人的肯定。

在现实中,人总归是社会的人,人的意识也只能是社会性的意识。"不论我们上溯到过去多么远,不论我们所考察的民族多么原始,我们处处都只能遇到社会化了的意识。"①那么,无论是这种社会化了的思维方式,还是作为现实的人的实践,它们都是人的社会存在的本质属性。而完全个体性的"实践"观点,则面临着无法克服的困境:"个体实践的局限性最终就在于,即注定导致序列消融在一个生动而错综复杂的共同体中,使个体在空间和时间的发展上受到有组织的个人无法逾越的法规的限制。"②

人的这种社会存在性,同存在主义以及海德格尔的"存在论"是根本不同的,这就导致了将马克思的实践观与海德格尔"存在论"组合而成的"实践存在论",存在着逻辑上的混乱和矛盾。

---

① [法]列维-布留尔:《原始思维》,丁由译,北京:商务印书馆,1985年版,第16页。
② [英]戴维·麦克莱伦:《马克思以后的马克思主义》,李智译,北京:中国人民大学出版社2008年版,第304—305页。

三、海德格尔依托"此在"的"存在论"

这种矛盾,通过考察海德格尔的"存在论"可以一目了然。马克思意义上的"实践",确立的是作为社会主体的人的现实生产和生活过程;海德格尔意义上的"此在"(Dasein),则是试图通过对它的解释而一劳永逸地解决"存在"问题。

那么,在海德格尔那里,"此在"是什么呢?"此在"是海德格尔构造的词,是他用德语里表示中性的 das("这"或"此")和表示系词的 sein("是"或"存在")所创造的一个新词,并且赋予了它特殊的含义。"此在"具有功能上的专属性,是专为"存在"而设定的。海德格尔预设了"此在"的存在,并经由"此在",完成了对"存在"的领悟和澄明。"此在"的生存,也就意味着"在世界之中存在",这里的"在……之中"不是一种包容和涵纳的关系,而是一种"共在"的关系,一种世界事物对于"此在"的"物化"之境,它决定了世界的存在。因之,在海德格尔看来,"此在"是这样一种存在者,它通过领悟"存在"而得以生存,它具有存在论上的优先性,是有别于一般存在者和存在物的存在者。"此在"是世界存在的筹划者,具有优先的主体性地位。

"此在"在确立其世界主人的身份之后,其存在的形式不可避免地走向内心,因为外在的世界既然不可靠,那就在内化的心灵世界之中寻求安身立命之所。"此在"的"忧虑""焦虑""烦""痛苦"等状态,显示了"此在"的存在。一位西方学者曾经这样指出,对于"存在"的问题,"读者可能不耐烦地问,存在又如何呢?经过这许多世纪,这个显然非常遥远而抽象的题目,真的还能告诉我们一些新的有意义(首先是对我们繁忙的现代人有意义)的东西吗?这种不耐烦本身来自一种对存在的态度或倾向性,我们对此总的说来是无意识的"[①]。因而,相

[①] [美]威廉·巴雷特:《非理性的人———存在主义哲学研究》,段德智译,上海:上海译文出版社 2007 年版,第 224 页。

对于大多数人的这种遗忘和遮蔽,也就是海德格尔所说的那种"无家可归"的状态,"此在"在寻求一个安身立命的存在的家园,而这个家园就是"诗、思",是"语言"和"审美"。即在一种"诗"与"思"的情境中,在一种审美的境域中寻求心灵的安慰与宁静。而这种审美的境域呈现于艺术作品之中,就是一种真理的敞亮。而真理又是存在者之存在的澄明状态,因而艺术作品往往是通达"存在"本身的路径。海德格尔说:"真理是存在者之为存在者的无蔽状态。真理是存在之真理。美与真理并非比肩而立的。当真理自行设置入作品,它便显现出来。这种显现(Erscheinen)——作为在作品中的真理的这一存在和作为作品——就是美。因此,美属于真理的自行发生(Sichereignen)。美不仅仅与趣味相关,不只是趣味的对象。美依据于形式,而这无非是因为,forma[形式]一度从作为存在者之存在状态的存在那里获得了照亮。"①

所以,海德格尔关于"此在"的生存论,可以说是一种审美的本体论或审美形式的本体论。在这种本体论中,只有时间性的存在,而消除了外在一切历史性的可能。海德格尔的这种时间性,事实上是反历史主义的。"此在"的反历史主义,取消了认识的可能性,只剩下主体心性的感觉和领悟。这在西方,是一种典型的人本主义哲学思潮。"它展示的是对现代文明的极端憎恶,彰显的却是一种尚古意识,主张回溯到前认识论阶段的'存在状态'。它要求颠覆和终结柏拉图和亚里士多德以来的传统形而上学和本体论,其目的是恢复和重建更加古老、更加原始的存在本体论"②。海德格尔对自古希腊以来的传统理性思维方式的弃绝和对远古存在论的高扬,表明他的观念与马克思所说的人的存在就是人的现实生活过程的观点,是背道而驰的。

---

① [德]马丁·海德格尔:《林中路》,孙周兴译,上海:上海译文出版社2004年版,第69—70页。

② 孙伯鍨、刘怀玉:《"存在论转向"与方法论革命——关于马克思主义哲学本体论研究中的几个问题》,见赵剑英、俞吾金编《马克思的本体论思想》,北京:社会科学文献出版社2006年版,第122页。

海德格尔的"此在"所占据的优先性及其对"存在"本身的领悟，除了让"此在"的主体性更加明确、让人们追认一个高高在上的主体之外，人们对于"存在"本身却只能从一种更加深奥抽象的语义去理解，从"无"去理解。"此在"的"被抛"使之得以生存，那么，它又如何返回到存在呢？海德格尔通过对"畏"的分析，阐述了"此在"是如何进入日常生活的"虚无"之中的："在畏中，此存在者整体之隐去就萦绕着我们，同时紧压着我们。周遭竟无一滞碍了。所余以笼罩我们者——当存在者隐去之时——仅此'无'而已……畏启示着无"①。只有进入"无"之境，才能真正进入对"存在"的领会，才能真正进入形而上学的根基处。可见，"此在"概念是相当形而上学的。

海德格尔的"存在"只能依托于"此在"而存在，"此在"所领悟的那种"存在的澄明"，就如同林中空地，是空无，却有一个君临一切的"此在"，在一旁虎视眈眈，周围是无边的森林；或者那种"存在的澄明"像一束强烈的"存在之光"，没有光源却可以照彻一切，唯独照不到自身，而只留下这强光伴随着的无边的黑夜。在后期海德格尔的本体论中，"存在"意味着"虚无"，"存在"的"生存"意味着"虚无"的"无化"，正是通过这种"无化"，外在的物才得以达至一种澄明的状态。

海德格尔的"存在"，最终归属于语言、思想、艺术，在这片审美的境域中，祈求心灵的重生与安宁。如果说这是一种纯粹的审美境域，倒不如说这更是一种意识形态的呈现，是一种"存在的政治学"。伊格尔顿说："某种意义上，这种观念上的问题可以归结为：把政治学与伦理学都纳入本体论，从而抽空它们——这种关于存在的哲学，这种对事物的特殊性虔敬地加以接纳的哲学，并不是直接引导人们如何去选择、行动和思辨的。具有反讽意味的是，这就使得它跟它所反对

---

① ［德］马丁·海德格尔：《海德格尔选集》上卷，孙周兴编，北京：生活·读书·新知三联书店，1996年版，第143页。

的思想一样的抽象,因此它反而成了可以与那种思想等量齐观的东西。"①这是一种悖论,但却也是一个事实。

四、"实践存在论"美学观何以可能

毫无疑问,马克思主义实践观是建立在彻底唯物主义哲学基础之上的。从根本上来讲,马克思主义的"实践",是现实的人的实践,其主体不是孤独的个体也不是抽象的"类",而是现实的人、社会的人。这就决定了实践的社会性和现实性。而存在主义和海德格尔意义上的"存在",却不是这样。"此在"的存在,并不指向现实生活的人。而对于普通大众和芸芸众生来说,他们构成的正是"对存在的遗忘",是需要被唤醒的对"存在"有所记忆的人。那么,这种对"存在"的记忆是什么呢?那就是海德格尔所说的"烦""畏""痛苦""操心""焦虑"等情绪。正是在这种情绪性的氛围中,"存在"得以被领悟和被显现,除此之外,人们处于存在的遗忘之中。

照此推论,马克思意义上的"实践",意味着什么呢?是对存在的记忆还是遗忘呢?马克思说得很明白,人们的存在就是他们的现实的生活过程,而这种现实的或者也可以说日常的生活过程,在海德格尔看来,恰恰不构成一种"存在",而是"对存在的遮蔽"。以海德格尔的"存在"来观察马克思主义的"实践",将会发现,这里没有一个有效的出口,"实践"的被遮蔽和"存在"的澄明之间,隔着一层厚厚的障壁。它们之间的通约,存在着根本性的困难。

既然如此,对于"实践存在论"来说,"实践"与"存在"之间的关系又是如何呢?不难发现,对"实践存在论"的提出者说来,"实践"与"存在"之间是具有同一性的,但它们之间的位置还是有差别的。有意

---

① [英]特里·伊格尔顿:《美学意识形态》,王杰等译,桂林:广西师范大学出版社1997年版,第309页。

味的是,这两者之间位置的差异,很大程度上不是由其内在哲学解释的差别造成的,而是由外在因素造成的,说穿了,是一种合法化诉求下的差异,而真正的理论阐释,往往又将其位置倒置过来。这是一个很值得深思的问题。

所谓的"合法化诉求",就是在马克思主义的理论框架内解释"存在论"问题,用马克思主义的"实践观"去化解存在主义的"存在论",将海德格尔的"存在论"纳入马克思主义的理论视野。海德格尔穿上马克思的外套之后,起码从外表上看来,已经具有马克思的形象,虽然不是十分的像,却也可以以假乱真,即走上了一条"马克思主义的存在主义",或者"存在主义的马克思主义"这样一条道路。如此,也就为自己寻找到了一条合法化的理论生存之途。

应该说,如果两种理念形态确有相互通约和融合的方面,而不至于出现大的排异反应的话,那么,一种新的理论建构的尝试是允许的。马克思主义理论的一个优点,即在于它是一个开放的体系,它是可能和愿意接受一些有益的思想资源来做自己进一步的理论补充的。这是马克思主义能够不断走向新的形态的一个重要特征。但是,倘若两种理论存在较大差别甚或是根本性的对立,那么,对它们的融合就需要格外慎重。从"实践存在论"者的初衷来看,是希望用马克思主义的实践理论实质,来加上海德格尔的基础存在论,无论是这两者的结合也好,还是两者的优势互补也罢,力求尽量糅合而成为一种新的理论形态,并以此作为马克思主义在当代的新发展和新成果。

这种想法无疑是可以理解的。但是,"实践存在论"者的理论阐释事实,却未必能让人满意。其阐释的结果,竟然成了这样:海德格尔借马克思的外衣取得了合法性之后,马克思主义随即被完全淹没在存在主义的汪洋之中。马克思主义的实践观与海德格尔的存在论之间在阐释上的倒置和理论上的错位,已经预示了"实践存在论"理论走向的偏颇。

"实践存在论"按其合法性的诉求来说,占据主导地位的应该是马克思主义的实践观,"实践存在论"的提出者也是认同这一点的。即在他们看来,"人在世界中存在,就意味着在世界中实践;实践是人的基本存在方式;实践与存在都是对人生在世的本体论(存在论)陈述。海德格尔的存在论始终没有达到马克思的实践论的高度,而马克思则把实践论与存在论有机结合起来,使实践论立足于存在论根基上,存在论具有实践的品格。这是我们提出实践存在论美学的直接依据"①。

  这里的依据,就是马克思曾经说过的两段话:"人不是抽象的蛰居于世界之外的存在物。人就是**人的世界**"②。人"周围的感性世界决不是某种开天辟地以来就直接存在的、始终如一的东西,而是工业和社会状况的产物,是历史的产物,是世世代代活动的结果"③。"实践存在论"者认为这就是马克思的"存在论",并且认为马克思之所以没有用这一"存在论"思想来批判近代主客二分的认识论,那是因为马克思已经用实践范畴来揭示此在在世(人生在世)的基本在世方式,而这也正是马克思高明于海德格尔的地方。④ 实际情况恐怕并非如此。我们来看"实践存在论"者对"此在在世"(人生在世)是如何解释的:"人一产生就离不开世界,人本身是世界的一部分;人与世界不是先分,然后再寻求合的,而是先就是合,没有对立的。再者,世界只对人而言才有意义,人只能在世界中存在,人就在世界中,世界只对人存在,离开了人,无所谓世界。譬如,人和自然界的关系:没有人的时候,有没有自然界都值得怀疑,没有人,自然界充其量只是一种存在而已;有了人才有自然界,人和自然界是同时存在的,当周遭世界都成为人存在的环境、大地时,对人而言,世界才有意义。"⑤论者承认,这是海德格尔所给予他的重要的启示。事实上,论者虽然可以用一种很不屑的口气说"没有人,自然界充其量只是一种存在而已",但是,这"存

---

① 朱立元:《简论实践存在论美学》,《人文杂志》2006 年第 3 期。
② 《马克思恩格斯选集》第 1 卷,北京:人民出版社 1995 年版,第 1 页。
③ 同上书,第 76 页。
④ 朱立元:《简论实践存在论美学》,《人文杂志》2006 年第 3 期。
⑤ 同上。

在"难道不是"存在"吗？既然论者已经先期承认了自然界先于人的存在性，那么，又如何能够说在"没有人的时候，有没有自然界都值得怀疑"呢？显然，论者是将世界存在的意义与世界存在本身弄混淆了。

这里面有值得思考的地方，既然马克思已经用"实践"范畴来揭示"此在"的在世，而且海德格尔的"存在论"始终没有达到马克思的"实践论"的高度，那么，何需多此一举地在马克思的"实践论"上再加个海德格尔的"存在论"呢？不是只要进一步阐明马克思的"实践论"就可以解决问题了吗？显然，它表明"实践本体论"经过多年的探讨和争论，已经被认定为一种站不住脚的"非本体论"思想，那么，如果再加上海德格尔的"存在"，或许可以弥补"实践本体论"的缺陷，形成较为完整的"本体论"。这大概就是"实践存在论"的初衷吧。

可惜，在实际的理论解释过程中，"实践存在论"并没有把海德格尔的"存在"真正变成马克思主义"实践论"的补充，相反，马克思的"实践论"完全被湮没在海德格尔的"存在论"之中。在"实践存在论"者看来，马克思的"实践观"给人的印象只是仅仅停留于一定的物质实践上，而不是将实践作为"人的存在"来看。这里的"人的存在"，即"人的生存"。而"生存"不是一般的物质生产劳动和社会生活过程，而是包括诸如青春的烦恼、友谊的寻求、孤独的体验之类个人化的情绪，甚至连人的潜意识和无意识也构成了相应的"实践"。如此一来，"实践"得以无限扩大，可以包容一切，走向所谓"无边的实践"了。这种"实践"，事实上已经脱离了马克思意义上的"社会实践"范畴，走向了海德格尔的"存在论"范畴。"实践存在论"提出者曾经这样谈到："实践存在论""虽然仍然以实践作为美学研究的核心范畴，但是却突破主客二元对立的认识论，转移到了存在论的新的哲学根基上了"。[①] 看来，这种"转移"的确是个事实。

"实践存在论"的步骤是先把马克思的实践观进行歪曲、狭隘化，然后将"实践"进行无限扩大化，接着同海德格尔的"存在论"加以

---

① 朱立元：《简论实践存在论美学》，《人文杂志》2006年第3期。

比对、结合,最后构筑出可以称为"实践存在论"的东西。到了这个时候,马克思主义的实践观已经基本看不到踪影了,"存在论"却隐含了对辩证唯物论及唯物史观的批判和否定,其结果是导致马克思主义基本原理的重大改观。这就是我们不能不提出质疑的地方。

(原载《北京联合大学学报》2009年第2期)

"实践存在论美学"的缺陷在哪？

在中国当代的美学格局中,"实践本体论美学"或者说"实践存在论美学"是近年比较活跃的一个流派。它在学界的影响和在教材上的反映,都是明显的。在当今多元共生的学术条件下,作为一种推进性和探索性的研究,它的存在本是极为正常的。美学研究可以而且应当有多种形态,多种面貌,这是学术的进步所需要的。但是,既然是"多元共生",那就要顾及时代的因素以及整个学术的生态环境,不能盲目主观、自吹自擂,亦不能独此一家、别无分店。这也是学术发展所应遵循的规则。近来,有"新实践美学论"者撰文认为:"实践美学在新时期的前两个十年之中逐步上升为中国当代美学的主导潮流。可以说,实践美学已经成为中国当代美学的主要标志,实践美学就是中国化的马克思主义美学,而且是中国当代可以参与世界美学对话的中国特色马克思主义美学流派。"[①]该文还特地指出,实践美学和后实践美学的论争,促进了实践美学的新发展,激发了一部分坚持和发展实践美学的美学学人的理论探讨,他们站在老一辈实践美学代表人物的肩上,努力开拓创新,把实践美学推向了新的发展阶段,于是新实践美学应运而生,并活跃在新时期后一个十年美学舞台上。"实践存在论美学"就是"新实践美学"其中的一个代表。

国内"实践派"美学的创建者和代表性人物是李泽厚。他是如何"由马克思回到康德再向前进"[②]的,如何利用康德、某些"西马"观点

---

① 张玉能:《中国化马克思主义美学的考察》,《文艺报》2009年2月24日。
② 李泽厚:《美学四讲》,北京:生活·读书·新知三联书店1989年版,第154页。

和"抄袭当时苏联美学界的'社会说'派的论调"①,拼合起来,把所谓"实践美学"讲成是马克思主义美学的,这个问题至今也没有完全梳理清楚。站在这种"代表人物的肩上",把"实践美学"再与存在论结合,推到"实践存在论美学"的阶段,并说是"提供了直接依据的,乃是马克思"②,这是不能不让人产生疑惑的。

一、"实践本体论"或者"实践"是不是"本体"和能不能作为"本体",本来就存在严重的分歧。国内实践派美学的创立者到了20世纪80年代后期,也不再提"实践本体论",而提的是"主体性的实践哲学"和"人类学本体论",后来又提"历史本体论"。如今,沿着这个思路将"本体论"改成"存在论",然后再将"实践本体论"变成"实践存在论",认为"实践与存在都是对人生在世的本体论(存在论)陈述"③,这很难说是"实践美学"的新发展和新阶段。"存在论"和"本体论"在西文中虽然是一样的,都是"ontology","本体"概念在当下的语境中也已泛化,但在汉语里"存在论"和"本体论"的内涵和侧重点都是有所不同的,那么,这么替换到底能否成立?

二、"实践"的概念,在学界众说纷纭。但在马克思那里,它是有独特的规定性的。马克思说:"费尔巴哈想要研究跟思想客体确实不同的感性客体,但是他没有把人的活动本身理解为**对象性的**活动。因此,他在《基督教的本质》中仅仅把理论的活动看作是真正人的活动,而对于实践则只是从它的卑污的犹太人的表现形式去理解和确定。因此,他不了解'革命的'、'实践批判的'活动的意义。"④如果没有领会错的话,那么可以说"实践"和"理论"是对应的,这样才可以明白马克思接着说的话:"人的思维是否具有客观的真理性,这不是一个

---

① 王善忠、张冰:《美学的传承与鼎新——纪念蔡仪诞辰百年》,北京:中国社会科学出版社2009年版,第62页。
② 朱立元:《走向实践存在论美学》,苏州:苏州大学出版社2008年版,第9页。
③ 同上。
④ 《马克思恩格斯选集》第1卷,北京:人民出版社1995年版,第58页。

理论的问题,而是一个**实践的**问题。人应该在实践中证明自己思维的真理性,即自己思维的现实性和力量,自己思维的此岸性。关于离开实践的思维的现实性或非现实性的争论,是一个纯粹**经院哲学的**问题。""环境的改变和人的活动的一致,只能被看作是并合理地理解为**变革的实践**。"①显然,僧人念经不能说是实践活动,单相思不能说是实践活动,瞬间的审美感受不能说是实践活动,患臆想狂症不能说是实践活动,形而上学的思辨也不能说是实践活动。"实践存在论美学"用马克思的"实践"沟通现象学的"存在",其实这两者差异很大。存在论的"存在",讲的是个体精神性的活动,马克思的"实践"讲的是人类群体的改造自然和社会的物质性客观活动。海德格尔认为他的"存在"比马克思的"实践"更为本源,"实践"发源于"存在"。马克思主义和现象学,一者关注社会历史之谜,一者关注现代个体的自由问题,"实践"和"存在"这两个概念,在其各自的哲学体系中的地位、含义、功能很不相同,不可能沟通。倘若等同、沟通两者,其结果势必是走向现象学美学,抛弃传统实践美学的基本命题,那么实践美学至此也就终结了。这应当是常识。可"实践存在论美学"硬将一切"此在在世"(人生在世)的行为都看作是"实践",这就把"实践"的内容过分广义化了。将"实践"规定为是"人的感性活动,是人的现实生活过程"②,并说这是马克思的观点,是不是多少曲解了《关于费尔巴哈的提纲》中有关"实践"阐述的原意呢?

三、到底有没有"实践唯物主义"这个概念,在马克思学说的探讨中,也是一个言人人殊的问题。这个概念的来源,无疑是从《德意志意识形态》中马克思称**实践的**唯物主义者即**共产主义者**"这一句演化而来的,这句话接下来说的是:"全部问题都在于使现存世界革命化,实际地反对并改变现存的事物"③。这里,"实践"后面有个"的"

---

① 《马克思恩格斯选集》第 1 卷,北京:人民出版社 1995 年版,第 58—59 页。
② 朱立元:《走向实践存在论美学》,苏州:苏州大学出版社 2008 年版,第 11 页。
③ 《马克思恩格斯选集》第 1 卷,北京:人民出版社 1995 年版,第 75 页。

字,显然是"唯物主义"的形容词,再加上系词"即"和接下来的说明性文字,我们有理由说,"实践的唯物主义者"就是把唯物主义付诸实践的人,就是实际变革世界的行动的唯物主义者,就是彻底的唯物主义者,亦即历史唯物主义者。如果这里去掉"的"字,把它变成专有的以实践为本体的所谓唯物主义,变成一个区别于"历史唯物主义"的新名词,这是"西方马克思主义"中的某些人生造出来的。联系到"实践唯物主义"只有"实践"没有"唯物"的一些论述,我们就不能不怀疑:所谓"马克思的实践唯物主义(即唯物史观)"①,是不是缺乏可靠而有说服力的根据呢?

四、从"实践本体论"开始,这种美学建构就力图取消马克思主义美学的"历史科学"的性质。"实践"这个古典概念,在黑格尔那里,已经是"先验主体"在"客体"对象世界上的精神劳动,已经建立在先验哲学的基础之上。如果用"实践"充当本体论,那就意味着历史不过是抽象的"人"的精神产物,"美"就是这种精神产物的一般感性属性,从抽象到抽象,"美"在复杂历史中的社会与阶级属性以及美的本身的多样性,就无法得到探讨了。时下,"实践存在论美学"里的"存在论",应该说更多地带有海德格尔的意味,带有存在主义的味道,它更强调"实践"是抽象的主客体相互生成的存在方式,相比"实践本体论美学",更强调抽象人性主体的"主观性"和"经验性",而这里的"经验",无疑还是抽象的,还是康德意义上的"共同感"。这种"实践存在论美学",在理论上是不是比"实践本体论美学"在后退的路上走得更远了呢?

五、马克思早期的美学思想,包括《1844年经济学哲学手稿》中的美学思想,当然可以成为建设马克思主义美学的理论资源。但是,对这种资源的开掘和利用,只有纳入成熟期的历史唯物主义和辩证唯物主义的阐释轨道,才能是科学的、符合马克思主义原理的。这不是制

---

① 朱立元:《走向实践存在论美学》,苏州:苏州大学出版社2008年版,第1页。

造"两个马克思"的神话,恰恰是尊重经典作家思想发展的历史事实。譬如,19世纪50年代之后,马克思基本上已经告别了资产阶级哲学和美学的问题性和提问方式,在他的思考中也很少再使用"实践""存在"这类古典哲学概念,即使谈"实践",也从未作"本体"看待,他谈"实践",谈的都是历史斗争、历史条件下的生产,完全抛弃了抽象的"人"的精神活动。在《资本论》中,"实践"这个词就只出现过很少的几次,且已摆脱了主客体关系的先验范式。因此,要进入马克思主义美学本体论和实践观的探讨,就必须回到成熟期的马克思的文本之中,回到重要的历史的事实之中。"实践存在论美学"声称自己"虽然仍然以实践作为美学研究的核心范畴,但是却突破主客二元对立的认识论,转移到了存在论的新的哲学根基上了"①。那么,这种"哲学根基"都发生"转移"的美学建构,还能称得上是马克思主义美学吗?"存在论"——准确地说是海德格尔存在论——的"哲学根基",在哪种意义上能说成是马克思主义的呢?

六、理论无论如何创新,如何声称是"集体创作",都必须守住唯物主义的底线,这是坚持理论科学性的最基础性条件。突破什么理论框架都可以尝试,唯独突破"唯物"和"唯心"的界线是不可取的。中外人类美学史上这类"突破"的教训,实在并不鲜见。那么,"实践存在论美学"从海德格尔理论那里获取的"重要的启示"是什么呢:"世界只是对人存在,离开了人,无所谓世界。譬如,人和世界的关系:没有人的时候,有没有自然界都值得怀疑,没有人,自然界充其量只是一种存而已;有了人才有自然界,人和自然界是同时存在的,当周遭世界都成为人存在的环境、大地时,对人而言,世界才有意义。人与世界在原初存在论上不能分开,确信无疑的存在就是人在世界中存在,然后才能考虑其他问题。"②这种所谓"超越主客二分认识论思维模式"的美学观点,与典型的唯心主义究竟还保持了多大的距离?众所周

---

① 朱立元:《简论实践存在论美学》,《人文杂志》2006年第3期。
② 朱立元:《走向实践存在论美学》,苏州:苏州大学出版社2008年版,第8—9页。

知,"恩格斯直截了当地明确地说,他既反对休谟,又反对康德。但是休谟根本不谈什么'不可认识的自在之物'。那么这两个哲学家有什么共同之点呢?共同之点就是:他们都把'现象'和显现者、感觉和被感觉者、为我之物和'自在之物'根本分开。但是,休谟根本不愿意承认'自在之物',他认为关于'自在之物'的思想本身在哲学上就是不可容许的,是'形而上学'(象休谟主义者和康德主义者所说的那样)。而康德则承认'自在之物'的存在,不过宣称它是'不可认识的',它和现象有原则区别,它属于另一个根本不同的领域,即属于知识不能达到而信仰却能发现的'彼岸'(Jenseits)领域。恩格斯的反驳的实质是什么呢?昨天我们不知道煤焦油里有茜素,今天我们知道了。试问,昨天煤焦油里有没有茜素呢?当然有。对这点表示任何怀疑,就是嘲弄现代自然科学"①。列宁在这段有名的论述之后,得出结论:"物是不依赖于我们的意识,不依赖于我们的感觉而在我们之外存在着的。""在现象和自在之物之间决没有而且也不可能有任何原则的差别。差别仅仅存在于已经认识的东西和尚未认识的东西之间。所谓二者之间有着特殊界限,所谓自在之物在现象的彼岸(康德),或者说可以而且应该用一种哲学屏障把我们同关于某一部分尚未认识但存在于我们之外的世界的问题隔离开来(休谟),——所有这些哲学的臆说都是废话、怪论(Schrulle)、狡辩、捏造。"②拿列宁这段话与"实践存在论美学"的观念相比,后者是不是有点像"物体是感觉的复合"这种马赫理论的色彩呢?

七、"马克思主义美学中国化",这是几代马克思主义美学工作者孜孜以求的理想和矢志不渝的夙愿。马克思主义美学中国化,就是唯物史观的美学原理同中国审美实际的结合,就是以解决中国的实际问题为中心,以建设社会主义核心价值体系为宗旨,以形成中国作风、中国气魄为特征。不能说凡是在当代中国产生的美学,就是"中国化"的

---

① 《列宁全集》第18卷,北京:人民出版社1988年版,第100页。
② 同上书,第100—101页。

美学,更不能说都是"中国化马克思主义美学"。因为美学是不是"中国化"、是不是"中国化马克思主义",这是有明晰而严格的规定的。"实践存在论美学"依据的"实践哲学"本身是"西马"的东西,再"借鉴包括海德格尔在内的现代西方美学的思路,思考如何在维护现有实践美学的实践论哲学基础的同时,对其局限有所突破、有所改造、有所发展"①,完全没有考虑将近一个世纪马克思主义美学中国化的丰硕成果和真实进程。把这种与中国国情不搭界、脱离中国社会实际和真实价值诉求的美学学说,说成是"中国化马克思主义美学的主要标志",是"中国化马克思主义美学的新形态,把中国当代美学的发展引向了一个新的高度"②,让人百思不得其解,是不是有点自吹自擂、"冒名顶替"呢?

八、坦率地说,无论是"实践本体论美学",还是"实践存在论美学"或"新实践美学论",在理论上都是对马克思主义美学的误导和曲解。马克思主义美学和马克思主义哲学一样,绝不是一种抽象的、建立在先验范式基础上的唯心体系。研究马克思主义美学,其出发点还是应当回到历史和现实的维度中来,回到物质本体论的维度中来,回到人的社会存在及关系中来。恩格斯说过:"自然界用了亿万年的时间才产生了具有意识的生物,而现在这些具有意识的生物只用几千年的时间就能够有意识地组织共同的活动:不仅意识到自己作为个体的行动,而且也意识到自己作为群众的行动,共同活动,一起去争取实现预定的共同目标。现在我们已经差不多达到这样的程度了。观察这个过程,眼看我们星球的历史上还没有过的情况日益临近实现,对我来说,这是值得认真观察的景象,而且我过去的全部经历也使我不能把视线从这里移开。"③这是马克思主义美学研究的人类学前提。"实践存在论美学"强调的,却是"返回到人与世界最本原的存在,人和世

---

① 朱立元:《走向实践存在论美学》,苏州:苏州大学出版社 2008 年版,第 342 页。
② 张玉能:《中国化马克思主义美学的考察》,《文艺报》2009 年 2 月 24 日。
③ 《马克思恩格斯全集》第 39 卷,北京:人民出版社 1974 年版,第 63 页。

界是不可分割的一体,人就在世界中存在";强调"人与世界在原初的不可分离性","人与世界不是先分,然后再寻求合的,而是先就是合,没有对立的"①;强调"看到了包含在马克思实践观中的存在论维度"②。这有点像让人如蚯蚓在泥土中生存一样地在世上生存。那么,对照这两种宇宙观、人生观,究竟哪种是正确的呢?后者的思路,是不是有将美学学说引入歧途之嫌呢?

(原载《内蒙古师范大学学报》2009年第4期)

---

① 朱立元:《走向实践存在论美学》,苏州:苏州大学出版社2008年版,第8页。
② 同上书,第344页。

对"实践存在论美学"的辨析

一、"实践"不能作为"本体"

"实践存在论美学"的理论失误集中表现在对辩证唯物论"实践"概念的理解上,表现在将"实践论"同海德格尔"存在论"的结合上。它对"实践"概念的解释,表面上是宽泛、全面了,但却偏离、淹没和掩盖了辩证唯物主义"实践"概念的本质及其精髓;它用"存在论"取代"本体论",用所谓的实践学说去阐释"此在"与"人生在世",明显地将马克思主义美学存在主义化、新人性论化。

把"实践"纳入哲学和美学并使之成为其核心概念之一,并不是从马克思开始的。在精神、情感和心灵范围内建构"实践",把"实践"归结为意识和意志的活动,归结为琐碎的生命与生活行为,归结为功利的利己的活动,这在思想史上并不鲜见。如果把这些统统纳入"实践"的范畴,那么以物质第一性为基础的实践观,向一般"社会的物质活动"总体过渡的实践观,以及以物质生产为核心的多重实践结构的历史主义性质与直接现实属性,就难以存在了。应该说,有着具体的、历史的和现实的社会物质发展基础的实践,才是马克思新世界观的真正起点。马克思新唯物主义的实践规定,不是形成于简单的抽象的哲学演绎,而是丰厚的社会经济历史积淀的结果,这是长期以来被人们忽略的重要方面,也是"西方马克思主义"人本学家和"实践人道主义"者们之所以误读马克思的根本原因之一。[①]

---

① 参见张一兵:《实践:在何种意义上成为马克思科学方法论的基石》,《学习与探索》1998年第6期。

人的"实践",绝不是"小男孩把石头抛在河里,以惊奇的神色去看水中所现的圆圈,觉得这是一个作品"。① 以这种实践活动去改变外在事物的实践观,在彻底的唯物主义者那里是早已被摈弃了。在彻底的唯物主义者看来,人的实践承担着人与自然界之间的物质交换的任务,这种实践只能是物质性的活动,不能把实践的此岸性等同于概念的彼岸性。当然,这不是说人的实践中没有精神性或情感性的内容,而只是说人的实践"所以能创造或设定对象,只是因为它本身是被对象所设定的,因为它本身就是**自然界**。因此,并不是它在设定这一行动中从自己的'纯粹的活动'转而**创造对象**,而是它的**对象性**的产物仅仅证实了它的**对象性**活动,证实了它的活动是对象性的、自然存在物的活动"②。也就是说,人本身就是一个物质性的存在,人的实践归根结底是物质与物质的交换活动,在这里,抽象的非历史的实践和所谓的"实践唯物主义",是不能被纳入马克思主义哲学的序列的。

当人们把"实践"规定为"中介"的时候,那就意味着"实践"丧失了本体的地位和属性。而当人们为了突出和强调"实践"的地位而单方面地将"实践"抬升到世界"本体"层面的时候,那"实践"本身的"中介"性质也就错位了,"实践"概念的含混性和不确定性也就被强化了。此外,即使说"实践"是"中介",也不应理解为存在于主体意识与物质世界之间独立的东西,在"实践"中,意识、具体活动、对物质世界的改造这三者,是不可分割的。所以,从这个意义上讲,把"实践"作为"本体"——不管是自然本体、历史本体、社会本体,还是人的本体、精神本体、行为本体——都是难以在哲学唯物论上站得住脚的。同样,把"实践"看作"是人存在表现的全部形式的总称","人的整个生活都为'实践'",认为实践"优先于主体和客体及其划分","实践是个体精神性活动",实践是"人生在世",也是不妥当的。

---

① [德]黑格尔:《美学》第1卷,朱光潜译,北京:商务印书馆1979年版,第39页。
② 《马克思恩格斯全集》第42卷,北京:人民出版社1979年版,第167页。

二、"实践"和"存在"是不同的概念

"实践存在论美学"强调,"马克思实践观与存在论的一体关系,即马克思实践观的存在论基础和他的存在论的实践论本质"①。可问题就出在这里。按照这种理论,"存在论"可以还原译成"本体论",但即便如此,仍能看出它又回到了"实践本体论"或"本体即实践"的逻辑中去。其实,马克思的"实践观"和"存在论"并不是"一体"的,在这些基本问题上,是不能跟着国外某些学说行走的。

就说"实践是人在世的基本方式"②这一命题,粗看起来似能成立,但倘若改造和泛化"实践",将与"人在世"相连的"实践"同"社会生活在本质上是**实践的**"③这个规定中的"实践"做不一致的理解,那么,这个命题的合理性就值得质疑了。

"实践存在论美学"申明,它提出并论述了该理论的"马克思主义(而不是海德格尔)的哲学根据"。可是,它又怎么来证明自己说的"马克思的学说中,实践概念与存在概念有一种本体论上的共属性和同一性,两者揭示和陈述着同一个本体领域"呢?怎么来证明"实践与存在揭示着人存在于世的本体论含义"呢?显然,这里的"实践"又恢复到传统西方哲学史意义上的概念。马克思从来没有像存在主义者那样,"已经发现"所谓"人生在世"哲学"并作过明确的表述"④,从来没有用实践范畴来揭示此在在世(人生在世)的基本在世方式。⑤ 这么讲,不过是用海德格尔的存在主义来描绘和打扮马克思而已。

---

① 朱立元:《全面准确地理解马克思主义的实践概念——与董学文、陈诚先生商榷之一》,《上海大学学报》2009年第5期。
② 同上。
③ 《马克思恩格斯选集》第1卷,北京:人民出版社1995年版,第60页。
④ 朱立元:《全面准确地理解马克思主义的实践概念——与董学文、陈诚先生商榷之一》,《上海大学学报》2009年第5期。
⑤ 此种意见参见朱立元:《简论实践存在论美学》,《人文杂志》2006年第3期。

看来,在这里,不是"马克思高于和超越海德格尔之处在于用'实践'范畴来解释此在在世(人生在世)的基本方式",而是"实践存在论美学"论者想"高于和超越海德格尔",试图用马克思早期的"实践"概念来阐释、解析和改造存在主义的"此在在世(人生在世)的基本在世方式"。这恐怕是产生理论分歧和争论的焦点与实质。

马克思的"实践"概念,当然与整个西方思想史上"实践"概念的含义和演变有某种联系,尤其是青年时期的马克思所使用的"实践"概念,多是德国古典哲学意义上的继承和赓续。但这并不表明科学的马克思主义的实践观,即马克思新世界观诞生之后的"实践"概念及其理论,同"实践本体论"者讲的"实践"概念及其理论没有差异。有学者指出,后来的马克思,对"实践"的阐释是转移到政治经济学的视域中去了。倘若仅仅以《关于费尔巴哈的提纲》"第一条中的主体性实践来确证马克思主义哲学新境界,马克思主义哲学真的变成了赫斯主义('实践人道主义')了。并且,这种被抽象理解的实践完全可以用《1844年经济学哲学手稿》中的抽象劳动来替换,就如南斯拉夫'实践派'和我们一些'实践人道主义'者所已经做过的那样。抽象的非历史的实践哲学和实践唯物主义绝不是马克思主义哲学"[①]!这是我们不能不加以警惕的。

三、实践是在世界之中

实践是在世界中,不是世界在实践中。"费尔巴哈大声说:把主观感觉和客观世界同等看待,'就等于把遗精和生孩子同等看待'。这种评语虽然不十分文雅,却击中了宣称感性表象也就是存在于我们之外的现实的那些哲学家的要害。"因之,"生活、实践的观点,应该是认识

[①] 张一兵:《实践:在何种意义上成为马克思科学方法论的基石》,《学习与探索》1998年第6期。

论的首要的和基本的观点。这种观点必然会导致唯物主义"。① 很清楚,包括"审美"在内的"主观感觉"和"感性表象",是不宜作为本体的"客观世界"、作为"存在于我们之外的现实"来看待的。为了突出"实践"在人类认识和社会活动中的作用,同样也是不宜把唯物主义变成"唯实践主义",把历史唯物主义变成"历史唯实践主义"的。换言之,哲学上的物质本体论,是不能被"实践本体论"取代的;美学上的实践观,也是不能被所谓抽象超然的存在观取代的。因为"全部人类历史的第一个前提无疑是有生命的个人的存在。因此,第一个需要确认的事实就是这些个人的肉体组织以及由此产生的个人对其他自然的关系。……任何历史记载都应当从这些自然基础以及它们在历史进程中由于人们的活动而发生的变更出发"②。马克思主义美学、文艺学作为历史科学,是不能背离这一本体论原则的。

"实践存在论美学"申明自己是一种"新实践美学",是基本沿着"李泽厚的主流派实践美学"思路下来的,所不同的只是对原有"实践美学"做了某种"改进、发展和完善"。这种"改进、发展和完善"主要表现在:一是要"超越""实践美学"坚持的"西方近代以来主客二分的认识论思维模式",二是要消除"实践美学""对实践的看法失之狭隘"。③ 它不赞成整个美学的基本问题"被狭隘地框在认识论的范围之中",认为"主体性的实践哲学"或"人类学本体论美学"都是主客二分思想的产物,不赞成"把世界看成人之外的对立物"看作"对象性存在和现成的客体",也不赞成把"实践"看作"只是主体(人)的属性或特征"④,不同意"实践范畴就只是指物质生产劳动"⑤。这样一来,"实践存在论美学"就把原"实践美学"中仅有的两处多少还带点

---

① 《列宁全集》第18卷,北京:人民出版社1988年版,第144页。
② 《马克思恩格斯选集》第1卷,北京:人民出版社1995年版,第67页。
③ 朱立元:《走向实践存在论美学》,苏州:苏州大学出版社2008年版,第5页。
④ 同上书,第6页。
⑤ 同上书,第7页。

儿唯物主义的因素也去掉了。

为什么会这样呢？根子还在于受了现代西方哲学的左右。有种意见认为，强调存在着独立自在的某种东西的实体性，主张主体和客体彼此分离基础上的统一性，承认有一个超感觉、超验性的本体世界，这些认识特征就导致了哲学、美学上二元对立的主客关系。这里，从本体论和认识论角度来看，其实涉及的正是思维与存在的关系问题、思维与存在的同一性问题。"实践存在论美学"主张"要跳出这种主客二分的认识论，返回到人与世界最本原的存在"，并借鉴海德格尔的命题，宣称："人一产生就离不开世界，人本身是世界的一部分；人与世界不是先分，然后再寻求合的，而是先就是合，没有对立的。再者，世界只对人而言才有意义，人只能在世界中存在，人就在世界中，世界只是对人存在，离开了人，无所谓世界。譬如，人和自然界的关系：没有人的时候，有没有自然界都值得怀疑，没有人，自然界充其量只是一种存在而已；有了人才有自然界，人和自然界是同时存在的，当周遭世界都成为人存在的环境、大地时，对人而言，世界才有意义。人与世界在原初存在论上不能分开，确信无疑的存在就是人在世界中存在，然后才能考虑其他问题。"①并宣称，这是从海德格尔那里获取的"重要的启示"。这种所谓"超越主客二分认识论思维模式"的美学观点，增添的是存在论的色彩，可与唯物主义的距离却越发遥远了。

"实践存在论美学"是先把"实践本体论"变成"实践存在论"，然后再将"实践存在论"中的"存在"换成存在主义的"存在"，这样就完成了从唯物论到唯心论、从唯物史观到非唯物史观的蜕化与演变。这一美学理论，诚如提倡者自己所说的，"虽然仍然以实践作为美学研究的核心范畴，却已突破主客二元对立的认识论，转移到了存在论的新的哲学根基上了"②。由于提倡者已明确声称"在人与人的世界以外

---

① 朱立元：《走向实践存在论美学》，苏州：苏州大学出版社2008年版，第8—9页。
② 同上书，第280页。

并不存在什么永恒不变的绝对本体",那么,再认为这种理论仍以马克思为"依据",甚至认为是马克思主义美学中国化的最新成果,就难以令人信服了。

四、"唯心论"和"唯物论"不能超越

"实践存在论美学"在本体观上的唯心论特征,集中表现在它把整个世界都看成是由"实践"构成的。马克思主义强调的是世界除了运动着的物质,再没有其他东西存在。物质是意识的本体基础,是一切变化的本体。"我们自己所属的物质的、可以感知的世界,是唯一现实的;而我们的意识和思维,不论它看起来是多么超感觉的,总是物质的、肉体的器官即人脑的产物。物质不是精神的产物,而精神本身只是物质的最高产物。"① "当然,就是物质和意识的对立,也只是在非常有限的范围内才有绝对的意义"②。"实践存在论"和实用主义哲学相似,实际上主张真理多元论,主张把真理看作人们为满足自己的需要而制造出来为我所用的工具,而不是看作对客观对象的正确反映。在本体论上,前者是把世界归结为"一个纯粹经验的世界"③,认为一切事物或整个世界都是由"纯粹经验"构成的;后者则是把世界归结为一个纯粹"实践"的世界,认为一切事物都是由"实践"构成的。这类本体观,罗素在《西方哲学史》中就指出,乃是一种"或许不自知的贝克莱派的唯心论"④。

写到这里,不能不让人想起列宁的一段话:"恩格斯直截了当地明确地说,他既反对休谟,又反对康德。……休谟根本不愿意承认'自在之物',他认为关于'自在之物'的思想本身在哲学上就是不可容许

---

① 《马克思恩格斯选集》第4卷,北京:人民出版社1995年版,第227页。
② 《列宁全集》第18卷,北京:人民出版社1988年版,第150页。
③ [美]詹姆斯:《彻底的经验主义》,上海:上海人民出版社1965年版,第21页。
④ [英]罗素:《西方哲学史》(下),北京:商务印书馆1976年版,第371页。

的,是'形而上学'(象休谟主义者和康德主义者所说的那样)。而康德则承认'自在之物'的存在,不过宣称它是'不可认识的',它和现象有原则区别,它属于另一个根本不同的领域,即属于知识不能达到而信仰却能发现的'彼岸'(Jenseits)领域。恩格斯的反驳的实质是什么呢?昨天我们不知道煤焦油里有茜素,今天我们知道了。试问,昨天煤焦油里有没有茜素呢?当然有。对这点表示任何怀疑,就是嘲弄现代自然科学。"①在这段有名的论述之后,列宁得出结论:"物是不依赖于我们的意识,不依赖于我们的感觉而在我们之外存在着的。""在现象和自在之物之间决没有而且也不可能有任何原则的差别。差别仅仅存在于已经认识的东西和尚未认识的东西之间。所谓二者之间有着特殊界限,所谓自在之物在现象的'彼岸'(康德),或者说可以而且应该用一种哲学屏障把我们同关于某一部分尚未认识但存在于我们之外的世界的问题隔离开来(休谟),——所有这些哲学的臆说都是废话、怪论(Schrulle)、狡辩、捏造。"②看看这段话,再联想一下建造宇宙飞船干什么用,人类对月球和火星上有没有水及地质构造勇敢而艰难的探索,问题也就昭然若揭了。显然,世界是外在于人的,不能说"世界原初就包含了人在里面",外在客观的自然被"人化"只能在有限的范围内。有人认为,"唯物论和唯心论只是哲学发展一定阶段上形成的对立派别","马克思主义哲学诞生的秘密、变革的实质,恰恰就在于对唯物论和唯心论对立的超越"③;也有人认为,这种"超越"的实质就在于抛弃"本体论"思维,确立了"实践"的观点;还有人认为,人能通过自己的实践活动"为天地立心",人在实践活动的基础上重建世界,"实践构成了人类世界得以产生、存在和发展的源泉、根据和基础",因之"实践是人类世界的真正的本体"④。显然,这些见解不仅是

---

① 《列宁全集》第18卷,北京:人民出版社1988年版,第100页。
② 同上书,第100—101页。
③ 高清海:《再论实践观点的超越性本质》,《哲学动态》1989年第1期。
④ 杨耕:《物质、实践、世界:关于马克思主义哲学三个基本范畴的再思考》,《北京社会科学》2000年第3期。

不妥当的,而且是有害的。

五、海德格尔存在论的影响

诚然,海德格尔有几次讲到马克思,也有学者试图寻找海德格尔与马克思某些思想的契合之处;在德国,还曾经出现过"海德格尔马克思主义"。但是,这些都不能抹杀海德格尔思想同马克思主义两者的不同性质。

从海德格尔的理论内容来看,他的存在论内在地具有虚无的结构。在其哲学中,根本就没有对第一性的物质、复杂的人类历史规律以及社会存在本质认识的地位,所有这些都被归为"存在者",而不是"存在"。"存在"被高度神秘化,它成了使存在者成为可能的"本源",它通过存在者"现身",但本身却不能被认识和知识化。不难发现,"海德格尔的存在既不是存在物,也不会是概念,它成了无懈可击的,便不得不以它的虚无性为代价——它蔑视任何靠思想和靠直观形象而获得的满足,仅仅为了纯名称的自我同一而使我们一无所有"①。在海德格尔的理论中,人作为一种特殊的"存在者",不仅同物一样,而且也被"存在"决定了其生存的命运,决定了其"被抛入此世"的事实性存在。所不同的,只是人作为特殊的存在者而不同于物,是因为人的实存表现为生存,具有自我阐释、自我理解能力,因而他可以在其生活世界中以不是认识、而是体验的方式阐释其他存在者的命运。这样,海德格尔就完成了使存在虚无化、客体实践化、主体生存化的过程。如果用这种三重主题的存在论哲学来构建中国马克思主义美学,那是不能不走上歧途的。

道理很简单,倘若"实践存在论"哲学和美学论者把自己的观点贯彻到底的话,就应该相信在唯物与唯心、"存在"与"实存"等问题上同

---

① [德]阿多尔诺:《否定的辩证法》,张峰译,重庆:重庆出版社1993年版,第113页。

样也是虚无的,相信"无与纯有是同一的规定","无与纯有是同一的东西"①,那么,他又为何在激烈反对人之外世界"本源"存在的同时,竭力宣扬"唯实践主义"呢?这不是要将其"实践本体观"(或曰"实践存在观")说成是一种"新的"唯物主义,从而否定自己超越唯物和唯心的理论判断了吗?

"实践存在论"如果通过虚无化的方式,"将物质存在的第一性问题转变为'存在存在第一性'的问题",那就"为纯粹主观性主体的第一性'扫出'了一片空地"。②"从'存在'的虚无化的前提、到'此在'阐释存在的结论这个内在的理论逻辑,最终使得海德格尔自己不得不明确地承认'对存在的领会本身就是此在的存在的规定。此在在存在者层次上的与众不同之处在于:它在存在论上存在'。"③这是"实践存在论美学"本身所始料不及的。

有学者明确表示,不"真正清算"物质本体论,"哲学的变革就有可能沦为一种改良或折中";认为物质本体论本身就是一个虚概念,物质本体论提出的问题是一个假问题。物质本体论以"心物二元分离"为前提,"把心归结为物",强调"物质"是不依赖于人们的意识而独立存在的客观实在;在认识论方面,坚持反映论,"忽视了认识活动中主体选择与建构的能动本质";在历史观中,把人"消融在冷漠的铁的必然性之中",使人"沦为历史规律赖以展开自身的符号",其结果是"人的存在"成为某种可有可无的东西,人类历史被说成是"一种宿命过程"。克服物质本体论的缺陷,"唯一可能的选择"就是使"实践"范畴获得"终极意义","从人的存在出发重建本体论",用"实践本体论"取

---

① [德]黑格尔:《逻辑学》(上),杨一之译,北京:商务印书馆1966年版,第70页。

② [德]海德格尔:《存在与时间》,陈嘉映、王庆节译,熊伟校,北京:生活·读书·新知三联书店1999年版,第14页。

③ 赵文:《反思实践存在论这一理论命题——从阿多诺对海德格尔的批判谈起》,《内蒙古师范大学学报》2009年第4期。

代物质本体论,取代唯物主义。① 这是一股思潮,"实践存在论美学"可以说正是受到这股思潮影响的产物。

六、不能制造两个"马克思"

"实践存在论美学"所运用的马克思的思想,基本上是其早期尤其是《1844年经济学哲学手稿》中的思想。这些思想当然可以运用,但运用的时候还是应该看到它其后的变化,看到它与成熟期思想的区别,看到马克思主义有一个产生的过程。作为人的马克思,当然是只有一个,但作为思想者的马克思的言论,却并不生来就是马克思主义的。也就是说,应当认识到马克思在批判世界和批判自我中其思想的演进与飞跃。不承认这一点,把马克思早期还残留抽象人本主义和唯心史观思想的某些论述,拿来与现代西方某种学说结合,是容易得出误解马克思主义的结论的。严格地说,"马克思主义的产生晚于卡尔·马克思本人之成为有思想的认识主体,马克思本人的思想并非都属于马克思主义的范畴,而是有一个从非马克思主义到马克思主义的发展过程。马克思的著作并非都是马克思主义著作。……他的思想曾经在恩格斯所称的'我们的狂飙时期'经历了从革命民主主义到共产主义的转变,经历了'离开黑格尔走向费尔巴哈,又超过费尔巴哈走向历史(和辩证)唯物主义'的过程。马克思和恩格斯合著《德意志意识形态》的动因,就是'以批判黑格尔以后的哲学形式','把我们从前的哲学信仰清算一下'"②。因此,马克思早期的一些著作虽包含了日益增长的超越前人的思想成果,但确也带有不应忽视的非马克思主义的思想痕迹,不同于成熟的马克思主义著作。这样的分析判断,应该

---

① 何中华:《物质本体论的困境与实践本体论的选择》,《南京社会科学》1994年第11期。

② 田心铭:《关于马克思主义观的十二个关系问题论纲》,《中国社会科学院报》2009年4月2日、9日。

说是实事求是的。

以《1844年经济学哲学手稿》为例,它是一个转变期的著作。这其中马克思的有些思想,可以作为建构马克思主义美学的理论资源。但对这种资源的开掘与利用,只有遵循唯物史观的原则,才能是科学的、符合原理的。如果一面把马克思描绘成一个存在主义者,一面又把马克思讲成一个彻底唯物论者,那才是制造了"两个马克思"的神话,没有尊重经典作家思想发展的历史事实。

列宁曾说过:"如果把马克思在《资本论》和其他著作中的一些哲学言论考察一下,那么你们就会看到一个**始终不变**的主旨:坚持**唯物主义**,轻蔑地嘲笑一切模糊问题的伎俩、一切糊涂观念和一切向**唯心主义**的退却。马克思的**全部**哲学言论,都是以说明这二者的根本对立为中心的,但从教授哲学的观点看来,这种'狭隘性'和'片面性'也就是马克思的全部哲学言论的缺点之所在。事实上,鄙弃这些调和唯物主义和唯心主义的无聊的伎俩,正是沿着十分明确的哲学道路**前进**的马克思的最伟大的功绩。"① 我们在从事马克思美学、文艺学本体论和实践观研究的时候,有必要注意到其成熟期的大量文本,使唯物主义在学科领域得到切实的贯彻。

马克思主义的哲学,是当代唯一无法超越的哲学。探讨马克思主义美学和文艺学,应该在这个轨道上吸收、创造、前行,而不应当用其他的学说去加以融合、曲解和篡改。对于存在主义与马克思主义的关系,也应如此对待。即使是坚持"实践本体论"的学者,也有人在提醒:出于尊重马克思本人及其哲学上的成就,我们无须标新立异地援引存在主义作虎皮,将马克思主义哲学的本体论改头换面说成马克思哲学存在论。② 这种意见,对"实践存在论美学"主张者来说,还是值得考虑的。

---

① 《列宁全集》第18卷,北京:人民出版社1988年版,第353—354页。
② 熊进、李志洁:《实践本体论:对传统哲学的超越和提升——简论马克思主义哲学本体论的有关问题》,《中南大学学报》2009年第4期。

"实践存在论美学"作为一种新近构建的理论,其根本的缺欠不在于它对"实践"概念作宽泛的理解,而在于它把马克思主义美学"存在论"化了。或者说得更具体些,是通过对"实践"和"存在"的解释,把马克思的实践论和历史唯物论美学悄然地海德格尔化了。这是问题的要害所在。马克思的实践观与海德格尔的存在论在理论内涵和具体指向上是不同的。把现象学与"实践"联系起来,把"存在论"学说运用到美学中去,是不可能对历史唯物主义美学进行合理创新和科学改造的。不管从哪个角度讲,"实践"和"存在"这两个概念,都隶属于不同的思想体系,把这两个相互抵触的范畴各自的哲学内涵和学理意义拼接起来,只能造成适得其反的效果。

（原载《文艺理论与批评》2010年第1期）

对"实践存在论美学"的再辨析
——兼答复一种反批评的意见

一

"实践存在论美学"是近年较为活跃的一个美学流派。但是,它在本体、实践、存在、审美、认识论、唯物史观等一系列重要范畴的阐释上,存在明显的问题。学界对此已经展开了一些相关讨论。前不久,"实践存在论美学"论者通过《全面准确地理解马克思主义的实践概念》(以下简称《全面》)一文①,依据某些哲学研究者的分析思路②,从思想史的角度梳理马克思"实践"概念同西方思想传统、特别是同德国古典哲学"实践"概念的联系,这个视角应该说是可行的。不过,应当看到,当"实践"作为辩证唯物论和唯物史观重要概念的时候,它已逸出传统哲学所能理解的范围,发生了根本性的变革。因此,探讨马克思的"实践"概念与先前思想家、哲学家使用的"实践"概念有什么质的区别,探讨马克思实践观所形成的历史条件、时代语境及其具体规定性到底是什么,这是更为紧要的问题。可惜,"实践存在论美学"论者没有给出任何应有的回答。

科学地阐释与澄清马克思主义"实践"概念的涵义,其意义不仅关乎对唯物辩证法和唯物史观内在逻辑结构的理解与界说,而且对确定

---

① 朱立元:《全面准确地理解马克思主义的实践概念——与董学文、陈诚先生商榷之一》,《上海大学学报》2009 年第 5 期。
② 比如,《哲学研究》2002 年第 11 期上的俞吾金《如何理解马克思的实践概念》一文。

马克思主义美学的基本面貌和体系起点也至关重要。只有明确马克思主义在使用"实践"概念时同以往思想家使用时的区别,明确已经发生了变革的"实践"概念的独特规定性,才能显示出它作为一种新思维方式之核心的实际意义和科学价值,才能在建构马克思主义美学时发挥出关键作用。

"实践存在论美学"论者对"实践"概念的解释,表面上是全面的,可他一方面认为马克思继承了从亚里士多德到德国古典哲学将"实践"与"理论"作为对应、对立概念的传统,在这一框架中,实践被视作与理论(认识)相对的人的"做"(制作)、行为、行动、生活、活动等,即认识(理论)的应用和实现,以及对现实世界的改造;另一方面又认为马克思从一开始就对实践作广义的理解和应用,认为"实践"还应包含伦理、宗教、艺术、审美等精神性活动。① 这样一来,这种解释就有把"实践"泛化之嫌,就有了自相矛盾之处。这种解释和概括,偏离、淹没和掩盖了马克思主义"实践"概念的特殊规定和其实践观的精髓。

把"实践"纳入哲学和美学的研究领域并使之成为其核心概念之一,并不是从马克思开始的。在精神、情感和心灵的范围内建构"实践",把"实践"归结为意识和意志的活动,归结为琐碎的生命与生活行为,归结为功利的利己的活动,这在思想史上并不鲜见。如果把这些统统纳入"实践"的范畴,那么以物质第一性为基础的实践观,向一般"社会的物质活动"总体过渡的实践观,以及以物质生产为核心的多重实践结构的历史主义性质与直接现实属性,就难以存在了。似乎可以这样说:有着具体的、历史的和现实的社会物质发展基础的实践,才是马克思新世界观的真正起点。马克思新唯物主义的实践规定,不是在简单抽象的哲学演绎中形成的,而是丰厚的社会经济历史积淀的结果,这是长期以来被人们忽略的重要方面,也是西方马克思

---

① 朱立元:《全面准确地理解马克思主义的实践概念——与董学文、陈诚先生商榷之一》,《上海大学学报》2009年第5期。

主义人本学家和实践人道主义者们之所以误读马克思的根本原因之一。① 马克思经过一种哲学历史观的升华,最终是扬弃了其他人也包括他自己一度信奉的那种抽象的"实践"和"劳动"本体论的。

人的"实践",绝不是"小男孩把石头抛在河里,以惊奇的神色去看水中所现的圆圈,觉得这是一个作品"②。以这种实践活动去改变外在事物的实践观,在彻底的唯物主义者那里是早已被摒弃了的。在彻底的唯物主义者看来,人的实践承担着人与自然界之间的物质交换的任务,这种实践只能是物质性的活动,不能把实践的此岸性等同于概念的彼岸性。当然,这不是说人的实践中没有精神性或情感性的内容,而只是说人的实践"所以能创造或设定对象,只是因为它本身是被对象所设定的,因为它本身就是**自然界**。因此,并不是它在设定这一行动中从自己的'纯粹的活动'转而**创造对象**,而是它的**对象性的**产物仅仅证实了它的**对象性**活动,证实了它的活动是对象性的、自然存在物的活动"③。也就是说,人本身就是一个物质性的存在,人的实践归根结底是物质与物质的交换活动,在这里,抽象的非历史的实践和所谓的"实践唯物主义",是不能被纳入马克思主义哲学的序列的。当人们把"实践"规定为"中介"的时候,那就意味着"实践"丧失了本体的地位和属性。而当人们为了突出和强调"实践"的地位而单方面地将"实践"抬升到世界"本体"层面的时候,那"实践"本身的"中介"性质也就错位了,"实践"概念的含混性和不确定性也就被强化了。此外,即使说"实践"是"中介",也不应将其理解为存在于主体意识与物质世界之间独立的东西。在"实践"中,意识、具体活动、对物质世界的改造这三者,是不可分割的。所以,从这个意义上讲,把"实践"作

---

① 张一兵:《实践:在何种意义上成为马克思科学方法论的基石》,《学习与探索》1998年第6期。
② [德]黑格尔:《美学》(第一卷),朱光潜译,北京:商务印书馆1979年版,第39页。
③ 《马克思恩格斯全集》第42卷,北京:人民出版社1979年版,第167页。

为"本体"——不管是自然本体、历史本体、社会本体,还是人的本体、精神本体、行为本体——都是难以在哲学唯物论上站得住脚的。将"实践"作为本体或独立性的"中介",只会回到唯心主义实践观或旧唯物主义实践观的轨道。

当然,需要说明的是,日常生活用语和理论用语是有不同的。日常生活中常常把人的所有活动都称为"实践",这是约定俗成的通俗化表现,此种用法仍可延续。但在唯物史观范畴内,"实践"则是与对物质世界的认识和改造相联系的。倘若把二者混同,把"实践"概念俗化和泛化,那就泯灭了唯物史观的性质。

看来,问题的关键还是在于如何对"实践"概念本身作唯物辩证的理解,如何把"实践"作为通向哲学新境界的入口与基石,作为达到思维彼岸的桥梁,而不是抽象地按照文化人类学、现象学或存在论的方法将它作为"本体"(或"存在")来加以模糊规定。

二

马克思开创的实践思维方式,是在对传统的感性思维形式与理性思维形式的批判中产生的,并非是对它们的全盘否定。实践思维方式,实质上是一种"扬弃"的产物,它对传统的思维方式既有保留也有克服。但除了这种辩证的批判继承之外,应该说更主要的是有着巨大的创新。在这种思维方式中,实践既包括人们能动地认识世界与认识社会的认识活动,也包括人们能动地改造世界与改造社会的改造活动,还包括人们认识自己与改造自己的内在活动。① 也就是说,人的实践活动是一个包含"内化"和"外化"、"解释世界"和"改造世界"、追求真理和创造价值的既相对应又相统一的过程。换一种说法,马克思主义是通过对劳动过程和要素的分析,揭示出实践的本质特征,即实

---

① 贺祥林:《马克思开创的实践思维方式论纲》,《马克思主义研究》2009 年第 8 期。

践是人类改造客观世界和主观世界的感性的物质活动,是主体和客体之间能动而现实的相互对象化的社会活动,是人们能动地探索和改造世界的现实的活动。毛泽东曾说:"认识的能动作用,不但表现于从感性的认识到理性的认识之能动的飞跃,更重要的还须表现于从理性的认识到革命的实践这一个飞跃。抓着了世界的规律性的认识,必须把它再回到改造世界的实践中去,再用到生产的实践、革命的阶级斗争和民族斗争的实践以及科学实验的实践中去。"①他认为:"人的社会实践,不限于生产活动一种形式,还有多种其他的形式,阶级斗争,政治生活,科学和艺术的活动,总之社会实际生活的一切领域都是社会的人所参加的。"②这里和马克思非常一致的地方在于,明确地讲这是指人的认识和改造世界的"社会实践",社会性是它的本质。这同把"实践"看作"是人存在表现的全部形式的总称",认为"人的整个生活都为'实践'","实践"就是"本体","实践"乃"存在"之源,"实践""优先于主体和客体及其划分","实践是个体精神性活动",实践是"人生在世"以及"实践人本主义"的观念,是不可同日而语的。马克思和毛泽东的实践论,是认识和实践关系——知和行的关系——同一的实践论,离开这一前提谈"实践",就又回到了古典哲学的窠臼。

　　从马克思的思想历程也不难看出,他既反对古代哲学中的观念本体论,也反对费尔巴哈式的抽象特质和人本体论;既反对赫斯等人的对象性的感性活动本体论,也反对他自己曾一度信奉的抽象的实践本体论或劳动本体论。他实际上是反对一切抽象的形而上学本体论规定、一切逻辑的本体论演绎的。在社会历史范畴内,他最后坚持的事实上是一种具有客观物质前提和制约性的、历史的现实的具体的能动的社会生产——包括物质生产、精神生产和人对人自身生产——的本体论。解释马克思的"实践"概念,应当从这种本体论的规定出发。如果仅仅把"实践"视为人的一般的感性活动,如审美、生存、人伦、欣赏

---

① 《毛泽东选集》第 1 卷,北京:人民出版社 1991 年版,第 292 页。
② 同上书,第 283 页。

等,并以此为美学实践观的阐释基础,那么就仍然可能是在抽象的逻辑中进行演绎。因为像黑格尔那样,倘若把人的物质实践变成人的认知活动,再把这种认知活动及结构变成逻辑本质,那就很容易将纯个人的行为也纳入实践的范围。这种对"实践"的理解,其理论逻辑显性的表层是各式各样的"实践"现象,而隐性的底色则依旧是抽象的先验人本学的逻辑方法,至少这是不符合马克思对"实践"的深层的理论规定的。这不是对马克思实践观的放大,而是对其实践认识论的扭曲。

三

把"实践"作为本体论尤其是马克思主义哲学本体论来规定和界说,已经是一个很普遍的现象。《全面》一文显然也属于这类见解。

人类思维在对终极实在的反思中会构成终极的指向性,这是"本体论"追求的魅力。这种追求是由人类的思维本性决定的,也是客观世界提出的要求,人类是不会放弃的。但是,在这里"真正的问题,不是我们用不用形而上学,而是我们所用的形而上学是不是一种正当的形而上学"①。从这种视角看,"实践"可不可以作为"本体"来规定,马克思解决本体论困境是不是就是指向并提出"实践本体观",这是需要摆出证据加以论述的,并非理所当然而不言自明的。

一般来说,所谓"本体论"指的是探究天地万物本原的学说,或者说是探究世间万物产生、存在、发展变化之根本动因和依据的学说。换一种通俗讲法,"本体论"是关于"是"(Being)的学说,而这里的"是",指的是事物的始基,是事物最普遍、最原始、最基本的实在。所以,它是对事物存在方式及其宇宙实体问题的探讨。再说得浅白些,"本体论"探讨的是:世界的终极本原到底是什么? 是物质还是精

---

① [德]黑格尔:《小逻辑》,北京:商务印书馆1980年版,第216页。

神？只有从这个角度解释问题，才具本体论的真谛。我们不管如何转换思维方式和提问方向，但"本体"的规定是不能随意加以改动和编造的。

正因如此，"本体论"对于哲学、美学研究和学科体系建设，都成了无法回避的问题。以传统美学、文艺学而言，在本体论领域特别是在社会历史维度上，基本上是从它们自身来理解的，或者是用抽象精神、绝对理念、普遍人性、神秘上帝来解释艺术现象和审美活动的发生、发展和本质特征。从机械的地理、气候、时代环境等条件出发解释文艺和审美的学说当然也有，但从"根源于物质的生活关系"、从"政治经济学中去寻找"答案，认为"物质生活的生产方式制约着整个社会生活、政治生活和精神生活的过程"①，这一学说终究是从马克思主义创始人那里才正式开始的。"人们的社会存在决定人们的意识"的思想，无疑给马克思主义美学、文艺学本体论奠定了稳实的唯物主义基石。

由于人的实践，社会物质生产力、生产关系及其上层建筑和意识形态，诚然会发生这样那样的变化，但实践本身，它是一种中介性的行为，是主体与客体发生关系的实质性活动。从最严格的意义上讲，人的实践也属于社会物质生产力的一种，人的实践是物质本体范畴的一个组成部分。如果我们不这样看，那就容易重蹈对世界之外的造物主加以遵奉和信仰的覆辙。恩格斯说过："我们自己所属的物质的、可以感知的世界，是唯一现实的；而我们的意识和思维，不论它看起来是多么超感觉的，总是物质的、肉体的器官即人脑的产物。物质不是精神的产物，而精神本身只是物质的最高产物。"②这种唯物主义，这种对于物质和精神关系特定理解的一般世界观，费尔巴哈和一些自然科学家也是承认的。"但是费尔巴哈到这里就突然停止不前了"③，他没

---

① 《马克思恩格斯选集》第 2 卷，北京：人民出版社 1995 年版，第 32 页。
② 《马克思恩格斯选集》第 4 卷，北京：人民出版社 1995 年版，第 227 页。
③ 同上。

能克服通常不反对事情本身而反对唯物主义这个名称的哲学偏见,认为唯物主义是人的本质和人类知识大厦的基础,但却不是狭义自然科学家从他们的观点和专业出发所必然认为的那种东西,即大厦本身。他说:"向后退时,我同唯物主义者完全一致;但是往前进时就不一致了。"① 这就暴露了旧唯物主义和辩证唯物主义的区别,暴露了费尔巴哈"把唯物主义同它的一种肤浅的、庸俗化了的形式混为一谈"②的哲学缺欠。

唯物主义学说和唯心主义学说一样,是经历了一系列发展阶段的。随着自然科学和社会科学的不断进步,唯物主义也在改变着自己的形式。但无论如何改变,思维对存在从属关系的本体论观念,对唯物主义说来是不能改变的。不仅不能改变,而且正是"自从历史也得到唯物主义的解释以后,一条新的发展也在这里开辟出来了"③。这就是历史唯物主义辉煌而壮丽的日出。这里讲的历史,当然包括人类的审美史、艺术史和文学史,包括一切与人的精神活动有关的情感世界。而这些"历史"和"世界",正是由于得到了以物质本体论为根基的辩证的阐释,才被人们真实地"理解为一种过程,理解为一种处在不断的历史发展中的物质"④,它们才具有了符合事实的科学形态。反之,如果通过变相的精神本体或中介性的"实践本体"来加以阐释,那就无形中又返回到了千百年来旧有的哲学航道。对自然界的非历史观点是旧唯物主义的范畴,对人类社会——包括文学艺术在内——的非历史观点,同样也属于旧唯物主义范畴。

四

"实践存在论美学"论者在《全面》一文和以往的论述,的确"论述

---

① 《马克思恩格斯选集》第 4 卷,北京:人民出版社 1995 年版,第 227 页。
② 同上书,第 228 页。
③ 同上。
④ 同上。

了马克思实践观与存在论的一体关系,即马克思实践观的存在论基础和他的存在论的实践论本质"①。不过,问题恰恰就出在这里。按照论者自己申述的逻辑,我们可以把"存在论"改译成"本体论",这里没有误解和断章取义。可即便如此,仍不难看出,论者是又回复到了"实践本体论"或"本体即实践"的理论中去,并没有一丝离开非物质本体论的阐释。马克思的"实践观"和"存在论"("本体论")是"一体"的吗?"实践"是"存在"的本质吗?这些基本的问题,是不能跟着国外某些学说的意见行走的。

就说"实践是人在世的基本方式"②这一命题,粗看起来似能成立,但倘若把婴儿和年迈的老人也算在"人"的范围之内,那么这一命题的成立性也就遭到了质疑。难道婴儿吃奶也是"实践"?难道老人躺在病床上输液也是"实践"?难道懒虫奥勃洛摩夫每天遐思冥想也是"实践"?显然,这里与"人在世"相连的"实践"概念,是和"社会生活在本质上是**实践的**"③这个规定中的"实践"是不一致的,是还在沿用泛化"实践"理解的理路。在这儿,所谓对传统"实践"概念的"改造"和"发展",几乎是一点也扯不上的。试问,这种"人生在世"还有没有不属于"实践"的内容?显然没有了。

"实践存在论美学"申明,它提出并论述了该理论的"马克思主义(而不是海德格尔)的哲学根据"。果真如此,当然很好,可究竟是哪种"马克思主义"的"哲学根据",却需要辨析。其一,对"实践存在论美学"来说,它怎么能够证明"马克思的学说中,实践概念与存在概念有一种本体论上的共属性和同一性,两者揭示和陈述着同一个本体领域"呢?把"实践"和"存在"捆在一起,这不还是变换了说法的"实践本体论"吗?这种"根据",在成熟的马克思经典文本中能找到"陈述"

---

① 朱立元:《全面准确地理解马克思主义的实践概念——与董学文、陈诚先生商榷之一》,《上海大学学报》2009年第5期。
② 同上。
③ 《马克思恩格斯选集》第1卷,北京:人民出版社1995年版,第60页。

吗？其二，"实践存在论美学"怎么能够证明"实践与存在揭示着人存在于世的本体论含义"呢？这里的"实践"是一个宽泛的传统西方哲学史上的概念。这里的第一个"存在"是存在论的"存在"，这里的第二个"存在"应是"生存"存在的意思，头一个"存在"有本体的意涵，"人存在于世"的"存在"也具有"本体论"的意义吗？这里的"实践"是不是又透出了"本体论"的辙印？

马克思什么时候像存在主义者那样，"已经发现""人生在世"哲学"并作过明确的表述"？马克思在什么地方"用'实践'范畴来揭示此在在世(人生在世)的基本在世方式"？这是不是多少有点用海德格尔的存在主义描绘和打扮马克思的味道呢？至少，这样的"哲学根据"在1845年之后的马克思、恩格斯那里，是难以寻找到的。

什么是"人生在世"？怎么理解"人生在世"？"实践"既然已是"本体"，那当然用这种"实践"怎么解释都带有一种同义反复的性质，都处于"实践本体论"的范围。但这不能说是唯物史观，不能说是马克思主义意义上的实践论。所以，这里的关节点还是何谓对"实践"概念科学的符合马克思主义本意的理解。

在这点上，不是如论者所言"马克思高于和超越海德格尔之处在于用'实践'范畴来解释此在在世(人生在世)的基本方式"，而是论者自己"高于和超越海德格尔"，试图用马克思早期的"实践"概念来装扮、阐释、解析和改造存在主义的"此在在世(人生在世)的基本在世方式"，这恐怕才是分歧和争论的焦点与实质。从这个意义上来说，"实践存在论美学""转移到了存在论的新的哲学根基上"，是一点也没错，一点也不夸张的。不仅没有错，就连论者所申述的"马克思所创立的实践哲学"的提法，也是从东、西欧学者和国内个别学人那里"转移"过来的。马克思主义创始人何时将自己的学说称为"实践哲学"，大概没有人能找出可靠的答案。不难发现，在"实践存在论美学"那里，一方面说马克思是"实践哲学"，一方面说亚里士多德也是"实践美学"；一方面说马克思的实践理论"正是西方思想传统的继承和延续",一方面又说实践哲学是"马克思所创立"①,这样两面都讲到的做法,已让人看不出马克思在实践理论上所实行的变革到底是些什么。

马克思的"实践"概念,当然与整个西方思想史上"实践"概念的含义和演变有某种联系,尤其是青年时期的马克思所使用的"实践"概念,多是德国古典哲学意义上的继承和赓续。但这并不表明科学的马克思主义的实践观,即马克思新世界观诞生之后的"实践"概念及其理论,同"实践本体论"者讲的"实践"概念及其理论没有差异。有学者指出,后来的马克思,对"实践"的阐释是转移到政治经济学的视域中去了。倘若仅仅以《关于费尔巴哈的提纲》"第一条中的主体性实践来确证马克思主义哲学新境界,马克思主义哲学真的变成了赫斯主义('实践人道主义')了。并且,这种被抽象理解的实践完全可以用《1844年经济学哲学手稿》中的抽象劳动来替换,就如南斯拉夫'实践派'和我们一些'实践人道主义'者所已经做过的那样。抽象的非历史的实践哲学和实践唯物主义绝不是马克思主义哲学!"②这是不能不加以警惕的。

五

"费尔巴哈大声说:把主观感觉和客观世界同等看待,'就等于把遗精和生孩子同等看待'。这种评语虽然不十分文雅,却击中了宣称感性表象也就是存在于我们之外的现实的那些哲学家的要害。"因之,"生活、实践的观点,应该是认识论的首要的和基本的观点。这种观点必然会导致唯物主义……当然,在这里不要忘记:实践标准实质

---

① 朱立元:《全面准确地理解马克思主义的实践概念——与董学文、陈诚先生商榷之一》,《上海大学学报》2009年第5期。
② 张一兵:《实践:在何种意义上成为马克思科学方法论的基石》,《学习与探索》1998年第6期。

上决不能**完全地**证实或驳倒人类的任何表象。这个标准也是这样的'不确定',以便不让人的知识变成'绝对',同时它又是这样的确定,以便同唯心主义和不可知论的一切变种进行无情的斗争。"①这是列宁给出的忠告。

显然,这里很清楚,包括"审美"在内的"主观感觉"或者说"感性表象",是不宜作为本体的"客观世界"、作为"存在于我们之外的现实"来看待的。为了突出"实践"在人类认识和社会活动中的作用,同样也是不宜把唯物主义变成"唯实践主义",把历史唯物主义变成"历史唯实践主义"的。换言之,哲学上的物质本体论,是不能被所谓"实践本体论"替代的;美学上的实践观,也是不能被所谓抽象超然的存在观替代的。马克思恩格斯指出:"全部人类历史的第一个前提无疑是有生命的个人的存在。因此,第一个需要确认的事实就是这些个人的肉体组织以及由此产生的个人对其他自然的关系。……任何历史记载都应当从这些自然基础以及它们在历史进程中由于人们的活动而发生的变更出发。"②这段话,再明白不过地讲明了物质本体论在说明和解释历史时的作用。马克思主义美学、文艺学作为历史科学,是不会背离这一本体论的原则的。

"实践存在论美学"申明自己是一种"新实践美学",它基本是沿着"李泽厚的主流派实践美学"的思路下来的,其不同之处在于它对这种原有的"实践美学"给予了某种"改进、发展和完善"。"改进、发展和完善"在什么地方呢?主要是在两个方面:一是要"超越""实践美学"坚持的"西方近代以来主客二分的认识论思维模式";二是要消除"实践美学""对实践的看法失之狭隘"。③"实践存在论美学"不赞成整个美学的基本问题"被狭隘地框在认识论的范围之中",认为"主体性的实践哲学"或"人类学本体论美学"都是主客二分思想的产

---

① 《列宁全集》第18卷,北京:人民出版社1988年版,第144页。
② 《马克思恩格斯选集》第1卷,北京:人民出版社1995年版,第67页。
③ 朱立元:《走向实践存在论美学》,苏州:苏州大学出版社2008年版,第5页。

物,不同意"把世界看成人之外的对立物",看作"对象性存在和现成的客体",也不同意把"实践"看作"只是主体(人)的属性或特征"①,不同意"实践范畴就只是指物质生产劳动"②。这样一来,"实践存在论美学"就把原"实践美学"中仅有的两处多少还带有点唯物主义的因素也"改进"掉了。

为什么"实践存在论美学"特别不赞成"认识论思维模式"和"主客二分"呢?这还是受现代西方哲学的影响。有种意见认为,强调存在着独立自在的某种东西的实体性,主张主体和客体彼此分离基础上的统一性,承认有一个超感觉、超验性的本体世界,就导致了哲学、美学上二元对立的主客关系。这里,从本体论和认识论角度来看,其实涉及的正是思维与存在的关系问题、思维与存在的同一性问题。"实践存在论美学"主张"要跳出这种主客二分的认识论,返回到人与世界最本原的存在",并借鉴海德格尔的命题,宣称"人一产生就离不开世界,人本身是世界的一部分;人与世界不是先分,然后再寻求合的,而是先就是合,没有对立的。再者,世界只对人而言才有意义,人只能在世界中存在,人就在世界中,世界只是对人存在,离开了人,无所谓世界。譬如,人和自然界的关系:没有人的时候,有没有自然界都值得怀疑,没有人,自然界充其量只是一种存在而已;有了人才有自然界,人和自然界是同时存在的,当周遭世界都成为人存在的环境、大地时,对人而言,世界才有意义。人与世界在原初存在论上不能分开,确信无疑的存在就是人在世界中存在,然后才能考虑其他问题"。③"实践存在论美学"称这是从海德格尔理论那里获取的"重要的启示"。这种所谓"超越主客二分认识论思维模式"的美学观点,增添的的确是存在论的色彩,可与唯物主义的距离却越发遥远了。

在这里也能看到,"实践存在论美学"是先把"实践本体论"变成

---

① 朱立元:《走向实践存在论美学》,苏州:苏州大学出版社2008年版,第6页。
② 同上书,第7页。
③ 同上书,第8—9页。

"实践存在论",然后再将"实践存在论"中的"存在"换成存在主义的"存在"的,这样它就完成了从唯物论到唯心论、从唯物史观到非唯物史观的蜕化与演变。这一美学理论,诚如论者自己所说的,"虽然仍然以实践作为美学研究的核心范畴,却已突破主客二元对立的认识论,转移到了存在论的新的哲学根基上了"①。不过,由于论者的"实践"概念与马克思主义的"实践"概念不一致,由于这里的"存在"已不是客观的存在,而是存在主义的"存在",况且这种"存在"已定义成"本体",也由于论者明确声称"在人与人的世界以外并不存在什么永恒不变的绝对本体",那么,说这种理论仍以马克思为"依据"就难以服人了。认为这种比先前"实践美学"还倒退一大步的"实践存在论美学",其"转移"之后的"新的哲学根基"已经不是科学的严格意义上的"马克思主义的哲学根基",看来也不是"蓄意掐断前后文的联系",不是"令人啼笑皆非"的了。毫无疑问,将这种"存在论的新的哲学根基"仍说成是马克思主义的"哲学根基"也就没有多少理由了。因为一种美学理论的哲学基础"转移"没"转移","转移"之后的"根基"性质是什么,是不能由论者自己说了算的。

六

"实践存在论美学"通过对李泽厚学派"实践美学"的"改进",再加上某些马克思早期话语的装点,实际上其"存在观"比起海德格尔本人的存在观来,变得更加彻底。记得海德格尔说过:"因为马克思在经验异化之际深入历史的一个本质性的维度中,所以,马克思主义的历史观就比其他历史学优越。但由于无论胡塞尔还是萨特……都没有达到有可能与马克思主义进行创造性对话的那个维度"②。海德格尔还批评过"技术"对人的本质的"遮蔽",认为"由此,便有一种印象

---

① 朱立元:《走向实践存在论美学》,苏州:苏州大学出版社2008年版,第280页。
② [德]海德格尔:《路标》,北京:商务印书馆2000年版,第401页。

蔓延开来,好像周遭一切事物的存在都是由于它们是人的制作品。这种印象导致一种最后的惑人的假象,以此看来,仿佛人所到之处,所照面的只还是自己"。① 这对我们认识"实践"也有启迪。

比较一下"本体论"就会清楚,马克思主义强调的是世界除了运动着的物质,再没有其他东西存在。物质是意识的本体基础,是一切变化的本体。"我们自己所属的物质的、可以感知的世界,是唯一现实的;而我们的意识和思维,不论它看起来是多么超感觉的,总是物质的、肉体的器官即人脑的产物。物质不是精神的产物,而精神本身只是物质的最高产物。"②"就是物质和意识对立,也只是在非常有限的范围内才有绝对的意义"③。"实践存在论美学"同实用主义哲学的主张相似,实际上都是把真理看作人们为满足自己的需要而制造出来为我所用的工具,而不是看作对客观对象的正确反映。

写到这里,不能不让人想起下面一段话:"恩格斯直截了当地明确地说,他既反对休谟,又反对康德。……休谟根本不愿意承认'自在之物',他认为关于'自在之物'的思想本身在哲学上就是不可容许的,是'形而上学'(象休谟主义者和康德主义者所说的那样)。而康德则承认'自在之物'的存在,不过宣称它是'不可认识的',它和现象有原则区别,它属于另一个根本不同的领域,即属于知识不能达到而信仰却能发现的'彼岸'(Jenseits)领域。恩格斯的反驳的实质是什么呢?昨天我们不知道煤焦油里有茜素,今天我们知道了。试问,昨天煤焦油里有没有茜素呢?当然有。对这点表示任何怀疑,就是嘲弄现代自然科学。"④在这段有名的论述之后,作者得出结论:"物是不依赖于我们的意识,不依赖于我们的感觉而在我们之外存在着的……在现象和自在之物之间决没有而且也不可能有任何原则的差别。差别仅

---

① [德]海德格尔:《海德格尔选集》,孙周兴译,上海:上海三联书店1996年版,第945页。
② 《马克思恩格斯选集》第4卷,北京:人民出版社1995年版,第227页。
③ 《列宁全集》第18卷,北京:人民出版社1988年版,第150页。
④ 同上书,第100页。

仅存在于已经认识的东西和尚未认识的东西之间。所谓二者之间有着特殊界限,所谓自在之物在现象的'彼岸'(康德),或者说可以而且应该用一种哲学屏障把我们同关于某一部分尚未认识但存在于我们之外的世界的问题隔离开来(休谟),——所有这些哲学的臆说都是废话、怪论(Schrulle)、狡辩、捏造。"①

看看这段话,再联想一下建造宇宙飞船干什么用,联想一下人类对月球和火星上有没有水及地质构造勇敢而艰难的探索,问题也就了然了。显然,世界是外在于人的,不能说"世界原初就包含了人在里面",外在客观的自然被"人化"只能在有限的范围内成立。有人认为,"唯物论和唯心论只是哲学发展一定阶段上形成的对立派别","马克思主义哲学诞生的秘密、变革的实质,恰恰就在于对唯物论和唯心论对立的超越"。②也有人认为,这种"超越"的实质就在于抛弃"本体论"思维,确立了"实践"的观点。还有人认为,人能通过自己的实践活动"为天地立心",人在实践活动的基础上重建世界,"实践构成了人类世界得以产生、存在和发展的源泉、根据和基础",因之"实践是人类世界的真正的本体"。③这些见解不仅是不妥当的,而且是危险的。众所周知,"认为我们的感觉是外部世界的映象;承认客观世界;坚持唯物主义认识论的观点,——这都是一回事"④。预言要超越"主客二分"的认识论模式固然"新潮",但至今还没有一种可行的替代模式比辩证唯物认识论模式更长久、更符合事实。这恐怕是一个常识。

---

① 《列宁全集》第18卷,北京:人民出版社1988年版,第100—101页。
② 高清海:《再论实践观点的超越性本质》,《哲学动态》1989年第1期。
③ 杨耕:《物质、实践、世界:关于马克思主义哲学三个基本范畴的再思考》,《北京社会科学》2000年第3期。
④ 《列宁选集》第2卷,北京:人民出版社1995年版,第89—90页。

七

"实践存在论美学"是建立在"实践存在论"基础上的。有资料显示,对于"实践存在论"的看法,"早在国内学者于20世纪末开始将海德格尔'存在论'思想当作'创新'马克思主义美学、文艺学'本体论'研究的'转向'契机之前,这种'存在论'的危险及其致命的理论缺陷,在20世纪60年代就已经引起了'批判理论'的警惕和深入反思"①。海德格尔诚然有几处讲到马克思的地方,也有学者试图寻找海德格尔与马克思某些思想的契合之处,在德国还有人提出过"海德格尔马克思主义",但这无论如何都不能抹杀海德格尔思想同马克思主义的不同质,不能把它们的结合当作马克思主义美学中国化的出路。

毋庸讳言,从海德格尔理论的内容来看,他的存在论内在地具有虚无的结构。在其哲学中,根本就没有对第一性的物质、复杂的人类历史规律以及社会存在本质认识的地位,所有这些都被归为"存在者",而不是"存在"。"存在"被高度神秘化,它成了使存在者成为可能的"本源",它通过存在者"现身",但本身却不能被认识和知识化。如此一来,在第一性的虚无存在原则担保下的"存在者",就必然被规定为"实存",存在的事物不过组成了支撑着"存在"并供其"借贷"的"信贷制度"整体。在实存"事实性"的规定之下,确立起"事物是事物本身"这一思辨观念,完全抹杀了事物的"非同一性"。在海德格尔的理论中,人作为一种特殊的"存在者",不仅同物一样,而且也被"存在"决定了其生存的命运,决定了其"被抛入此世"的事实性存在。所不同的只是,人作为特殊的存在者而不同于物,是因为人的实存表现为生存,具有自我阐释、自我理解能力,因而他可以在其生活世界中以

---

① 赵文:《反思实践存在论这一理论命题——从阿多诺对海德格尔的批判谈起》,《内蒙古师范大学学报》2009年第4期。

不是认识、而是体验的方式阐释其他存在者的命运。这样,诚如一位学者所指出的:"用存在论取代本体论的实质,就是存在的虚无化、客体的实存化、主体的生存化。可以说这三个方向构成了海德格尔存在论哲学的三重奏主题。"①这样一种哲学思潮,或者说这样一种阐释世界的方式,用来构建马克思主义美学,势必走上歧途。

有哲学工作者明确地承认,"实践本体论"是进入改革开放新时期以来,"人们以'回到马克思'为基本取向,对以教科书体系为代表的马克思主义哲学的传统解释进行批判性的反省"的产物;认为"作为对马克思主义哲学的传统(或曰正统)解读,物质本体论迄今尚未得到一种真正的清算";不"真正清算"物质本体论,"哲学的变革就有可能沦为一种改良或折中";认为物质本体论本身就是一个虚概念,物质本体论提出的问题是一个假问题。物质本体论以"心物二元分离"为前提,"把心归结为物",强调"物质"是不依赖于人们的意识而独立存在的客观实在;在认识论方面,坚持反映论,"忽视了认识活动中主体选择与建构的能动本质";在历史观中,把人"消融在冷漠的铁的必然性之中",使人"沦为历史规律赖以展开自身的符号",其结果是"人的存在"成为某种可有可无的东西,人类历史被说成是"一种宿命过程"。克服物质本体论的缺陷,"唯一可能的选择"就是使"实践"范畴获得"终极意义","从人的存在出发重建本体论",用"实践本体论"取代物质本体论,取代唯物主义。② 这是一种思潮,它有一定的市场。受这种思潮推动,借鉴这种"存在论"来替换马克思主义理论系统中的"本体论","清算"物质本体论,"清算"唯物主义世界观,用"实践本体论"取代物质本体论,以"实践本体论"提供的批判性反省社会发展和现代化问题的终极尺度,建构所谓"实践存在论美学",这难道不是

---

① 赵文:《反思实践存在论这一理论命题——从阿多诺对海德格尔的批判谈起》,《内蒙古师范大学学报》2009年第4期。
② 何中华:《物质本体论的困境与实践本体论的选择》,《南京社会科学》1994年第11期。

对唯物论的偏离？主张"实践本体论"的意见，虽表示赞成马克思主义的实践观，但却不赞成辩证唯物主义反映论，不赞成用人们的社会存在说明人们的意识，这就让人不好理解了。

八

严格地说，"马克思主义的产生晚于卡尔·马克思本人之成为有思想的认识主体，马克思本人的思想并非都属于马克思主义的范畴，而是有一个从非马克思主义到马克思主义的发展过程。马克思的著作并非都是马克思主义著作。……他的思想曾经在恩格斯所称的'我们的狂飙时期'经历了从革命民主主义到共产主义的转变，经历了'离开黑格尔走向费尔巴哈，又超过费尔巴哈走向历史（和辩证）唯物主义'的过程。马克思和恩格斯合著《德意志意识形态》的动因，就是'以批判黑格尔以后的哲学形式'，'把我们从前的哲学信仰清算一下'"①。因之，马克思早期的一些著作虽包含了日益增长的超越前人的思想成果，但确也带有不应忽视的非马克思主义的思想痕迹，不同于成熟的马克思主义著作。这样的分析判断，应该说是实事求是的。

以《1844年经济学哲学手稿》为例，它是一个转变期的著作。这其中马克思的有些思想，可以作为建构马克思主义美学的理论资源。但是，对这种资源的开掘与利用，只有遵循历史唯物主义和辩证唯物主义的原则，才能是科学的，符合其原理的。这不是制造"两个马克思"的神话，而恰是尊重了经典作家思想发展的历史事实。19世纪50年代后，马克思基本上已经告别了资产阶级哲学和美学的问题性和提问方式，在他的思考中也很少再使用"实践"和"存在"这类古典哲学概念，即使谈到"实践"，也从未作"本体"看待。他谈"实践"，多是历

---

① 田心铭：《关于马克思主义观的十二个关系问题论纲》，《中国社会科学院报》2009年4月2日、9日。

史斗争、历史条件下的生产,完全摒弃了这一概念仅仅作为抽象的"人"的精神活动被解释的涵义。在《资本论》中,"实践"这个词就很少出现,也摆脱了主客体关系的先验范式。列宁后来甚至说:"如果把马克思在《资本论》和其他著作中的一些哲学言论考察一下,那么你们就会看到一个**始终不变的**主旨:坚持**唯物主义**,轻蔑地嘲笑一切模糊问题的伎俩、一切糊涂观念和一切向**唯心主义**的退却。马克思的**全部**哲学言论,都是以说明这二者的根本对立为中心的,但从教授哲学的观点看来,这种'狭隘性'和'片面性'也就是马克思的全部哲学言论的缺点之所在。事实上,鄙弃这些调和唯物主义和唯心主义的无聊的伎俩,正是沿着十分明确的哲学道路**前进**的马克思的最伟大的功绩。"①我们在进入马克思主义美学本体论和实践观研究的时候,有必要注意到成熟期的文本,使唯物主义在美学科学领域也得到真实的贯彻。

至于存在主义哲学,它在揭示现代西方社会普遍存在的人的生存问题和异化问题上,无疑对我们有启发。但显而易见,它对人的问题的阐释,实质上并没有超出《1844年经济学哲学手稿》所达到的视阈,更没有达到晚年马克思的"资本的逻辑"的高度。对于马克思在哲学上取得的这一成就,存在主义哲学最重要的两位代表人物海德格尔和让·萨特都有比较清楚的认识。前者的看法,我们前面已经提到。后者则更是坦率地承认马克思哲学在当代是无法超越的唯一哲学。为此,就是坚持"实践本体论"的一些学者中也有人提醒道,出于尊重马克思本人及其哲学上的成就,我们无须标新立异地援引存在主义作虎皮,将马克思主义哲学的本体论改头换面说成马克思哲学存在论。② 这种意见,对"实践存在论美学"主张者来说,还是值得考虑的。

总之,"实践存在论美学"作为一种新构建的美学理论,其根本的

---

① 《列宁全集》第18卷,北京:人民出版社1988年版,第353—354页。
② 熊进、李志洁:《实践本体论:对传统哲学的超越和提升——简论马克思主义哲学本体论的有关问题》,《中南大学学报》2009年第4期。

缺欠不在于它对"实践"概念作宽泛的理解,而在于它把马克思主义美学"存在论"化了。或者说得更具体一点,是通过对"实践"和"存在"的解释,把马克思的实践论和历史唯物论美学悄然地海德格尔化了。这是问题的要害所在。马克思的实践观与海德格尔的存在论在理论内涵和具体指向上是不同的。把现象学与"实践"联系起来,把"存在论"学说运用到美学中去,是不可能对历史唯物主义美学进行合理刷新和科学改造的。不管从哪个角度讲,"实践"和"存在"这两个概念,都隶属于不同的思想体系,把这两个在各自哲学内涵和学理意义上相互抵触的范畴拼接起来,只能造成适得其反的效果。

这就是辨析"实践存在论美学"的意义。

(原载《上海大学学报》2010年第2期)

"实践存在论"美学的哲学基础问题

20世纪90年代中后期,伴随着社会形势的变化和大量西方现代、后现代理论的译介,我国出现了一股反思和批判"实践美学"——尤其是李泽厚"实践美学"理论体系——的潮流。这股潮流主要是力求克服先前"实践美学"的某些缺陷,分析"实践美学"的某些不足,进而发起一场所谓"超越实践美学"或"走向后实践美学"的活动。这一理论活动,自然同另一些依然坚持和发展"实践美学"观点的学者在学理上产生分歧与论争。而正是这场论争,不仅烘托了"后实践美学"[①]的强猛势头,而且也催促了"新实践美学"的应运而生。在"新实践美学"内部,有相同的表述,"实践存在论美学"则是其中的一种。

有学者说,"经历了实践美学与后实践美学论争以及实践美学与'第三力量'的驳诘,实践美学发展到了新实践美学的阶段"。并指出,是"后实践美学""这些反思和批判实践美学的美学理论流派,激发了一部分坚持和发展实践美学的美学学人的理论探索,他们站在老一辈实践美学代表人物的肩上,努力开拓创新,实实在在地把实践美学推向了新的发展阶段"。[②] 这个判断的前半部分,应该是没有争议的;这个判断的后半部分,其准确性就值得怀疑了。

"实践存在论美学"论者的理论探索,确乎是"站在老一辈实践美学代表人物的肩上",特别是李泽厚的肩上,这是有目共睹的。可问题

---

① "后实践美学"概念,学术界一般是指论争中的"超越美学""生存美学""主体间性美学""生命美学""体验美学"以及"存在美学"等。它们的逻辑起点和具体观点不一定相同,但在反思和批判"实践美学"特别是李泽厚的"实践美学"方面,却基本是一致的。

② 张玉能:《中国化马克思主义美学的考察》,《文艺报》2009年2月24日,第3版。

的关键是,他们在与"后实践美学"的论争中,在反驳"实践美学解构论"和"实践美学终结论"的诸种观点中,通过自己的"开拓创新",到底是"实实在在地把实践美学推向了新的发展阶段",还是实实在在地把"实践美学"拉向了后退？这确是需要在学理上加以论辩清楚的。

一、"实践存在论美学"发展演变的路径

无疑,"实践存在论美学"是由"实践美学"经"后实践美学"发展而来的。它的发展路径虽说有几个方面,但主要是通过改造"实践"这一概念,通过赋予"实践"概念以西方现代哲学的某些内涵,通过反对主客二分的认识论来加以实现的。关于这一点,笔者已经撰写了一些相关的文章。① 它的最根本的方法,就是试图以现象学的存在主义思想,来修改、沟通传统的实践观和辩证唯物论意义上的"实践"概念。如此一来,不仅"实践美学"的哲学根基发生了移动和变化,而且其审美理论中也就自然填充了许多个体性、超越性、非理性等现代西方美学的因素和成分。这样的理论建构与致思方式,表面上看是新颖的,实际上则是很陈旧的。

"实践存在论美学"论者不承认事物的客观先在性,主张用"生成论"思想来超越形而上学思维方式,主张在"审美活动中'关系在先'"。② 这就从根本上抹杀了"实践"在审美活动中的价值和意义。众所周知,审美关系论的哲学根基,一般来讲有两种:一种是带社会性的主客观统一的实践论;一种是带生成性的现象学存在论。这两种哲学根基的属性,是完全不能等同的。前者是一种带有唯物史观性质的美学思路,后者则是不区分美和美感、只谈审美活动的现代人学意义

---

① 参见董学文、陈诚:《"实践存在论"美学、文艺学本体观辨析——以"实践"与"存在论"关系为中心》,《上海大学学报》2009年第3期;董学文:《"实践存在论美学"的缺陷在哪?》,《内蒙古师范大学学报》2009年第4期;董学文:《对"实践存在论美学"的再辨析——兼答复一种反批评的意见》,《上海大学学报》2010年第2期,等等。

② 朱立元:《走向实践存在论美学》,苏州:苏州大学出版社2008年版,第55页。

的美学思路。或者直白地说,前者是唯物主义的美学思路,后者是唯心主义的美学思路,两者是无法融合、会通的。

"实践存在论美学"既然强调"审美活动中'关系在先'",那么它就不可避免地回避审美活动中的"事物在先"原则,不可避免地借助于现象学,借助于海德格尔存在主义,从所谓的抽象的"存在"(与"此在")中推演出审美活动的"自由",推演出"实践"的所谓"存在论维度",把哲学和美学的本体论问题"存在论"化,似乎以为这样就能超越和解决审美关系中"主客分离"问题。其实不难发现,正是这个陈旧的思路,导致"实践存在论美学"向中外传统的体验论和直觉论美学靠拢,而将科学的实践论美学即辩证唯物的运动物质本体论美学置于脑后。毫无疑问,倘若如"实践存在论美学"那样,主张审美关系是"逻辑在先",只能在审美关系中谈论美、美感及审美主客体等美学基本问题,那么马克思主义美学的实践观实质上就被无情地抛弃了。

"实践存在论美学"在历史观上几乎没有任何推进,相反,它转了一圈又回到了一种个体人性和个体人道主义历史观的轨道。所不同的,只不过是用存在论的语言又打扮了一番而已。应该承认,唯物史观的出发点和归宿从来不是抽象的个体的人,而是群体的人即人类社会。当然,这并不意味着唯物史观不重视个体的人的问题。个体的人的问题,唯物史观也是要解决的,不过它是在解决社会、阶级、群众问题的过程中来解决个体的人的问题的。摆脱社会而将人抽象地摆在第一位,从来不是唯物史观的传统,而是人本主义的传统。历史表明,重视群体的人即人类社会,这不是唯物史观的局限,而正是它先进的地方。可惜,"实践存在论美学"在这一点上恰恰走上了与马克思主义相反的途径。

这里有事实为证。"实践存在论美学"论者明确说:"承认一切时代存在着本质上区别于动物的普遍的、一般的人,存在着普遍的、一般的人性和人的类本质,即人的自由自觉的生命活动(实践),承认这就是人区别于动物的类的共同性或'人的一般本性',乃是马克思主义的观点。……因此，从这个意义上说，马克思主义的以人为本的观点，就是指以区别于神和动物的普遍的、一般的人为本，而不是什么以'民'为本(其实,'民'本身也是一个抽象的、一般的概念)。"①

　　这段话至少有两点是值得斟酌的：其一，这种将人的本质等同于"一般人性""类本质""共同性"的观点，同马克思关于"人的本质不是单个人所固有的抽象物，在其现实性上，它是一切社会关系的总和"②的思想是矛盾、冲突的；其二，马克思主义以及中国共产党提出的"以人为本"观点，绝不是"指以区别于神和动物的普遍的、一般的人为本"，而确乎是"以人民为本"的。"以人为本"是科学发展观的核心，而十七大报告规定的它的内涵是："全心全意为人民服务是党的根本宗旨，党的一切奋斗和工作都是为了造福人民。要始终把实现好、维护好、发展好最广大人民的根本利益作为党和国家一切工作的出发点和落脚点，尊重人民主体地位，发挥人民首创精神，保障人民各项权益，走共同富裕道路，促进人的全面发展，做到发展为了人民、发展依靠人民、发展成果由人民共享。"③这才是"以人为本"的真义。这里哪有一丝一毫"不是什么以'民'为本"的意思呢？为了防止"以人为本"的提法遭到曲解，胡锦涛同志在新进中央委员会的委员、候补委员学习贯彻党的十七大精神研讨班上的讲话中说："我们提出以人为本的根本含义，就是坚持全心全意为人民服务，立党为公、执政为民，始终把最广大人民的根本利益作为党和国家工作的根本出发点和落脚点，坚持尊重社会发展规律与尊重人民历史主体地位的一致性，坚持为崇高理想奋斗与为最广大人民谋利益的一致性，坚持完成党的各项工作与实现人民利益的一致性，坚持发展为了人民、发展依靠人民、发

---

① 朱立元：《走向实践存在论美学》，苏州：苏州大学出版社 2008 年版，第 154—155 页。
② 《马克思恩格斯选集》第 1 卷，北京：人民出版社 1995 年版，第 56 页。
③ 胡锦涛：《高举中国特色社会主义伟大旗帜为夺取全面建设小康社会新胜利而奋斗——在中国共产党第十七次全国代表大会上的报告》，北京：人民出版社 2007 年版，第 15 页。

展成果由人民共享。以人为本,体现了马克思主义历史唯物论的基本原理,体现了我们党全心全意为人民服务的根本宗旨和我们推动经济社会发展的根本目的。"①可以说,这里明确地指出了以人为本即是以最广大人民的根本利益为本。②

"实践存在论美学"论者说:近年来随着"以人为本"成为主流话语中的关键词之后,"理论界对这个口号(命题)也改变了正面反对和批判的态度,而采取了重新阐释的策略,即把'以人为本'的'人'解释为广大人民群众即'人民',于是这个命题实际上变成'以民为本'了。但是,'以民为本'与'以人为本'之间可以画等号吗?符合马克思主义的原意吗?笔者看来,这个替换忽略了马克思主义人学理论内在地包含人道主义和人本主义的基本原则,从而把马克思主义与人道主义、人本主义人为地对立起来,似乎人道主义、人本主义成了西方资产阶级的专利。笔者认为,这是认识'以人为本'思想的一大误区"③。

显然,解读的差距是很大的。为什么会有这个差距呢?其实我认为道理并不复杂,因为将"以人为本"解释成以人民为本,那是唯物史观;若将"以人为本"解释成以"一般的人"、个体的人为本,那是唯心史观。《走向实践存在论美学》一书是2008年出版的,作者理应是熟悉、了解当时的理论环境和理论背景的,但依然坚持"以人为本"就是要以"普遍的、一般的人"为本,而不是"以'民'为本",这却是让人不好理解了。

二、"实践存在论美学"是一种新的人本主义美学

我们说"实践存在论美学"严格讲来是一种新的人性论和人本主

---

① 胡锦涛:《在新进中央委员会的委员、候补委员学习贯彻党的十七大精神研讨班上的讲话》,2007年12月17日。
② 国防大学中国特色社会主义理论体系研究中心:《贯彻落实科学发展观的根本出发点和落脚点》,《人民日报》2010年2月2日,第7版。
③ 朱立元:《走向实践存在论美学》,苏州:苏州大学出版社2008年版,第148页。

义美学,正是在上述意义上判断的。这种美学学说,20世纪80年代曾经热闹过一阵子,近些年又有了新的表现与复活。如果说20世纪80年代的人本主义美学更多的是强调美学的人学性质,强调人类学实践本体论,那么这次复活和表现的特征,则是不顾历史事实断章取义、明目张胆地把马克思打扮成一个彻底的人性论者和人道主义者。

"实践存在论美学"论者认为:"马克思明确地肯定了区别于动物的一般的、族类的人的存在,并把自由、自觉的生命活动(实践)看作人的类本质或一般本质。换言之,人有着可以抽象的、区别于动物的一般的、普遍的、人的族类性和共同性,即人的一般本性或普遍人性。"①这种表述,已经与马克思的科学表述相距甚远,已经把马克思描绘成一个不折不扣的抽象人性论者。如果不是利用和曲解马克思早期著作中个别还没有升华到历史唯物主义的言论,怎么会得出这样与马克思后来的论述很不一致的结论呢?马克思在《资本论》中是这样说的:"如果我们……想根据效用原则来评价人的一切行为、运动和关系等等,就首先要研究人的一般本性,然后要研究在每个时代历史地发生了变化的人的本性。"②这是从政治经济学研究方法的意义上讲的,这和"实践存在论美学"论者说马克思"明确地肯定""人有着可以抽象的、区别于动物的一般的、普遍的、人的族类性和共同性,即人的一般本性或普遍人性",完全不是一回事,不在一个层面上。"实践存在论美学"论者所以念念不忘地强调"普遍人性",随时随地否定人的本质"是它的社会特质"③,是因为这种理论尽管不新鲜,但它可以用来为抽象的、泛化的"实践"概念服务,可以为存在论的"此在"个体的人服务,可以为论证"马克思奠定了现代存在论理论基础"服务,可以为曲解辩证唯物主义的物质本体论服务。这一点,只要联系一下"实践存在论美学"将抽象的"一般本性或普遍人性"与海德格尔存在

---

① 朱立元:《走向实践存在论美学》,苏州:苏州大学出版社2008年版,第153页。
② 马克思:《资本论》第1卷,北京:人民出版社2004年版,第704页。
③ 《马克思恩格斯全集》第3卷,北京:人民出版社2002年版,第29页。

主义结合起来,便可以看得一清二楚了。

反过来讲,马克思是否没有涉及人的"一般的""普遍的""族类性"的东西呢?显然不是。马克思只是主张把"一般的""普遍的""族类性"的东西,看作现实有限物的即存在的东西的、被规定的东西的现实本质,或者说把现实的存在物看作无限物的真正主体。离开了现实的规定性,将人的观念同人的现实存在割裂开来,将人的本质与属性共性化、普遍化、一般化,那就离开了本质界定历史原则、社会原则,必然导致一种神秘化或生物化的倾向。这种人性观与马克思主义人性观是不相干的。正是马克思不完全否定抽象的"人",而是批判和扬弃费尔巴哈"停留于抽象的'人'"①,进而看到了现实存在着的、活动的人,才有了唯物主义历史观的诞生。一种美学理论,倘若其主要论述中是以"普遍的人""人的一般本性"为基石,那再怎么说这是"马克思主义美学流派",是"马克思主义美学的新形态"②,也是缺乏说服力的。

三、"实践存在论美学"从"存在论"切入的哲学根基

由于"实践存在论美学"的根基是人性论和人本主义,因之,它在本体论陈述上必然坚持所谓"人"的优先地位,而反对所谓"物质"的优先地位。这个区别,自然地把它自己推到唯物主义的对立面。尽管"实践存在论美学"论者也称要以唯物史观为基础,要批判地吸收借鉴海德格尔后期存在论中的合理因素,但是,实际上它的理论依据已经转到了海德格尔的存在论哲学的根基上。

"实践存在论美学"论者在其主编的《美学》教材中说:"建立美学

---

① 《马克思恩格斯选集》第 1 卷,北京:人民出版社 1995 年版,第 78 页。
② 张玉能:《中国化马克思主义美学的考察》,《文艺报》2009 年 2 月 24 日,第 3 版。

的哲学基础,在我们看来,要从人生在世这一存在论维度切入。"①在有关的一些论著中也重申:"实践存在论美学""虽然仍然以实践作为美学研究的核心范畴,但是却突破主客二元对立的认识论,转移到了存在论的新的哲学根基上了"。② 这些都确切无疑地表明,"实践存在论美学"的哲学基础已经发生了大的转移,而这种转移是朝着离唯物辩证法和唯物史观越来越远的方向运动的。

"实践存在论美学"论者认为:"海德格尔的基本本体论中人的存在(此在)具有突出的优先地位,可以说其本体论的核心与基础就是对人的存在即此在的探究,并由'此在'进而追问存在的意义。这一本体论新思路对我们当前哲学、美学的研究极富启迪性。笔者据此提出了实践美学以实践为人的基本存在方式,故其哲学基础为实践存在论的观点。"③该论者之所以认同并接受海德格尔的观点,从此段的论述中不难看出,主要是认为海德格尔所论的"存在"完全排除了存在者,"存在即此在",并且只能由"此在"来"追问存在的意义"。在这种思路下,存在的优先性、物质的第一性、主观客观对立统一的存在方式,就都烟消云散了。

本来,在海德格尔那里,"存在"已被弱化成了一种游戏式的同义反复,即存在之所以不是具体存在物,只是因为它是存在。这样,"所谓的存在问题便凝结成一种无维度的点:凝结成它认为是唯一嫡出的存在的意义。它成了一种禁令,禁止超越这一点,最终禁止越出这种同义反复之雷池一步。这种同义反复在海德格尔的文章中表现为:自我显示的存在反反复复地只是谈论'存在'。……正像一种在水中按葫芦的动作一样,作为一种荒唐的仪式,得一遍又一遍地去做才行。

---

① 朱立元:《美学》,北京:高等教育出版社2006年版,第55页。
② 朱立元:《简论实践存在论美学》,《人文杂志》,2006年第3期。
③ 朱立元:《走向实践存在论美学》,苏州:苏州大学出版社2008年版,第141页。

存在哲学和它很喜欢的神话共有这种重复的仪式"①。"实践存在论美学"看来完全接受了这种"无意义"的所谓的"存在的意义",只能说明它在向着非唯物主义方面靠拢。

我们不妨看看在这个问题上哈贝马斯的意见。他说:"尽管海德格尔在迈出第一步时摧毁了主体性哲学,并用使主客体关系成为可能的关联架构取而代之。但在走第二步时,当他力求使周围世界按照自身的呈现过程合理化时,他又坠回到主体性哲学的窠臼,因为这时以唯我论方式建立起来的此在重又占据了先验主体性的位置。"②"实践存在论美学"循着海德格尔的脚步,同样强调"人的存在的优先地位",强调"人的存在即此在",实际上也变成了一种先验主体性哲学美学。它并没有摆脱所反对的主客二元的思维方式,只不过是给先验主体性理论炮制了一种海德格尔化的存在论式的表现形式罢了。唯物主义告诉我们:"人并没有创造物质本身。甚至人创造物质的这种或那种生产能力,也只是在物质本身预先存在的条件下才能进行。"③如果把这种思想换成"实践存在论美学"的"世界只是对人存在,离开了人,无所谓世界……没有人的时候,有没有自然界都值得怀疑"④的思想,那么,主客二元的思维不但没有改变,反而唯物主义的成分也看不见了。唯物主义承认,人的连续不断的生产活动和现代工业使整个感性世界发生了巨大变化,但也承认,这种变化只是发生在有限的范围内,且"外部自然界的优先地位仍然会保持着"⑤。"实践存在论美学"强调人的实践作用本是没有错的,但将"此在"的个体放在"突出的优先地位",就又回到了片面、狭隘的人本主义立场上去

---

① 阿多尔诺:《否定的辩证法》,张峰译,重庆:重庆出版社1993年版,第112—113页。

② Juergen Habermas: *The Philosophical Discourse of Modernity*, trans. Fredrick Lawrence, Cambridge: The MIT Press, 1987, p. 147.

③ 《马克思恩格斯全集》第2卷,北京:人民出版社1957年版,第58页。

④ 朱立元:《走向实践存在论美学》,苏州:苏州大学出版社2008年版,第8—9页。

⑤ 《马克思恩格斯选集》第1卷,北京:人民出版社1995年版,第77页。

了。这不能说是一种理论的进步,而只能说是一种理论的退步。

可以看出,"实践存在论美学"试图以现代存在论超越传统本体论,反而更加牢固地陷入了形而上学的圈套。它不分青红皂白地将马克思的运动物质本体观当作传统的实体本体论加以否定,似乎只要出现"本体论"的字样,就一定是机械的唯物本体论,就一定是形而上学,这就成了另一种形式的独断论表述。"实践存在论美学"论者无视马克思对物质概念的全新阐释,无视辩证的、历史的物质观对现代哲学的奠基意义而一概加以拒斥和批驳,实则又犯了偷换概念的错误。其实,"物质科学是一切科学的基础","从现代科学技术发展和当前科技发展态势分析,物质科学研究是科学发展的制高点,充满了原始创新的机会"。① 物质科学的前沿突破推动着人类的科学变革和技术进步,21 世纪最大的科学之谜也许就是暗物质和暗能量的研究。这是现代科学思想的精华,也可看作是对否定物质本体论思想的有力回答。

科学告诉我们,如果我们以本体论的视角考察和透视马克思的物质观念,并且将经典作家的本体论阐释同最现代科技成果的理念结合起来,那是不会得出探讨本体论乃是要尝试恢复旧唯物论本体观、复兴形而上学思维的结论的。哈贝马斯说得好:"并非一切以'本体论'名义出现的东西都是这种复兴尝试的产物,过去如此,现在依然这

---

① 什么是物质科学?中科院院士、中国科学院常务副院长白春礼说:"物质科学致力于研究物质的微观结构及其相互作用规律,它不仅是一切科学的基础,而且可以衍生出一系列新的技术原理,为新材料与新器件的研发提供新的知识基础。物质世界的层次对应于基础学科的分类,主要有天文学、空间科学、地球科学、生命科学,乃至材料科学、物理、化学、纳米科技、高能物理、粒子物理等。虽然这些基础学科的分级并不都在一个层次上,但这些学科研究对象的尺度从大到小,所对应的科学前沿分别为宇宙的起源与演化、生命的本质、物质的本质与基本结构等。物质世界是分层次的,每个层次均有各自的特征和发展规律。一旦对这个层次的特征和规律有了新的认知,科学与技术都将发生革命性的变化。"参见白春礼:《物质科学充满原始创新机会》,《人民日报》,2010 年 3 月 1 日,第 10 版。

样"①。马克思的辩证运动物质本体观,与传统的实体本体论有着质的不同,两者是不能像"实践存在论美学"论者那样等同视之的。

四、"实践存在论美学"对辩证唯物美学观和历史观的偏离

海德格尔②思想和学说中有用的东西,诚然是可以而且应当批判地借鉴的。但如果像有的"实践存在论"者那样,认为海德格尔的理论是"提示我们进入真正理解马克思哲学革命性变革的路标"③,同时又把"实践存在论"美学这种与海德格尔思想融合的学说称作"中国化马克思主义美学的主要标志"和"中国当代美学的主导潮流"④,那就大可不必了。因为这样弄得不好,是很容易构成一种莫大的讽刺的。

把马克思早期的某些思想同海德格尔的存在论思想结合起来,这种做法并不始于中国,20世纪西方学者包括马尔库塞和弗·杰姆逊等人在内,就已经开始进行过此类的试验。在德国,甚至产生过所谓的"海德格尔马克思主义"学说。那么,这种做法于21世纪之初在中国出现,其原因是什么呢?有学者把它看作是中国当前思想理论界一种流行思潮的产物;有学者把它归结为市场经济发展与活跃的必然结果,因此导致这种美学理论"不仅进行了唯心主义的改装,而且使其负载了自由个人主义价值观"⑤;有学者把它归结为海德格尔"此在在

---

① 哈贝马斯:《后形而上学思想》,曹卫东等译,南京:译林出版社2001年版,第247页。
② 海德格尔曾是一个与纳粹有瓜葛的人,他出任纳粹时期大学校长时,把自己的老师胡塞尔驱逐赶走。"二战"后,他又始终保持沉默、拒绝认罪。
③ 宋伟:《马克思主义美学的哲学基础及其当代理解——关于"实践存在论美学"论争的论争》,《上海大学学报》2010年第1期。
④ 张玉能:《中国化马克思主义美学的考察》,《文艺报》2009年2月24日,第3版。
⑤ 侯惠勤:《历史唯物主义研究要为中国特色社会主义服务》,《高校理论战线》2009年第10期。

世"说在中国的余绪,因此推动了美学的"存在论转向"①;有学者则把它归结为受东欧特别是南斯拉夫"实践派"哲学泛滥的影响,所以也否认马克思主义哲学是"辩证唯物主义",强调"实践"是马克思主义的"出发点"与"核心范畴",强调"实践哲学""实践一元论""辩证的人道主义"等,申论"人在本质上是一种实践的存在",其关键词也是"自由"和"创造","自我决定"和"自我完成"②,等等。这些判断应当说都是有一定道理的。

不过,我认为,近些年之所以冒出各式"新实践美学",尽管有整个"实践美学"探讨沿革的无形制约,但其根本原因还是由某些学者对马克思主义哲学、美学越来越疏远、越来越鄙视、越来越缺乏信任造成的。有些人认为,在国际社会主义运动实践过程中出现的许多负面问题,根源就在于辩证唯物主义哲学讲"物质本体论",讲客观规律而"漠视主体","见物不见人",所以需抛弃辩证唯物主义,另起炉灶。有些论述,将科学的唯物史观贬斥为"在近代思维模式中的'经济决定论'的历史观"和"形而上学的唯物主义在历史领域中的移植",因此主张"要去除笼罩在历史唯物主义之上的这种由近代思维模式所造成的遮蔽,就需要再度深入历史唯物主义所由出的那场哲学革命,亦即再度深入这场革命所展示的新的存在论境域"。③ 而对唯物史观所进行的现代存在论解读,则被当成是克服唯物史观缺欠和其作用的"蔽而不明"的手段。在这样的氛围下,有些哲学、美学论者开始对马克思主义哲学进行重新判定和重新解读,就不足为奇了。

譬如,近来有"实践存在论美学"维护者,竟然把"辩证唯物主义和历史唯物主义"哲学武断地称为"斯大林主义""极权主义"及"敌视

---

① 李存晰:《海德格尔"此在在世"说的中国余绪》,2009年11月29日北京"哲学、美学和文艺学本体论问题学术研讨会"论文。

② 张守民:《前南斯拉夫"实践派"的"实践哲学"及其泛滥的教训》,《高校理论战线》2010年第1期。

③ 王德峰:《海德格尔与马克思:在历史之思中相遇——论历史唯物主义的存在论境域》,《天津社会科学》1999年第6期。

人"的学说,称之为"前苏联模式的官方正统马克思主义","成为斯大林主义铁血政治得以实施的理论同谋";认为"辩证唯物主义和历史唯物主义"是"近代形而上学的极端形式",它"正如'古拉格群岛'与'奥斯维辛集中营'共同完成了'现代性与大屠杀'的形而上学恐怖与暴力"一样;认为它是"将活生生的人类历史客观化、自然化、规律化、必然化、实体化,将历史发展进程规定为铁血的客观必然规律,偷换了马克思历史观的原初内涵,改换了马克思哲学的历史原貌"①,必须加以批判、颠覆、推倒和摒弃;认为任何想把马克思主义哲学从这种"近代形而上学改写或涂抹中拯救出来",就得实现"实践论哲学"与海德格尔"存在论哲学"的"境域融合",这才会使中国当代美学"进入去蔽澄明的境界"②。

这种指鹿为马的意见,无疑显得很粗暴,但它却言之凿凿、昭然若揭地暴露了"实践存在论美学"在哲学底蕴上的一种内在取向。"实践存在论美学"维护者明确指出:哲学、美学、文学理论等领域展开的"实践存在论"或"实践生存论"的讨论,"其实质关涉到如何理解马克思主义以及美学、文学理论研究应该建基于何种马克思哲学基础之上等基本理论问题"。③ 这就表明,上述意见乃是"实践存在论美学"欲"建基"的"哲学基础"的一个选项。

上述这种多少有些超出学术讨论范围的论断,我不准备在这里多做分析。我想,只要引述下面一段文字来说明这种意见站不住脚,也就足够了。十七届四中全会通过的《中共中央关于加强和改进新形势下党的建设若干重大问题的决定》(2009年9月18日),在谈到建设马克思主义学习型政党、提高全党思想政治水平时,明确要求全体党

---

① 宋伟:《马克思主义美学的哲学基础及其当代理解——关于"实践存在论美学"论争的论争》,《上海大学学报》2010年第1期。
② 同上。
③ 同上。

员和干部,要"牢固树立辩证唯物主义和历史唯物主义世界观和方法论"①。面对如此确切无疑的表述,不知"实践存在论"美学、文艺学的提倡者与维护者该作何感想、是否有些尴尬?

五、"实践存在论美学"混淆了马克思早期与成熟期思想的界限

哲学基础的变更,的确使"实践存在论美学"把挖掘马克思"实践"学说中的所谓"存在论内涵",作为了自己主要的学术使命。"实践存在论美学"认为:实践是人的现实的、具体的、历史的生存在世方式;实践包含人类各种各样的活动形态,由物质生产实践、社会改革、伦理道德实践、精神实践等多层面、多维度的活动方式组成,可以视作广义上的人生实践;实践是人与自然、人与社会、人与自我交往的基本方式。②这样一来,马克思主义实践理论的批判性和革命意义就不复存在了。

本来,马克思是反对从虚空出发的本体论哲学的,是"坚决抵制一切关于开端和主体的哲学,不管是理性主义、经验主义还是先验哲学"③的。可为什么一个时期以来"存在论""生存论"哲学会如此热络呢?难道马克思主义美学、文艺学的发展非得走与存在论的"境域融合"之路不可?恐怕,问题的根子还是在于有些人要塑改马克思的形象,把马克思打造成一个自始至终的人性论者、人道主义者或人本主义者。只要稍微考察一下"实践存在论美学"引用有关马克思的文字,就不难发现,在那里是完全不去划清马克思主义同人

---

① 《中共中央关于加强和改进新形势下党的建设若干重大问题的决定》(2009年9月18日),北京:中国方正出版社2009年版,第11页。
② 朱立元、任华东:《马克思实践观的存在论内涵》,《河北学刊》2008年第2期。
③ [法]阿尔都塞:《在哲学中成为马克思主义者容易吗?》,见陈越编《哲学与政治:阿尔都塞读本》,长春:吉林人民出版社2003年版,第187页。

道主义之间的界线的,是跟在西方某些热门观念和思潮后面亦步亦趋的。

我认同我国著名马克思主义哲学史家黄枬森的观点:马克思正是批判和扬弃了人道主义世界观(包括其价值观和历史观),马克思主义学说才真正出现。马克思主义是超越了人道主义和人本主义的。"马克思青年时期曾经是人道主义者,当他用唯物主义历史观取代人道主义历史观时,即从空想社会主义过渡到科学社会主义,这就是马克思主义的诞生。"①这个判断在学界具有相当多的共识性,而且也是符合实际的。如果这个意见能够成立,那么把马克思处在人道主义或空想社会主义时期的某些言论拿来当成马克思主义,就是欠妥当的;如果把马克思早期个别的非马克思主义论述拿来同现代西方某些资产阶级学说拼合起来,说成是对马克思主义的创新,那就更不妥当了。

"实践存在论美学"利用马克思的言论,主要靠的是《1844年经济学哲学手稿》。《手稿》当然可以利用,但须对内容加以分析辨别。因为"青年时期的马克思最初接受的社会主义思想就是这种空想社会主义,他所持的历史观仍是这种以人的本质来解释历史的人道主义历史观,马克思在其《1844年经济学哲学手稿》中有明确的表达。他认为历史发展到今天的资本主义社会是人的本质异化的结果,下一步将是异化的扬弃,即私有制为公有制、资本主义为社会主义所取代。但马克思所理解的人的本质与过去不同,它不再是理性而是劳动、实践,人的本质的异化不是什么理性的迷误,而是劳动的异化"。这是该理论中的"唯物主义因素",但"劳动异化理论的思想仍然是人道主义历史观的思想"。②《手稿》中的一些思想能够和存在主义思想融合,就是一个证明。

马克思主义创始人在《德意志意识形态》中批判了这种唯心史观,批判了人的本质的异化或人的自我异化的观点,提出了唯物主义

---

① 黄枬森:《关于人道主义与异化问题的讨论》,《北京大学学报》2010年第1期。
② 同上。

历史观,这时的历史观与异化理论所表现的历史观已根本不同。马克思和恩格斯以后的理论工作,都是沿着唯物主义历史观的逻辑前进的,早期著作中的人道主义观点和"异化"概念,后来再没有谈论过。"实践存在论美学"论者一直将《手稿》等早期著作奉为思想与理论的渊薮,对其成熟期的著作视而不见,讳莫如深,这其实依然是在步西方某些学者研究理路的后尘。

诚然,"马克思主义是马克思的观点和学说的体系"①。但应当看到,马克思的言论和思想,是不能无条件地都作为马克思主义思想看待的。马克思的思想和马克思主义应是两个密切相关又有区别的概念。倘若尊重事实,我们就会发现,马克思并不是天生的马克思主义者。马克思主义的产生晚于卡尔·马克思本人之成为有思想的认识主体,马克思本人的思想并非都属于马克思主义的范畴,而是由一个从非马克思主义到马克思主义的发展过程。马克思主义世界观在《关于费尔巴哈的提纲》中萌芽,在《德意志意识形态》中成熟,在《共产党宣言》中问世。而在这之前,马克思曾经是一个热情奔放地立志"为人类而工作"的青年学生,曾经是一个青年黑格尔派的唯心主义者,他的思想曾经在恩格斯所称的"我们的狂飙时期"经历了从革命民主主义到共产主义的转变,经历了"离开黑格尔走向费尔巴哈,又超过费尔巴哈走向历史(和辩证)唯物主义"的过程。② 马克思和恩格斯合著《德意志意识形态》的动因,就是"以批判黑格尔以后的哲学的形式","把我们从前的哲学信仰清算一下"。③ 马克思早期的一些著作,既包含着日益增长的超越前人的思想成果,在其不断发展中越来越接近于世界观中的革命变革,又带有不应忽视的非马克思主义思想的痕迹,因而不同于成熟的马克思主义著作。④ 譬如,"实践存在论美学"倚重的

---

① 《列宁选集》第 2 卷,北京:人民出版社 1995 年版,第 418 页。
② 《列宁全集》第 55 卷,北京:人民出版社 1990 年版,第 293 页。
③ 《马克思恩格斯选集》第 2 卷,北京:人民出版社 1995 年版,第 34 页。
④ 以上意见参见田心铭:《关于马克思主义观的十二个关系问题论纲》,《高校理论战线》2010 年第 1 期。

《1844年经济学哲学手稿》,"就具有明显的过渡性,它所体现的马克思的思想,是马克思主义正在形成但又尚未成熟的过渡形态。忽视其中已经产生的宝贵思想财富,或将其中表现出费尔巴哈人本主义思想痕迹的论述当作马克思主义的观点来引用,都是片面的、非科学的"。我们"更不能将马克思早期不成熟的思想当作马克思思想的高峰,将早期著作中的一些论述当作曲解马克思主义的口实,用'青年马克思'反对'老年马克思'"。① 如果一见到这样的意见,便认为是在"制造'两个马克思'的新神话"②,坚持马克思还有个所谓"存在论"立场,那就只好请论者反躬自问,是不是自己在制造"两个马克思"。

六、"实践存在论美学"违背了马克思主义美学中国化的原则

马克思主义美学的中国化和时代化,是在实践中推进的理论创造过程。马克思主义美学的中国化和时代化,归根结底是在中国的审美实践中实现的,是有其深厚的本土实践基础和时代语境的。马克思主义美学的中国化和时代化,应该包括内容和形式两个方面,应是这两个方面的统一。推进马克思主义美学的中国化和时代化,要在我国革命、建设和改革的实践中,一面结合国情创造性地运用马克思主义美学的基本原理,一面在新的实践中回答和解释历史和时代提出的新课题,做出新的理论概括,并结合源远流长的传统文化和批判借鉴西方先进文化,赋予理论以人民群众喜闻乐见的作风和气派,使其融入中国当代文化建设之中,成为有生机和活力的中国特色社会主义文化的一个组成部分。

---

① 田心铭:《关于马克思主义观的十二个关系问题论纲》,《高校理论战线》2010年第1期,第10页。
② 朱立元、张瑜:《不应制造"两个马克思"的新神话——重读〈1844年经济学哲学手稿〉兼与董学文、陈诚先生商榷》,《社会科学战线》2010年第1期。

马克思主义美学是一门科学,科学是老老实实的学问。马克思主义美学研究不能像商业行为那样,追求卖点,追求抢眼,追求时尚。如果马克思主义美学中国化和时代化的探索,离开马克思主义美学的普遍原理,不同中国的国情和审美实际结合,而只是用西方脱离现实的精英化的现代、后现代哲学、美学学说来加以嫁接、杂糅或混融,那么,这种探索是违背马克思主义美学中国化和时代化的合理路径的。近年在关于美学的讨论中,有些论者似乎认为辩证唯物主义认识论美学不是真正的马克思主义美学,认为马克思主义美学中缺乏人学和人道主义的维度,认为马克思主义美学的观念需要用"存在论"和"生存论"来加以替换和补充,认为马克思主义美学的精髓直到晚近才被某些"西马"理论家解读出来,因之马克思主义美学的精华只能到马克思早期著作中去寻找,认为其后的列宁、毛泽东等民族化、大众化、时代化的美学思想都是偏离马克思主义美学思想的产物,所有这些观点,至少可以说都是理论脱离实际、主观和客观分离、不够实事求是的。

马克思主义与存在主义之间不能说没有联系。这种联系,我们不仅可以从马克思主义美学由传统形态向当代形态转化过程中所形成的某些特点中看到,而且也可以从"新实践美学"对马克思主义美学的某种"改造"中看到。在"存在论""生存论"美学论者那里,对"实践"的表述、对"本体"的解析、对"意识形态"的认知以及对"审美"的解读,都越来越宽泛和灵活。"存在论""生存论"美学相当有意识地剔出了美学中可能存在的所谓主客二分的认识论成分,剔出物质本体论、经济决定论和超出人本分析的阶级与阶层理论因素,这就使马克思主义美学与当代西方各种美学学说的接触面和融会面大大拓宽了。可是,这样做的结果,也使得马克思主义美学原有的科学性和革命性明显减弱,使得号称马克思主义美学"新发展"的理论,同各种非马克思主义美学学说之间有了更多更便捷的通约性。马克思这位批判的和革命的美学家,由于被有意为之地放到现象学和存在主义哲学基础上去解释,也就被重塑和改造成一位海德格尔式的存在论先驱,一位主观至上的抽象的人道主义者。这是"新实践美学"论始料所不及的。

通过理论分析我们还可以发现,近年"新实践美学"的理论轨迹,是从明显的意识形态批判转向了康德主义和存在主义的话语分析,从对物质实践观点的肯定转向了对纯精神领域的探索,从对现实生活的美学诉求转向了在学术概念领域的反抗。这一取向,尽管表面上似乎拓展了马克思主义美学的论题域,但由于它抛弃了马克思主义美学最基本的东西,忽视了对物质实践领域的界说,因而不可避免地向唯心史观方向摇摆和滑动。这是不以研究者的意志为转移的。我们可以套用西方学者对"新历史主义"的评语来评判"新实践美学",即那是"对一种明显的马克思主义观点的海德格尔式的转换"①,是格林布拉特所说的"一种变节蜕化了的马克思主义"②。

毋庸讳言,这些年我国美学理论的巨大变化和进展,引出了对马克思主义美学的种种看法,也产生了各式各样的马克思主义美学观。尽管这其中的见解可能相互抵触和分歧,有些认识已离开了辩证唯物主义和历史唯物主义,但大多数人还是喜欢将自己的理论挂上马克思主义的牌号。这既说明了马克思主义美学的旺盛生命力,同时也带来了需要进一步辨析"什么是马克思主义、怎样对待马克思主义"③的理论任务。

我们当然希望马克思主义美学在新的历史条件下有较大的发展,马克思主义美学的中国化和时代化步伐迈入新境界。但我们也希望这种发展能切切实实是符合马克思主义的,希望它的中国化和时代

---

① [美]林特利查:《福柯的遗产:一种新历史主义》,张京媛编:《新历史主义与文学批评》,北京:北京大学出版社1993年版,第151页。
② 盛宁:《新历史主义》,台北:台湾扬智文化事业公司1996年版,第126页。
③ 在纪念党的十一届三中全会召开30周年大会上的讲话中,胡锦涛总书记将改革开放以来党的全部理论和全部实践归结为对四个重大理论和实际问题的创造性探索和回答,其中,列在首位也是第一次以明确的形式郑重提出的就是"什么是马克思主义、怎样对待马克思主义"的问题。见胡锦涛:《在纪念党的十一届三中全会召开30周年大会上的讲话》,北京:人民出版社2008年。美学研究上亦应如此。

化进程能一步一个脚印地与中国的实际结合起来。只有这样做,对于马克思主义美学的本质、规律、特点、作用以及如何对待的态度,才会有一个科学的把握。

马克思主义美学不是书斋里的脱离实际的学说,不是可以任意地同其他美学学说糅合或拼凑的知识体系。马克思主义美学是无产阶级和劳动群众从审美上掌握世界和改造世界的思想武器。如果把中国化的马克思主义美学变成同各种非马克思主义美学学说一样的只是抽象地甚至自恋地解释某些审美现象的工具,离开理论和实践的统一去谈论它,那么,马克思主义美学的真正灵魂就被去掉了,它的活力也就被窒息了。

(原载《北京联合大学学报》2010 年第 2 期)

马克思主义美学与人本主义问题
——兼论《手稿》与马克思美学思想的分期

一、怎样看待《手稿》美学思想的功绩和缺陷

对马克思青年时代的著作《1844年经济学哲学手稿》(以下简称《手稿》)的解读兴趣,是一个持续性的学术热点。不同研究者对这部手稿有着不同的理解和认识。不过,承认马克思的美学思想有一个演化和蜕变过程,《手稿》在马克思主义美学思想的形成过程中有着重要的意义,这一点在学界是存有共识的。19世纪40年代,在欧洲唯心主义笼罩的幽暗的美学之林,《手稿》的出现无疑是一棵独耀辉光的理论大树。《手稿》在马克思的生前没有发表,尽管恩格斯曾经推动尽快出版,但也未能如愿。这其中原因很多,但有一条或许是不能忽视的,那就是马克思对从当时的理论立场来批判资产阶级的哲学和政治经济学,"自己还感到有许多不满意的地方"[①]。这从1845年1月恩格斯给马克思的一封信中,可以看得出来。马克思从1843年年底起开始研究政治经济学,他给自己提出一个任务就是要从唯物主义和共产主义的立场来批判资产阶级的经济学说。当时所写的大量手稿,只保存下来一部分,这就是《1844年经济学哲学手稿》。恩格斯当时称这些手稿是"收集的材料",并建议马克思"要设法赶快把你所收集的材料发表出来",认为"早就是这样做的时候了"。[②]

[①] 《马克思恩格斯全集》第27卷,北京:人民出版社1972年版,第18页。另见第642页,注释6。

[②] 同上书,第8页。

可是,马克思当时为什么没有"发表出来"?为什么还有"许多不满意的地方"?难道仅仅是忙于写《神圣家族》或者出版商毁约?恐怕这两者都不是。从根本上讲,马克思之所以不"发表"、感到"不满意",那是因为他认为自己作为批判武器的世界观和方法论还没有得到根本改造和创新完成。1844年《手稿》,可以说是马克思这一批判活动的第一个成果,但须看到,当时进行的批判,他所使用的工具却是多元的,其中起主导作用的理论工具还残存有空想社会主义和人道主义的思想成分。这时的《手稿》,应该说其"基本出发点还是思辨哲学的观点,即费尔巴哈的异化概念。马克思当时的唯物主义还没有完全超出费尔巴哈的界限,新的世界观还处在创立的起点和尝试阶段,因此,《手稿》反映的学说和思想是不彻底的。马克思确实是一只脚已向前跨出一步,另一只脚还留在费尔巴哈的阵地上"①。这样讲,是以马克思的思想史为依据的,是以《手稿》实际的理论状况为凭证的;这样讲,并不是像有些学者指责的那样,是"贬低和否定了《手稿》的伟大理论价值","把马克思的世界观的转变时期向后推移"②,相反,这是一种符合历史事实的陈述。

众所周知,费尔巴哈的唯物主义摆正了存在与意识的关系,注意到了历史的决定因素不是精神,因而它同以往的唯心主义特别是黑格尔哲学是对立的。但是,费尔巴哈把人类之间的关系还没有看作是人们的生产活动所产生的社会关系,而是看作是个人同自然以及同在社会上被视为毫无分别的其他人的直接的类的关系,看作是建立在情感、友谊、爱上面的抽象的人性关系,因之,费尔巴哈是不了解人的实践及其在历史发展中的作用,不了解革命实践的意义的。这就决定了他对一切问题的阐释,只能做出具有人本主义(人道主义)色彩的乌

---

① 董学文:《马克思与美学问题》,北京:北京大学出版社1983年版,第64页。
② 朱立元、张瑜:《不应制造"两个马克思"的新神话——重读〈1844年经济学哲学手稿〉兼与董学文、陈诚先生商榷》,见上海市社会科学界联合会编《马克思主义中国探索与当代价值》,上海:上海人民出版社2009年版,第63—65页。

托邦式的解答。马克思曾经深受费尔巴哈思想影响,这没有疑义。可问题是,马克思在1844年撰写《手稿》时,他把自己身体的重心是放到了"前脚"上,还是放到了"后脚"上呢?也就是说,马克思的理论活动主要是朝前迈,还是刚摆个行步的姿势,而身子仍在原地呢?我认为,严格地讲主要应该说是前者,即朝前迈的。那种认为《手稿》"根本上还是人本主义","还是牢牢地站在费尔巴哈的观点上"的意见,是不妥当的。这主要表现在,虽然马克思仍然在使用"人的本质的异化"的观点,但他是用"人的异化"来解释资本主义的出现,用人的本质的"复归"来解释社会主义的实质。马克思的"劳动异化"理论虽仍属于人本主义(人道主义)历史观的范畴,"但是他对人的本质的理解已突破了唯心主义历史观的范围。他已认识到人的本质不是纯主观的东西,而是某种客观的实在的东西——人的生产实践或者说人的社会实践";"马克思所理解的人的本质与过去不同,它不再是理性而是劳动、实践,人的本质的异化不是什么理性的迷误,而是劳动的异化"。① 可以说,这正是人类思想史上首次出现的"劳动异化理论中的唯物主义因素",而这个因素在其先前是见不到的,这充分表明了马克思在向一种新的世界观迈进。

不过,尽管这里有超越前人的唯物主义因素,但我认为还不能说就是完全的历史唯物主义因素。有学者指出,这种"劳动异化理论的思想仍然是人道主义历史观的思想"②。换句话说,这种"劳动异化理论"在历史观上还没有达到根本性的突破,还带有人道主义的烙印。这种判断虽说是严苛的,但我认为确是求实的,是符合实际的。

无可争辩,《手稿》是马克思的一部还不完全成熟的著作。这部手稿对许多重要的、关键性的哲学和美学问题的表述,同这种表述后来所具有的那种经典的形式之间,确乎存在很大的差别。在这部《手稿》里,毋庸讳言的是它摘录了很多从黑格尔、赫斯,尤其是费尔巴哈那儿

---

① 黄枬森:《关于人道主义与异化问题的讨论》,《北京大学学报》2010年第1期。
② 同上。

承袭下来的术语和命题,同时还有不少从当时思想家、空想社会主义者那里抄录的文句。这些术语和文句,显然与正在努力赋予它们新内容的马克思的理论批判指向是不尽吻合的。正是这种不吻合,使得《手稿》的新内容某种程度上在理论的科学性和彻底性方面变得有些模糊。

二、马克思世界观和美学观转变的标志与拐点

从《手稿》到一年之后的《关于费尔巴哈的提纲》(以下简称《提纲》)、《德意志意识形态》(以下简称《形态》)等著作中可见,马克思的思想观点和理论方向,当然不是截然对立的,而是一个渐进的、由局部变化和重大进展到根本深化和独立创新的过程。这其中有量变到质变的关键因素,这个因素,倘若简而言之,那就是倚重于实践的唯物主义历史观的确立。以《提纲》为例,它揭露并克服了旧唯物主义和唯心主义的主要缺陷,辩证而唯物地解决了思维和存在、人和环境的关系问题,深刻地批判了费尔巴哈唯物主义在历史观上的局限性,首次科学地阐明了人的本质和社会的本质,并且阐明了这种新唯物主义的根本特点。正因为如此,恩格斯才说这个在马克思一本旧笔记中找到的十一条关于费尔巴哈的提纲,"是匆匆写成的供以后研究用的笔记,根本没有打算付印。但是它作为包含着新世界观的天才萌芽的第一个文献,是非常宝贵的"[1],并极其珍贵地将它作为《路德维希·费尔巴哈和德国古典哲学的终结》一书的"附录"刊印出来。

那么,为什么恩格斯只说是"天才萌芽",而不直接就说是关于"新世界观"的"第一个文献"呢?我以为,对此有些哲学史家的意见是可取的,那就是因为这个《提纲》"还没有对物质生产本身进行分

---

① 《马克思恩格斯文集》第 4 卷,北京:人民出版社 2009 年版,第 266 页。

析,还没有从物质生产的发展规律出发揭示出整个人类社会的发展规律"①。从这个意义上讲,说《提纲》只是"包含着新世界观的天才萌芽",是科学的,实事求是的。

现在学界有种观点认为,"就《手稿》的基本思想和主要观点而言,与《提纲》等马克思后来著作在基本精神、主要观点和思路上是完全一致的,历史唯物主义的主要观点和论题都在《手稿》中得到初步的讨论和表述。《手稿》是青年马克思思想发展过程中唯物史观从萌芽到形成的一个重要的转折点。没有《手稿》,就看不清马克思唯物史观形成过程的最重要的环节和关键所在。正因为如此,许多学者提出《手稿》是马克思哲学的秘密和诞生地,是历史唯物主义的真正开端"②。好了,这样一来,"包含着新世界观的天才萌芽的第一个文献",至少就变成了"第二个文献";马克思的历史唯物主义思想的"开端"又向前移动了一年;而且这份马克思当时"感到有许多不满意的地方"、既没有写完也没有发表、压在草稿堆里几十年才被发现的《手稿》,竟成了马克思新世界观形成过程的"最重要的环节和关键所在","是马克思唯物史观的发源地"。③ 这就不仅推翻了恩格斯的判断,而且也有些让人不可思议了。

从学术的角度重新探讨马克思新世界观形成的拐点,当然是可以的。这种探讨也有它追本溯源的特殊的价值。但是,这种探讨必须具有材料和事实的依据,必须符合马克思主义思想的科学标准与真实逻辑。我们知道,持上述观点的论者,是承认马克思的思想有一个"早期"和"成熟期"的分野的,是承认就马克思全部思想而言有一个"早期萌芽、孕育发展到走向成熟的过程"的,是承认由于"与新世界观

---

① 黄枬森、施德福、宋一秀:《马克思主义哲学史》(上册),北京:北京大学出版社1988年版,第154页。

② 朱立元、张瑜:《不应制造"两个马克思"的新神话——重读〈1844年经济学哲学手稿〉兼与董学文、陈诚先生商榷》,见上海市社会科学界联合会编《马克思主义中国探索与当代价值》,上海:上海人民出版社2009年版,第55页。

③ 同上书,第63页。

'临产前的阵痛'相连","因此《手稿》的内容显得庞杂繁复,其理论的表述往往新旧参差"。①可是,持上述观点的论者,如果为了强调所谓马克思的思想的"连续性",就将自己看到的"众多学者都断然将《手稿》划归'早期'"的意见也加以反对,认为那"是错误的"和"不能接受的"②,那么人们就很难判断持这种见解的论者所说的"不够成熟""不够稳定"的"早期",到底是指哪一段了。这样一来,这种观点所陈述的马克思思想存在一个发展、演变过程的意见,也就变得含糊其词了。倘若不承认马克思的思想"有一个大的跨越"③,那么,作为新历史观和新世界观的历史唯物主义,难道是生来就有的?难道是从其他思想家那里承继下来的?显然都不是。持这种意见的论者认为,倘若不赞成《手稿》是"成熟期"的著作,就是在制造"两个马克思"的神话,那么恩格斯把马克思思想"天才萌芽"的判断放在1845年的《提纲》,而不是放在1844年的《手稿》,又该如何理解呢?是不是恩格斯的判断还不如后人判断的准确?这确是需要讨论清楚的。

持上述观点的论者,表面上是不赞成德国社会民主党人朗兹·胡特和迈耶尔将《手稿》称为"新的福音书","真正的马克思主义的启示录",把"人的本质的全部实现和发展"④作为最终目的的观点的,也是不赞成比利时社会民主党人H.德曼在《新发现的马克思》(1932)一文中将《手稿》中的人道主义思想说成是"马克思成熟的顶点"⑤的,而是认为《手稿》"是马克思哲学的秘密和诞生地,是历史唯物主义的真正开端",在马克思的历史唯物主义思想形成过程中处于"关

---

① 朱立元、张瑜:《不应制造"两个马克思"的新神话——重读〈1844年经济学哲学手稿〉兼与董学文、陈诚先生商榷》,见上海市社会科学界联合会编《马克思主义中国探索与当代价值》,上海:上海人民出版社2009年版,第64页。
② 同上书,第55页。
③ 董学文:《"实践存在论"美学何以可能》,《北京联合大学学报》2009年第2期。
④ 《马克思早期思想研究》,秦水等译,北京:生活·读书·新知三联书店1963年版,第78页。
⑤ 中共中央马克思恩格斯列宁斯大林著作编译局马恩室编译《〈1844年经济学哲学手稿〉研究》,长沙:湖南人民出版社1983年版,第374页。

键地位"①。那么,这两种意见之间难道真的有什么根本的区别吗?持此论者,认为这些"竭力抬高青年马克思《手稿》的思想意义"的意见,"是制造'两个马克思'神话最明显的一种表现"②,那么,同样宣称《手稿》在建设和发展马克思主义哲学、美学、文艺学方面具有"伟大意义和科学价值"③的意见,又是在制造"几个马克思"呢? H. 德曼认为,《手稿》"对于理解马克思学说的发展进程和全部含义具有决定的意义",并毫不掩饰地说,"切不可高估马克思晚期著作,相反地,这些著作暴露出他的创作能力的某种衰退和削弱"。④ "这就是西方长期流行的'两个马克思'这种谰言的最早的版本"⑤。到了我们这里,抹杀马克思"早期"思想和"成熟期"思想的界限,用所谓的"连续性"和"非对立性"把"不成熟和过渡性"的东西也说成是成熟的、崭新的东西,这不同样是改变了马克思主义学说真正的性质吗?

我认为,持这种意见的学者,其实是打着反对制造"两个马克思"的幌子,为制造一个和马克思主义创始人科学学说不一致的另类马克思主义美学学说寻找借口,是在为同马克思主义之前的唯心史观美学学说取得学理上衔接的合法性创造机会。这种另类学说,并无新意,不过是重又恢复了比较流行的观点,即认为,"过去否定人道主义是完全错误的;人是马克思主义的出发点和归宿,马克思主义就是现代的人道主义,人道主义是马克思的价值观,也是他的世界观(历史观);马克思自始至终都是一个人道主义者,他的异化理论是其人道主

---

① 朱立元、张瑜:《不应制造"两个马克思"的新神话——重读〈1844 年经济学哲学手稿〉兼与董学文、陈诚先生商榷》,见上海市社会科学界联合会编《马克思主义中国探索与当代价值》,上海:上海人民出版社 2009 年版,第 54 页。
② 同上。
③ 同上书,第 57 页。
④ 《马克思早期思想研究》,秦水等译,北京:生活·读书·新知三联书店 1963 年版,第 79—80 页。
⑤ 程代熙编:《马克思〈手稿〉中的美学思想讨论集》,西安:陕西人民出版社 1983 年版,第 588 页。

义的理论基础"①。这种观点,20世纪70年代末到80年代初已经有不少的文章加以论述;这种观点,同首先解决社会、阶级和群众的问题,在这个过程中来解决人的问题,不能摆脱社会而把人摆到第一位的马克思主义观点,是不一致、相对立的。老一辈马克思主义哲学史家黄枬森先生说过:"马克思青年时期曾经是人道主义者,当他用唯物主义历史观取代人道主义历史观时,即从空想社会主义过渡到科学社会主义,这就是马克思主义的诞生。"②我认为,这种意见的合理性在于,马克思主义不是简单地抛弃了人道主义,而是改造和抛弃了人道主义的历史观,或者说,马克思主义保留了人道主义的价值观,而扬弃了人道主义的世界观和历史观,把自己理论的出发点定在人类社会,而不是抽象的个人。这样,其理论才超越了空想社会主义,过渡到科学社会主义。如果这个判断是能够成立的话,那么上述那种把《手稿》当成马克思主义哲学和美学思想渊薮的论者的意见,那种把马克思"某些新旧交错、不很稳定的表述",或"沿用费尔巴哈的某些术语"③不加辨析地当作马克思主义美学的观点,就显然很难站得住脚了。

三、模糊"早期"和"成熟期"界限带来的问题

应该说,在马克思美学思想"早期"和"成熟期"的分界问题上,有不同看法是正常的。这是一个思想家的思想历程的分期问题,不论是赞成以《手稿》划线,还是赞成以《提纲》《形态》划线,亦即不论是赞成大体上以1844年时段来划线还是以1845年时段来划线,本来是可以

---

① 黄枬森:《关于人道主义与异化问题的讨论》,《北京大学学报》2010年第1期。
② 同上。
③ 朱立元、张瑜:《不应制造"两个马克思"的新神话——重读〈1844年经济学哲学手稿〉兼与董学文、陈诚先生商榷》,见上海市社会科学界联合会编《马克思主义中国探索与当代价值》,上海:上海人民出版社2009年版,第65页。

持续讨论下去的。但是，无论怎样划线和分期，都是应该而且需要承认马克思的思想是有一个演进和变革的过程的，都是应该而且需要承认马克思主义学说既是"人类在19世纪所创造的优秀成果……的当然继承者"[1]，同时也是"使关于社会的科学，即所谓历史科学和哲学科学的总和，同唯物主义的基础协调起来，并在这个基础上加以改造"[2]的结果的。亦即是说，它是一种继承基础上的改造，一种改造过了的继承。不承认存在这个变革和改造，那么马克思主义也就变成同旧唯物主义和唯心主义没有质的差别的东西了。

我们强调马克思的思想有一个飞跃的过程，而这个过程在哲学上的表现，就是批判和扬弃了先前的人本主义(人道主义)世界观与历史观。作为一种崭新的学说，马克思主义是完全超越了人道主义和人本主义的。无可否认，青年时期的马克思最初接受的社会主义思想都是空想社会主义，此时他所持的历史观，包括劳动异化理论、资本主义社会是人的本质异化结果的理论等，仍是那种以人的本质来解释历史的人本主义历史观，这一点在1844年《手稿》中有多处明确的表达。即使是主张《手稿》"发动一场史无前例的伟大的哲学革命"[3]的论者，也不得不承认，正是"这个一般的'人'作为一个理论预设和宏观尺度，成为了马克思对资本主义造成'人'全面异化的现实所进行批判的基本尺度和主要依据"[4]。而在其后诞生的唯物史观，就不能与此刻的历史观同日而语了。马克思主义创始人在《德意志意识形态》中，批判了唯心史观，批判了人的本质的异化或人的自我异化的观点，提出了历史唯物主义，这时的历史观同异化理论所表现的历史观是截然不同的。马克思和恩格斯以后的理论工作，都是沿着唯物史观

---

[1] 《列宁全集》第23卷，北京：人民出版社1990年版，第41—42页。
[2] 《马克思恩格斯选集》第4卷，北京：人民出版社1995年版，第230页。
[3] 朱立元、张瑜：《不应制造"两个马克思"的新神话——重读〈1844年经济学哲学手稿〉兼与董学文、陈诚先生商榷》，见上海市社会科学界联合会编《马克思主义中国化探索与当代价值》，上海：上海人民出版社2009年版，第57页。
[4] 朱立元：《走向实践存在论美学》，苏州：苏州大学出版社2008年版，第158页。

的逻辑前进的,早期著作中的人道主义观点和"异化"概念,在这之后就不再谈论了,他们已经有了新的理论武器。所以,我们"认为《1844年经济学哲学手稿》是过渡性著作,这是有充分根据的"①。如果这种意见说得通,那么,像有些论者那样,把马克思处于人道主义和空想社会主义过渡时期的某些言论拿来充当马克思主义的观点,然后再把这些论述同某些现代西方学说——例如胡塞尔的现象学、海德格尔的存在主义、文化人类学——拼组起来,说其是马克思主义的"新形态"和"新发展",那就不太妥当了。

此外令人感到疑惑的是,既然马克思有许多"成熟期"的美学思想,又绝对不逊色于其"早期"的美学见解,可为什么有些论者偏偏对"成熟期"的美学思想不热心、不重视,反倒对"早期"的过渡性美学思想趋之若鹜、情有独钟呢?为什么非得将马克思"早期"的一些思想当成马克思主义美学的"秘密和诞生地",难道只有重新捡回这些被扬弃的东西,才能作为马克思主义新美学的武库和起点?要回答这个问题,最好的办法恐怕还是要看这种美学实际的理论走向。而这个走向,当然是多向度的,但倘若归结为一点,还是可以说就是企图重建所谓的"马克思主义人道主义",进而恢复人本主义美学的精义和面貌。

当我们考察那些不赞成把《手稿》的主要思想归于早期"人本主义"阶段学者观点的时候,就会发现,这种反对不是要排出马克思早期人本主义思想的成分,而恰恰是要开掘和释放这种人本主义思想的能量。他们认为,在《〈黑格尔法哲学批判〉导言》中,马克思指出"人的根本就是人本身","**人是人的最高本质**"②,这里"不是指具体的、阶级的人",而是明确"承认存在着普遍的、一般的人"和"存在着普遍的、一般的人性"③;认为《手稿》中马克思指出的"作为类意识,人确证自

---

① 黄枬森:《关于人道主义与异化问题的讨论》,《北京大学学报》2010 第 1 期。
② 《马克思恩格斯文集》第 1 卷,北京:人民出版社 2009 年版,第 11 页。
③ 朱立元:《走向实践存在论美学》,苏州:苏州大学出版社 2008 年版,第 149 页。

己的现实的社会生活","有意识的生命活动把人同动物的生命活动直接区别开来。正是由于这一点,人才是类存在物";"个体是社会存在物。因此,他的生命表现……也是社会生活的表现和确证"①,"这正是马克思主义的人道主义、人本主义与费尔巴哈非历史、非社会的人本主义的根本区别"②;认为马克思的这种"普遍的、一般的人和人性",是相对于神与神性、相对于自然界特别是动物而言的。正是"人的这种自由、自觉的生命活动,实质上就是'创造对象世界','改造无机界',是'人的类生活的对象化',即人的本质力量的对象化;而正是通过这种自由、自觉的生命活动。'人才真正地证明自己是类存在物',并且使'自然界才表现为他的作品和他的现实'"③。

那么,持这种观点的论者是不是不知道学术理论界对这种解释,即认为马克思明确地肯定了"人有着可以抽象的、区别于动物的一般的、普遍的、人的族类性和共同性,即人的一般本性或普遍人性"④的观点有不同意见呢?当然不是。持这种观点的论者直言不讳地说:"有人认为这是马克思早期的不成熟的表述。我们认为不然"⑤。这样一来,我们就有理由说,选择人本主义的人学规定,完全是出于这种意见论者的理论自觉了。

问题并没有至此结束。持这种观点的论者,在秉持"人的自由自觉的生命活动"就是"实践","实践"就是人的存在与生存本身,"人区别于动物的类的共同性或'人的一般本性',乃是马克思主义的观点"⑥的基础上,接下来所进行的理论活动,就是把这种所谓的马克思主义实践观和人学思想同海德格尔的"此在""存在"概念沟通,把抽

---

① 《马克思恩格斯全集》第 3 卷,北京:人民出版社 2002 年版,第 302、273、324 页。
② 朱立元:《走向实践存在论美学》,苏州:苏州大学出版社 2008 年版,第 150 页。
③ 同上书,第 152 页。
④ 同上书,第 153 页。
⑤ 同上。
⑥ 同上书,第 153—154 页。

象的人性理论同存在主义的人道主义沟通,"一方面忽视了马克思和海德格尔的根本区别,抹杀了历史唯物主义对于美学研究的哲学意义,另一方面使实践美学倒向后实践美学一边"①,并主张"建立美学的哲学基础……要从人生在世这一存在论维度切入"②。这种动态的连贯观察,透过西方美学概念和马克思主义美学概念相混淆的迷雾,也就能大体看清持这种观点的论者强调美学人本主义的用心和目的了。

四、坚持马克思主义美学研究的中国化之路

诚然,我们还可以做反向的思考:难道马克思早期的美学思想就不可以同海德格尔的存在论思想作融会性或嫁接性的研究吗?从一般学理的意义上讲,当然是可以的。不仅可以,而且西方的一些学者早已经这样做了。不过,这里的问题是,西方学者包括"西方马克思主义"学者,并没有标榜自己搞的就是马克思主义美学,而是承认并称之为"海德格尔马克思主义"。可我们的有些学者,却将这种嫁接理论称为"是中国化的马克思主义美学","是中国当代可以参与世界美学对话的中国特色马克思主义美学流派",甚至声称它已"成为中国化马克思主义美学的主要标志","成为中国化马克思主义美学的新形态"。③ 这就多少有些匪夷所思,令人不好理解了。

一种美学思想,倘若信奉的是人本主义世界观,把"实践"当作世界的"本体",当作存在论上的"此在在世"("人生在世"),把唯物主义变成"唯实践主义",把唯物史观变成"唯实践史观",把辩证唯物主义变成所谓的"实践哲学",而所有这一切的落脚点又都是普遍的人

---

① 章辉:《告别实践美学——评两种实践美学发展观》,《学术月刊》2005年第3期。
② 朱立元:《美学》,北京:高等教育出版社2006年版,第55页。
③ 张玉能:《中国化马克思主义美学的考察》,《文艺报》2009年2月24日,第3版。

性和人本主义,都是对物质第一性和事物客观规律性的反拨,人和自然的关系也演变成"没有人的时候,有没有自然界都值得怀疑"的关系,演变成"有了人才有自然界","对人而言,世界才有意义"①的关系,整个美学"转移到了存在论的新的哲学根基上了"②,那么这种美学,难道还能说同科学形态的马克思主义美学、同中国化马克思主义美学有什么内在的联系吗?有学者指出:"否定实践观点的唯物主义前提和基础,主张实践本体论或唯实践主义,认为'实践的唯物主义'的提法中唯物主义的后缀应当去掉。可是,如果去掉唯物主义而片面强调实践的地位和作用,就难以划清马克思主义哲学与唯心主义的界限了。这是原则性的错误。"③

这里就产生了一个"什么是马克思主义美学"以及"如何对待马克思主义美学"的问题。实事求是地讲,马克思并不是天生的马克思主义者,他的所有言论和思想,也不是无条件地都能作为马克思主义思想来看待的。马克思的思想与马克思主义,应是两个密切相关又有区别的概念。譬如,前面谈到的《手稿》,就明显地具有这种过渡的性质,它所体现的思想,是马克思主义正在形成但又尚未成熟的过渡形态。忽视其中已经产生的宝贵思想财富,或者将其中表现出人本主义思想痕迹的论述当作马克思主义的观点来引用,都是有片面性的。推进马克思主义美学研究,不能走这样的途径。

中国马克思主义美学要革新和发展,还是应坚持走中国化之路,应以马克思主义美学为"体",西方美学为"用",紧密结合中国革命、建设和改革的实际,在实践中发展马克思主义美学。这是近一个世纪的基本经验。对于中国美学学人来说,在对马克思主义美学和西方美学兼收并蓄的过程中,还是要有主心骨,要有立足点。这个主心

---

① 朱立元:《走向实践存在论美学》,苏州:苏州大学出版社2008年版,第9页。
② 同上书,第280页。
③ 杨春贵:《马克思主义哲学的一个关键问题》,《人民日报》2010年4月9日,第7版。

骨,便是辩证唯物主义和历史唯物主义的美学观;这个立足点,便是中国的社会实际和审美实际。倘若轻易地摒弃主心骨,转移哲学根基和理论立足点,沿着某些西方学者的路子亦步亦趋,那就不仅收不到创新的效果,而且会在理论和实践上造成偏差。所以说,对"什么是马克思主义美学、怎样对待马克思主义美学"的问题,是不可轻视和忽略的。美学研究要提倡对马克思主义立场、观点和方法真学真懂真信真用,要自觉划清马克思主义美学与非马克思主义美学的界线,澄清对马克思主义美学的模糊认识和错误理解,驳斥各种对马克思主义美学的贬损和诘难。这是把握当前美学研究新形势、新任务、新挑战,坚持和发展中国化马克思主义美学的内在要求和迫切任务。

(原载《武陵学刊》2010年第3期)

"实践存在论美学"与哲学人本主义

一、是马克思主义美学的新形态吗？

中国当代美学的发展，存在着广阔的空间和多种可能性。中国当代马克思主义美学的发展，同样也是可以而且应该多样化的。自从马克思主义美学成为一门学科以来，它就要求人们把它当作科学来看待，要求人们去探讨它、研究它。而这种探讨和研究，首先就是"要在利用著作的时候学会按照作者写的原样去阅读这些著作，首先要在阅读时，不把著作中原来没有的东西塞进去"①。对待马克思的文本，尤其应当如此。恩格斯曾经指出，尽量逐字逐句地用马克思的话来表达某种观点，那是不够的。"把马克思的话同上下文割裂开来，就必然会造成误解或把很多东西弄得不大清楚。"②他主张不要"过分推敲"马克思和他的著作中的"每一个字"，"而要把握总的联系"。③并主张不要"把马克思的个别论点**绝对化了**"，要看到有些论点"只有在一定的条件下和一定的范围内才是正确的"。④列宁同样主张要善于区别马克思主义的个别字句与精神实质，认为："马克思主义是非常深刻的和多方面的学说。因此，在那些背弃马克思主义的人提出的'理由'中，随时可以看到引自马克思著作的**只言片语**（特别是引证得不对头的时候），这是不足为奇的。"⑤胡锦涛同志在纪念党的十一届三中全

---

① 《马克思恩格斯全集》第25卷，北京：人民出版社1972年版，第26页。
② 《马克思恩格斯全集》第36卷，北京：人民出版社1975年版，第66—67页。
③ 《马克思恩格斯选集》第4卷，北京：人民出版社1995年版，第734页。
④ 《马克思恩格斯全集》第39卷，北京：人民出版社1975年版，第79—80页。
⑤ 《列宁全集》第32卷，北京：人民出版社1985年版，第407页。

会召开30周年大会的讲话中,将改革开放30年来党的全部理论和全部实践,归结为对四个重大理论和实际问题的创造性探索和回答,其中,列在首位并且首次谈到的,就是"什么是马克思主义、怎样对待马克思主义"的问题。这一思想,郑重地写进了十七届四中全会通过的《中共中央关于加强和改进新形势下党的建设的若干重大问题的决定》(2009年9月18日)。① 这是应该引起我们理论学术界高度重视、深入学习和认真领会的。

近年我国美学界出现的"实践存在论美学",被某些学者称为"是中国化的马克思主义美学","是中国当代可以参与世界美学对话的中国特色马克思主义美学流派","成为中国化马克思主义美学的主要标志","成为中国化马克思主义美学的新形态"。② 这样讲,一则是与事实明显不相符合的,一则是犯了没有弄清什么是马克思主义美学,不知该怎样正确对待马克思主义美学的毛病。"实践存在论美学"主观上是力图"把它建设成为新世纪中国美学多元化发展格局中富有生命力的一环"③,这种努力是可嘉的,其某些见解也是带有新意的。但是,问题的关键在于,"实践存在论美学"尽管不懈地挖掘马克思"实践"学说中的所谓"存在论内涵",并将此作为自己重要的学术使命,可它在整体上却又回到了某种人本主义(即人道主义)的理论窠臼,或者说成了一种具有后现代思想成分的抽象人性论美学学说。这是与其初衷相违背的。

二、"实践存在论美学"成为人本主义美学的根据

这样讲是不是有根据呢？我认为是有根据的。这种根据主要有

---

① 《中共中央关于加强和改进新形势下党的建设若干重大问题的决定》,北京:中国方正出版社2009年版,第11页。

② 张玉能:《中国化马克思主义美学的考察》,《文艺报》2009年2月24日,第3版。

③ 朱立元:《走向实践存在论美学》,苏州:苏州大学出版社2008年版,第3页。

以下几点。

其一,"实践存在论美学"论者明显表示,这一美学理论的哲学基础已经发生移动和变更,即"虽然仍然以实践作为美学研究的核心范畴,却已突破主客二元对立的认识论,转移到了存在论的新的哲学根基上了"①。这种意见不仅体现在专著中,就是在"实践存在论美学"论者主编的高等院校使用的《美学》教材里,也同样是有确切无误表述的:"建立美学的哲学基础,在我们看来,要从人生在世这一存在论维度切入。"②"实践存在论美学"的支持者和赞同者承认,近年来,在哲学、美学、文学理论等领域展开的有关"实践存在论"或"实践生存论"的论争,"其实质关涉到如何理解马克思主义以及美学、文学理论研究应该建基于何种马克思哲学基础之上等基本理论问题"③。这里讲的就是美学"建基于""何种""哲学基础"的大问题。也就是说,在这位论者看来,争论双方的分歧不是枝节性的,而是涉及"哲学基础"这个根本性的问题。并且,从字面上看,这位论者还认为"马克思哲学基础"会有好几种——否则,他怎么会用"何种"的字样呢?既然如此,那么"实践存在论美学"与先前马克思主义美学在"哲学基础"上的差别,就应该是楚河汉界、泾渭分明的了。的确,争论双方的分歧不在于是否重视"实践"概念及其对它的理解,不在于是否重视"主体性"问题,而在于能否把"实践""主体性"问题同"物质先在性"对立起来。把个人的"实践"和"主体性"作用无限夸大,把"实践"提升为世界"本体",用"实践"来否定和取代"运动物质"的本体地位,表面上张扬了人性,但其结果却导致实践成为脱离物质实体而独立存在的绝对物,导致人本主义的唯心论。所以,双方争论的焦点,在哲学上就变成了"实践"与"物质"、"人本"与"物本"的关系问题。因为这正是

---

① 朱立元:《走向实践存在论美学》,苏州:苏州大学出版社2008年版,第280页。
② 朱立元:《美学》,北京:高等教育出版社,2006年版,第55页。
③ 宋伟:《马克思主义美学的哲学基础及其当代理解》,《上海大学学报》2010年第1期。

"哲学基础"上的分水岭,实质是在世界观上究竟坚持辩证的、历史的唯物主义,还是坚持人性论、人本主义唯心史观的分歧。而这后一种理论,恰是当今西方许多社会思潮共同的哲学基础。

其二,"实践存在论美学"是从"人生在世"的"存在论"维度切入美学研究的。这也就意味着它自觉地放弃了从生产、社会、阶级、群众等维度切入美学研究的唯物史观思路,大胆地转移到了以人——抽象的、个体的人——作为出发点和归宿的轨道。"实践存在论美学"论者,曲解马克思《资本论》中的"如果我们……想根据效用原则来评价人的一切行为、运动和关系等等,就首先要研究人的一般本性,然后要研究在每个时代历史地发生了变化的人的本性"①,认为:"马克思明确地肯定了区别于动物的一般的、族类的人的存在,并把自由、自觉的生命活动(实践)看做人的类本质或一般本质。换言之,人有着可以抽象的、区别于动物的一般的、普遍的、人的族类性和共同性,即人的一般本性或普遍人性。""承认一切时代存在着本质上区别于动物的普遍的、一般的人,存在着普遍的、一般的人性和人的类本质,即人的自由自觉的生命活动(实践),承认这就是人区别于动物的类的共同性或'人的一般本性',乃是马克思主义的观点。"②认为,"说'一般的人'和'人的一般本性''不是一个现实的尺度',则说服力还不够强";认为,正是"这个一般的'人'作为一个理论预设和宏观尺度,成为了马克思对资本主义造成'人'全面异化的现实所进行批判的基本尺度和主要依据……同样为实践存在论美学奠立了一大哲学基础"。③ 这个观点,不仅与马克思主义原理相矛盾,而且在人性论和人本主义历史观方面也是滑得相当远了。

其三,"实践存在论美学"对科学发展观的核心"以人为本"的解

---

① 马克思:《资本论》第1卷,北京:人民出版社2004年版,第704页。
② 朱立元:《走向实践存在论美学》,苏州:苏州大学出版社2008年版,第153—154页。
③ 同上书,第158页。

释,也是完全人本主义化的。"实践存在论美学"论者说:近年来,随着"以人为本"成为主流话语的关键词之后,"理论界对这个口号(命题)也改变了正面反对和批判的态度,而采取了重新阐释的策略,即把'以人为本'的'人'解释为广大人民群众即'人民',于是这个命题实际上变成'以民为本'了。但是,'以民为本'与'以人为本'之间可以画等号吗? 符合马克思主义的原意吗? 笔者看来,这个替换忽略了马克思主义人学理论内在地包含着人道主义和人本主义的基本原则,从而把马克思主义与人道主义、人本主义人为地对立起来,似乎人道主义、人本主义成了西方资产阶级的专利。笔者认为,这是我们认识'以人为本'思想的一大误区"①。这位论者还认为:"马克思主义以人为本的观点,就是指以区别于神和动物的普遍的、一般的人为本,而不是什么以'民'为本(其实,'民'本身也是一个抽象的、一般的概念)"②。这种意见可能不乏市场,但毕竟是值得商榷的。

马克思主义的"以人为本"观点,同封建阶级、资产阶级哲学的"以人为本"观点是不同的。马克思主义的"以人为本"观点,绝不是"指以区别于神和动物的普遍的、一般的人为本",而确确实实是"以人民为本"的。关于马克思主义"以人为本"的内涵,党的十七大报告中的解释是:"全心全意为人民服务是党的根本宗旨,党的一切奋斗和工作都是为了造福人民。要始终把实现好、维护好、发展好最广大人民的根本利益作为党和国家一切工作的出发点和落脚点,尊重人民主体地位,发挥人民首创精神,保障人民各项权益,走共同富裕道路,促进人的全面发展,做到发展为了人民、发展依靠人民、发展成果由人民共享。"③这是"以人为本"的真义,这里丝毫没有"不是什么以'民'为本"的意思。为此,胡锦涛同志在新进中央委员会的委员、候补委员学

---

① 朱立元:《走向实践存在论美学》,苏州:苏州大学出版社2008年版,第148页。
② 同上书,第155页。
③ 胡锦涛:《高举中国特色社会主义伟大旗帜 为夺取全面建设小康社会新胜利而奋斗——在中国共产党第十七次全国代表大会上的报告》,北京:人民出版社2007年版,第15页。

习贯彻党的十七大精神研讨班上的讲话中,还说:"我们提出以人为本的根本含义,就是坚持全心全意为人民服务,立党为公、执政为民,始终把最广大人民的根本利益作为党和国家工作的根本出发点和落脚点,坚持尊重社会发展规律与尊重人民历史主体地位的一致性,坚持为崇高理想奋斗与为最广大人民谋利益的一致性,坚持完成党的各项工作与实现人民利益的一致性,坚持发展为了人民、发展依靠人民、发展成果由人民共享。以人为本,体现了马克思主义历史唯物论的基本原理,体现了我们党全心全意为人民服务的根本宗旨和我们推动经济社会发展的根本目的。"① 应该说,马克思主义的"以人为本",准确地讲就是以最广大人民的根本利益为本的。"实践存在论美学"对此的解读,是从旧的人本主义立场出发的,是与马克思主义的观点不相一致的。

其四,"实践存在论美学"对人的本质规定,强调的是"一般人性""类本质""共同性"等等,凭借的是1843—1844年间马克思的某些思想,这与其后来的马克思关于"人的本质不是单个人所固有的抽象物,在其现实性上,它是一切社会关系的总和"②的规定是天差地别、相互冲突的。"实践存在论美学"论者说:在《〈黑格尔法哲学批判〉导言》中马克思指出"人的根本就是人本身","人是人的最高本质"③,这里"不是指具体的、阶级的人",而是马克思明确"承认普遍的、一般的人和普遍的、一般的人性"。④ 认为《1844年经济学哲学手稿》中马克思指出的"作为类意识,人确证自己的现实的社会生活"⑤,"有意识的生命活动把人同动物的生命活动直接区别开来。正是由于这一

---

① 胡锦涛:《在新进中央委员会的委员、候补委员学习贯彻党的十七大精神研讨班上的讲话》(2007年12月17日)。见新华网北京2007年12月18日电。
② 《马克思恩格斯选集》第1卷,北京:人民出版社1995年版,第56页。
③ 同上书,第9页。
④ 朱立元:《走向实践存在论美学》,苏州:苏州大学出版社2008年版,第149页。
⑤ 《马克思恩格斯全集》第3卷,北京:人民出版社2002年版,第302页。

点,人才是类存在物"①。"个体是社会存在物。因此,他的生命表现……也是社会生活的表现和确证"②,"这正是马克思主义的人道主义、人本主义与费尔巴哈非历史、非社会的人本主义的根本区别"③;认为马克思的这种"普遍的、一般的人和人性",是相对于神与神性、相对于自然界特别是动物而言的。正是"人的这种自由、自觉的生命活动,实质上就是'创造对象世界','改造无机界',是'人的类生活的对象化',即人的本质力量的对象化;而正是通过这种自由、自觉的生命活动。'人才真正地证明自己是类存在物',并且使'自然界才表现为他的作品和他的现实'"④。那么,"实践存在论美学"论者是不是不知道学术界对这种解释有不同意见呢?当然不是。"实践存在论美学"论者直言不讳地讲:"有人认为这是马克思早期的不成熟的表述。我们认为不然"⑤。如此一来,我们就有理由说,选择人本主义的人学规定,完全是出于"实践存在论美学"论者的自觉了。

其五,"实践存在论美学"在马克思思想早期与成熟期的分界问题上,显然是不赞成大体上以 1845 年来划线的。这是一个思想史的分期问题,有不同看法是正常的。但是,无论怎么分期,承认马克思的思想有一个演化与变革的过程,承认马克思主义学说既是"人类在 19 世纪所创造的优秀成果……的当然继承者"⑥,同时也是"使关于社会的科学,即所谓历史科学和哲学科学的总和,同唯物主义的基础协调起来,并在这个基础上加以改造"⑦的结果,总是应该而且必须坚持的。不承认这个变化和这个改造,马克思主义也就变成了同旧唯物主义和唯心主义没有质的差别的东西了。我是同意这样的观点的,即马克思

---

① 《马克思恩格斯全集》第 3 卷,北京:人民出版社 2002 年版,第 273 页。
② 同上书,第 324 页。
③ 朱立元:《走向实践存在论美学》,苏州:苏州大学出版社 2008 年版,第 150 页。
④ 同上书,第 152 页。
⑤ 同上书,第 153 页。
⑥ 《列宁全集》第 23 卷,北京:人民出版社 1990 年版,第 41—42 页。
⑦ 《马克思恩格斯选集》第 4 卷,北京:人民出版社 1995 年版,第 230 页。

正是批判和扬弃了人道主义世界观(包括其价值观和历史观),马克思主义学说才真正出现。马克思主义是超越了人道主义和人本主义的。"马克思青年时期曾经是人道主义者,当他用唯物主义历史观取代人道主义历史观时,即从空想社会主义过渡到科学社会主义,这就是马克思主义的诞生。"①"青年时期的马克思最初接受的社会主义思想就是这种空想社会主义,他所持的历史观仍是这种以人的本质来解释历史的人道主义历史观,马克思在其《1844年经济学哲学手稿》中有明确的表达。他认为,历史发展到今天的资本主义社会是人的本质异化的结果,下一步将是异化的扬弃,即私有制为公有制、资本主义为社会主义所取代。但马克思所理解的人的本质与过去不同,它不再是理性而是劳动、实践,人的本质的异化不是什么理性的迷误,而是劳动的异化",这是该理论中的"唯物主义因素",但"劳动异化理论的思想仍然是人道主义历史观的思想"。② 在《德意志意识形态》中,马克思主义创始人批判了这种唯心史观,批判人的本质的异化或人的自我异化的观点,提出了唯物主义历史观,这时的历史观与异化理论所表现的历史观已截然不同。马克思和恩格斯以后的理论工作,都是沿着唯物史观的逻辑前进的,早期著作中的人道主义观点和"异化"概念,也再没有谈论过。"认为《1844年经济学哲学手稿》是过渡性著作,这是有充分根据的"③。这个判断,出于著名马克思主义哲学史家之口,在学术理论界有相当的共识性,也符合经典作家的实际。如果这种观点能够成立,那么,像"实践存在论美学"论者那样,把马克思处于人道主义和空想社会主义时期的某些言论拿来当作马克思主义,然后再把这些论述同现代西方某些学说拼组起来,说成是马克思主义"新形态""新高度",那显然就不妥当了。

其六,"实践存在论美学"反对将《1844年经济学哲学手稿》的

---

① 黄枬森:《关于人道主义与异化问题的讨论》,《北京大学学报》2010年第1期。
② 同上。
③ 同上。

一些思想归于"马克思早期的'人本主义'阶段",认为如果否定了有一个马克思主义的人道主义和人本主义,否定了这种思想"与马克思的历史唯物主义思想的连续性",就是"制造'两个马克思'对立的神话"①,这种观点是站不住脚的。诚然,马克思主义是马克思的观点和学说的体系,但应当看到,马克思的所有言论和思想,是不能无条件地都作为马克思主义思想看待的。马克思的思想和马克思主义应是两个密切相关又有区别的概念。倘若尊重事实,我们就会发现,马克思并不是天生的马克思主义者。马克思和恩格斯合著《德意志意识形态》的动因,就是表示他们要"以批判黑格尔以后的哲学的形式","把我们从前的哲学信仰清算一下"。② 马克思早期的一些著作,既包含着日益增长的超越前人的思想成果,又带有不应忽视的非马克思主义思想的痕迹。譬如,《1844年经济学哲学手稿》,就具有明显的过渡性质,它所体现的马克思的思想,是马克思主义正在形成但又尚未成熟的过渡形态。忽视其中已经产生的宝贵思想财富,或将其中表现出费尔巴哈人本主义思想痕迹的论述当作马克思主义的观点来引用,都是片面的、非科学的。如果一见到这样的意见,便指责是在制造"两个马克思",坚持认为马克思在唯物史观中还有一个人本主义的历史观,那这个判断就只能还于自身才合适了。

三、马克思主义美学首要的认识问题

应该承认,唯物史观的出发点和归宿从来不是抽象的个体的人,而是群体的人即人类社会。当然,这并不意味着唯物史观不重视个体的人的问题。个体的人的问题,唯物史观也是要解决的,不过它是在解决社会、阶级、群众问题的过程中来解决个体的人的问题的。

---

① 朱立元、张瑜:《不应制造"两个马克思"对立的新神话》,《社会科学战线》2010年第1期。

② 《马克思恩格斯选集》第2卷,北京:人民出版社1995年版,第34页。

摆脱社会而将人抽象地摆在第一位,从来不是唯物史观的传统,而是人本主义的传统。历史和实践表明,重视群体的人即人类社会,这不是唯物史观的局限,而正是它优越和先进的地方。"实践存在论美学"在这一点上,走的恰恰是与马克思主义相反的路径。

本来,马克思主义是反对从虚空出发的理论研究的,是"坚决抵制一切关于开端和主体的哲学,不管是理性主义、经验主义还是先验哲学"①的,是反对抽象的人性论教条和人本主义教条的。这是由它的本质属性所规定的。非得把马克思改造成一个自始至终的人性论者、人道主义或人本主义者,非得把马克思主义同包括存在论在内的各种新人道主义进行"境域融合",这已经不是什么新鲜的观念和手法。只要稍微考察一下西方现代思想史和"西方马克思主义"哲学、美学的流变史,就不难发现,这完全是跟在西方某些学说和思潮后面亦步亦趋而已。

发生这个情况的原因是复杂的。但是我认为,除了过多地、盲目地吸收现代西方学说的观点外,最主要的原因恐怕还是没有在世界观和历史观上划清马克思主义和人本主义的界线。如果把马克思和其他一些人的著作中的人本主义见解当成科学的马克思主义的观点,那么,美学理论走向倒退就是不可避免的了。当然,这不是说马克思本人还不是成熟的马克思主义者的时候,他的一些思想就没有任何价值。马克思早期的人本主义思想,在当时是有反对封建压迫和批判资本主义剥削的进步意义的。人道主义、人本主义理论可以说是启蒙运动以来最高和最重要的理论成果。但是,随着马克思主义创始人批判思想的深入,他们已经不能满足于以卢梭、康德、黑格尔、费尔巴哈等为代表,以人的本质的变化发展、人的自我价值的实现状况的变化发展来解释历史的学说了。他们不再赞同把人的本质的变化发展看成是人类社会历史发展的动力,他们要建立自己

---

① [法]阿尔都塞:《在哲学中成为马克思主义者容易吗?》,见陈越编《哲学与政治:阿尔都塞读本》,长春:吉林人民出版社2003年版,第187页。

的新学说，于是，在批判的探讨中，一种新世界观的萌芽就产生了，或者说，把人本主义、人道主义当作历史观的那个阶段就被超越了。

我想，这样的说明虽然还会有不同的意见，但质疑者不会是很多的。现在亟须解决的问题是：马克思在创立了马克思主义之后，还是不是人道主义者？能不能把他创立的马克思主义也说成是一种新型的人道主义？马克思主义能不能在世界观上也和人道主义结合起来？"实践存在论美学"给我们的回答当然是肯定的。这便是论争的实质。我认为，这些问题的回答，应当都是否定的。道理很简单，因为马克思主义和人道主义、人本主义，从世界观和历史观的角度看，两者是对立的。一个是唯心史观，一个是唯物史观，一个是有产阶级的世界观，一个是无产阶级的世界观，它们之间具有批判继承性，而没有所谓的"连续性"，它们之间是不可能"同一"与结合在一起的。在这个意义上，自觉划清马克思主义同非马克思主义的界限，是坚持和发展中国化马克思主义美学的首要认识问题，是坚持和发展中国化马克思主义美学的内在要求。

"实践存在论美学"由于信奉的是人本主义世界观和方法论，所以，它才把"实践"当作了世界的"本体"，当作存在论上的"此在在世"（"人生在世"），而把唯物主义变成了"唯实践主义"，把历史唯物主义变成了"历史唯实践主义"，把辩证唯物主义变成所谓的"实践哲学"。而这一切的落点，就是对"一般的、普遍的人性"与抽象的"自由性"的推崇，就是对物质第一性和客观规律性制约的颠覆和反抗。按照这一观点的解释，人的一切活动包括"自由自觉的生命活动"都是实践，实践就是人的存在与生存本身。这样一来，随着"实践"概念被泛化，"实践本体论"就演变成了人的存在本体论或实践存在论。人和自然的关系，也演变成了"没有人的时候，有没有自然界都值得怀疑"的关系。认为"有了人才有自然界","对人而言,世界才有意义"。① 人本主义的世界观就这样自然而然地过渡到了历史唯心主义。

(原载《内蒙古师范大学学报》2011年第2期)

---

① 朱立元:《走向实践存在论美学》,苏州:苏州大学出版社2008年版,第9页。

美学研究不应该回到人本主义老路
——对朱立元"实践存在论美学"的再批评

一、我们同"实践存在论美学"的根本分歧在哪儿？

最近一段时间，我虽然写了几篇讨论性的文字，但却从未奢望过能被讨论对手"苟同"或"接受"。近读《文艺理论与批评》2010年第3期上的《马克思的存在论思想不应轻易否定》（以下简称《否定》）一文，更加重了我的这个印象。原因是什么呢？那就是如《否定》一文的作者所说，在"如何理解马克思哲学的基本精神和根本观点"问题上有严重分歧。由于彼此依循的哲学根基不同，所以在美学主张上达成一致是困难的。

目前，我的认识同"实践存在论美学"之间，主要还不是在"实践""本体""存在"等概念上的差异，不是对马克思能不能同海德格尔一道加以研究的看法不同，而是对于马克思主义美学的哲学基础到底应该如何理解和界定，产生了对立。简单地说，就是在进行马克思主义美学研究的时候，是应当用实践本体论、人本主义、存在主义作为其哲学基础呢，还是应当以唯物辩证法和唯物史观作为其哲学基础？这的确是关乎马克思主义美学性质和生命的重大问题。因为，倘若仅仅是从事一种叫做"实践存在论"的美学研究，把它作为我国美学多元发展格局中的一环，那它当然是可以自备一说的；但如果像有的论者那样，把"实践存在论美学"说成"是中国化的马克思主义美学"，"是中国当代可以参与世界美学对话的中国特色马克思主义美学流派",是"中国化马克思主义美学的主要标志"和"新形态"①,那就未必妥当,需得辨析了。

朱立元同志曾在一篇文章中,说我对"实践存在论美学"采取的是"一种对马克思主义主观武断却又自以为是唯一正确的权威解释的态度",而主张应"从不同角度对马克思主义经典作家的理论观点进行不同的解读"。②在《否定》一文中,又重申:"认识论观点是从近代哲学框架中阐释马克思的哲学思想,并不能准确反映出马克思哲学的基本精神、革命性价值和伟大意义;随着海德格尔的存在哲学等西方现代哲学理论的引入,我国学界也受到启发,开始从一个比认识论更为基础、更为深刻的新视角——存在论角度来探索马克思的哲学思想,由此揭示出马克思哲学中被长期遮蔽的存在论境域和维度。"③这表明,我们之间的分歧,归根结底是在如何理解马克思主义哲学与美学、怎样对待马克思主义哲学与美学问题上的根本分歧。

我注意到,朱立元同志反复申述有一个"马克思哲学中长期被遮蔽、却客观存在的存在论维度";注意到他认为是"西方现代哲学"引入后,马克思思想的研究才获得了"更为基础、更为深刻的新视角"的;同时也注意到,他一般是不提"马克思主义哲学"这一概念,而喜欢提"马克思哲学"的。为此,他已写了多篇文章。但是,论者似乎忘记了,"认识论观点"也有近代认识论和现代认识论之分,有机械的认识论和科学的认识论之分,不知论者将辩证唯物主义认识论划归到了哪里?在我看来,马克思主义的认识论,就是唯物论,就是辩证法,就是马克思主义哲学。说唯物辩证法"不能准确反映出马克思哲学的基本精神、革命性价值和伟大意义",这是西方(包括"西方马克思主

---

① 张玉能:《中国化马克思主义美学的考察》,《文艺报》2009年2月24日,第3版。
② 朱立元:《全面准确地理解马克思主义的实践概念——与董学文、陈诚先生商榷之一》,《上海大学学报》2009年第5期。
③ 朱立元、张瑜:《马克思的存在论思想不应轻易否定——对董学文等先生批评的再答复》,《文艺理论与批评》2010年第3期。以下引文出自此文者,不再另加注释。

义")某些学者捏造出来的谎言,是完全不能成立的。

二、"存在论"和"认识论"是完全不同的命题

"实践存在论美学"论者大概忘记了,自己是先从不赞成"本体论"这个词的译法入手,主张将之译成"存在论",进而将这种"存在论"里的"存在"通过极其泛化的"实践"概念,变成不是与"思维""意识"相对,专指客观世界、物质、自然、人类社会物质生活过程等独立于意识以外的存在,而是"受到海德格尔存在论思想的某些启发",变成了"生存主义"的、"实存主义"的"存在"。并且,迷魂阵式地把存在主义的"存在"与本体论(不管是物质本体论还是精神本体论)意义上的事物的具体"存在"相混淆,把"本体"解释成存在主义的"存在"。在这种所谓反对美学研究"被狭隘地框在认识论的范围之中"的语境下,论者再说"马克思的现代存在论思想远远早于和高于海德格尔的基础存在论",认为"实践存在论美学"真正的理论根基仍来自马克思主义,就显得缺乏说服力了。

海德格尔企图用"此在"的存在论形而上学帮助纳粹占有整个世界,而马克思何时有"早于和高于"这样的哲学思想？至于有的"新实践美学"论者,在肯定"实践本体论"的前提下,大谈"文学本体论",并把文学的"本体""定位主要是一种意识形态"①,这就更加荒谬了。严格地说,"文学本体论"只能是一种借用词汇,一种象征性说法。文学(包括一切艺术)本身,是没有另一种哲学本体论以外的本体论的。"本体"只能是一个。如果说有一个"实践本体论",还有一个"文学本体论",那就明显地犯了逻辑性的错误。其实,任何谈论"文学本体论"的意见,说穿了,都只不过是在谈论文学本质、属性、特征而已。

还是回到分析"实践存在论美学"吧。为了防止出现被批评者多

---

① 张玉能:《论新实践美学的文学本体论——兼答对实践本体论的诘难》,《文艺理论与批评》2010年第3期。

次指责的所谓"断章取义""掐断前后""随心所欲""轻率""浅薄",这里,我稍微长一点地引述论者的一段话:

> 存在论恰恰要跳出这种主客二分的认识论,返回到人与世界最本原的存在,人和世界是不可分割的一体,人就在世界中存在。笔者借鉴了海德格尔的命题——"此在在世"(人生在世),"人在世界中存在",海德格尔是专门针对笛卡尔的"我思故我在"的命题进行批评的,强调人与世界在原初的不可分离性。人一产生就离不开世界,人本身是世界的一部分;人与世界不是先分,然后再寻求合的,而是先就是合,没有对立的。再者,世界只对人而言才有意义,人只能在世界中存在,人就在世界中,世界只是对人存在,离开了人,无所谓世界。譬如,人和自然界的关系:没有人的时候,有没有自然界都值得怀疑,没有人,自然界充其量只是一种存在而已;有了人才有自然界,人和自然界是同时存在的,当周遭世界都成为人存在的环境、大地时,对人而言,世界才有意义。人与世界在原初存在论上不能分开,确定无疑的存在就是人在世界中存在,然后才能考虑其他问题。①

受到这种理论的"重要的启发",论者开始了自称是"崭新的美学理论"的探讨。可现在的问题是,如果沿着这样的思路论述下去,那么形成的只能是西方(主要是德国、法国)已有的"存在主义美学"②,它还没有同马克思主义及其美学直接挂起钩来。于是,论者又开始从早期马克思文本中寻找"存在论思想"维度的工作。

那么,马克思主义哲学中真有如上面所说的那种"存在论"思想或"思维模式"吗?或者换个说法,在马克思的科学学说中真有"此在在

---

① 朱立元:《走向实践存在论美学》,苏州:苏州大学出版社2008年版,第8—9页。
② 20世纪30年代在德国兴起,后传入法国,并获得发展,20世纪70年代有所低落。代表人物有德国的海德格尔、雅斯贝尔斯,法国的萨特、梅洛·庞蒂等。它是存在主义哲学在美学上的应用,贯穿了对人道主义的关注,与现象学美学在观点上也有不少类似之处。

世"(人生在世)、"向死的存在"一类的命题吗？我认为是没有的！不仅没有，而且可以说正是由于突破、批判了这种带唯心史观色彩的人本主义——包括康德、黑格尔、费尔巴哈等的——说教与提问方式，马克思、恩格斯才创立了一门科学——马克思主义。

论者可能会这样反问：你说的是"马克思主义"，我说的是"马克思"；不提"马克思主义"，单讲"马克思"，难道不可以吗？我认为，当然是可以的。但是要辨识早期和成熟期的差别，因为马克思的话并不都是马克思主义的。这样讲，绝不是在"制造两个马克思"的新神话，而恰是力求对马克思主义哲学的基本精神和科学体系有一个正确的理解。马克思早期的一些著作，虽然包含着日益增长的超越前人的思想成果，但还带有不应忽视的非马克思主义的思想痕迹。毋庸讳言，《1844年经济学哲学手稿》就明显地带有过渡性质，它所体现的思想，是马克思主义正在形成但又尚未成熟的过渡形态。将其中表现出带有人本主义思想痕迹的论述，当作马克思主义的观点来引用，无疑是片面的。我们不能继续走西方某些学者走过的将马克思早期个别不成熟的思想当作其思想高峰的老路，不能再用"青年马克思"驳斥和鄙弃"老年马克思"，将早期著作中的个别论述作为曲解马克思主义的口实。学术界是有基本共识的，那就是，"辩证唯物主义和历史唯物主义的世界观和方法论，是马克思主义最根本的理论特征"[①]。再寻找其他"最根本的理论特征"，在学理上是难以站住脚的。我想，"实践存在论美学"论者不会不明白这个道理。

三、马克思主义美学实践观是不能"存在论"化的

"实践存在论美学"既要使理论具有存在主义蕴涵，又想使它保有马克思主义名义，那么怎么办呢？如何取得其"合法性"呢？无奈(也

---

① 胡锦涛语。转引自习近平：《深入学习中国特色社会主义理论体系，努力掌握马克思主义立场观点方法》，《求是》杂志，2010年第7期。

许是自觉），论者还是最终把眼睛盯在了对马克思早期文稿某些言论的开掘上。毕竟这是一条"捷径"，毕竟用马克思的论述能有保护色或障眼法。况且，论者申述："人生在世并不是海德格尔的发明，实际上马克思早已发现并作过明确表述"，"马克思高于和超越海德格尔之处是用实践范畴来揭示'此在在世'的基本在世方式"。然后，再引述马克思《〈黑格尔法哲学批判〉导言》（1843）中的话来加以证明："**人不是抽象的蛰居于世界之外的存在物。人就是人的世界**"。可惜的是，论者没有引述完整，只引述了半句，到逗号处就停住了，接在"**人就是人的世界**"这几个字之后，还有"就是国家，社会。这个国家、这个社会产生了宗教，一种**颠倒的世界意识**，因为它们就是**颠倒的世界**"①。这里，我们姑且不说论者对引文及其思想的背景多有误解，就说把这种本来是反宗教的批判观点当成海德格尔式的"存在论思想"，也是不能不令人生疑的。《〈黑格尔法哲学批判〉导言》里，丝毫没有"存在论"的东西。

但是，"实践存在论美学"论者依然认为，马克思的上述思想同海德格尔的思想是一致的，比较而言，"只不过马克思没有直接用这一存在论思想来批判近代主客二分的认识论罢了"。如此一来，论者就须得对马克思的"存在论思想"加以阐释，把挖掘马克思"实践"学说中的所谓"存在论内涵"作为自己的重要使命。不过，在笔者看来，这也是困难的。面对如此窘境，论者便不得不依赖所谓"实践本体论"（亦所谓"实践唯物主义"）哲学，不得不宣称：

> 在马克思看来，人不是作为一种现成的东西摆放在世界上，世界也不是作为一个现成的场所让人随便摆放的，相反，人是从事实际活动的实践着的人，人在世界中存在，就意味着人在世界中实践；实践是人的基本存在方式；实践与存在都是对人生在

---

① 《马克思恩格斯文集》第1卷，北京：人民出版社2009年版，第3页。

世的本体论(存在论)陈述。①

到了这里,"存在"和"实践"概念就沟通了,等同了;到了这里,海德格尔的"存在论"思想同马克思的"实践论"思想就互换了,融合了。论者即便说到"海德格尔的存在论始终没有达到马克思的实践论的高度,而马克思则把实践论与存在论有机地结合起来,使实践论立足于存在论的根基上,而存在论则具有实践的品格",也无非是一种弥补性的、辩解性的循环论证,它已经无法改变将马克思的实践观海德格尔化的实质。

那么,为什么在"实践存在论美学"论者那里,海德格尔的"存在论"似乎能够同马克思的"实践观"进行融通呢?道理也很简单,论者不是曲解马克思的论述,就是竭力凭借马克思扬弃了的早期人本主义思想,使整个美学体系运行在一种人本主义的轨道上。

四、美学走向人本主义是一种理论倒退

先前我已经写了一些文章,指出"实践存在论美学"放弃从生产、社会、阶级、群众等维度切入美学研究的思路,大胆地转移到以普遍、抽象、个体的人作为出发点和归宿的思路上去,转了一个圈,又回到一种个体人性和个体人本主义的历史观,所不同的,只是用"存在论"的语言又打扮了一番。譬如,论者说:"承认一切时代存在着本质上区别于动物的普遍的、一般的人,存在着普遍的、一般的人性和人的类本质,即人的自由自觉的生命活动(实践),承认这就是人区别于动物的类的共同性或'人的一般本性',乃是马克思主义的观点"②;认为,"说'一般的人'和'人的一般本性''不是一个现实的尺度',则说服力还

---

① 朱立元:《走向实践存在论美学》,苏州:苏州大学出版社2008年版,第9页。
② 同上书,第154页。

不够强"①;认为,正是"这个一般的'人'作为一个理论预设和宏观尺度,成为了马克思对资本主义造成'人'全面异化的现实所进行批判的基本尺度和主要依据……同样为实践存在论美学奠立了一大哲学基础"②。这些意见,与马克思主义唯物史观的距离就相去甚远了。"实践存在论美学"论者在编写教材时也说:"建立美学的哲学基础,在我们看来,要从人生在世这一存在论维度切入。"③还有什么表述,能比这个主张更明确地是以人本主义为宗旨呢?

这种批驳辩证唯物主义认识论、摆脱社会而将人抽象地摆在第一位、在"存在论"基础上展开的人本主义美学理论建构和致思方式,在我看来,表面上颇新潮,实际上是相当陈腐的。虽说这种否定人的本质是"它的社会特质"④的意见不算新鲜,但它却可以用来为"人生在世"的一切都是"实践"的这一非唯物主义实践观服务,可以为存在论的"此在"个体的超历史的"人"服务,可以为论证马克思奠定了"现代存在论"的理论基础服务,甚至可以为指责将科学发展观的核心"以人为本"解释成"以民为本",是"忽略了马克思主义人学理论内在地包含人道主义和人本主义的基本原则,从而把马克思主义与人道主义、人本主义人为地对立起来……是我们认识'以人为本'思想的一大误区"⑤的观念服务。这大概就是它的切实的理论功能吧。

由于信奉人本主义哲学,不承认事物的客观先在性,只谈审美活动的现代人学意义的美学路径,突出强调"审美活动中'关系在先'",势必导致其美学向中外传统的体验论和直觉论美学靠拢,而将辩证唯物主义的运动物质本体论美学观和历史唯物主义美学观置于脑后。这样,"实践存在论美学"又从根本上抹杀了"实践"在审美活

---

① 朱立元:《走向实践存在论美学》,苏州:苏州大学出版社2008年版,第158页。
② 同上。
③ 朱立元:《美学》,北京:高等教育出版社2006年版,第55页。
④ 《马克思恩格斯全集》第3卷,北京:人民出版社2002年版,第29页。
⑤ 朱立元:《走向实践存在论美学》,苏州:苏州大学出版社2008年版,第148页。

动中的价值和意义。

我还是赞成马克思主义哲学史家黄枬森教授的意见,他说,马克思主义是超越了人道主义和人本主义的。马克思正是批判和扬弃了人本主义价值观和历史观,马克思主义学说才真正出现。"马克思青年时期曾经是人道主义者,当他用唯物主义历史观取代人道主义历史观时,即从空想社会主义过渡到科学社会主义,这就是马克思主义的诞生。"《1844年经济学哲学手稿》中有"唯物主义因素",但其"劳动异化理论的思想仍然是人道主义历史观的思想"。[①] 这个判断应当说是符合实际的。如果这个意见能够成立,那么,坚持"人本主义"固然可以,但将"人本主义"说成马克思主义,把马克思处在从人本主义或空想社会主义向科学社会主义转变时期的某些言论当成马克思主义,就欠妥当了。

五、美学上唯物史观和唯心史观的冲突

唯物史观不是研究美学的工艺学,而是研究美学的基础性哲学。经验表明,马克思主义美学研究,最重要的就是不能背离唯物辩证法和唯物史观的根基,不宜提出另一种供选择的区别于唯物史观和辩证法的"马克思美学"系统。如果让人感到似乎只有人本主义才能使马克思主义美学从困境中走出,只有把"人生在世"论的存在主义价值观融入其中,才算从外来的思想中汲取了精华,仿佛将"实践"观念恢复到和西方传统哲学中同样的解释尺度才算进步,才算真正理解了"马克思哲学",否则就是重蹈旧唯物主义,就是近代机械认识论,那么,这是眼睛向后看,是在重翻历史的旧账。

其实,"实践存在论美学"所提出的问题,美学上唯物史观和唯心史观的冲突,已经不是一年半载的事了。目前的论争,不过是20世纪

---

① 黄枬森:《关于人道主义与异化问题的讨论》,《北京大学学报》2010第1期。

80年代关于异化和人道主义问题大讨论于新历史条件下在美学领域的重演。"实践存在论美学"论者就说过：由于人性、人道主义和异化的讨论，将人的地位问题突出地提了出来，从而为以后"文学主体性"论的提出作了必要铺垫。到20世纪80年代中后期，以人道主义为基本线索概括、论述新时期文学，便逐渐成为文艺理论的主流话语。[①] 而21世纪头十年形成的"实践存在论美学"，其本质上也不过是对于20世纪80年代李泽厚的"实践美学"及20世纪90年代的"后实践美学"的一个赓续和变种。曾经有段时间，学界对"实践美学"观有所顾忌、有所遮掩，现在风气一变，便纷起效尤，竞争风骚了。对此，美学界的同仁应该说是一清二楚的。

马克思主义美学理论研究的创新，应当是同前辈科学的马克思主义美学理论一脉相承基础上的创新。舍此，返回人本主义或存在主义，就没有真正意义上的马克思主义美学了；舍此，马克思真的会说"我只知道我自己不是马克思主义者"了。

六、马克思主义美学不应当也不能够"多元化"

马克思主义的辩证运动物质本体观，与马克思主义美学研究是不矛盾的。马克思主义的实践观，是其本体观在社会和历史领域的运用和贯彻。研究马克思主义美学问题，非得从所谓"关注人的生存的本体"来加以解释，非得把"人的存在问题"说成"就是本体论问题"，非得说"时间实际上是人的积极存在"，这实际上是变换了论域，给"本体论"学说额外地加上了一个成分。我们只能说人的存在是人的实际生活过程，是人的实际活动，只能说人的实际活动展开的是人的社会时间和空间。离开了这个前提对客观的时间和空间加以规定，那是有悖于科学的。

辩证法是一种与本体论密不可分的理论形态。没有本体论的辩

[①] 朱立元等：《试论新时期以来中国文艺学的大发展》，《湖南文理学院学报》2006年第6期。

证法，只会是流于空洞的形式；没有辩证法的本体论，也只能是一种抽象的说教。我们可以对"本体"表现出的不断变化的"本质"和"属性"做动态的说明，但不能对本体论——无论是运动物质本体论还是思维精神本体论——的选择加以不断变更。我们承认辩证法是本体论内容的绽放与展开，承认事物的本体是事物辩证法的承载与依托，承认马克思主义按其本质来说是本体论的辩证法，人是在生存活动展开的状态中与外部世界的事物建立关系的。但是，我们不能由此直接地推导出这里的"本体"就是"人的实践"，也不能直接地认为辩证法与唯物论统一的基础就是人的"生存本体论"（或曰"实践本体论"）。将"实践"作为辩证法与唯物论统一的基础，将历史唯物主义变成"历史唯实践主义"，并不是向马克思主义哲学的深处掘进，而是在为唯心主义及其唯心史观的入侵制造条件。

这种"本体"意义上的"生存论转向"和"实践论转向"，是西方某些哲学家构制出来的。其目的是要把本体、真理、知识论等统统变成一个存在论哲学问题，把人和世界及真理的关系变成一个超越"认识关系"的"存在关系"。他们认为，真理并不是由人类主体对一个客体所说出来并在某个地方有效的命题的标志，真理"乃是存在者之解蔽"，通过这种解蔽，一种"敞开状态"才成为其"本质"，一切人类行为和姿态都在它的敞开之境中展开。这大概就是"实践本体论"（包括"实践存在论美学"）主张的全部秘密之所在。这种理论，同"回归生活世界"及"关注人的现实存在"的现代西方哲学精神基本是吻合的。

马克思主义美学可以而且应当多样化，但不能鼓吹马克思主义美学基本精神和指导思想"必须多元化"。① 诚然，人们不大可能把握到一模一样的马克思美学思想，而只能使各自拥有自己所理解的内容，马克思主义美学本身有被多元阐释的可能性。不过有一点不能含

---

① 《"马克思主义文艺理论的当代发展：中国与西方"会议综述》，《文学评论》2007年第6期。

糊，那就是马克思主义美学自身的哲学根基并不是"多元"的。"多样化"意味着承认理论各个方面与层次有特殊存在形态的可能；而"多元化"则意味着相互对立矛盾的理论立场和观念同属于一个学科范围。尝试将传统美学、现代西方美学——特别是人本主义美学——统统纳入马克思主义美学体系，忽视其本身的自洽性、统一性和可行性，且号称是"中国化"的新成果，这确是需要我们深入反思的。

(原载《文艺理论与批评》2010年第4期)

海德格尔和马克思反形而上学的区别
——评一种所谓"暗合论"的美学观

一、对海德格尔存在论思想的不同理解

学界对海德格尔存在论思想的理解明显存在分歧。这种分歧,相当一部分来自对马克思和海德格尔反形而上学的不同认识。我以为,当人们说海德格尔的存在论哲学本身"包藏有一种危险"的时候,那是指它根本否定了人的认识功能,否定了人的"理性的要求",并把所有"理性要求"都当作一种"非理性"的、"原始的要求"来看待。雅克·德里达曾指出,"把现存的存在作为意志或意志的主观性的那种限定",正属于海德格尔的理论。① 显然,海德格尔的反形而上学"存在"观是基于唯心论的。可是,我们有的学者却接受这个东西,不赞成辩证唯物主义认识论,认为那是借助已经落后的"近代哲学框架"来阐释哲学问题,不能准确反映出马克思的哲学基本精神、革命价值和伟大意义;认为海德格尔的"存在论"视角才"更为基础、更为深刻"。于是,就有了所谓从"存在论角度来探索马克思的哲学思想",并声称"由此揭示出马克思哲学中被长期遮蔽的存在论境域和维度"。② 这是很令人费解的。

此处问题的关键在于,这些学者没有搞清楚马克思和海德格尔虽

---

① [法]德里达:《善良的权力意志(答 H.-G. 伽达默尔)》,《哲学译丛》1987年第2期。
② 朱立元、张瑜:《马克思的存在论思想不应轻易否定——对董学文等先生批评的再答复》,《文艺理论与批评》2010年第3期。

然都反对形而上学,但他们之间是有本质性区别的。有学者在论述中曾言之凿凿地宣称:"马克思和海德格尔的思想具有某些共通之处,他们对西方传统形而上学的哲学变革在存在论上有所暗合。"①我认为这样的判断在理论上是不能成立的。马克思反对形而上学,其方法是唯物的和辩证的;海德格尔反对形而上学,其方法则是对所谓本源性的思考,是一种非概念化的思维。马克思的唯物辩证法是建立在事物对立统一、普遍联系的基础上的,因而能把握事物整体,发现新的知识;海德格尔反对认识论、反对形而上学,其实只是思考抽象的"存在"的意义,最后走向了反科学。马克思的唯物辩证法是以"实践"为基础的,是从实践中来到实践中去的,因而能不断开辟认识真理的道路;海德格尔的非概念性的本源性的思考,则只能对事物进行现象的、局部的描述,而且回避了对"意识"及"意识"与"存在"关系的讨论。

毫无疑问,这样两种不同的"反形而上学",性质上差别很大,用所谓"共通""暗合"来加以界定,显然不恰当。"共通"者,共同或通行于及适用于各方面也;"暗合"者,没有经过商讨而意思恰巧相合,或者表面有差异而内里却基本一致也。如此说来,用"共通"和"暗合"的概念来界定马克思和海德格尔的学说,无疑是欠妥当的。

那么,为什么会出现这种"暗合"论和"共通"论呢?我以为,最根本的原因就是混同了马克思的"实践论"和海德格尔的"存在论",抛弃了唯物论,也抛弃了辩证法。我们看到,有学者嘴上也承认马克思的"实践论",甚至也认为马克思的"实践论"要比海德格尔的"存在论"高明,但在实际学术活动中却执意要把"实践"本体化,把"实践"精神化,且别出心裁地把"实践"概念与海德格尔的"存在"概念嫁接一起。这样一来,世界上美的事物到底有没有客观性,能不能被认识,事物的美与历史性因素有没有联系,这些问题好像就不必去讨论

---

① 朱立元、王昌树:《遮蔽"存在"的存在论批判——评董学文等先生对海德格尔存在论思想的误读》,见王杰主编《马克思主义美学研究》第13卷第1期,中央编译出版社2010年版,第175页。

了。这种"共通"和"暗合"论恰恰制造了美学理论上的巨大分歧。

二、对马克思和海德格尔思想的双重误读

"暗合"论和"共通"论观点,存在着对马克思和海德格尔思想的双重误读。

这突出地表现在对待马克思的《1844年经济学哲学手稿》上。"暗合"论者在同其他一些学者的论争中,有意无意地抛弃了"美的规律"的客观性,认为:"(1)马克思所说的'美的规律'是一条属人的规律,而非自然的规律,是在将人与动物(自然)的对比中得出的唯有对人才生效的规律。(2)'美的规律'也是人类社会的规律,是体现人区别于动物的自由自觉的类(社会)本质的规律。(3)'美的规律'主要适合于非异化的对象化劳动的范围,而不适合于异化劳动状态。"[①]这可能是论者重要而得意的"发现",但却暴露出论者丢弃马克思的唯物论和辩证法的理论弊端。为什么这么说?因为论者忘记了人也是"自然"的一部分。人的规律包含有思维的规律和生理的规律,后者还是属于"自然规律"的范围。没有眼睛怎么欣赏风景?没有耳朵怎样欣赏音乐?怎能把人与自然对立起来?怎能一概排除这些客观因素,而武断地去认为"美的规律"与"自然规律"完全无关呢?这些抽象的人本思想,正是"暗合"论者最终走向唯心论的理论根源。

"暗合"论者大概以为,海德格尔对"人"的谈论比较独特和出色,因而努力把马克思的思想"海德格尔化"。这恐怕是对海德格尔和马克思的又一种形式的误解。这其中,主要的又是把海德格尔的"存在论"误以为是"人本生存论"。譬如,有论者说:"马克思的与实践观紧密结合的存在论思想是客观存在的","马克思哲学中包含有自己

---

① 朱立元:《走向实践存在论美学》,苏州:苏州大学出版社2008年版,第236页。

的、与实践观一体的存在论思想"。① 又如,他们认为,"海德格尔凸显了马克思实践观本有的存在论维度",而"马克思是用实践范畴揭示人的基本在世方式,把实践论与存在论有机结合了起来,使实践论立足于存在论根基上"。② 所有这些结论,看来都是在把海德格尔的"现象存在论"理解为"人本生存论"的基础上得出来的。

那么,这些论者又是怎样理解马克思的"生存论"的呢?我们不妨看一看他们在评价马克思的物质生产论时,到底是怎样说的:"其一,他论述物质生产劳动,人对自然的征服改造,根本旨意不在于回答人的肉体生命如何活着的问题,不在于解答人如何夺取生活资料维持肉体生命存在的问题,而在于解答人(主要是无产阶级)生存的苦难境遇……简言之,马克思是从人的存在方式和社会关系来理解和论述物质生产劳动的。"③这般界说,无疑是从传统的人道主义来解读马克思的,它既没有触及唯物史观的精要,也不符合海德格尔"存在论"思想的实际。

海德格尔的学说诚然是从"人"出发来理解"存在"的,甚至因为"强调'人'的'存在'性意义,以至于1946年他要发表人道主义演说,以表明他无意反对这个主义"④。因之,执意把"实践"和"生存"结合到一块,变成所谓"实践生存论",认定"实践"能够让人"生存",这乃是常识,并没有多少理论深度。不过,"暗合"论者在这里也有发明,那就是认为应当把"实践"同海德格尔所说的"人生在世"联姻起来,并把"实践"而非运动着的"物质"看作是世界的"本源",这样也就顺理成章地达到了张扬"实践本体论"的效果。

这显然又误读了海德格尔,同时也走向了马克思思想的反面。因

---

① 朱立元、张瑜:《马克思的存在论思想不应轻易否定——对董学文等先生批评的再答复》,《文艺理论与批评》2010年第3期。
② 朱立元:《海德格尔凸显了马克思实践观本有的存在论维度——与董学文等先生商榷之三》,《社会科学》2010年第2期。
③ 朱立元:《走向实践存在论美学》,苏州:苏州大学出版社2008年版,第122页。
④ 叶秀山:《叶秀山文集·哲学卷》(下),重庆:重庆出版社2000年版,第208页。

为海德格尔所说"人生在世",其世界与人是本源性的关系,而不只是物质交往关系即实践的关系。所以,"暗合"论者非得把马克思的"实践"含义扩大到涵盖一切感性活动上不可的地步,这样,也只有这样,"实践"作为"本体"才能说得通。而"实践"如果涵盖了感性活动的一切,那就不可避免地又回到旧哲学的窠臼。这正是辩证唯物主义者所不能苟同的。

即使是如此,我们发现,"暗合"论者也没能实现自己所希望的"反对形而上学"的目的,而是把"实践"用"本体"的方式再次形而上学化了。他们的理论,既遮蔽了所谓的"存在",也仍处于一种"主客二分"状态。他们的美学不过是把现有的一些美学资源变换了一种组合的方式而已。

三、马克思和海德格尔的美学思想难以融合

从以上的分析中,我们不难发现,马克思和海德格尔各有自己的理论方法,各有自己的理论属性,生拉硬扯地"组合"起来并未得到好的结果。在马克思的学说里,不可能有海德格尔式的"存在论"维度;马克思也不可能用科学的"实践"概念同存在论的"存在"概念去进行"有机结合"。那种认为马克思的学说内部有"包含着的存在论思想维度"[①],纯粹是一种假说。这种假说对正确理解和构建马克思主义美学体系是没有任何好处的;同样,那种认为这种假说"发展和丰富当代马克思主义的内涵",不同意它就是仍"停留在机械马克思主义的阶段"的说法[②],也是不符合事实的。

当代形态的马克思主义美学,是否非得由海德格尔的"存在论"思

[①] 朱立元:《关于实践美学和实践存在论美学的讨论·主持人的话》,见王杰主编《东方丛刊》2010年第3辑,桂林:广西师范大学出版社2010年版,第170页。

[②] 王昌树:《如何准确理解海德格尔的存在论美学思想》,《北京联合大学学报》2011年第4期。

想来补充,这值得斟酌。就算是有此种"补充"的需要,可是海德格尔的唯心主义的"存在"观,也没有为此提供一丝一毫的"合理成分"。一百多年来的美学史证明,马克思主义美学的威力不在于它随意地同其他非马克思主义学说的"嫁接""拼组"和"融合"。这种教条主义的做法,西方学者特别是"西方马克思主义"理论家已经干过多次,实事求是地讲,迄今为止成功的没有一家。原因何在呢?原因就在于他们在"嫁接""拼组"和"融合"的过程中,阉割、篡改或扭曲了马克思主义美学的活的灵魂。马克思主义美学的丰富和发展,其根本动力在于它的原理的科学性,在于它同新的革命的审美实践的结合,在于它保持和发扬对现实问题阐释的有效性。离开这个轨道,马克思主义美学的推进发展就会走向歧途。

为何这么说?我们还以"暗合"论者为例。"暗合"论者是信服海德格尔的,他们在多次的论述中,已大体否定了马克思主义的物质本体论,抽去了物质生产活动在马克思主义经典作家"社会存在"学说里的基础性地位,把"社会存在"同海德格尔存在主义哲学中的"存在"概念混同起来。这种混同,在"暗合"论者那里变成了宣称自己的理论仍属于马克思主义美学范畴的理由。可是,稍加分析就会发现,这种混同造成的后果是直接否定了马克思认为艺术是"掌握"世界的一种特殊方式的论断。

诚然,中外学界对海德格尔思想的解释向来众说纷纭。可是,举目望去,把海德格尔的"存在论"思想说成是唯物主义的还不多见。至于美学上"试图把马克思的'实践论'与海德格尔的'存在论'融合在一起。这恐怕只能是一朵不结果的花"①。因为格格不入的两种学说难以"融合",强行"融合",就势必会放弃马克思主义的"实践论",转而以海德格尔的"存在论"作为自己美学建构的思想根基。这既违背理论联系实际的精神,也与马克思主义美学中国化的路径背道而驰。

---

① 王元骧:《后实践美学综论》,《学术月刊》2011年第9期。

四、对海德格尔"存在论"思想要有客观评价

"暗合"论和"共通"论的产生,归根结底是由对于海德格尔思想缺乏正确评价造成的。作为 20 世纪的大思想家,海德格尔在哲学和美学领域确乎施行了许多变革。他"本人构想把超然存在从康德的认识论领域中抽出,置入此在自身的本体论中,使此在与世界的例行交流过程持续不断地拓展出一种视界,生命的存在在这种视界中先于所有在认识方面与它们有关联的事物而变得清晰可辨"①。海德格尔设想让"此在"于这种彼此盘根错节的关系中,能具有一种本体论上的优先权。他也谈论历史,但他所谓的"真实"历史,依照卢卡契的说法,那是与反历史性(ahistoricity)毫无二致的。

"此在"概念,在"暗合"论者那里很受青睐。关于"此在",特里·伊格尔顿曾经做过这样的剖析:"此在作为一种观念,既是对主体自律哲学的无情攻击,它把主体颠覆性地纳入世界,使主体执拗地跟自己过不去,同时,它又是特殊化、审美化、半超验的'主体'充满嫉意地保护它们的整体性与意志自由、以免堕入平庸的长链中的最后一环。这两种观点在海德格尔后来的纳粹主义中结成了邪恶的同盟:外射的、非中心的主体变成了向大地卑躬屈膝的自我,同时真正的、自我参照的此在为了光荣的自我死祭,则以绅士(Herrenvolk)般的英雄本色出现。"②在海德格尔那里,"此在"的本质是无家可归,它作为"在世界中的存在",是被想象为先于主客体这类分野,纯属缥缈的虚无或超验的存在。毫无疑问,只要这种阴影笼罩在"存在论"学说上面,那么海德格尔就无法逃避主体与客体的形而上学"二元对立"。

伊格尔顿认为,由于"海德格尔否定了存在的所有形而上学基

---

① [英]特里·伊格尔顿:《美学意识形态》,王杰等译,桂林:广西师范大学出版社 1997 年版,第 289 页。
② 同上书,第 294—295 页。

础,直截了当地把存在搁在其自身虚无的运动中。存在所立足的'基点'正是这种对自我自由超越的永恒的波动,其本身就是一种虚无。海德格尔的存在是深不可测的,是一种没有根基的基点,它如同人工艺术制品那样,在自己自由的、空洞的游戏中证实自身"①,因之他也使"存在"本身变成了一种偶然。这是切中"存在论"思想本质要害的分析。面对这种分析,我们更加感到"暗合"论者对海德格尔思想的实用主义态度。

例如,把海德格尔的"在世界之中存在"理解为所谓的人与世界是一个整体,认为"这种源始的整体结构绝对不能等同于传统认识论的现成存在,这种存在只是一种范畴性质"②。"暗合"论者的这个结论,就忽略了"在世界之中存在"这个词里"世界"的时间性。人在世界中不可能如"水在杯子中,衣服在柜子"中一样,因为人是有时间意识的,人有一生一世,而水和衣服没有。正是这个理解,"暗合"论者以为海德格尔的哲学是"天人合一"。这是错误的。已经有哲学家指出:"海德格尔所谓的'思维与存在'的同一性,并不是天人合一,人与自然的合一,而是 Dasein 本身的同一,是 Da 的意识与 Da 的存在的同一,是一种理智与感觉尚未分化的原始状态"③。

再如,"暗合"论者对海德格尔理论的切入点的理解也不够准确。海德格尔哲学与以往哲学的不同,主要在于他从"时间"的角度重新思考一切命题。由此,在他的哲学中,"实体"的"生成"与"同一",就须得重新思考。他认为锤子的"存在"就在于敲击之中,也就是说,锤子的同一性的形成就在于其敲击的用途。但他却把锤子等一切事物的存在,都串在"此在"的框架中,这就不能不说是走向了极端的唯心论。

---

① [英]特里·伊格尔顿:《美学意识形态》,王杰等译,桂林:广西师范大学出版社 1997 年版,第 298 页。
② 王昌树:《如何准确理解海德格尔的存在论美学思想》,《北京联合大学学报》2011 年第 4 期。
③ 叶秀山:《叶秀山文集·哲学卷》(下),重庆:重庆出版社 2000 年版,第 185 页。

我们理应客观地分析海德格尔的"存在论"思想,将其思想的新锐性与我们所理解的科学性,有根有据地看作是两回事。"暗合"论者恰是在这里把属性不同的两种理论界限给消泯了,这就决定了他们的"实践存在论"美学建构不能不遭到破产的命运。这样说,不是秉持"一种对马克思主义主观武断却又自以为是唯一正确的权威解释的态度",也不是反对"从不同角度对马克思主义经典作家的理论观点进行不同的解读"①,而是对背离唯物论和辩证法的美学学说的一种判断。马克思的理论,按他自己的说法,其"本质上是建立在**唯物主义历史观**的基础上的"②。马克思在谈到他的《〈政治经济学批判〉序言》时,也指出,"在那里我说明了我的方法的唯物主义基础"③。后人是没有理由也没有资格对这个基础加以改变的。

五、要注意马克思主义美学研究的方法问题

把辩证唯物论和历史唯物论说成是"传统的认识论",说成是旧的"二元对立"思维模式,反对在这个基础上创新和发展美学,主张用人本主义的本体论来取代它,这是一段时间以来某些美学研究者的倾向。这种倾向,对于一个学者来说,乃出于其理念上的需要,出于对自己学理支撑的选择,这是他个人的权利和自由。但是,一个学者倘为了给自身的理论涂上一层"油彩",抹上一道"保护色",把明明是非马克思主义的东西也说成是"马克思主义"的,且是"最新的马克思主义"的,那就涉及学风问题了。

某种美学理论,如果一方面宣称它已经"与当代西方美学同步发展,也使当代中国美学在思维方式上完成了与现代西方美学的接

---

① 朱立元:《全面准确地理解马克思主义的实践概念——与董学文、陈诚先生商榷之一》,《上海大学学报》2009 第 5 期。
② 《马克思恩格斯文集》第 2 卷,北京:人民出版社 2009 年版,第 597 页。
③ 《马克思恩格斯文集》第 5 卷,北京:人民出版社 2009 年版,第 20 页。

轨……其研究对象和研究主题已经达到了与当代西方美学同等的高度","与当代西方美学的发展也有着呼应关系"①,另一方面又宣称它是"中国的马克思主义美学",是新时期"马克思主义美学中国化最为成功的探索之一",是"马克思主义美学中国化的又一次切实努力"②,那么,这种美学理论能否让人相信,就得大打折扣了。

我们是需要解决马克思主义美学的"中国化"问题,是需要创造出某种符合中国国情的马克思主义美学新形式的。但这并不意味着马克思主义美学的原理需得被贬损和扭曲,并不意味着马克思主义美学必须同当代西方美学"同步""接轨"。如果这样的话,那我认为它必然走向"伪中国化"的歧途。

马克思主义美学当然需要解决"本体论"问题。但这种"本体论",严格说来,在世界观的层次上已经得到解决。因为"本体"是事物存在的最后根据,即世界的整体性和一般性问题,本体就是无所不包的物质世界及宇宙。马克思主义美学中的历史观和人学观,是要解决审美的社会历史原因及审美中的人性因素。在这个体系架构里,美学"实践论"的大部分内容,已经在审美历史观和审美的人学论述中阐释清楚。如果特地拿出"实践—存在—生存"的"本体论",单将"实践美学"作为马克思主义美学的代名词,那么这不是对马克思主义美学体系的丰富,而是对其科学精神的釜底抽薪。"暗合"论者很讨嫌"本体论"上"唯物主义"和"唯心主义"的区分,但却主张"人的存在"的本体论,张扬人的"精神主体性",夸大"实践"尤其是"精神实践"的功能,以所谓的"实践唯物主义"代替历史唯物主义,以存在主义的"存在论"代替物质本体论。我们说这种理论已经滑入唯心论泥潭,应是不过分的。

---

① 王怀义、朱志荣:《论实践存在论美学的历史性维度——与董学文教授商榷》,见王杰主编:《马克思主义美学研究》第13卷第1期,中央编译出版社2010年版,第191页。

② 曹谦:《论"实践存在论美学"的马克思主义性质——以"实践"概念为中心》,《上海大学学报》2011年第5期。

马克思主义美学研究需要重视其方法论的科学性。按照经典作家的说法,"唯心主义是不知道现实的、感性的活动本身的"①。在马克思和恩格斯看来,"**无形体的实体和无形体的形体**,是一个同样的矛盾。**形体**、**存在**、**实体**是同一种**实在的**观念。不能把思想同思维着的**物质**分开。物质是一切变化的主体"②。这种与海德格尔不同的方法论,怎能与存在主义学说结合起来呢?

"暗合"论者试图以"实践本体论"或"实践一元论"来取代辩证唯物主义在美学中的地位,实际上是取消了马克思主义美学的核心,否定了美的事物及其规律性的客观属性。从中外美学史的实践来看,这种路径取得美学科学成果的可能性是微乎其微的。

写到这儿,我想起了钱学森的一段话,他说:"可见这方法那方法,实际只有正确的方法和错误的方法之别,或科学的方法和非科学的方法之别。我以为方法之正确与否,比较容易鉴别,常常困难在于立场和观点,即概念。现在许多人名为议论'方法',实是反对马克思主义的立场和观点,想推翻马克思主义哲学。对此我坚决不能同意。"③我想,用这段话来结束此文还是合适的。

(原载《文艺理论与批评》2012 年第 4 期)

---

① 《马克思恩格斯文集》第 1 卷,北京:人民出版社 2009 年版,第 499 页。
② 同上书,第 332 页。
③ 《钱学森书信选》(上),北京:国防工业出版社 2008 年版,第 239 页。